HUMAHE DE
CHUNTIAN

呼玛河的春天

长河熠／著

黄河出版传媒集团
阳光出版社

图书在版编目（CIP）数据

呼玛河的春天 / 长河熠著. -- 银川：阳光出版社，
2025. 1. -- ISBN 978-7-5525-7777-8

Ⅰ. I247.5

中国国家版本馆CIP数据核字第2025XM7023号

呼玛河的春天

长河熠 著

责任编辑　杨　皎
封面设计　姵　莹
责任印制　岳建宁

黄河出版传媒集团
阳 光 出 版 社　出版发行

地　　　址　宁夏银川市北京东路139号出版大厦　（750001）
网　　　址　http：//ssp.yrpubm.com
网上书店　http：//shop129132959.taobao.com
电子信箱　yangguangchubanshe@163.com
邮购电话　0951-5047283
经　　　销　全国新华书店
印刷装订　北京鑫瑞兴印刷有限公司
印刷委托书号　（宁）0031908

开　　本　880 mm×1230 mm　1/32
印　　张　9
字　　数　290千字
版　　次　2025年1月第1版
印　　次　2025年1月第1次印刷
书　　号　ISBN 978-7-5525-7777-8
定　　价　60.00元

目 录

第一章

北京西山公墓。

豆大的雨滴打在伞上噼啪作响,溅起朵朵水花,急急地顺着伞沿落下。

四周的山峦在雨水的冲刷下绿得格外醒目,除了偶尔传来几声清脆的鸟鸣,周围安静得如同梦境。

然而,此刻,乌云却没有心思欣赏风景。黑发黑裙的她正打着伞站在好友根花的墓碑前,默默地看着墓碑上的照片。

照片里的那个身穿鄂伦春民族服装的年轻女孩正微笑着看向她,一如往昔的阳光美好。

"根花,对不起。"沉默半晌,乌云红着眼睛说道,"原本以为这次还会和以前一样,吵完了架咱们很快就会和好,想不到竟是这样……"

说到这里,她再也说不下去,大颗大颗的泪珠顺着脸颊滑落,和雨水混在了一块儿。

不知过了多久,沉浸在莫大的悲伤之中的她忽然感到眼前发黑,随之一阵天旋地转。她踉跄着来到跟前的一棵树前,伸出手去想要扶住树干,没想到这眩晕的感觉却变得更加猛烈。随着视线渐渐模糊,乌云昏倒在了地上。

恍恍惚惚间,乌云似乎听到了救护车的声音,好像有医护人员用担架抬着自己上了车,最后将她推到抢救室。

白炽灯光射得人晕眩,尽管用尽了全力,乌云却仍看不清楚对方的脸,反倒陷入了更深一层梦境……

"春来了吹起明努卡,那咿呀,达子香花开如朝霞。那咿呀……"

悦耳的赞达仁回响在山谷里,曲调悠扬婉转。

乌云的家位于黑龙江大兴安岭的卡纳特村,村里世世代代住着的都是鄂伦春族人。

对于鄂伦春族特有的民歌,族内无论男女老少都会演唱。尤其是乌云,人长得漂亮,天生一副好嗓子,唱起歌来就像黄鹂般动听。

也正因如此，她被村里辈分最高，也是最受族人们爱戴的达仁奶奶收为徒弟。在对方耐心的指点下，她很快就成了乡里远近闻名的歌仙，每到古伦木沓节就穿上民族服装，当众演唱赞达仁。

记得十六岁成人礼那天晚上，村里人一道吃饭，酒过三巡之际，达仁奶奶将乌云叫到了一边，拉着她的手殷切地说道：

"乌云，你一定要记住，赞达仁不仅是咱们鄂伦春族特有的民歌，更是口述历史的记载方式。一代代的鄂伦春人就是通过演唱赞达仁将民族精神传承下去的。作为一名歌者，无论到什么时候，你都一定要好好唱下去，好好守住赞达仁。"

达仁奶奶目光灼灼，充满了无限的期待。乌云并没有完全明白对方的意思，懵懂地点了点头，说了声好。

达仁如释重负地长舒了口气，开心地笑了。

更多的时候，乌云则是和根花形影不离。根花是村里的孤儿，父亲是来自北京的文艺青年，曾在村里采风，生活了大半年。根花的母亲是随他一起来的，不知为何，两人老是吵架。后来，根花的父亲一个人离开了村子，再也没有回来。根花的母亲由于爱人离开，原本就郁郁寡欢，加上生孩子时大量出血，不久，便撒手人寰。

达仁奶奶得知此事，觉得刚刚出生的婴儿太过可怜，于是就将她抱回家里，取名根花。从那时，根花也就成了达仁奶奶的孙女。

虽然生活不富裕，但因为从小在奶奶的庇护下长大，根花的性格却十分阳光开朗，每当见到外人，总是笑眯眯的，乖巧的模样深得村里人的喜爱。

虽是如此，根花却也有着烦心事。和乌云一样，尽管从小就喜欢唱赞达仁，可因为嗓子没有那么好，始终没能得到奶奶的真传。每当举行节庆活动，她只能和大伙儿站在乌云的身后，以合唱的方式烘托气氛。

每每这时，根花就会对乌云投去羡慕的目光。

然而，这并不妨碍这对姐妹的感情，从小到大，每当其中一个遇到困难或烦心事时，另一个就会以最快的速度出现在对方身旁，第一时间伸出援手，以时刻陪伴的方式，给予温暖和关心。

命运像是调皮的孩子，总会在不经意间悄悄溜出来，扰乱生活的节奏。

十七岁那年的古伦木沓节，乌云在演唱赞达仁时被来村里采风的唱片公司经纪人苏明阳一眼看中。演出刚一结束，苏明阳就让人将她叫到了村口,说有很重要的事情要谈。

村口,苏明阳在月光下焦急地踱着步,少顷,他看到乌云缓步向自己走来,连忙迎上前去。

"乌云,你好,我是新星唱片公司的经纪人苏明阳,刚刚听了你的演唱,觉得非常好。现在公司在招新人,不知道你有没有兴趣?"

乌云瞪大了眼睛,一脸不可置信地看着对方,她实在没有想到,天上会忽然掉下馅饼,味道还这么好。

苏明阳微微一笑,从衣服口袋里拿出一张名片,递到乌云的面前。

"我们公司在北京,你要是感兴趣,可以随时联系我。"

乌云晕晕乎乎地向苏明阳道了声谢,伸手接过名片。由于太过激动,就连对方是什么时候离开的都没有发现。

北京,中国的政治中心,北方最大的经济中心,所有中国人仰望的地方。要是真的能够在那里生活、工作,那还不得开心得飞起来了呀!刚刚那个人说要签约她,那以后是不是就可以像报纸上的歌星一样,穿好看的衣服,站在舞台中央,被掌声包围?

就这样,由于苏明阳的忽然出现,乌云原本平静的心湖像是被人掷了一颗石子,泛起层层涟漪。

那天晚上,她回到撮罗子,久久都没能睡着,只是在床上翻来覆去地想着心事。

银色的月光透过窗纸洒在地上,像是一层薄薄的雪。

鄂伦春族人世世代代生活在山野深处,依靠骑马狩猎为生,过着长期与世隔绝的日子。也正因为是这样,尽管后来下山定居,生活环境却仍旧闭塞,几十年都没有变过,仿佛被时代遗忘了一样。

"不行,我说什么也不能像父辈那样,一辈子就这样待在村子里,过着默默无闻的生活。就算他们不同意,我也一定要出去看看才行。"

打定主意,乌云终于昏昏沉沉地睡了过去。

这一觉睡得格外香甜,醒来时她迷迷糊糊地听到院里传来劈柴的声音。来不及多想,就一骨碌地从床上爬起来,小跑到了门外。

此时,乌云的阿玛(爸爸)哈森正在院里劈柴,额妮(妈妈)诺敏和姐姐托娅则坐在屋檐底下的桦皮凳子上缝制皮活,见乌云出来,托娅放下手里的活计,起身笑着迎上前来,说道:

"乌云,肚子一定饿得咕咕叫了吧?厨房的锅里还炖着狍子肉。早晨我给阿玛和额妮吃,他们说什么都不肯动筷子,说是要等你醒了一起吃。你等着,我这就放桌子,咱们一起吃饭。"

说着,托娅向厨房走去。还没走出几步,就被乌云拉住。

"阿玛、额妮、姐姐,我有话要说。"

哈森夫妇对视一眼,双双直起身子。

"你有什么话就说呗。"哈森笑着说道,"不用这么认真。"

"我……"乌云低下头犹豫了一下说道,"我想去北京。"

院子里的另外三人听到这话,不约而同地张大了嘴巴,表情滑稽得像是听到了天大的笑话。

"你要去哪儿?"

尽管父亲的话让乌云瞬间没了底气,可她却仍坚持着说道:

"北京。"

随着这句话脱口,哈森的脸色瞬间晴转阴。

"乌云……"托娅见父亲阴沉着脸,紧皱眉头,担心妹妹受委屈,连忙打圆场道,"咱们鄂伦春人世世代代生活在大山里,从没去过那么远的地方,你好好留在村里唱赞达仁不好吗?"

托娅原以为可以安抚住妹妹,没想到她的话反倒成了对方的武器。

"你说得没错,就是因为咱们祖祖辈辈生活在这里,和外界断绝了联系,才会被遗忘。我这辈子无论如何也不要像你们一样,今天不管怎么说,我都必须走。"

诺敏和托娅没想到一向听话的乌云竟然这般决绝,一时间不禁愣住。过了一会儿,她们刚想继续劝说,就见哈森铁青着脸,怒吼道:

"你滚!"

乌云见从小到大一向宠爱她的父亲竟然发了这么大的火,心中顿时生出强烈的委屈,双眼含泪回到房间。用最快的速度将柜子里的衣服塞进蛇皮编织袋,不顾姐姐和妈妈的劝阻冲出院门,向达仁奶奶家跑去。

第二章

此刻,达仁奶奶不在家里,只有根花独自坐在撮罗子外面的凳子上缝制着皮袍。远远看到乌云扛着蛇皮袋子向自己奔来,根花顿时大吃一惊,将手中的活儿放到凳子上,起身招了招手。

乌云来到她的面前。根花帮着对方将袋子放到地上,好奇地问道:"乌云,你急急忙忙地要去哪里?"

乌云想都不想,就给出了答案:"北京。"

"北京?"

根花瞬间瞪大了眼睛,虽然上学的时候就曾听老师说起过那里——漂亮得像花园,可她着实想不到,从小到大没有出过远门的乌云竟然有这样大胆的想法,居然要去那么远的地方。

一时间,作为好姐妹的根花竟有些纠结,不知究竟该劝对方留下还是离开。

乌云看到根花低下头不吭声,伸手紧紧拉住对方:"根花,我来找你,就是想问你愿不愿意和我一起去北京。"

"我……"

根花听到邀请原本想要拒绝,然而当抬头看到对方满是期待的目光时,心中不觉更加纠结。

乌云察言观色,心知对方所想,诚恳地劝说道:"根花,我知道你舍不得离开达仁奶奶,觉得这样走对不起老人家。可你有没有想过,村里的环境这么封闭,要是继续留下,以后也就只能早早地嫁人生娃,和村里的那些嫂子一样,一辈子过得默默无闻。如果是那样,可就真的毁了,我想这一定不是达仁奶奶想看到的。根花,现在咱村只有咱们两个读过高中,是时候换种活法了。"

乌云这一番话点燃了根花心底深埋的热情,也由此改变了两个人的命运。

根花进屋从柜子里拿了几件衣服,连同和奶奶的合影一道放入包中,随后又坐在桌前拿着笔写了张字条,这才恋恋不舍地关上了门,和乌云一起向村口走去。

卡纳特村距离黑河火车站很远，周围都是大山，单靠步行根本行不通。一路上，乌云和根花走走停停，实在走不动了，就到路旁招手拦截过路的车子。折腾了大半天，眼看带来的馒头吃得差不多了，终于到了火车站。

夜晚，火车站前熙熙攘攘。售票处门前，根花紧紧抱着包，神情紧张地看着从自己面前经过的人。此刻的她就像是一只受惊了的小兽，只要有一丁点儿的风吹草动，就会随时逃走。

"根花……"

忽然，有人在身后喊她。根花诧异地转过身去，只见乌云不知什么候已经从里面出来，手里拿着两张新买的车票。

来到根花的面前，乌云将其中的一张票递给了对方。

"小虎虽说上了大学，可还和以前一样好。一听我说咱俩要去北京，二话不说就打来了两千块钱，说是给咱们当路费。"

"路费？"根花迟疑了一下，摇了摇头，"好像不用这么多。"

"是不用这么多。"乌云笑着说道，"这路上要走好几天，剩下的就当是给咱们买东西用吧。"

说着，她将钱塞进了衣兜，伸手拉住对方。

"根花，我知道你担心。放心吧，我这次去北京不是心血来潮，有家唱片公司想签我当歌手。我知道很难，可还是想去试试，万一成功了呢？"

根花从离开村子就一直眉头紧锁、默不作声，乌云知道对方是在为未来担心，所以才在上车前，说出了这件事。

根花长舒了口气，表情也随之松弛了下来，笑着拉着对方的手，说道：

"乌云，你赞达仁唱得好，我相信你一定会成功。放心吧，无论什么候，我都会一直陪着你。"

乌云重重地点了点头，姐妹俩相视而笑。

医院急救室，身穿白大褂的医护人员仍在抢救着，乌云进入了另一重梦境。

在签约唱片公司后，乌云的事业并没有想象中的顺利。事实上，她整整等了两年，也没能得到一首代表作。不仅如此，就连商演的机会也少之又少。为了填饱肚子，乌云到后海酒吧做了驻场歌手。

根花则在男友虎伦贝尔的帮助下，到大学旁听计算机专业的课程，随后到一家电脑公司做起了软件设计师。尽管是半路出家，好在她聪明能干，倒也把工作做得有声有色。然而，她遭到了公司同事朱敏的嫉妒，处处被排挤。根花明知对方的恶意，可由于自己根基不稳，因此也只能忍气吞声。

北漂的日子很辛苦，可好在姐妹俩始终在一起，每天晚上回到出租屋可以边看电视边吃零食聊天，因此也很快乐。

"乌云，等我以后有钱了，一定要在村里开个厂子，专门生产加工鄂伦春特色食品，让外面的人都能品尝到咱们的美食。对了，还要和乡里商量规划一条旅游线路，吸引更多的人到咱村做客。"

一天晚上，在影院看完电影后，根花在路上兴致勃勃地说道。

乌云听到这话，心里顿时一沉，侧头看了一眼身旁的虎伦贝尔。事实上，从来到北京，故乡就被她抛到了脑后，她从没有想起过。

虎伦贝尔看了一眼女友，见对方一副忧心忡忡的样子，笑着附和道：

"说得没错，咱们总有一天要回去的。说实话，我毕业以后就想回去创办工厂。你们也知道，现在的服装属实单调，颜色、样子千篇一律。如果可以，我想把鄂伦春的刺绣手工艺技术和现代服装结合到一块儿，一方面可以推出更多具有创意性的衣服，另一方面也可以让外面的人更好地了解咱们鄂伦春的文化，你们觉得怎么样？"

"太好了！"根花笑着说道，"小虎哥，你不愧是刺绣传承人，想得就是远。乌云，你呢……"

"我……"

虎伦贝尔见乌云吞吞吐吐，一副茫然的模样，连忙笑着打圆场：

"乌云肯定是要继续唱赞达仁的，通过歌声推广鄂伦春文化。根花，你可千万别忘了，乌云以后可是大歌星。"

说完，他得意地笑着。

虎伦贝尔比乌云和根花大三岁，打小品学兼优，在村里极受重视。然而，和其他少年一样，他很早就喜欢上了乌云。只是出于害羞，迟迟没有表白。直到对方到北京闯荡，这才给了在民族大学外贸专业读书的他提供了"可乘之机"。

"小虎哥说得对。"根花笑着说道，"乌云，我们都是你最忠实的拥趸者,好好唱,一定要用歌声把鄂伦春文化向外界展示出去。"

"好。"乌云被两个人的情绪感染,也跟着说道,"咱们一起努力,为家乡建设出力。"

根花重重地点了点头,随即伸出手来,提议道:

"要不咱们像电视剧里演的那样,来个五年之约怎么样?看谁的成绩最大,谁为家乡做的事情最多。"

虎伦贝尔和乌云对视一眼,笑着将手放在了根花的手上。

"五年之约达成。"根花调皮地笑道,"接下来,可要好好努力,输的那个人到时候别忘了请吃饭。"

"没问题。"

虎伦贝尔和乌云异口同声地说道,笑得无比欢畅。

第三章

病房里,一片雪白。

乌云缓缓睁开眼睛,惊讶地发现自己躺在病床上,右手手背上插着针头,药液顺着输液管,缓缓地注入她的身体。

"我是怎么来到这里的?"

正当乌云皱着眉头回想着先前的事情时,门被人从外面推开,苏明阳提着一壶水走了进来。见她想要挣扎坐起,连忙将水壶放到桌上,快步来到床前,伸手阻拦。

"快躺好!医生说了,你这段时间必须静养。"

乌云见是苏明阳,提着的心瞬间放下。她长出一口气,再次躺下,问道:

"明阳,我这是在哪里?"

"东方医院。"苏明阳直截了当地给出了答案,"乌云,我知道根花的事情你很难过,可就算是这样,也不能不吃不喝伤害身体。你知不知道,那天在墓地,你心跳骤停,要不是被人及时发现,说不定小命早没了。"

乌云苦笑了下,小命没了也好,至少她就不会如此伤心难过,也不必再无时无刻地将自己想象成刽子手,恨不得用刀在身上狠狠地戳上几下了。

想到这里,乌云的神情变得黯然。

一个月前,根花在网上看到了全国少数民族歌手大赛选拔歌手的消息,下意识地,她感到这是一次千载难逢的好机会。说不定只要把握住机会,乌云就会成功。于是,来不及和好姐妹商量,根花就迅速地下载了报名表,连同报名费八百块钱,一道邮给了主办方。

两天后,出租屋里。

乌云由于到酒吧跑场,回到家时几近半夜。一推门,就看到根花坐在桌旁等她。桌上此刻摆了好几样菜品,中间放着插着蜡烛的奶油蛋糕。

"根花……"乌云惊讶地问道,"你怎么这么晚还不睡?这蛋糕……"

根花无奈地摇了摇头,起身笑着将乌云拉到椅子上坐下,打趣地说道:"大寿星,你不会连自己的生日都忘了吧?"

"生日?"

乌云迟疑了下,随即露出尴尬的笑。在家的时候,每年生日,阿玛都会早早起来,在盆里放上木柴,等她醒来后点燃,让她从上面迈过去。据说迈火盆可以驱除霉运,新的一年都是好运。然后,额妮会拿来用红纸染色的鸡蛋,在她身上从上到下滚过,边滚边用鄂伦春语说些祝福话。等到这些程序全部完成,再吃一碗热乎乎的面条,祈愿她顺心如意。

可自从来到北京,为了生活四处奔波,过生日的意识渐渐淡了。要不是根花提醒,根本就想不起来。

"根花,谢谢。"乌云真诚地说道,"谢谢你还记得我的生日。"

根花摇了摇头,笑着从桌上拿起酒杯:"咱们是亲人,互相帮助本就应当。再说,你不是也去公司教训过欺负我的人吗,我也没道谢啊。来,乌云,以茶代酒,敬你。"

"好。"乌云拿起杯子,和根花轻轻地碰了下杯,"希望咱们在新的一年里都能开开心心的,少烦恼,多喜乐。"

说完,两人将杯子里的水一饮而尽。

"乌云,我有个礼物想要送你。"根花放下杯子后,身子前倾,试探性地说道,"不过,你要答应我,不要生气。"

乌云听到这话不觉有些好奇,根花一心为她,从小到大,姐妹俩从没吵过架,又有什么事情好生气?

"根花,你知道我不会生气的。无论你做了什么,都是为我好。"

根花看着乌云的眼睛,此刻对方的眸子湿漉漉的,里面充满了信任与诚恳。

"好",根花从屋里拿来了一张纸,放到了乌云的面前。

乌云好奇地拿起纸,然而,只是一眼,就愣在了原处。与此同时,脸上的表情也随之紧绷。

"乌云,我想让你在比赛中唱赞达仁,自从小虎回村后,你就再也没有唱过。"

说到这里,根花舔了一下嘴唇,继续说道:

"我看到你在酒吧里唱的都是流行歌曲。"

乌云霎时瞪大了眼睛,她没想到根花居然在自己不知情的情况下悄悄到酒吧去,连招呼都不打一下。

"你居然跟踪我?"

"我没有。"根花连忙解释道,"乌云,自从小虎走后,你就像是变了个人,少言寡语,很是令人担心。我害怕你出事,所以才会去酒吧。我知道,你不愿意让小虎回村子去,说到底,还是因为那里封闭、穷困,不像大城市这样繁华热闹。可即使那里再不好,也总归是咱们的家。就像小虎说的那样,咱们应该好好想想怎么改变它,而不是抛弃它。"

这番话可谓入情入理,乌云一时有些茫然。

根花见乌云不说话,继续说道:

"乌云,我知道你赞同我的话。说实话,自从离开村子,我就没有真正快乐过。有时候真的好想回到过去,听奶奶讲故事,和大伙儿一起唱赞达仁。如果天气好的话,咱们还可以一起划着桦皮船到呼玛河岸边采蘑菇。冬天的时候,村里的叔叔哥哥们外出打猎,等他们回来,还可以吃到香喷喷的狍子肉,用皮子缝制袍子和裙子。"

"乌云,咱们回去好不好?小虎走之前曾经跟我说过,他不是不爱你,只是想通过努力改变村子的生活,如果你能回去的话,你们还会和以前一样好。既然这样,那咱们就一块儿回去吧。"

乌云的脸色瞬间苍白,她迅速抽出手来,愤怒地说道:

"根花,我跟你说过多少遍,小虎是生活的懦夫,这样的人就不配拥有幸福。如果你一定要像他一样,那就自己回去,我永远都不会离开北京的。至于你说的那个比赛,我也不会参加,也永远永远不会唱赞达仁。"

说完,乌云又愤愤地看了一眼根花,转身推门而去。

根花没想到自己的话竟会给对方带来这么大的刺激,先是一怔,随后快速地追出门去。

夜晚的街道很是空旷,尽管根花追上乌云拼命地解释,奈何对方根本听不进去,情绪反而越来越激动,脸涨得通红,声音也在不经意间大了许多。

"根花,你不要再说了,我知道你想说什么。"乌云激动地说道,"我和小虎不可能在一起,如果你也想离开我,那么从现在开始,咱们就各走各的,以后再无关系。"

说着,乌云又向前走去。

根花眼见好姐妹误会自己,又要跟上去继续解释,谁知一辆闪着前灯的黑色轿车忽然从斜后方冲了过来,重重地将她撞倒。根花在地上接连打了好几个滚儿,方才停下。

乌云听到刹车声,下意识地转过头,见此情形立刻奔了过去。只见根花此刻额头被撞出了一道口子,鲜血顺着那里淌下,止也止不住,已然昏迷不醒。

"小姐,我不是故意的。"肇事司机脸色苍白,一个劲儿地道歉,"我本来想踩刹车的,谁知道竟然踩上了油门。"

"还不快去医院!"乌云焦急地催促道,"其他的事情之后再说。"

司机应了一声,和她一道将根花抬上车子,车子风驰电掣地向附近的医院驶去。一路上,乌云拉着根花的手,声音颤抖地唤着根花的名字,却始终没能得到回应。

医院,尽管医护人员迅速抢救,可还是没能挽留住根花,最终因失血过多离开了人世。

病房,乌云想到这里,泪水再也止不住,满脸悔恨地说道:

"为什么走的那个人不是我?根花那么美好,为什么偏偏走的人是她?明阳,你知道吗?我真的恨透了自己。"

说着,她用拳头重重地敲打着前胸。

苏明阳见状,连忙伸手阻拦,劝说道:"乌云,你别这样,人死不能复

生,活着的还得好好活下去。根花不是想让你在少数民族歌手大赛上演唱赞达仁吗?那就按照她的想法去做,好好完成根花的遗愿。我知道,这些年没有合适的代表作,你心里一定有很多的怨言。可这么做并不是对你不好,而是珍惜。"

"珍惜?"

"对。"苏明阳肯定地说道,"当初我和董事长是在古伦木沓节上发现你的,我们觉得你自然美好,就像是山林中的小鹿一样活泼俏皮。如果过分包装,反倒会破坏了这种美。所以这段时间,我们并不是刻意疏离你,而是在等。"

"等?"

"没错,等。"苏明阳不容置疑地说道,"等到真正有一首最适合你的歌曲出现,到那时就可以继续商业运作,你就能够实现理想了。不过,我现在忽然意识到,或许在比赛上唱赞达仁对你来说真的是个机会。既然这样,那就该好好做起来。"

商海打拼多年,苏明阳的性子早已沉稳内敛,平时里的话并不多。多年前,他和好兄弟一道创建了唱片公司。然而由于对方生性洒脱,从没在公司出现,所有的事情就全部压在了苏明阳的身上。在乌云的印象里,像这样的滔滔不绝还是第一次。

低下头沉默许久,乌云低声说道:"好吧,既然是根花的心愿,即便再难,我也一定要完成。这些年,她一直像姐姐一样护着我,现在该我为她做些事情了。"

苏明阳长舒口气,唇边泛起一丝笑容。

第四章

一周后。

新星唱片公司位于广安桥南,是一栋深蓝色的二十八层玻璃楼房。每当阳光照射,楼体就会发出熠熠闪光,像是深海上泛起了涟漪。

此刻,在二十六楼的录音间,苏明阳正戴着耳麦,坐在录音师身旁,听着棚内的人唱歌。然而,随着歌曲的渐入,他的心情非但没有放松,反而眉头紧锁,脸色也渐渐阴沉了下来。

录音棚内,随着欢快的音乐伴奏,乌云戴着耳麦,全神贯注地唱着赞达仁。忽然,门被人从外面推开,在她愕然的注视下,苏明阳快步走了进来。

见对方惊诧地看着自己,苏明阳笑着说道:"乌云,练了好半天,应该累了吧?走,我请你喝杯咖啡。"

乌云笑着说了声好,跟着苏明阳走出了录音棚。

少顷,两人一道乘坐电梯来到十六层。走进咖啡间,苏明阳和乌云找了个靠窗的位置,随后来到吧台前买了两杯咖啡。坐下后,他将其中的一杯放到对方面前的桌上,说道:

"这是你最喜欢的榛果咖啡。"

"谢谢。"乌云笑着拿起咖啡杯,喝了一口说道,"我最喜欢公司的咖啡,甜度刚好,味道绵长,让人回味。"

"说得好。"苏明阳赞同着,随后,他又耐心地点拨道,"乌云,你既然能够分辨出咖啡的好坏,那也应该知道好的歌手唱出来的歌也该有独特的韵味。说实话,你这几天的练习,我既满意,又不满意。"

"既满意,又不满意?"

苏明阳微微颔首:"满意是因为你唱得的确很好,而且练习得也很认真,这对于一个歌手来说很难得,可就是欠缺了一些韵味。换句话说,就是可以回味的东西。"

"韵味?回味?"

很显然,乌云没想到苏明阳会这样说,脸上顿时浮现出了疑惑的神情。

"对。"苏明阳将身子前倾,笑着说道,"乌云,我可能没跟你说过,大学时我曾学过舞台表演,当时最喜欢上的是台词课。因为可以通过声音和情感的运用,赋予各种人物不同的命运,或者诵读出耐人寻味的文章。记得那时最喜欢读诗人余光中的《乡愁》,你想不想听?"

乌云点了点头,说了声"想"。

苏明阳清了清嗓子,念诵道:"小时候,乡愁是一枚小小的邮票,我在这头,母亲在那头。长大后,乡愁是一张窄窄的船票,我在这头,新娘在那头。后来啊,乡愁是一方矮矮的坟墓,我在外头,母亲在里头。而现在,乡愁是一湾浅浅的海峡,我在这头,大陆在那头……"

说来奇怪，随着苏明阳声情并茂的表演，乌云的脑海里忽然浮现出了一片静谧的山林，陡峭的山峰、清澈的小溪、一年四季盛开着五颜六色的野花、清脆悦耳的鸟啼都是那般让她留恋。此刻，乌云不得不承认，出来了这么久，她真的想家了。

苏明阳念完最后一个字，将目光移向了乌云。见对方眼睛湿润地看着自己，心中顿时了然，笑着说道："乌云，怎么样？我读得还好吧？"

尽管心中难过，乌云仍勉强扯出了个微笑，拍了拍手，说了声好。

"我之所以喜欢这首诗，就是因为里面浓浓的乡愁，字里行间对故乡的思念和热爱，是最让人动容的。"说到这里，苏明阳话锋一转："乌云，你已经很久没有回去过了，是时候回去看看了。"

乌云先是一愣，继而低下头去，看得出来她此刻内心很是纠结。

"你转入病房的第二天，我就跟达仁奶奶通过电话，将根花的事情告诉了她。放心吧，达仁奶奶远比你我想象得坚强，不会有事的。"

乌云深深地叹了口气，心情随之平复了许多，抬头看向苏明阳，感激地说道："明阳，谢谢。"

苏明阳摇了摇头，喝了口咖啡，说道："我知道你现在心里乱得很，想回去却又害怕回去。不过，乌云，有些事只能靠你自己感悟。多给自己和别人一个机会，或许会发现不一样的东西。这样吧，公司给你一个半月的时间采风。等你回来，如果能够演唱出韵味，就继续表演。否则，就说明你没有当歌手的天赋，到那时就考虑解约，你觉得怎么样？"

苏明阳深知乌云性子倔强，有时候正面相劝并不能起到太大的作用，不如使用激将法。

果不其然，乌云的脾气瞬间被激起，她挺起身子，决绝地说道："好，一言为定。"

"一言为定。"苏明阳说着，将杯子向前一伸，"这次权当送行，等你回来再一起吃好吃的。"

乌云微微一笑，将自己的杯子和对方的碰在一起。

在苏明阳精心的安排下，乌云第二天乘坐飞机前往黑河机场。在此之前，她一直有些恍恍惚惚，觉得这不过是一场梦。直到坐在机舱里，才彻底清醒过来，明白了这一切都是真实发生着的。

看着机舱外的蓝天和飘浮的白云，乌云的心却又有些乱。曾经吵过架的家人、为了实现理想分手的爱人、为了唤回自己心底的热爱去世的好姐妹以及被她抛在脑后的故乡,这一切都即将要重新面对,可内心真的准备好了吗?

就这样,一路上恍恍惚惚,直到飞机经过短暂滑行,降落在了宽阔的停机坪上。

第五章

走出机场,乌云一眼就看到了停靠在马路对面的一辆红色敞篷跑车。与此同时,放在衣兜里的手机忽然响起了铃声。

乌云拿出手机,看到电话是苏明阳打来的。乌云皱了皱眉头,按下接听键。

"乌云,你看到路旁的红色车子了吧?"苏明阳单刀直入地说道,"那是租给你的,机场偏僻,距离卡纳特村又远,开车回去更便利。"

"开车回去?"

"对。"苏明阳容不得对方有半点质疑,肯定地说道,"放心吧,租车费是和我手机绑定的,每天都会从银行卡里自动扣款,你大可放心去使用。"

乌云微微一笑,苏明阳平时不仅话少,生活也十分节俭,像这样没有节制地花钱还是头一次,想不到这铁公鸡居然也有拔毛的一天,太阳还当真从西边出来了。

不过,既然天上掉馅饼,那她也没有理由拒绝。

"明阳,谢谢啊。"乌云说到这儿,顿了一下,随即又补充道,"你对我真好。"

"对你好不是应该的嘛。"苏明阳笑着说道,"我还等你赶快调整好状态,夺得比赛的冠军。好了,乌云,我还有其他的事情要忙,你有事随时给我电话。"

说完,不等对方说话,他就抢先挂断了电话。

乌云看了一眼手机,无奈地叹了口气。随后,快速穿过马路,来到车门旁。果不其然,上面还插着钥匙,看样子,租车公司的人没有走太久。

乌云打开车门,坐到了车里,先熟悉了一会儿车子的性能,然后开着车子缓缓向城外驶去。

黑河位于中国东北部,与俄罗斯隔江相望,城市虽然不大,路面和建筑却非常干净,马路上随处可以看到金发碧眼的俄罗斯人。

将车子停靠到路旁,乌云透过前面的挡风玻璃观看街景。那么长时间没回来了,对于她来说,这座城市真是既熟悉,又陌生。上次来还是和根花一起坐火车去北京……

根花……

想到这里,乌云的心顿时一紧,像是被谁用力地揪了起来,痛得她泪流满面。

还没等缓过神来,车门忽然被人拉开。乌云讶异地侧头看去,只见一个年约三十,穿着牛仔套装,背着银灰色旅行包,个子高大,相貌清俊的男人钻进了车里。

"你是谁?"

眼见对方一脸紧张,男子微微一笑:"你不用紧张,我不是坏人。我是个背包客,看你刚刚将车子停到了路边,所以想请你捎段路程。"

乌云瞬间瞪大了眼睛,想不到这世上竟然还有这么不讲道理的人,连招呼都不打一下,就强行上了别人的车子。一时间,她竟不知道是该拒绝还是同意。

男子见对方瞪着自己却不说话,就从衣兜里掏出了身份证,递到了乌云的面前。

"我叫李卓俊,是从北京来的自媒体导演,这是我的身份证。"

乌云瞟了一眼证件,果不其然,照片上的那人正是李卓俊。看对方并无恶意,她的心瞬间平静了下来。

"好吧,既然咱们都从北京来,那就载你一程。"

说着,乌云启动了车子,问道:

"你要去哪儿?"

李卓俊不假思索地回答道:"卡纳特村。"

乌云再次瞪大了眼睛,不可思议地看向对方。

"卡纳特村?"

"是啊。"李卓俊点了点头,反问道,"怎么?不顺路?"

"顺路……"乌云苦笑了下,"我正好也要去卡纳特村,想不到这么有缘分。"

"是吗？"李卓俊眼睛顿时一亮，兴奋地说道，"我要去云上客栈，你也是吗？"

云上客栈……

乌云顿感意外，在她的印象中，村里一直极为封闭，像是客栈这样的新生事物，却是从没有过。

她顿感有些好奇，想去见见客栈的老板。看样子，他年龄应该和自己差不多才对，说不定还真能有些共同话题。

"看样子，你不知道这家客栈。"李卓俊见对方不说话，便又自顾自地说道，"也是，这客栈是去年才有的，不知道也是正常。"

乌云缓了缓神，说道："我是有很长时间没有回来过了，确实不知道村里的变化。"

李卓俊用探寻的目光看着乌云，坐直身子，又继续说道："云上客栈不仅名字取得浪漫，院子里还种着五颜六色的鲜花，的确是个浪漫的地方。对了，要不然等到了村里，咱们一块儿去客栈。那里有八间撮罗子①，想来也是住不满的。"

这番话恰好说到了乌云的心里，事实上，从在飞机上，她的心里就一直七上八下的，不知道等到了村里该怎么办。

按理说，是该回家的，可当初毕竟被阿玛赶出家门。乌云性子倔强，低头道歉是不可能的。可如果不道歉，万一回不了家，又该怎么办？

如今村里既然有了客栈，那干脆就先到那里落脚，等到日后和家人关系缓和了再说。

想到这里，乌云立刻响应，笑着说道："好啊，你把客栈说得那样好，倒也真的勾起了我的兴趣。既是如此，那就和你一道走一趟吧。"

李卓俊看出了乌云的心思，却并不说破，只是微微一笑。

大约开了一个半小时，车子终于上了高速公路，眼前的景色也瞬间开阔。连绵起伏的青色山峦、银丝带般的山涧，路旁的树木和野花不断地在车前闪过，纷纷向后退去。

看着熟悉的景物，乌云的心情瞬间好了起来，就像久困笼中的鸟儿，终于展翅高飞，她竟情不自禁地哼起了赞达仁。

---

① 撮罗子又称斜仁柱或撮罗昂库，是鄂伦春人搭建的一种圆锥形房子。在鄂伦春语中，"撮罗"是尖，"斜仁"是木杆，"柱"是房屋。

李卓俊微微一笑，拿起手机，将这一幕录了下来。他放下手机，说道：

"我原本是商业片导演，曾经拍过很多广告，和许多国内一线演员合作过。后来，前两年由于一次偶然的机缘来到了卡纳特村，发现那里居然像童话世界一样，不仅景色优美，人也淳朴善良，所以从去年开始，每年都有半年时间住在村里，为的就是能够随时记录分享，现在已经有很多人关注了。"

他边说边指着手机自媒体页面上的数字给对方看。乌云清晰地看到，关注粉丝已有五十多万。

第六章

"这么多人？"

李卓俊看了一眼一脸惊讶的乌云，微微一笑："是啊，这说明卡纳特村是个令人向往的地方，只不过缺少能够发现美的眼睛。"

李卓俊的声音并不大，却如同锤子般重重地敲击在了乌云的心上。对方说得没错，自己以前觉得村子闭塞，没有前途，或许真的缺少了发现美的眼睛。想到这里，她不禁赧颜。

李卓俊见乌云不说话，只是红着脸低着头，就继续说道："其实，我每次离开北京，一路往北走，心情就会豁然开朗。这里不仅有茂密的大兴安岭密林，还有最美的火山和天池，这些都是之前在童话书里才能看到的。每次我在拍摄的时候，都会在心里惊叹大自然的鬼斧神工。说实话，和自然相比，咱们人类的确渺小得很。不过即使这样，也可以将心胸打开，尽可能地去接受自然万物的赠予，或许这样才能感到真正的快乐。"

乌云点了点头，这一刻，李卓俊的形象忽然在她心里高大了起来。如果真的能够像对方说的那样，将心胸敞开，是不是真的可以换种活法，命运会由此得以改变？

乌云想不清楚，却又渴望能够探寻到答案。

就这样，两人一道踏上了回乡的旅程。和平时急匆匆地赶路不同，一路上，两个人一刻不停地发现着路旁的美景美食，每到一处，都会用手机拍摄下来发到自媒体平台上。经过这一番折腾，不仅旅途上的新奇事物受到很多人的关注，就连作为推荐官的乌云名气也在不知不觉中大了许多。不少人在平台上纷纷留言，对这个歌甜貌美的小姐姐表现出了强烈的好奇。

"乌云，现在有这么多的人喜欢你，我看，不如就别唱歌了，干脆做女主播吧。"车上，李卓俊看完自媒体的关注度，笑着提议道。

乌云的眼前顿时一亮，马上，又摇了摇头。

"怎么了？"

"谢谢你啊，卓俊，不过我还是要当歌手，继续唱下去，因为这是我对亲人的承诺。"

说到这时，乌云的视线落在了放在车前方的一个白菩提雕成的弥勒佛吊坠上，佛祖此刻正笑呵呵地看着她，一副开心的模样。

吊坠是一年前参加浴佛节，根花从雍和宫请来的。

"乌云，这个送给你。保佑你今后人生顺遂，达成所愿。"

如今，话还在耳旁，那个送礼物的人却再也找不见了。

想到这里，乌云的心情瞬间又变得难过起来。

李卓俊察言观色，见对方脸色异样，也不再多说，只是偷偷叹了口气，伸手打开了收音机，从里面传来了歌手苏有朋的声音，唱的正是歌曲《珍惜》。

> 珍惜青春梦一场　珍惜相聚的时光
> 谁能年少不痴狂　独自闯荡
> 就算月有阴和缺　就算人有悲和欢
> 谁能够不扬梦想这张帆
> 珍惜为我流的泪　珍惜为你的岁月
> 谁能无动又无衷　这段珍贵
> 明天还有云要飞　留着天空陪我追
> 无怨无悔也是人生一种美

乌云听着这首歌，心底忽然涌起了强烈的悲伤，泪水瞬间模糊了双眼。李卓俊见状，连忙伸出手去想要调换频道，谁知却被对方制止。

"根花过去最喜欢这首歌，每次去KTV都会点。我没事，还是把歌听完吧。"

李卓俊迟疑了下，最终还是把手收了回去。

就这样，走走停停了一路。三日后，他们终于到达了卡纳特村。

到达村子时已是黄昏，当车子缓缓驶入村口，乌云透过窗子看到在老槐树下坐着一些拿着蒲扇、头发花白的老人，一旁不远处，几个孩子蹲在地上头对头地煽叽叽（小男孩玩具）。

见此情形，她不禁在心中暗笑，都说时间匆匆，转瞬即逝，可对于村民们来说，生活却似乎被永远定格。几十年前这样，现在还是一样。真的就像某部动画片中的经典台词，时间停止吧。

乌云寻了处没人的地方，停下车子。走下车来，她看到村子东头的一户人家烟囱里正冒着烟，要是猜得没错，应该正在做晚饭。

看到这一幕，乌云的肚子忽然响了一下，接着发出一连串肠鸣。

"看什么呢？"

忽然，她身后传来了李卓俊的声音。乌云转身看去，只见他不知什么时候已经站在自己身后，正用探寻的眼神看着她。

乌云犹豫了一下，随后指着村东边的撮罗子说道："那是我家。"

"你家？"李卓俊惊讶地说道。

乌云点了点头，径直上了车子。见对方仍在发愣，就将头探出车窗，催促道："傻愣着什么？还不赶紧上车，还得去客栈呢。"

李卓俊定了定神，转身又看了一眼村东头上了车子。随着乌云踩下油门，车子风驰电掣地向村西头驶去。

作为北方游猎民族，鄂伦春人世世代代生活在崇山峻岭之间，生存环境很原始，尤其是漫长的冬天，更是如此。因此为了能够更好地与恶劣的环境抗衡，争取更大的生存空间，他们养成了族群观念。

"按照传统习惯，我们将村子叫作乌力楞。"乌云边驾驶着车子边说道，"管事通常由部落长、萨满和长者组成。每当狩猎归来，男人们就会在他们的见证下为族人分配猎物，除了那些需要照顾的人，其余每家都是平均分配。"

她边说边抬头看着面前的景色，只见在夕阳的照耀下，挺拔巍峨的山、嶙峋秀丽的峰都是那样神秘，伴着潺潺的流水，美得令人窒息。

云上客栈坐落在陡峭的半山腰，院子很大，里面分成四排，总共矗立着十六栋红砖白瓦的大型撮罗子,院子的周围种着五颜六色的鲜花;达子香、鸢尾、雏菊,其中的一些花就连乌云也说不上名字。院子里种着绿油油的常青藤,中间的空地上还矗立着一个木头做成的秋千。

乌云看着秋千,忽然想起了童年时的一件往事。小时候,她特别喜欢打秋千。只要有空,就会在虎伦贝尔和根花的陪伴下到河边打秋千。

然而,由于年久失修,有一天,秋千坏了,在得知这件事后,乌云很伤心,在河边坐了很久都不肯回去,小虎和根花十分担心,也一直陪着她,直到太阳下山,月亮升起,天空出现浩瀚星河。

尽管过去了很多年,乌云依然记得,那天晚上在送她回家时,虎伦贝尔郑重地说道:

"乌云,放心吧,等长大了,我一定给你盖个漂亮的院子,种上花,然后再安上秋千架,这样你就可以天天玩了。"

尽管那时他们还只是孩子,乌云却仍然对这句话深信不疑,直到多年后也不曾忘记。

第七章

李卓俊走在前面,见乌云没有跟上,好奇地转头看去,见对方若有所思地看着秋千,好奇问道:

"你怎么了?"

乌云的思绪瞬间被打断,掩饰地说道:"没什么,这秋千……"

"秋千?"李卓俊看了一眼秋千,继续问道,"秋千怎么了?"

"没事。"乌云故作平静地说道,"我只是有些好奇,这里是半山腰,按理说是应该摆放蘑菇和菌子的晒台,这个秋千放在这儿倒是有些奇怪。"

"哦。"李卓俊笑了笑,"我以前也曾好奇地向客栈老板打听过,他说是为心爱的姑娘准备的。这毕竟是人家的私事,咱们也不好多问。走吧,我给你介绍两个新朋友。"

说着,他忽然提高了声音,大声说道:

"苗苗,吴楚!快出来,有新朋友!"

随着他的话音落下，一男一女两个年轻人像风一样同时从自己的房间里冲了出来，站在二人的面前。

乌云好奇地打量着这两个人，只见女孩二十岁上下，梳着齐耳短发，穿着牛仔服，浑身上下充满了潇洒干练。男人三十五岁左右，皮肤白皙，戴着一副金丝边眼镜，一看就知道很有学问。

"卓俊哥，你回来了？"女孩先笑着和李卓俊打了个招呼，随后看向乌云，"这位是……"

"哦，我来介绍一下。"李卓俊笑着指了指女孩，"这是苗苗，省农科院的研究生。这是吴楚，以前是上海美华医院血液科的副主任，后来……"

没等李卓俊把话说完，吴楚便抢过话头，自嘲道："后来落跑了，到这里当了村民。你好，很高兴认识你。"

吴楚的话瞬间拉近了双方的距离，同时也让乌云对他生出许多好感。

"好了，我们介绍完了，现在该轮到你了。"

"我……"乌云看了一眼李卓俊，笑着说道，"我叫乌云，是卡纳特村人，是歌手。"

吴楚和苗苗对视一眼，双双露出惊讶的表情。看得出来，他们对乌云的到来感到意外。

李卓俊见状，担心乌云尴尬，连忙说道："乌云马上要参加全国少数民族歌手大赛，她这次从北京回来，就是为了能更好地采风创作。苗苗，你还不赶快带乌云去看看房间？"

苗苗原本就性格开朗，经由李卓俊提醒，立刻拉着乌云的手，亲热地说道：

"走，乌云，我带你到撮罗子逛逛。你别看这里的房子多，实际上只住了我们几个，你可以随便选择住处。"

乌云看了李卓俊一眼，笑着对苗苗点了点头，和苗苗拉着手、肩并肩向后院走去。

李卓俊注视着乌云走远，这才收敛起笑容，露出了若有所思的表情。

吴楚察言观色，见此情形，笑着说道："卓俊，我要是猜得没错，你应该认识乌云很久了吧？"

"没有。"李卓俊摇了摇头，"我是半路上认识她的。"

"是吗？"吴楚调皮地笑着，故意将吗字的尾音拉长，"看你刚刚那眼神,我就知道,你在暗恋她。说吧,有没有兄弟可以帮上忙的,尽管说。"

"我……"李卓俊笑了笑,"吴楚,你别开玩笑了,我和乌云只是普通朋友。"

"好吧,普通朋友。"吴楚耸了耸肩,戏谑道,"卓俊,要不咱们打个赌吧?"

"打赌?"

"是啊。"吴楚笑着说道,"赌你对她的心意,如果我赢了,你就请我吃顿狍子肉,喝顿酒。"

李卓俊是典型的射手座,最喜欢我行我素,不愿意被任何事物牵绊,男女之情更是如此。因此一听吴楚这样说,立刻挑了挑眉毛,爽快地说道:

"赌就赌,吴楚,要是你输了,也是如此。"

"好,一言为定。"吴楚笑着说道,"卓俊,就冲你方才看乌云的眼神,这个赌你必输无疑。"

李卓俊微微一笑,不置可否。

按照鄂伦春人的传统来说,撮罗子的选址要在地势较高、阳光能照射到,而且水和柴草就近可取的平坦之处。建造方法是用三五根约碗口粗细,上有枝杈的木杆,相互交合搭成上聚下开的骨架,然后再用30根左右的木杆搭在骨架之间捆绑固定,在南面或东面留出门。木杆搭起的只是"屋架",外面还要覆盖才能遮风挡雨。按照季节的不同,分别用桦树皮、草帘子和犴、狍等兽皮,做成自上而下、一层压一层的围子,绑在木杆上,门帘则夏用草或树条编,冬用狍子皮做成。

撮罗子内的空间,高约一丈,地面直径一丈二三尺至一丈六七尺。如门向南开,则在室内北、东、西三面搭设供人起居坐卧的铺位。有的是用干草和树皮直接铺在地面上,更多的则是在约一尺高的木架上铺木杆、木板,上铺草席或皮子,可以更好地防寒防潮。铺和门之间的中央空地,是烧火取暖做饭的地方。按照习俗,撮罗子内的方位是有不同等级区别的。北面(正面)是安放神位之处,最为尊贵。平时只有男主人和男性贵客才能在北铺坐卧。如果供人起居,也只能是家中长辈。有的地方甚至规定,只有丧偶的男性长辈才能睡在北铺,如果夫妻都健在或夫亡妻在,则只能睡在右边的铺位。此外,家中的主妇和未婚女孩允许到北面神位前,而其他已婚妇女则不能,因室内中央是火位,她们不可以越过。火位两边的位置以右为上，儿子婚后与父母同住时，小两口只能住左铺，而且睡觉时应是男在北、女在南。由此可以看出，这些规定的基本原则是以北为尊、以男为尊。

后院里，在苗苗的陪同下，乌云很快就选定了靠左墙的撮罗子。尽管房屋的外观和其他一致，前面却种着一大片向阳花，屋子里和城市宾馆一样分为洗漱区、洁具区和休息区，摆放着空调、洗衣机、液晶电视及其他所需要的日常用品，休息区的墙上挂着一幅手绘油画，上面是两个身着鄂伦春服装的小男孩和小女孩，骑马奔驰在茂密的树林里。

看着画，乌云的眼睛不禁有些湿润。小时候，只要天气好，虎伦贝尔就会带她骑马到森林里玩，一起享受风驰电掣的感觉。

苗苗没有察觉到乌云的异样，仍兴奋地介绍道：

"乌云姐，这幅画是老板自己手绘后挂在这儿的，说是每次看到这幅画就会想起来小时候的事情。你别看他年轻，他不仅会驾驶汽车、摩托车，还会骑马，最重要的是，还是个纯天然的大帅哥，就算是放在影视圈，也不比那些明星差。关键是他还那么专情，要是我的男朋友就好了。"

苗苗边说边将两手交叉放在下颌，一脸陶醉。乌云见状顿觉好笑，扑哧一下笑出声来。

"乌云姐，你不信？"

乌云见苗苗有些恼了，连忙憋住笑，点了点头："信，我只是想这老板究竟是何许人？能让我们可爱的苗苗这般喜欢。"

苗苗听到这话顿时喜笑颜开，开心地说道："他今天到乡里办事去了，等回来，我再给姐姐引荐。对了，姐姐原本就是村里的人，说不定应该认识。姐姐，我饿了，咱们和卓俊哥、吴楚一起出去吃点东西吧。"

说着，她亲密地挽着乌云的胳膊，一道离开了撮罗子。

第八章

不知道是因为近乡情怯，还是因为离开得太久了，这一夜乌云睡得始终不踏实，翻来覆去折腾了大半宿，才迷迷糊糊地睡着。

半梦半醒间，她忽然听到门口一阵嘈杂，猛地睁开眼睛，挣扎着坐起身来，等到意识渐渐清明，这才穿上外衣，好奇地出门看热闹。

此时，一个身着鄂伦春族长袍的年轻男子正在一群孩子的簇拥下，向这边走来。少顷，他来到门口，停住脚步，笑着从口袋里掏出一把糖果分发给面前的小调皮们。看到孩子们纷纷道谢，男子更加开心，笑容也更加灿烂。

听到院里传来的脚步声，男子抬头看向来人。四目相对，双双怔住。

"乌云……"

虎伦贝尔梦呓般地唤着，他属实没有想到自己心心念念的前女友会忽然以这样的方式出现在自己面前。当初在得知他要回村发展，对方是那般反对，似乎永远都不会回头。

乌云愕然地看着虎伦贝尔，没想到会在这里遇见。当初小虎不是要回村办作坊的吗？怎么会来这里？不知为何，忽然间，她的心里生出了一丝莫可名状的情绪，迅速转身飞也似的向房间逃去。

虎伦贝尔见状，来不及多想，急急跟在对方身后追赶过去。

两个人就这样追赶着在院子里奔跑，在经过前院的撮罗子时，刚好碰到了出门的苗苗和吴楚。

"乌云姐……"苗苗见乌云神色不对，又向她身后看去，见是虎伦贝尔，更觉奇怪，"虎哥，你们怎么了？"

乌云和虎伦贝尔双双停下脚步，乌云仍是一副气咻咻的模样。

"你们怎么了……"苗苗好奇地看着面前的两个人，试探地问道，"你们认识？"

"不认识。"乌云连忙澄清。

谁想就在同一时刻，虎伦贝尔却脱口而出，说了个"认识"。

苗苗惊讶地看了吴楚一眼，见对方向自己点头，就又继续问道：

"到底认不认识？"

虎伦贝尔见乌云否认，不觉有些尴尬，便也想着按照对方的话说。谁知就在他说"不认识"时，对方却说了句"认识"。

苗苗又好气又好笑，脸上却仍紧绷着，摆了摆手："好了，好了，不管你们认识还是不认识，我都来介绍一下。虎哥，这是乌云，从北京回到村里来采风的大歌星。乌云姐，这是虎哥，云上客栈的老板。你别看虎哥年轻，可是绝对算得上青年才俊，不仅有客栈，还有刺绣手工坊……"

说到这里，她的脸上露出了崇拜的神情：

"也不知道谁能嫁给虎哥，真是太幸福了。"

不知为何，苗苗的表情忽然引起了乌云强烈的醋意，她"冷哼"一声，径直向后院走去。

苗苗不知道乌云的心思，见她这副样子顿觉好奇，看了一眼乌云的背影，又看向虎伦贝尔，疑惑地问道：

"她怎么了？"

虎伦贝尔目送着乌云的背影消失，心中不禁有些窃喜。作为深爱对方的男人，他知道乌云和其他女孩不同，即使生气也从不大吵大嚷，只会留下冰冷的背影，远远走开。

尽管如此，虎伦贝尔却不会将这件事告诉别人。因此在听到苗苗发问，只是耸了耸肩，故作惊讶地说道：

"我也不知道是怎么了，或许她只是想独自安静一下。"

说着，他从口袋里掏出了两块巧克力，递到了对方的面前：

"苗苗，这是你要的巧克力，我帮你从乡里带回来了。"

果不其然，看到巧克力，苗苗顿时眉开眼笑。

"还是虎哥靠谱。"她边说边拿过巧克力，"虎哥既温柔又体贴，无论将来谁嫁给你，都是最幸福的。"

苗苗以前就经常通过旁敲侧击的方式向虎伦贝尔传递爱意，他自然深知对方的心思，只是从未动心，一直将其当作小妹妹。因此，微微一笑道：

"你喜欢吃就多吃点，等下次去乡里再买。好了，你们不是要出去办事嘛，快去吧。"

苗苗听到催促，这才点了点头，恋恋不舍地跟着吴楚走了。

虎伦贝尔目送他们走远,快步向后院而去。

撮罗子里,乌云坐在桌前,手里拿着一本书,眼睛却漫不经心地看着窗外。此刻,房间里的电视开着,里面的男配角正在向女主角表达着爱意,愈发让她心神不宁。

犹豫半晌,乌云将书放到了桌上,推门走出房间,却一眼就看到虎伦贝尔正站在院门口,向这边看着。她停下脚步纠结了一会儿,最终只是沉默地从对方身边经过,就好像根本没有注意到对方的存在。

虎伦贝尔震惊地看着乌云的背影,等到再也看不见了,脸上忽然露出了黯然的神色。

在离开客栈后,乌云原本想要去附近的小吃店吃饭。谁知转着转着竟然来到了后山。此刻正是六月,鸢尾花和达子香开得正艳,清风拂过,空气里飘着阵阵暗香。

关于达子香,鄂伦春人一直有个美丽的传说。据说清朝康熙年间,在小兴安岭居住的主要居民是鄂伦春族,当时毛子兵(俄国人)频繁侵犯我国边境,洗劫村庄,老百姓苦不堪言。鄂伦春人为了不再受人欺负,决定联合起来,共同抵抗入侵者,一天,人们得到可靠消息,毛子兵又一次准备入侵,于是在他们经常经过的路段设下埋伏,准备给毛子兵以重创。

过了几天,毛子兵果然来犯,但是在岔道处,他们突然改变方向,向另一个村庄冲去。眼看着设好的埋伏就要白费,敌人将畅通无阻地洗劫村庄,在这万分焦急的时刻,一位勇敢的鄂伦春姑娘——达子香跨上猎马,提上猎枪冲到毛子兵的前方,毛子兵看到突然冲出来的美丽少女,于是一窝蜂地追了上去。阿香用鞭子狠抽着猎马,毛子兵在后面紧追不舍,渐渐地,阿香终于成功地把他们引进了埋伏圈。

一时间枪声大作,中了埋伏的毛子兵发疯似的在后面追赶阿香,他们把仇恨发泄在阿香姑娘身上,子弹无情地射向她,受惊的猎马驮着美丽的阿香继续在山野间驰骋,她的鲜血洒在了小兴安岭的山野,毛子兵被打败了,他们再也不敢轻易地来侵犯我们的国土,可是美丽的鄂伦春姑娘阿香却离人们而去。第二年,在她鲜血洒过的漫山遍野,到处开满了火红的鲜花,当地人为了纪念阿香,于是就把这种花叫作"达子香"。

对于这个传说,乌云很早就听额妮讲起过,对于其中的情节更是深信不疑。尽管过去了很多年，可她依然清楚地记得，诺敏在讲完故事后郑重地说道：

"乌云，你记得，看到达子香，你就能找到家了。"

家？她的心忽然一动，似乎被一双无形的手撩拨着心绪。忽然想远远地看看家人，哪怕只有一眼，只要确定安好也就够了。

打定主意，乌云立刻顺着陡峭的山路向村子东面走去，准备站在高处看看家里的情况。

第九章

在山路上深一脚浅一脚地走了四十多分钟，乌云终于到了山的最东面。

低头俯瞰，只见此刻阿玛、额妮、姐姐和隔壁院子的邻居正坐在桦树皮凳子上，聚精会神地看电视。随着剧情的推进，不时前仰后合地笑着，看样子应该是在看喜剧片。

家里的电视是熊猫牌的，顶老的那种黑白电视机。具体是什么时候买的，乌云说不上来，只觉得这台机器比她的岁数还大。

对于卡纳特村的村民来说，电视绝对算得上是一件贵重物品。小时候每当夜幕降临，整个村子的人都会纷纷带着小板凳来到乌云家的院门口集合。在大家羡慕的目光下，阿玛从屋里将电视搬到外面的桌子上，在顶端安装上用易拉罐做成的天线，这才小心翼翼地打开开关。与此同时，刚刚还在七嘴八舌聊天的人群瞬间安静了下来，一起将视线投到屏幕上。

因为处在山坳里，平常能收到的频道并没有那么多，通常也就三四个。不过这已经是万幸了，如果赶上阴天，乌云遮住了天空，天线瞬间就变成摆设，一丁点儿的信号都没有。

如今虽说村里有越来越多的人买了电视，可多数还是黑白的，明显与时代落伍。

不然给阿玛买台彩电吧？

不过，很快她又有些犹豫。她知道，阿玛性子内敛倔强，要是彩电被拒绝,只怕更难有和好的可能。可眼下这电视已经看了很多年,机器早就老化,要是不换台新的,万一坏了怎么办?

想到这里,乌云的心情越发不好。她在心中暗暗责怪自己,当初要是好好交流就好了,何苦落得今天这步田地?

想到这里,乌云又向山下看去。只见此刻电视屏幕一片漆黑,阿玛正伸长胳膊努力地调整着天线,然而却无济于事。

看样子,真的应该换台电视了。

乌云在心里轻叹一声,转身向来处走去。

三天后,哈森在骑马外出护林时接到乡快递便民服务站打来的电话,说要他开车去取一台 60 寸的创维彩电。接到电话,哈森吃惊不已。在他的印象中,村里还没有一户人家有这么大的彩电,想来价格一定不便宜。思来想去,他都没有猜出究竟是谁买的。

回到家中,吃晚饭时,哈森将这件事告诉给了诺敏母女,随后问道:

"你们觉得电视是谁买的?"

诺敏疑惑地摇了摇头,虽说鄂伦春人一向对天神恩都力深信不疑,可这电视总不能真的是从天上掉下来的吧。

和母亲不同,托娅此刻则显得心不在焉。她昨天就已经和妹妹见过面,只不过对方态度坚决,说什么都不肯回来,这才一直没有跟长辈说。此刻听到父亲疑问,顿时明白了电视的来处,神情也随之恍惚。任由父亲叫了好几遍,仍只是端着碗,两眼直直地看着前方。

诺敏见丈夫的脸色越来越沉,生怕他责难女儿,连忙偷偷拽了拽托娅的衣角,随后又看了丈夫一眼。

被母亲这样一拉,托娅顿时缓过神来,唇边泛起一丝尴尬的笑。

"怎么?有心事?"

听到父亲的问话,托娅连忙摇了摇头:"没有,就是有点累。"

"累了就赶快吃饭。"哈森说道,"吃完早点歇着。"

哈森虽有北方汉子的粗犷豪爽,内心却极其温柔。自从乌云离家,他就将所有的情感全部寄托在了托娅的身上。即便对方的做法令他不甚满意,也不挑剔和指责。

托娅笑着点了点头,随后陪父母吃了晚饭,刷完锅碗,这才推说吃多了要出去走走,出门去了。

哈森见女儿这般恍恍惚惚,不觉起疑,于是便也偷偷跟在其身后一探究竟。

一路上,托娅始终心神不宁,不时转头向后看着。哈森担心被女儿发现,也只能走走停停,随时躲避。就这样,父女俩一前一后来到了云上客栈。

托娅在客栈门前停下脚,看了下四周的动静,见没人注意,这才放心地走了进去。

哈森知道这家客栈是虎伦贝尔办的,只是一直没有需要,因此也没有来过。见此情形,也理会不了那么多,跟着走了进去。

撮罗子里,乌云正坐在电脑前听歌,听到有人敲门,便将门打开。看到托娅站在门口,顿时喜出望外,笑着说道:

"姐姐,你怎么来了?快进来。"

她边说边侧身将对方让了进来,随后又关上了门。随后来到桌前,拿起茶壶倒了杯茶,递到其面前。

托娅接过茶杯,却并不喝茶,只是焦急地说道:

"乌云,你是给家里买电视了吗?"

"是啊。"乌云一怔,随后笑了笑,"有什么问题吗?"

"有什么问题吗?问题大了。"托娅随手将杯子放到了桌子上,"你知道阿玛的脾气向来固执,我原以为慢慢说会将他说服的,你忽然一搞,彻底打乱了计划,我现在也不知道该怎么办了。"

乌云见托娅犯难,便来到对方面前,伸手拉住了她的手,笑着说道:

"姐姐,你也知道这些年我一直不在家,即便想孝敬阿玛和额妮,也做不到。现在终于有机会帮家里换台电视,是很开心的。说实话,我以前不懂事,就算有想法也不知道该怎么办,如果可以弥补,我愿意做任何事情。"

说这番话时,托娅一直盯着乌云的眼睛,从妹妹的眼神中,她能够感受到藏在对方心中的懊悔与自责。

忽然,院子里传来了虎伦贝尔的声音。

"哈森大叔,你怎么在这儿?"

姐妹俩对视一眼,一起走到门口,打开了门。果然,哈森不知儿时已站在门外。看到乌云,他的脸上露出尴尬的神色,迅速转身向门外走去。

乌云刚想去追,就被虎伦贝尔拦住。

"乌云,哈森大叔正在气头上,你现在追上去,只怕他根本不容解释,不如就让托娅姐姐去劝。"

托娅点了点头："小虎说得对,这个时候,估计阿玛是听不进去你的话了,还是我来吧。"

说着,她急匆匆地跑出了院子。

乌云目送着姐姐的背影消失,又将视线移向了正看着自己的虎伦贝尔,迟疑片刻,转身回屋,随后关上了门。

虎伦贝尔来到乌云的门前,抬起手想要敲门。犹豫了一下,又垂了下来。缓步离开,向前院走去。

第十章

是夜,星河浩瀚。哈森坐在撮罗子门前的桦树皮凳上,低着头,手里一刻不停地编织着桦树皮制品,在他身旁的地上,放着刚刚编好的桦树皮篓和桦树皮筷子盒。

桦皮传统技艺作为鄂伦春的传统(非物质文化遗产,以下简称非遗)技艺,由来已久。过去,为了适应游猎生活,聪慧的鄂伦春人用大兴安岭遍地皆是的桦树皮制成了轻巧耐用的生活用具。

哈森正忙着,忽然听到附近传来一阵窸窸窣窣的脚步声。他抬头看去,只见托娅正关切地看着自己。

"阿玛,这么晚了,该睡了。"见父亲看向自己,托娅温柔地说道。

哈森点了点头,放下手中的活计,摇摇晃晃地站起身来。由于刚刚坐得太久,身体僵硬,情不自禁地打着晃。托娅见状,连忙扶住了父亲。

向前走了几步,哈森貌似不经意地说道:

"托娅,你明天让安布伦抽空开车带咱们去乡里把电视取回来吧。"

安布伦和虎伦贝尔一样,是村里凤毛麟角的大学生。之前一直在省城做外贸,经常往来于中俄之间。后来,回乡创业打算开发鄂伦春特色中草药,眼下正在和乡里洽谈联合办厂。由于年纪相仿,从小又是邻居,所以他和托娅一直暗藏情愫,只是还没有来得及表白。

托娅没想到父亲竟然要收下电视,顿时瞪大了眼睛。

"怎么了?"哈森笑着在女儿的手背上拍了一下,"你是不是没想到我会收下？"

见托娅点头，他又继续说道，

"这是你妹妹的心意，我怎么可能拒绝？"

说着，哈森又向前走了几步，发现女儿没有跟上，才又停下转头看向托娅，继续说道：

"其实，今天你们姐俩在外面说的话，我都听清了。乌云离家那么久，想来一定吃了不少苦，这才悟出了那么多道理。能够听到她的这番话，我就放心了。"

自从乌云离家，哈森就再没提过女儿，可每当独自一人时，就会情不自禁地叹气。托娅知道，父亲一直都在惦念着妹妹，从没有忘记过。

想到这里，她笑着提议道：

"阿玛，现在乌云回来了，要我说，你就别再和她怄气了，不如明天就让她回来住吧。"

哈森犹豫了一会儿，摇了摇头："你妹妹的性子你也不是不知道，倔强得很。要是就这么把她召回来，恐怕还不愿意，不如就让乌云在外面继续历练。况且，云上客栈又是小虎开的，那孩子是我和你额妮从小看着长大的，错不了。要是他们俩真能走到一起，倒也是件好事。好了，早点睡吧，明天还得去乡里。"

托娅笑着说了声好，跟着父亲后面走进了撮罗子。

与此同时，乌云在房间里辗转反侧，随着时间的推移，心情越发凌乱。白天里父亲的表现反反复复浮现在她的脑海里，挥之不去。

难道真的错了，就该像托娅说的那样不买电视？为什么明明自己想要和父亲和好，反而却被推得更远？这究竟是谁的错？又该怎样修复这段看似破裂的关系？

乌云越想心里越烦，越烦越睡不着觉。忽然，一阵清脆的口弦琴声顺着风飘进了屋子，就像是一只调皮的手在夜深人静之际撩拨她的心弦，顿时引起了她强烈的好奇。乌云翻身坐起，穿好衣服，推开门循着琴声而来。

口弦琴是鄂伦春族人的传统乐器，长约 12 厘米，手持部分为圆环形，连接两根梢形铁条，中间夹一条薄钢片，钢片一端缠着镶柳木柄，以便用手弹拨。

吹奏口弦琴的人通常是鄂伦春族的青年男子，狩猎时代，猎人通常会在打猎后通过这种方式向同伴传递猎物信息,后来渐渐演变成为鄂伦春人表达情感的重要工具。

记得小时候,只要有时间,乌云就会和虎伦贝尔一道骑马到后山的草场上玩。她在对方悠扬的琴声中翩翩起舞,弧形的裙摆随着清风摆动,远远看去就像是一朵芬芳的花朵吐露着幽香。后来,电视剧《还珠格格》热播,当看到含香在草原上跳舞的那一段,她总会想到这段经历。

只可惜萧郎从此是路人,过去的那些快乐全都散落在风中,再也找不见了。

乌云一路想着来到前院,忽然面前出现了一抹熟悉的身影。只见虎伦贝尔正独自坐在秋千上,手里拿着口弦琴,轻轻吹着。此刻,他紧皱双眉,似乎是有心事。

听到脚步声,琴声瞬间停止,虎伦贝尔抬头看着乌云,露出了惊讶的神色。

"乌云……这么晚了,怎么还没休息?"

"睡不着。"乌云淡淡地说道,看样子,她并不想把谈话继续下去。

虎伦贝尔见状不禁苦笑了一下,起身说道:"我也是,乌云,咱们好久没聊过天了,你要不要试试这秋千?"

乌云的心头蓦地一动,表面却仍是一副冷漠的模样。

虎伦贝尔看着对方坐到秋千上,又继续说道:

"乌云,你怎么回来了?是……"

不等他说完,就被对方猝然打断,"根花帮我报了少数民族歌手大赛,我这次是回来采风的。"

在说这句话时,乌云始终板着脸,没有任何表情。

虎伦贝尔叹了口气:"根花的事情我听说了,这件事情怪不得你,你不用太自责……"

刚说到这儿,乌云忽然站起身来,径直向后院走去。

虎伦贝尔眼见得对方不愿再给自己说话的机会,不禁也有些急躁。匆匆追赶乌云,嘴里不断唤着对方的名字。然而,无论他如何呼唤,乌云始终没有停下脚步,仍自顾自地向前走着。眼见对方不肯理会自己,虎伦贝尔的声音不知不觉也大了许多。路过前院时,声音瞬间将原本熟睡着的苗苗三人吵醒。众人不明就里,纷纷将灯打开,边打哈欠边出现在了虎伦贝尔和乌云的面前。

第十一章

"虎哥，乌云姐，你们怎么了？"苗苗边揉着惺忪的睡眼边好奇地问道，"在吵架？"

乌云瞪了虎伦贝尔一眼，径直向后院走去。虎伦贝尔注视着她的背影，刚想上前去追，忽听李卓俊说道："好了，好了，都去睡吧。"

苗苗和吴楚疑惑地看了虎伦贝尔一眼，转身各自回到房间休息。

虎伦贝尔刚想去后院找乌云解释，就听李卓俊说道：

"小虎，反正也睡不着，要不一起聊会儿天？"

虎伦贝尔停住脚步转身看向李卓俊，犹豫了一下，点了点头。

客栈门前，二人并肩站在暗影里。给对方点燃一支烟后，李卓俊将另一根叼在了嘴里。火光忽明忽暗，仿若起伏的心绪。

彼此沉默良久，李卓俊这才说道：

"小虎，要是没猜错的话，你就是乌云的前男友？"

虎伦贝尔讶异地侧头看着李卓俊，他没想到乌云会将这么隐私的事情告诉对方，看得出来，他们两个人的关系很不一般。

"你不用这么看着我。"李卓俊笑了笑，"她从没有提及过这件事，只不过你们刚才的表现再明显不过，就算是傻子也能猜出其中缘由。"

虎伦贝尔苦笑了一下，坦诚地说道："你猜得没错，我确实是她的前男友，只不过看样子很不合格。"

"不合格？"李卓俊皱了皱眉，"为什么？"

"要是合格的男朋友就该陪在她的身边，而不是为了追求理想选择分手。"虎伦贝尔叹息一声，"只可惜，她连道歉的机会都不肯给我。"

李卓俊微微一笑："看得出来，你挺伤感。"

或许是寂静的夜晚分外让人脆弱，虎伦贝尔索性将心思全部坦白，肯定地说道：

"是。"说到这里，他微微停顿，须臾，唇边再次浮现出一丝苦笑，"是又如何？现在她已经把我拉进了黑名单，根本不愿意再多说一句话。或许我早就成了她心里那个无关紧要的人了吧？"

李卓俊暗自叹息，果然男人至死是少年，要是没经过生活的拷打，只怕永远都不会成熟。不过凡事没有绝对，只要努力争取或许还会有转机。

"这么轻易就认输了。"他笑着建议道，"你知道乌云的性子，倔强得很，要是想重新挽回怕是要费上一番心思才行。不过，即使这样，也不代表没有可能，凡事还应该乐观一些。"

虎伦贝尔听到李卓俊的话，眼前顿时一亮。对方说得没错，无论结果如何，至少这样做不会后悔。

"卓俊大哥，谢谢你。"虎伦贝尔感激地说道，"我会努力的。"

果然还是年轻人有活力，李卓俊心里想，笑着向虎伦贝尔比了个胜利的手势。

从前院回到屋里，乌云的心仍跳得厉害。背靠着门站了许久，心情才渐渐平静了下来。

她缓步来到床前坐下，脑海中仍不断闪现着虎伦贝尔的模样。原以为这份特殊的感情早已烟消云散，没想到再次见面后却变得越发强烈。然而，两个理念截然相反的人即便勉强凑在一起，应该也不会有幸福的。

想到这里，乌云的心中不觉难过起来，眼神也随之黯淡。她迅速低下头去，努力地淡化着情绪。

次日一早，乌云和大家一块儿吃过早饭后决定独自前往达仁奶奶家。根花在世的时候，最放心不下的就是老人。如今最好的姐妹走了，那她就该将这未尽的责任接过来，代替其进行下去。

然而，乌云的心中仍有些忐忑，如果老人不肯原谅自己，或是在极度悲恸的情绪中将她赶出门去，又该怎么办？

院子里，乌云边想着边向前走，不想迎面刚好遇到了李卓俊。

"乌云，你是要去看达仁奶奶吗？我陪你一起去吧。"

见对方狐疑地看向自己，他又笑着解释道：

"我快一年没有见过达仁奶奶了，之前在村里拍摄，要不是老人家帮忙，我怕是早就被赶出村去了。这次回来，无论如何都要去看望她。"

乌云点了点头，仍是一副心事重重的模样。李卓俊叹了口气，跟在她身后一道向前走着。刚一出门，就看到虎伦贝尔穿着鄂伦春民族服装，牵着一匹白马站在门外。

"乌云,我把闪电带来了。自打你走后,它就再也没有见过你,很想念你。"

不知是巧合还是冥冥之中的注定,他的话音刚落,白马猛地站立起来,向天空发出一声悠长的嘶鸣。

乌云看到这一幕,眼睛瞬间湿润。在两个男人的注视下,她快步来到白马的身旁,温柔地摩挲着马鬃,眼里满是宠溺。

鄂伦春人世世代代爱马,对于他们来说,马是天神恩都力赐予的礼物。

闪电是虎伦贝尔五岁生日时,阿玛苏德送的生日礼物。按照鄂伦春人的习俗,男孩子从会走就要开始跟随长辈外出狩猎,随着骑射技艺逐渐精湛,五岁时就要拥有自己独立的马匹,六岁时再由祖父亲自铸造腰刀佩戴在身上。

因为是从小的坐骑,尽管闪电不会说话,可在虎伦贝尔和乌云的心中,它却一直亲如兄弟。

记得五岁那年夏天,乌云和根花到呼玛河边采菌子。正忙得起劲儿,忽然风声大作,原本清澈的天空瞬间乌云密布,眨眼间混着冰雹的雨点瞬间砸了下来。附近极为空旷,雨势又这般突然,乌云和根花一时间都慌了神。然而,除了紧紧抱在一起,她们却再也想不出更好的法子。

咴咴咴……

忽然一阵马嘶从雨幕深处传来,在乌云兴奋的注视下,白马如同闪电般疾驰而来,停在了她的面前。

"根花,快看,是闪电。"

由于过于兴奋,乌云瞬间忘记了下雨,拉着根花站起来,她迅速来到白马的面前,翻身上马,随后又俯下身去将好姐妹连同桦树皮筐子一道拽上了马背。坐稳后,用两条腿紧夹马腹,马儿发出一声嘶鸣,驮着她们冲进雨雾,向着家的方向疾驰而去。

记忆真是个好东西,昨天的情景仍在眼前,周遭的一切却早已改变。想到儿时的情景,乌云心里顿觉五味杂陈。她轻轻地将头贴在马脸上,闭着眼,感受着久违的温存。

马儿此刻也变得异常安静,任凭乌云抚摸,不出声,也不乱动。

虎伦贝尔和李卓俊定定地注视着,直到过了好久,虎伦贝尔才开口提议道：

"乌云，我带你去后山草场转转吧？"

乌云的思绪被打断，直起身子，瞬间恢复了冷漠的表情。

"谢谢你，不过我现在要和卓俊一道去达仁奶奶家，至于草场以后再说吧。"

说着，不等其他人说话，她便径直向前走去。

虎伦贝尔看了一眼乌云的背影，随后又将视线移向李卓俊。李卓俊会意，向对方点了点头，迅速追赶乌云而去。

第十二章

乡道上，乌云头也不回地向前走着。李卓俊气喘吁吁地追了上来，二人一道并肩向前。

"乌云，不至于吧，刚刚叫你那么多声，怎么头都不回一下？"

"没什么，心烦。"

李卓俊见乌云眉头紧锁，知道其此刻心中定是极不好过，便故意瞪大眼睛，讶异地说道：

"不会吧，是谁招惹我们漂亮的乌云小姐姐了？真是该死。"

乌云见对方这一副明知故问的样子，顿觉好笑，扑哧一声笑出了声，随后又迅速板起脸来，转移了话头：

"没有谁，就是自己在和自己较劲。对了，卓俊，你说达仁奶奶曾经帮过你？"

"那可不！"李卓俊重重地点了点头，"要不是达仁奶奶，我现在怕是早就不能站在这儿了。"

乌云瞪大了眼睛，惊讶地说道："这么严重？快给我说说到底是怎么回事。"

李卓俊见对方这般好奇，便也不再隐瞒。先清了清嗓子，而后绘声绘色地讲述了起来。

作为鄂伦春族的传统节日，古伦木沓节的盛大程度不亚于春节。这一天，鄂伦春族无论男女老少，都要穿上节日盛装，精心打扮，来到依山傍水的篝火广场参加节日盛典。大家一起赛马、射击射箭、摔跤、颈力绳赛、划桦皮船，现场氛围好不热闹。此外，还会有民族非遗物品展示，赞达仁演唱等环节，不过最隆重的还要数萨满祈福。

鄂伦春人世代生活在深山密林中，对于神秘的自然界现象，始终坚信是某种神奇的力量在指使。他们认为宇宙天神恩都力主宰世间万物的变化，大到日月星辰的升降，小到花朵小草的生长枯萎。同时，还有山神白那恰、火神透欧布坎、北斗星神奥伦布坎、太阳神地拉恰布坎等神明保佑。

因此，作为唯一能与各路神明交流，请求赐福的萨满也就成了族人们最为崇敬的存在。

同时，为了表达崇敬之情，鄂伦春人还在萨满祈福时定下了禁止外族人拍照的规定，以免将萨满的灵魂定格在影像上。

然而，这条规定对于初来乍到的李卓俊来说却丝毫没有用，也正因此，闹出了一场风波。

古伦木沓节上，从附近村镇来村里参加活动的鄂伦春人围在火堆旁，此刻，身穿传统服装的人们正手拉着手，用鄂伦春语唱着欢快的歌曲。人群中，身着蓝色卫衣，头戴白色棒球帽的李卓俊用手机认真地记录着热闹的情景。

一曲终了，李卓俊看到村主任布赫巴图向他招手，连忙快步来到村主任面前。

"卓俊，一会儿关奶奶来了，还是不要拍了。"布赫巴图低声提醒道。

关奶奶原名关吉花，是村里的女萨满。据说，她家世世代代都是特殊体质，卜卦看病都很灵验，村里人都极为信服。只不过她为人有些傲气，处事待人极有锋芒，所以平日里乡民们都刻意忍让。

"巴图大哥，放心吧，我知道的。"

尽管表面上已经答应，李卓俊的心中却仍存着一丝侥幸。如果偷偷拍摄，没有被其他人发现，那不就成功了吗？对，就这样办。

少顷，随着悬挂着的神鼓发出三声清脆的响声，头戴神冠、身着腰间缀有贝壳、纽扣和各色飘带的五彩神衣，前胸后背挂着大大小小铜镜的关奶奶在二神的引领下如同旋风般来到场地中央站定。

"请神仪式开始。"

随着二神说出这句话，在场的男女老少一起虔诚地合上眼睛，双手交又放在胸前,嘴唇不断翕动,用近乎无声的语言念诵着祝祷词。

与此同时,随着三声鼓响,关奶奶也和二神一道对唱起了《请神歌》。只听她唱道:

> 我用鹿茸四平头做梯子
> 登上天空进入我的神位
> 我叫射恩是人间的主神
> 我又变成了一个射恩神
> 我说声:可爱的人间
> 我要用双手向人间撒满金子
> 我要向人间撒满银子
> 用双手把成群的犴赶到主人身边
> 用双手把成群的鹿撵到主人附近
> 用双手把成群的紫貂送到主人手中
> 让我的主人得到春天般的温暖幸福

人群中,李卓俊悄悄睁开眼睛,趁着其他人不注意,用手机记录下了这一幕。

那时的他根本不知道,就是这个举动,险些让自己陷入众矢之的,受到了村民的一致谴责。

场地中央,随着鼓声、歌声节奏越来越快,关奶奶跳得也越来越快。此刻,她就是一个硕大的陀螺,疯狂地抖动着身躯,眼睛朝天,口中大声念诵着祝词。

忽然,随着一声怪叫,关奶奶冷不防地倒了下来。四周的人见此情形,一起上前接住了她。沉默半晌,关奶奶缓缓站起,带领大家一道唱起《吉祥神歌》,继而,二神宣布仪式结束。

回想这一幕,李卓俊的脸上仍充满了无限的崇拜。看得出来,作为汉族,他同样为自己能够亲眼见证这神奇的一幕感到荣幸。

在听到李卓俊的描述后,乌云微微一笑,她对仪式再熟悉不过。由于萨满的身份,很早以前关奶奶就被村民们赋予了神话的色彩,村里人只要有孩子不听话,就会被大人吓唬。

"别淘了,小心关奶奶来抓你。"

每当听到这句话，即使再调皮的孩子也会乖乖安静下来，百试不爽。

"后来呢？"见对方愕然地看着自己，乌云又继续问道，"后来又怎么样了？"

"唉……"李卓俊叹了口气，"怪只怪我不该擅作主张偷偷将镜头混剪到视频里，发送到自媒体平台上。"

尽管只有极少量的镜头，但由于神秘的氛围，却仍很快得到了很多观众的注意。甚至还有好事者将镜头剪了下来，二度创作后进行转发。就这样，很快这件事就满城风雨。

"得知此事，关奶奶顿时勃然大怒，联合村民非要把我赶出村，任由乡里的孟书记和巴图大哥怎么劝都不依不饶。"回想当时的情景，李卓俊仍心有余悸，"多亏关键时刻，达仁奶奶出来帮忙，这才平息了矛盾。后来，我去道谢时又知道了不少关于她家的事情，心中对老人家越发崇敬和感激。"

"她家的事？"乌云好奇地探问道，"什么事？"

"这……"李卓俊故意卖了个关子，"你还是听老人家讲吧。"

乌云见对方不肯说下去，皱了皱鼻子，忽然加快了脚步，一路小跑向前。

第十三章

达仁家住在村西头的一栋三层的撮罗子里，门前种着一株高大茂密的槐树，树干像车轮一样粗，至少要三个四五岁的孩子围站成一圈才能勉强抱住。乌云很小的时候就曾看到过这棵树，据说是达仁奶奶的老伴，新中国成立后的首任村主任阿古达木爷爷生前种下的，到现在已有将近五十年的历史。门上挂着一个银质的小牌子，上面刻着赞达仁非遗传承人八个字。

二人来到达仁奶奶家门前，乌云忽然停下了脚步。与此同时，脸上浮现出了犹豫的神色。

"怎么了？"李卓俊看了一眼乌云，随后将视线移向屋门，"既然来了，就进去吧，有些事情总该是要面对的。"

乌云迟疑了一下，点了点头。刚要伸出手敲门，忽见门从里面被打开。在二人惊讶的目光中,达仁奶奶的孙子布库楚出现在了门口。

"卓俊,乌云……"布库楚兴奋地说道,"奶奶说你们今天会来,我起初还不信,没想到真的来了。"

说着,他伸出双手,将二人拉了进来。

"有话进来说。"

布库楚原来是省城医院的外科医生,由于村里缺少医生,大家看病很不方便。于是,在奶奶的支持下,回村创办了诊所,成了一名村医。

"阿布,诊所现在生意怎么样?"

布库楚听到李卓俊的问话,摇头苦笑着答道:"能怎么样? 你也不是不晓得村里的那些老人,生病发烧宁可去求关奶奶,也不愿意来诊所看病。快一年了,除了路过的司机和少数的年轻人,平时很少有人来。"

"这可不行。"李卓俊皱了皱眉头,"得想个法子彻底解决才行。"

"能有什么法子,"布库楚看了一眼乌云,"这世上最难改变的,恐怕就是人的想法了。不然,当初乌云和根花也不会去北京,再也不回来了。"

乌云的心情瞬间沉到了谷底,她迅速地低下头,刻意地逃避。

李卓俊见此情形,连忙给布库楚使了个眼色,不再说下去。

就在相对尴尬之际,楼梯忽然传来了一阵脚步声。三个年轻人同时循声看去,只见达仁奶奶正顺着楼梯向下走。

见此情形,李卓俊和布库楚连忙迎了上去,一边一个将老人家搀扶下楼。

"达仁奶奶……"

待老人走下楼来,乌云含泪跪倒在地。

"奶奶,对不起,我没能把根花带回来……"

一时间,愧疚、难过、自责,所有的情感齐齐袭上心头,让人无力闪躲。说到这时,她已然泣不成声。

奶奶叹了口气,缓步来到乌云的面前,将其从地上扶起。上下打量了片刻,缓声说道:

"乌云,你是个好孩子,从小心地就善良。根花的事情是意外,一切都是恩都力的安排,你也不要自责了。如果根花在天有灵,她也一定不愿意你这样。"

乌云在达仁奶奶的安慰下,心情稍稍舒缓了一些。然而,眼睛却仍是红红的。

"好了，一起来给根花上炷香吧。"

说完，达仁奶奶拉着乌云来到二楼，李卓俊和布库楚对视一眼，也跟了上去。

二楼根花的房间，靠墙桌上的正中间摆着根花的照片，此刻她笑眯眯地看着大家，仍是一副无忧无虑的模样。

达仁奶奶将香点燃递到了乌云的面前。

乌云感激地看了一眼老人家，随后又看向了照片。

"根花，我回村里了，达仁奶奶和阿布都很好。放心吧，我会好好参加比赛，唱好赞达仁，替你完成所有的心愿。"

说完，她郑重地向遗像拜了三拜，颤抖着双手将香插进了香炉。

众人来到一楼沙发上坐下，乌云迫不及待地询问道：

"奶奶，根花有没有什么未完成的心愿？我想帮她完成。"

达仁奶奶坐在铺着狍子皮的桦木摇椅上，听到问话，先犹豫了一下，随后点了点头。

"乌云，你知道根花当初为什么要跟你一道去北京吗？"

"为了理想。"乌云肯定地说道。

"那只是一方面。"达仁奶奶摇了摇头，"实际上，她这几年一直都在暗中寻找亲生父亲，只可惜一直没能如愿。"

乌云看了一眼李卓俊，疑惑地问道："亲生父亲？"

"对。"布库楚见奶奶的神情有些黯然，便接过话头道，"我和根花并不是亲兄妹，她的父亲是北京人，因为和根花的母亲老是吵架，就一个人回北京了，母亲因为难产大出血去世。奶奶见根花可怜，这才收养了她。这些事情根花从小就知道，只是从未对外人提及。"

乌云点了点头，布库楚说得没错，虽说从小到大一直在一起，可她确实从未听根花提过这件事。

达仁奶奶叹了口气，继续说道："根花曾经跟我说过，她之所以想找父亲，并不是要留在北京。实际上，在她心里，哪里都不及卡纳特村。她只是想知道自己的来历，让父亲知道，在这个世上他还有个女儿。"

李卓俊看到乌云的脸上再次浮现出难过的神色，连忙说道：

"奶奶，放心吧，这件事包在我们身上。别忘了，北京可是我的主场。熟人多，路子广。"

一番话瞬间化解了低沉的气氛,众人全都露出了笑容。

"对了,奶奶,你有没有根花父亲的照片?如果有,可以给我。"

李卓俊试探地说道。达仁奶奶点了点头,从柜子里找出了一张已经泛黄的黑白照片,照片上的人是一群风华正茂的青年。

"你们看,这是根花的爸爸和妈妈。"

三个年轻人顺着达仁奶奶手指的方向看去,只见根花的妈妈梳着两条麻花辫,站在第一排的左侧。根花爸爸站在第二排,正是其身后的位置,都是那般年轻。

"根花长得和她妈妈一样漂亮,难怪这些年我一直觉得她和村里的其他人不太像,原来是这样。"

乌云看着照片上的这对年轻爱侣,恍然大悟地说道。

"卓俊,我把照片交给你。"达仁边说边将照片递给李卓俊,"你多费心,争取尽快完成根花的心愿。"

"奶奶放心,我会的。"接过照片,李卓俊郑重地说道。

第十四章

达仁点了点头,又看向了乌云,关切地问道:

"乌云,你刚刚说要参加比赛?"

"是。"乌云认真地说道,"根花为我报了全国少数民族歌手大赛,想让我在比赛上唱赞达仁。现在她虽说不在了,可我也一定要完成她的心愿。"

达仁叹了口气,神情也随之怅然。

"根花这孩子从小就单纯,在她心里,或许哪儿都比不上咱们村。乌云,距离比赛还有多长时间?"

"两个月。"

"嗯。"达仁奶奶应了一声,提议道,"你来唱首赞达仁吧。"

乌云顿时一怔,她没想到对方会忽然有这样的提议,犹疑地说道:

"达仁奶奶,现在吗?"

达仁看了一眼李卓俊和布库楚,笑着说道:"乌云,你以前可是说唱就唱,现在怎么反倒忸怩起来了? 这里没有外人,你只管大胆地唱。"

乌云见奶奶这样坚持,也不好扫了兴致,只能硬着头皮站起身来,用鄂伦春语唱道:

"鹰啊,在高山顶上盘旋,在盘旋。展示着自己飞翔的能力,怎会服输? 鹰啊,在高山顶上盘旋,在盘旋。它想起自己曾经的能耐,在盘旋,又盘旋,越想起飞得越高。那耶,那耶,那耶,依那伊耶呵那哟,嘿,那耶勒那依耶……"

这首歌叫《猎人之歌》,不仅是赞达仁的代表作,也是乌云从达仁奶奶这里学到的第一支歌。时隔多年再次唱起,回想前尘往事,心中不禁无限感慨。

乌云唱歌的时候,达仁奶奶一直闭着眼睛听着。等到唱完,沉默片刻,才点评道:

"乌云,你这首歌唱得倒是没错,可就是没有值得回味的东西。就像唱一首流行歌曲,唱了就唱了,可你要说其中的内涵,确实没有。"

乌云的脸上现出一丝尴尬,看了一眼李卓俊和布库楚,低下头不说话。

达仁奶奶见此情形,也猜出了乌云的心思,语重心长地说道:

"每个民族都有自己独特的文化。咱们鄂伦春族没有文字,民族的历史文化都是口口相传,赞达仁作为记录的工具,也就起到了非常重要的作用。乌云,之所以你的演唱没有内涵,是因为你对咱们的民族缺乏认同。"

乌云心中一惊,她没想到达仁奶奶会这般精准地说出自己的心思。不过,出于自我保护,乌云仍立刻解释道:

"奶奶,我没有……"

达仁奶奶摆了摆手,笑着说道:"奶奶知道你没有,可即便有也是正常。毕竟咱们这里一直落后,不适合年轻人的发展。现在越来越多的年轻人宁愿背井离乡地外出打工,也不愿意留在这里。"说到这里,她的脸上现出了黯然的神色,叹息一声,不再说下去。

达仁奶奶的这声叹息仿佛刀子割着乌云的心,让她陷入深深的愧疚自责当中。

乡道上,李卓俊和乌云并肩向客栈走来,一路上,尽管李卓俊试着找了许多有趣的话题,乌云却始终没有接茬,只是沉默着。直到来到客栈门前,乌云这才忽然停住了脚步。

"卓俊,根花父亲的事情你想怎么办?"

李卓俊没想到乌云会忽然提及这件事情,微微一怔,继而笑着说道:

"我想将这件事情通过自媒体扩散出去,尽可能地发动大众帮忙寻找。"

乌云迟疑了一下,摇了摇头:"这恐怕不行,根花向来低调,她一定不希望因为这件事情成为别人关注的焦点,被他人指指点点。"

"那……"李卓俊语塞了一下,笑着说道,"没关系,那就动用关系私下找。达仁奶奶不是说那人在北京?我就不信,要是找遍了北京城,还能一点消息都没有?"

乌云沉默半晌,而后将视线投向客栈,自言自语道:"我以前一直觉得他和根花是在瞎胡闹,好不容易才去了北京,为什么一定要回来,直到现在才知道什么才是真正的勇敢。"

李卓俊看着乌云黯然的神情,心中不觉也难过了起来。人只有在成长之后,什么才是值得走的路,或许真的应了那句话,平平淡淡才是真。

少顷,在回到客房后,乌云一眼就看到了桌上电脑旁边放着一盆洗好的山丁子。每一个红红的果子都放在绿色的叶子上面,一看就知道是被人精心摆过的。

乌云微微一笑,缓步来到桌前,伸手拿起了一个果子。阳光照在果皮上面,发出炫目的光。

不像大城市里的孩子物资丰富,乡下的孩子平日里能够吃饱饭就已是万幸。小学一年级时,乌云从课本上第一次知道了水果这个词,并对此生出了强烈的向往。

尽管如此,却也只能望梅止渴,通过看课本上的图片来想象。这样的生活整整持续了两个多月,直到一次发烧生病方才结束。

那是一个冬日,三个小伙伴像往常一样拿着铁锹到河边抓鱼。过了一会儿,眼看着有鱼从冰窟窿里冒上来,乌云瞬间兴奋得又叫又跳。怎料,一个不注意,整个人竟直直地掉进了冰水里。

虎伦贝尔顿时大吃一惊,在根花的惊叫声里,跳入了河中。用力划水来到乌云身边,和根花一道将她拖到了岸边。

人是脱离了危险,可经由这一番折腾惊吓,乌云回到家后当天就发起了高烧,体温直逼四十度,小脸烧得通红,摸起来就像是一块烧红了的铁块,还一个劲儿地说胡话。

诺敏眼看女儿高烧不止,顿时心疼不已,然而,除了给乌云服下萨满开的药汤,也只能在托娅的帮助下一遍遍地用白酒为其擦拭身子。

是夜,撮罗子外面,虎伦贝尔担忧地伫立在门口。由于惦念乌云,他晚饭后就匆匆赶来了。由于此刻正在下雪,黄褐色的皮袍上落满了雪花,远远看上去就像雪人一样。

少顷,随着门帘晃动,托娅端着一盆水走了出来。

虎伦贝尔见状,连忙走上前来,在叫住托娅后,关切地问道:

"托娅姐姐,乌云怎么样了?"

托娅叹了口气,说道:"体温倒是降下来了一些,就是一个劲儿地说要吃果子,可这冰天雪地的上哪儿去弄啊?"

虎伦贝尔想了想,忽然转身一溜烟儿地向山上跑去,边跑边大声喊着:

"我这就去弄,等会儿就送来……"

过了两天,等乌云彻底退烧清醒过来,听姐姐说,为了弄半筐山丁子,虎伦贝尔脱掉了皮袍,硬是在山上整整冻了两个多小时。也正因为这样,他成了村里继乌云发烧的第二个人。

回想往事,看着手中的山丁子,乌云心中一阵怅然。

"小虎,你能不能告诉我,我到底该怎么办才是对的?"

第十五章

云上客栈笼罩在沉沉夜色当中,唯有靠北墙的撮罗子还亮着灯光。

此刻,虎伦贝尔正坐在书桌前,手里拿着一支笔,双眉紧锁,低头画着图。少顷,随着笔尖在纸上划过,一件镶嵌着山峰纹的现代卫衣出现了纸上。

和汉族的蜀绣、湘绣一样,鄂伦春刺绣历史由来已久。在鄂伦春族的衣服、鞋帽、手套、枕头、被子、褥子、烟荷包、套裤、马褡等物品上,处处都能够看到各种精美的花纹和图案。花草树木和小动物的图案,处处彰显着鄂伦春人丰富的想象力和高超的艺术创造力。

鄂伦春族的刺绣有直绣和缝绣两种。直绣是在衣物上用线绣成相应的图案;而缝绣是把兽皮、布剪成各种图案,缝合在衣服和鞋帽上。刺绣的图案主要有团花、几何纹、波浪纹、独立花纹、角隅纹和萨满衣服上的树木、动物、人物等。

和村里那些上了岁数的奶奶和阿姨们不同,虎伦贝尔作为民族刺绣的非遗传承人,最大的心愿就是能够将刺绣和现代服装结合起来,面向全国乃至全世界销售,让更多的人在喜欢衣服的同时更加深入地了解鄂伦春族文化。

这恰恰与村主任布赫巴图的想法不谋而合。在对方的支持下,虎伦贝尔现在不仅开起了小型手工刺绣坊,还创办了客栈。接下来,就是要通过不断创新的方式研发产品,推广上市。

虎伦贝尔正忙得起劲儿,忽然外面传来敲门的声音。尽管声音很小,在寂静的暗夜里听来却也格外清晰。他将笔放到桌上,听了一会儿,确定是在敲自己的门后,起身将门打开。

只见乌云站在门口,手里提着一只塑料袋,里面放着一些熟食和啤酒。

虎伦贝尔没想到乌云会来,一时间竟呆在了原地。

乌云见对方不说话,只是定定地看着自己,唇边泛起了一丝调皮的笑,戏谑地说道:

"怎么? 不欢迎?"

说着,她探头进来:

"还是说金屋藏娇了?"

虎伦贝尔见乌云这般,顿时兴奋不已。他原以为对方还会继续气恼他当初回来,没想到一场风波就这样过去了。连忙侧开身子,笑着回道:

"你又不是不知道我心里想着的人是谁,居然还要这么猜忌,太让人伤心了。"

乌云微微一笑,走进了屋子,门在她的身后被轻轻关上。

乌云在把塑料袋放到桌上,随手拿起了虎伦贝尔刚画的草图,认真琢磨了下,又放到了桌上。

"这位小姐,对草图有什么建议?"

"没什么。"

乌云边说边从袋子里拿出食物，放到了桌子上。等到全部放好后，才又转身笑着说道，

"我只是想起了一个笑话。"

"笑话？"

"对。"乌云憋着笑，故作正经地说道，"小虎，你知道鸭子为什么在水里不会沉底吗？"

虎伦贝尔思索片刻，最后摇了摇头。

"笨蛋，这都不知道，因为它的两只脚在拼命地划水。"

乌云说到这儿，指着虎伦贝尔，说道：

"小虎，你觉得自己像不像鸭子？"

这笑话果真冷得很，不过，既然是乌云讲的，那就一定得捧场。

因此，虎伦贝尔尽管对笑话无感，可仍是捧腹大笑。

乌云笑了一会儿，忽然目光黯淡了下来。在将一罐啤酒递给对方后，她打开了另一罐，坐下喝了一口，说道：

"我又何尝不是鸭子？原以为只要拼命划水，就能距离目标越来越近。可到头来才发现原来连本心都忘了。真的，小虎，我一直误以为自己聪明，如今才知道有多蠢。"

虎伦贝尔见她这样顿时心疼不已，将啤酒放到桌上，来到乌云身后，边用手拍着对方的肩膀，边安慰道：

"别这样，我说过根花的事情不能怪你，那是意外。"

"意外？"乌云沉默了一会儿，苦笑道，"可终归也是因我而起，我难辞其咎。"

虎伦贝尔来到乌云的面前，蹲在地上，他用两只手紧紧地握着对方的手，神色凝重地说道：

"乌云，你记住，人死不能复生。你要是把根花当成好姐妹，那就该好好生活，想方设法地帮她做些事情，而不是在这里自怨自艾。"

乌云从没见虎伦贝尔这么严肃过，定定地看着对方，不知所措。

虎伦贝尔叹了口气，态度随之缓和了下来："达仁奶奶家里有六个烈士，可老人家每天还是乐乐呵呵的。我记得有一次聊天时，她说过要替其他人好好活着。她都能这样做，你又有什么不可以？"

乌云定了定神，说道："小虎，我知道错了。可你刚刚说达仁奶奶家有

六个烈士，又是怎么回事？"

虎伦贝尔见乌云的情绪好转，也放下心来，拿着啤酒罐坐到了床上。喝了口酒后，说道：

"达仁奶奶的哥哥查干抗日战争时期曾以情报员的身份打入敌人内部做卧底，后因被叛徒出卖牺牲。她的老伴阿古达木爷爷虽在战场上侥幸生还，脑子里却残留了一枚弹片，战后经常发作，每次都是头痛欲裂、备受折磨，不到七十岁就去世了。查干的儿子阿木古郎和查干巴拉后来参加了抗美援朝战争，双双在战场为国捐躯。她的长子那日松和媳妇乌兰是军医，当年在参加唐山大地震抢险时遇到了余震，不幸丧生，那时布库楚刚刚会走，正是需要爸爸妈妈的时候。乌云，你从小就跟着达仁奶奶学习演唱赞达仁，那就不能只停留在表面上，更应该学习她的为人。"

乌云惊讶地睁大了眼睛。关于这些事情，达仁奶奶从未提及。也正因此，在乌云的心中，她一直都是最简单快乐的老太太，却没想到会有这样曲折跌宕的经历。

"你别这么看着我。"虎伦贝尔见乌云瞪着自己，又继续说道，"这些事情千真万确，都是从巴图大哥那里听来的。你要是感兴趣，我就一点一点讲给你听。"

见对方迫不及待地点头，他又继续讲了下去。

第十六章

在遥远的 17 世纪，世世代代生活在黑龙江流域的鄂伦春、鄂温克和达斡尔人，因为彪悍勇武、骑射绝伦，被统称为"索伦人"。在松嫩平原上，他们共同抵御外敌，开垦荒野，用血汗铸就了辉煌的传奇。

索伦兵，号称清朝版本的哥萨克，曾参与过雅克萨之战、平定准噶尔、清缅战争、平定廓尔喀等清朝著名战争。尽管人数相对较少，却极其擅长山地作战，尤其是在平定廓尔喀之战中表现英勇，成为清朝彪悍战斗力的象征。同时，生活在深山里的索伦人一直背着猎枪、骑着猎马、带着猎狗游荡在密林深处，踪迹飘忽不定，更加增添了神秘的色彩。

1936年冬，由于日军的强行攻入，东北地区大面积国土被强行占领。由于地处深山密林，鄂伦春人的生活似乎并没有受到影响，日子仍非常宁静。

达仁这一年只有四岁，正是调皮爱玩的时候。每天只要有空，她就会缠着住在同一个乌力楞（村子）里的阿古达木一起玩。尽管只比达仁大四岁，阿古达木却已经是个小小的男子汉了，除了跟着他的阿玛乌那坎外出狩猎和去河边抓鱼采菌子，剩下的时间就是和达仁在一起。春天到草场放马，夏天到花海采来各色野花编织花环，秋天如猿猴般敏捷地爬上高高的树木采野果，冬天用桦木做爬犁，由猎狗拉着，在冰面上疾跑。

除了到处跑着玩，每天晚上，达仁还会缠着哥哥查干讲故事。虽然查干比妹妹大了十五岁，这时早已娶妻生子，可对妹妹仍极为宠溺，不仅会专门腾出时间给达仁讲故事，而且家里只要有好吃好玩的，宁愿让自己的儿子咽口水，也要留给达仁。

月光如华，照在半山腰上，宁静美好。此刻，阿玛巴根和额妮高娃微笑着，达仁和阿古达木坐在桦树皮凳子上，双双托着下颌，看着低头擦拭弓箭的查干随着哥哥绘声绘色的讲述，进入了令人心驰神往的世界。

传说鄂伦春人的发源地是位于大兴安岭地区的嘎仙洞，那里不仅是北魏拓跋鲜卑祖先的旧墟石室，还有着一个美丽动人的传说。

传说在很久以前，嘎仙洞一带还是一片茂密的原始森林。每当春天时，野花遍地，一片大好春光。每当夏季到来，苍松蔽日，一派生机盎然。秋天时，野果满山，一片秋色金黄。冬天，白雪皑皑，一派素裹银装。这里不仅山清水美，而且野兽颇多，世世代代以狩猎为生的鄂伦春人在这片土地上过着幸福和平的生活。可是有一天，一个身高体大、面目狰狞的满盖（鄂伦春话：魔鬼）闯进了这里。它就住在山腰间的一个山洞里，只要发现有猎人进入森林，就会张开血盆大口将其吃掉。为了除掉这个吃人的恶魔满盖，勇敢的鄂伦春猎人们组织起来，多次上山和它打斗，但都因满盖的力量和妖术太厉害而失败了。

面对挫折，猎人们并没有丧失斗志和信心，坚持不懈地和满盖斗争了很多年。直到不屈不挠的斗争精神和一致对敌的团结力量感动了天上的嘎仙,他要到人间来帮助鄂伦春的猎人们。

嘎仙找到满盖比武,并提出了对方输了就要永远离开这里的条件,满盖自恃身高力大,对嘎仙的要求满口答应。他们先比投石,投得远者胜。满盖先来,它用尽浑身的气力,只把巨石投到了甘河边。轮到嘎仙了,只见他用右手托起巨石,奋力一投,巨石就过了甘河,稳稳地落到了对岸的一座山上。满盖耍赖不认输,提出要比试射箭,就射刚投过河的那块巨石,射得准者胜,勇敢的嘎仙答应了。射箭还是满盖先来,只见它拉开了弓,搭上了箭,瞄了又瞄,射出去的箭擦着巨石的边缘而过,只崩下几块小石头,滚到了山下。这时嘎仙充满了自信和勇气,他不慌不忙地拉开了弓,搭上了箭,射出去的箭正中巨石的中心,把那里穿出了一个车轮般的窟窿。满盖见状顿时害怕得一溜烟地逃走了。就这样,在嘎仙的帮助下,鄂伦春猎人们又重新开始了在大兴安岭崇山密林中的幸福生活。

"嘎仙真是太勇敢,太聪明了。"听完哥哥的讲述,达仁开心地拍手说道,"我也要像他一样,守护好咱们的山林。"

"我也是!"阿古达木也在一旁嚷道。

查干微微一笑,摸了摸妹妹的头发,温柔地说道:"那我的达仁就要赶快长大,只有这样才能更好地守护山林。"

说完,他又看向巴根,神色凝重地说道:

"阿玛,我听山下镇子里的汉族兄弟说,日军强占了县衙,还开设了日语学校,强行胁迫县一中的师生全部搬了过去。我担心……"

巴根点了点头:"你担心这把火也会烧到咱们这里。放心,要说旁的或许不行,打仗咱们鄂伦春人可个个是好手,大不了就和那些禽兽拼了。"

查干点了点头,随后又将视线移向了高娃。

"额妮,呼和舅舅家的表弟格根好像是在县一中读书。我听说那些日本人非常残忍,不仅烧杀抢掠,还拿中国人进行活体实验。现在他们封闭了学校,我总觉得是有不可告人的意图,您明天还是去趟舅舅家,要他勤到山下打听一下情况。"

高娃叹了口气,神情怅然地说道:"你呼和舅舅和乌日娜舅妈下午来找过我,你刚好不在家。格根现在确实是被日军看守着,具体里面的情况谁都不知道。你舅妈说起这件事,哭得就像是个泪人。唉,这日子到底什么时候是个头。"

达仁和阿古达木尽管不知道发生了什么，可看到三个大人这样，他们的心情也瞬间低落。

查干伸手在母亲的肩上，轻轻拍了一下，安慰地说道："额妮，放心吧，就算是再黑暗的日子也终会有结束的时候，一切都会好起来的。"

第十七章

那时的达仁并不懂得哥哥话里的意思，仍旧和以前一样自由率性地生活着，全然想不到一场暴风雨即将到来。

日子过得很快，转眼间到了1937年的春天。大兴安岭地处东北北部，比起其他地方，春天本就要来得更晚一些，每年四月中旬，冰雪才会完全消融，枯了数月的树木冒出绿油油的新芽。而这一年的春天来得更晚，已经到了五月初，人们还穿着厚厚的皮袍，撮罗子里也一个劲儿地冒着寒气。

然而，这对于达仁来说，根本算不得什么。她本就爱玩，特别是在雪后，玩得更加起劲儿。皑皑白雪仿佛给她的生命注入了无穷的活力，任她肆意发挥着各种新奇的想象力。

这天早晨，达仁刚一睁开眼睛，就透过窗子看到外面飘起了雪花，顾不上额妮吃早饭的劝阻，穿上袍子，她就迫不及待地冲出家门，一溜烟儿地来到阿古达木家。

此刻，阿古达木正在院子里用木棍为误入猎人陷阱而腿部骨折的狍子穆勒做支架。虽然是枪法了得的少年猎人，可从和阿玛一道上山打猎那天起，阿古达木就给自己定下了三不打原则：年老的动物不打、体衰的动物不打、怀孕和幼小的动物不打。

鄂伦春人世世代代信奉山神白那恰，在他们看来，所有的猎物都是白那恰给子民馈赠的礼物。也正因此，在上山打猎之前，所有的猎人都会集中在一棵剥了皮的桦树下，对着用黑炭灰画在树干上的白那恰画像虔诚许愿。

同时，他们也相信人和万物是和谐共生的，无论是谁，都不能打破这个和谐。否则，将会遭受白那恰的严惩。

还没等他忙完，达仁就像是旋风般冲进了院子，动作之快，将正低头包扎的阿古达木吓了一跳。

见对方惊诧地抬头看着自己，达仁顿觉有些尴尬，可还是快人快语地说道：

"阿古达木，外面下雪了，咱们去堆雪人吧？"

阿古达木看了她一眼，没有说话，又低下头继续包扎。

达仁见状，来到阿古达木的背后，在其身上轻轻地戳了戳，撒起娇来：

"阿古达木，你不是早就说要陪我堆雪人的？总不能说话不算话吧？"

阿古达木转头看了一眼，见达仁委屈地嘟起了嘴，无奈地说道：

"好吧，好吧，不过你先安静地等我包扎完，好不好？"

达仁见阿古达木答应了顿时眉开眼笑，连连说好。

大约过了一个小时，阿古达木终于在狍子的腿上缠好了绷带。大功告成后，他拍了拍手，先站起身来检查一下，随后向达仁挤了下眼睛，笑着说道：

"好了，咱们去堆雪人！"

达仁见阿古达木要带自己出去堆雪人，顿时兴奋得不行，从地上跳了起来，拍手叫好。随后，拿着铁锨跟在对方的后面，小跑出门。

此刻，天空阴沉沉的，白色的雪花在北风强劲的裹挟下，打着转从空中落到地面，宛如一只只灵动飞翔的白色蝴蝶。

在阿古达木的注视下，达仁先开心地在厚厚的雪地上打了几个滚，而后才站起来堆起了雪人。在两个人的共同努力下，很快，一个胖胖的雪人就出现在了他们的面前。眼睛是两个黑色土块做成的，鼻子是一根红色的刺玫果枝插上的，嘴巴是红色的辣椒做的。

"好了。"

在将水桶放到雪人的头上后，阿古达木向后退了几步，上下打量一番后，满意地说道。

达仁的唇边泛起调皮的笑容，趁着对方不注意，她忽然弯下身子迅速从地上拿起一团雪，向阿古达木身上扬去。

阿古达木吃了一惊，随后也快速进行反击。两个人你追我赶，玩得不亦乐乎，笑声响彻了整个山谷，连带着附近灌木枝上的雪也扑扑地掉落到了地上。

达仁和阿古达木正玩得起劲儿，忽见查干急匆匆地从山下走上来。

他急匆匆地来到达仁面前，没有和阿古达木打招呼，直接伸手抓住了妹妹的手腕，头也不回地用力拉着她往回走去。

达仁被这猝不及防的一幕惊呆，少顷，缓过神来，她努力地挣脱开哥哥的束缚。

查干见妹妹不听话，不容分说将其扛在了肩头，继续向前走着。奈何达仁在上面拼命地叫喊挣扎，一个不注意，身子前倾，重重摔倒。达仁被哥哥甩了出去，不禁有些发蒙，站起身来一动不动。

此刻，阿古达木也追了上来，急切地问道：

"查干哥哥怎么了？出什么事了？"

查干看了一眼阿古达木，叹了口气，随后又将双手搭在了妹妹的肩膀上，盯着她的眼睛，神色凝重说道：

"达仁，有件事必须要告诉你，格根他……"

达仁的脸色瞬间变得惨白，查干行事一直稳重，在她的记忆里，从没有像这样反常过。看样子，格根表哥一定是出大事了。

虽然不是家人，可由于住在一起，阿古达木和格根也非常熟悉。在他的印象中，格根是乌力楞里少有的文化人，长得斯文，还能用流利的汉语和山下的那群人交流，是同族其他年轻人争相学习的榜样。

这样的一个人能出什么事？

"查干哥哥，格根哥怎么了？"

查干犹豫了一下，叹了口气，对阿古达木说道："日军封锁了学校，将里面的师生分成了不同的批次进行人体实验，一旦有人死了，就被扔到密林里喂野兽。格根是趁那些人不注意用尽全力逃出来的，可还是因为被注射了过量的毒药无法保住性命。"

说到这里，他悲伤地看向乌云，心情沉痛地说道：

"达仁，你的格根表哥要死了，他一直很心疼你，你真的不想去看看他吗？"

格根比达仁大六岁，由于舅舅家都是男孩子，所以从小达仁是在长辈和兄长们的宠爱下长大的。尤其是小哥哥格根，更是给了她无限的关爱。作为最好的玩伴，他们无时无刻不在分担着彼此的情绪和心事，关系极为密切。

第十八章

阿古达木见达仁一动不动，担心错过去看格根最后一眼，便也顾不得那么多，拉着对方的手，跟着查干一道飞快地向前跑去。

少顷，到了呼和舅舅家后，达仁看到了此生最令她恐惧的一幕。只见格根表哥如骷髅般平躺在木榻上，似乎呼吸都已经停止了，肋骨像是木棍一样挂在身体的两侧，每一根骨头都能看得清清楚楚。

撮罗子里里外外站满了人，舅妈早已哭成了泪人。

"达仁，去看看你表哥吧。"

在阿玛的招呼下，达仁战战兢兢地来到木榻前，然而，只是匆匆看了一眼，就又躲在阿玛的后面。

撮罗子里，虎伦贝尔心情格外沉重，缓声说道：

"达仁奶奶后来告诉我，这是她第一次经历死亡。尽管在那时的她看来，死亡和睡觉没有分别，可还是感到了前所未有的惊恐。"

那是达仁最后一次见到格根表哥。第二天早晨，太阳还没有来得及升起，这个十六岁的少年就匆匆忙忙地走完了他的人生路。听老辈人说，这也是一天中最寒冷的时候。

在长期的游猎生活中，鄂伦春人渐渐形成了水葬和风葬这两种和其他民族不同的殡葬形式。

按照鄂伦春民族习俗，进行水葬前要先给死者穿好衣服、戴好猎刀，然后再将尸体放在两根长圆木和数根横木捆起来的木排上，在其身上盖好无毛的兽皮、头顶上摆上酒肉和一些兽骨做的贡品，然后，在乌力楞男人的共同努力下，将木排放入河水中，送葬者沿河岸跪下磕头祈祷，直到木排顺着水流消失，再也看不见踪影。

风葬则不同于水葬，要把死者的尸体放入桦树皮棺木内，然后在葬地选择四棵粗大的树木，把装有尸体的棺材吊起来。关于悬挂有两种不同的方式：一种是用兽皮绳吊在树上；另一种是用绳子吊起后，棺底撑放横木，并固定在大树上，这样可以避免熊狼等猛兽扒棺毁尸，也免去挖坑打墓之苦。

然而，由于格根是横死，没有结婚生子，按照民族风俗，只能采用土葬。

举行葬礼那天，整个乌力楞的人，无论男女老少都默默来到山顶帮忙。然而，尽管坑早就挖好了，乌日娜舅妈却仍扑在棺木上痛哭不止。见此情形，老人和女人们也不禁流下眼泪，为格根的早逝感到惋惜。

"阿赛姑姑来了。"

过了一会儿，随着一声男人的喊声，头戴神冠、身着神衣的萨满阿赛姑姑来到了人群附近。见此情形，人们纷纷向左右两旁让去，中间瞬间出现了一条窄窄的小路。

阿赛姑姑那时虽然只有十二岁，可作为萨满世家传人的她行为举止已经颇有风范，为人行事也很稳重，极受族人们的尊重。

在来到乌日娜的面前后，阿赛先到一旁俯身打量了一下土坑的深度，随后柔声劝说道：

"乌日娜姐姐，人死不能复生，不要再伤心了。"

乌日娜抬起头来，用凄楚的目光看向了阿赛。作为乌力楞出了名的美女，过去乌日娜无论走到哪里，都会吸引来许多目光。如今由于痛失爱子，只不过短短两天，就像是老了二十岁。头上长出了白发，眼睛哭得红红的，脸上也失去了幸福的光泽，完全可以用面容枯槁四个字来形容。

"阿赛姑姑，格根实在太冤了。"乌日娜哽咽道，字字句句都是控诉，如同锋利的刀子剜着在场人的心。

"那群人在他两条手臂和身上扎满了针孔，注射了许许多多的毒药，他是被满盖害死的。"

说到这里，好不容易止住的泪水再次决堤而下，四周也随之响起了一片哭声。

哭了好一会儿，乌日娜才止住泪水，继续悲戚地说道：

"格根走之前一直紧紧拉着我的手，用最大的气力告诉我，他想继续活下去，担心以这样的方式死去，连恩都力都不肯收留。阿赛姑姑，直到生命的最后一刻，格根都是想活下去的。"

说着，她又趴在棺木上，哀哀痛哭起来。

阿赛叹了口气，环视四周后，伸手轻轻地拍了拍乌日娜的肩膀。

"乌日娜姐姐，格根那么善良纯真，恩都力不会不收留的。我在临来前已经向神明问询过了，他的灵魂现在已经变成了天上的星星，回到了恩都力的怀抱。在那里，生命将得到长生天的庇佑，得到永生。"

乌日娜抬头看着阿赛，感激道谢。

阿赛点点头，随后又背对着乌日娜，对大家说道：

"大家应该都知道最近发生了什么。没错，嗜血的豺狼来了。他们用枪炮打碎了宁静的生活，肆意屠杀我们的族人，在咱们脚下的这片土地上制造了累累罪行。咱们鄂伦春族世世代代生活在山林里，过着隐居于世的生活，可即使这样，也是有血性的。你们说，面对眼下的情形，应该怎么做？"

随着话音落下，人群立即沸腾了起来。只见每个人都瞪大了眼睛，用手举起了枪，用尽全力大声喊着：

"拿起刀枪，驱赶敌人！"

"拿起刀枪，驱赶敌人！"

"好。"阿赛姑姑满意地点了点头，"我们鄂伦春人虽然世世代代热爱和平，可对侵略者绝不会客气。查干！"

随着一阵急促的脚步声，身着皮袍，挎着腰刀，背着弓箭和箭筒的查干走出人群，在来到阿赛的面前后，他用右手拍着左肩，躬身施礼，虔诚说道：

"阿赛姑姑！"

"查干，你和格根是好兄弟。"阿赛吩咐道，"就用你的弓箭送他上路，让格根能够在长生天保佑咱们守护山林。"

"是。"

查干应了一声，随后站直了身子，拈弓搭箭。众人凝神观瞧，只见随着他的手指拨动箭弦，六支箭矢如流星般先后向东边和西边直射而去。

疾风阵阵，山谷回响，一场正邪之战即将拉开帷幕。

第十九章

格根的事情刚刚过去了半个月，乌力楞就发生了另一件大事。

村民坤杰善在去山下镇上用皮子换粮食的时候，两个喝醉了酒的日军抓住了他，用枪逼着他带路。见坤杰善不肯就范，最后竟活活将他打死。消息很快就传到了乌力楞，瞬间就激起了族人内心的愤怒。

坤杰善不仅是乌力楞里最勇敢的猎手，也是最憨厚的汉子。尽管父母久卧病榻、妻子在生完第二个孩子因大流血撒手人寰，他却每天都是乐呵呵的，积极面对着生活。每次打来猎物，也会尽可能地多分一些给需要帮助的人。这样一个好人最后却被日军打得脑浆迸裂，惨死街头，无论如何都是接受不了的。

直到过去了这么多年，达仁仍然记得坤杰善叔叔去世时的情景。那天和往常一样，她和阿古达木在外面开开心心地玩了一整天，直到月亮升起才蹦蹦跳跳地回到了撮罗子门前。

此刻，门紧锁着，透过门缝，达仁看到里面的炉火烧得很旺，阿玛正在比比画画地向额妮和哥哥说着什么，看起来非常激动。

"坤杰善走得太惨了，镇上的人说，他的脑浆流了一地。唉，这是什么世道啊！"

听到丈夫的叹息，高娃连忙做了个轻声的手势，低声说道："这件事可千万不能让达仁知道，上次格根出事，她每天晚上都会做噩梦，一个劲儿地说梦话，后来，还是阿赛姑姑上了香才好起来。这次说什么也不能再让她知道了。"

查干见巴根要继续说话，也连忙说道："阿玛，额妮说得没错，达仁还小，确实不能让她再受任何刺激了。"

巴根见儿子这样说，也觉得有理，犹豫了一下，快步将门打开。一见达仁在外面，顿时一愣。

"你什么时候回来的？听到我们刚刚说什么了？"

达仁看了一眼父亲，又迟疑地看向站在不远处的哥哥，见查干向自己摇头，会意地说道：

"我刚刚回来的，什么也没有听到。"

巴根点了点头，抬手拍了拍女儿的肩膀，关切地说道：

"达仁，最近世道不太平，后山就不要去了，你和阿古达木就在乌力楞里玩。"

说着，他不等女儿说话，就大步流星地向前走去。

达仁看着父亲的背影，犹豫了一下，随后不顾哥哥劝阻，风一样地追了上去。跟着父亲来到了族长艾山家的撮罗子。

由于过去了太久，达仁的记忆已渐渐模糊，只记得那天撮罗子里的炉火熊熊燃烧,聚在一起开完会后,乌力楞的男人回家后都用磨刀石打磨着武器,叮叮当当,直到第二天早晨太阳升起,声音才消失。

然而,后来的事情却大大出乎了达仁的意料。那段时间,除了两三个日军在乌力楞外面探看情况,生活并没有改变。反倒是哥哥查干,变得越来越奇怪。每天早晨,大家还在睡觉的时候,他独自一人悄悄起床,在后山的树林里消失,直到半夜才回来。不仅如此,人也变得越来越沉默,即使在家也只是一遍遍地用布擦着弓箭,再也没有像以前那样给妹妹讲过故事。

对于查干的变化,达仁很是心焦,然而由于涉世未深,她想破了头也没能想清楚到底该如何解决。好在那段时间有阿古达木的陪伴,她焦虑的情绪方才能够缓解一些。

时间匆匆,转眼又是一年深秋。这天早晨起床后,查干没有再像平时那样消失,而是在吃过早饭后,骑马带着妹妹来到后山草场。

在达仁好奇的目光下,查干弯着腰在草地上精心选取了三十多根绿油油的毛毛草,随后坐在地上认真地编了起来。随着他十指灵动的上下翻飞,不一会儿,一个漂亮的小老虎活灵活现地出现在了达仁的面前。

"哇,小老虎。"达仁笑着拍手叫好,"好漂亮啊。"

"喜欢吗?"查干笑着说道。

"喜欢。"达仁从哥哥手上拿过草编,兴奋地说道,"哥哥,你能教我编吗?"

"当然可以。"

作为"宠妹狂魔",查干向来不会拒绝对方的请求。不过,他还是很快就提出了问题:

"达仁,你觉得黑熊厉害,还是老虎厉害?"

"当然是黑熊。"达仁不假思索地说道,"它比老虎的力气大。"

查干点了点头:"可是哥哥觉得老虎要更厉害。"

达仁讶异地眨了眨眼睛,不明白哥哥为什么会这么说。

查干微微一笑,边摸着妹妹的头,边讲起了故事。

一只老虎和一只黑熊在山坡上比赛摔跤,黑熊抱着老虎的腰,老虎抓着黑熊的肩膀,谁也不愿放松。它们一会儿抱着在地上打滚儿,一会儿翻个身站了起来,又抱成一团。

就这样，从早上摔打到中午，老虎打不动了，眼看着黑熊占了上风，就提议休息一下再比试。

黑熊见老虎气喘吁吁，于是就答应了。

老虎趴在地上喘了一会儿气，跑到山坡下的小河边喝够了水，就躺在地上休息。

黑熊却不愿休息，为了炫耀自己的力气大，它一会儿将老虎身旁的小树拔了出来，一会儿又将山顶上的大石头全部扔到了山谷。

这时，老虎休息好了，提议继续比试。黑熊刚开始并没有把对方当回事，谁知却由于刚刚的炫耀花光了所有的气力，最后只能落在下风，彻底输给了老虎。

讲完故事后，查干又问道：

"达仁，你现在觉得老虎和黑熊谁更厉害？"

"是老虎。"达仁肯定地说道，"它有智慧。"

"没错。"查干见妹妹回答正确，非常开心，"达仁，那你愿不愿意成为小老虎？永远用智慧守护咱们的山林？"

"愿意。"达仁不假思索地说道，"哥哥，我也要成为阿赛姐姐说的那种人，拿起刀枪和大伙儿一块战斗。"

查干见妹妹这样说很是欣慰，同时心中又夹杂着几分难过。

眼下族人惨死，山林遭劫，是时候作出决定了。

第二十章

查干目不转睛地看着达仁，像是要将对方的样子刻在脑海里。

达仁见此情形，好奇问道："哥哥，你怎么了？"

查干低下头，强掩悲伤，故作平静地说道："没什么，达仁，哥哥教你做草编吧？"

"好啊。"达仁笑着说道。

见妹妹这样幸福，查干也瞬间忘记了悲哀。在精心挑选了近百根毛毛草后，兄妹俩并肩而坐，一个教一个学，双双投入到对草编的巨大热忱当中。不一会儿，在哥哥耐心的指导下，达仁便灵活掌握了草编技术，一只只活灵活现的动物经过她的手完美呈现出来。

"哥哥,你看我做得好不好?"

看着妹妹得意炫耀,查干也感到了莫大的快乐。只是离别就在眼前,他还得抓紧时间才行。

在说了好字后,查干抬头看了一下太阳,犹豫了一下,悉心地叮嘱道:

"达仁,哥哥还有其他的事情要做,你在这里玩会儿就先回去吧。记住,一定要好好地听阿玛和额妮的话,多帮助他们做些事情。"

达仁诧异地看着哥哥,在她的印象中,哥哥虽然这段时间行踪很是神秘,但至少自己每天还是能够看到他的。那么,好好听话,多做事情是什么意思,难道说以后再也见不到哥哥了吗?

想到这里,达仁的心中顿时生出莫名的紧张。她伸出手去紧紧抓住对方的手,生怕一转眼哥哥就会消失。

查干轻轻地拍了拍妹妹的手背,随后站起身来,在对方担忧的注视下,快步向密林走去。

达仁定定地看着哥哥,直到对方马上就要走进树林,这才如梦方醒般大声说道:

"哥哥,我会乖乖听话,等你回来的。"

查干听到妹妹的话,蓦地停住了脚步,背对着对方站了好一会儿,这才缓缓转过身来,笑着向达仁招了招手,提议道:

"达仁,唱首赞达仁吧,哥哥想听。"

达仁点了点头,大声地唱了起来:

"我们鄂伦春人世世代代在兴安岭上打猎,吃肉、晒肉干,女人在家中熟皮子,用狍子腿皮做皮口袋,皮口袋里装满肉干和狍油,狍蹄子做摇篮上的装饰,茂密的森林是我们美好的家园,怎容豺狼觊觎,团结起来,拿起刀枪,驱赶,驱赶!"

查干神情专注地听着妹妹演唱,等到歌声停止,才又笑着招了招手,快步走进了密林。

达仁听着哥哥的脚步在远处消失,心头忽然生出强烈的委屈,泪水随之涌了出来,怎么都止不住,直到将自己哭成了泪人。

下意识地,她觉得自己可能要失去生命中最重要的亲人,可又不愿就此放手。

那天晚上,达仁一直没有回家,只是独自坐在草场上等待。直到繁星满天,皓月当空,迷迷糊糊睡着了,她才被父亲背回了家。

第二天,达仁忽然发起了高烧,任凭阿玛和额妮想尽办法,一直没有降温,只是一个劲儿昏昏沉沉地喊着哥哥。后来,体温虽降下来了,神志却仍旧恍恍惚惚,每天只是托着下颌坐在撮罗子门外的凳子上等着哥哥回来,任凭父母磨破了嘴皮子地劝说、阿古达木绞尽脑汁地哄劝,仍旧没有半点好转。

巴根和高娃看到女儿这样心急如焚,同时也为离家出走后再无音讯的儿子担忧。为了打听查干的下落,乌力楞里的男人想尽各种办法到山下打探,然而却依然石沉大海,就好像人间蒸发了一般。

日子匆匆而过,转眼又是古伦木沓节。威远县公署,这里原本是清朝时县官办理公务、审理要案的场所,现在被日军抢占为办公地点。

此刻,二楼左侧办公室的门紧关着,日本军官山岛刚背着双手烦躁地在屋里踱来踱去。从抓到地下党查干到现在已经过去了整整两个月,任凭所有的刑罚轮番使了数遍,这个倔强的鄂伦春汉子的意志始终如钢铁般坚强,无论怎样拷打就是不肯开口。

眼看着距离上司听结果的时间还有三天,山岛刚的心中如火烧一般难过。

嘀嘀嘀……

忽然楼下传来汽车喇叭声,山岛刚快步来到窗前探看,挑起窗帘后,他看到身穿褐色长衫、头戴黑色礼帽的县长赵慈仁在一名日本士兵的陪同下,拄着文明棍下了车子,唇边顿时泛起了笑容。

在放下窗帘后,山岛刚来到桌前坐下,佯作不知情地翻看着桌上的文件。时间不长,随着走廊里一阵清脆的脚步声传来,一名日本兵走了进来。

"报告,赵县长来了。"

山岛刚直起身子,板着脸吩咐道:"让他进来。"

日本兵说了声是,快步走了出去。时间不长,赵慈仁谄笑着走了进来。

在山岛刚冷冷的注视下,赵慈仁径直来到桌前站定,摘掉礼帽,向对方鞠了一躬,一副卑躬屈膝的奴才相。

赵家是县里的大户,向来以诗书传家,清朝时曾相继出过三名举人。虽说后来家道没落,可也要比其他人家实力雄厚。赵慈仁出生后,被长辈赋予了众望。不到四岁,就到私塾开蒙。事实证明,他也的确没有辜负此种心意,二十岁刚过就中了举人,并担任了县令。只可惜,才华横溢的他竟也是个不折不扣的唯利是图之人。当官后并不考虑如何给乡亲们谋福祉,反倒借着权势中饱私囊,放任手下在下面横行霸道。百姓背地里对他恨之入骨,私下里都叫赵慈仁"不是人"。

日军占领县城后,赵慈仁为保性命主动勾结山岛刚,成为彻头彻尾的汉奸。查干此番被抓也与他脱不了干系,正是他所负责的汉奸队成员认出了他的真实身份,这才使原本在日军里卧底做卫队长的查干身陷囹圄,再无生还的可能。

"山岛长官,您找我?"

山岛刚点了点头,待赵慈仁坐下后,才说道:"赵县长,我此番找你来,是关于查干的事情。"

"查干?"赵慈仁眨了眨眼睛,疑惑地问道,"他怎么了?"

"现在距离山下长官听结果的时间只有短短几天了。"山岛刚狠狠地说道,"可是任凭如何用刑,哼都不肯哼一下。再这样下去,怕是咱们都不会有好日子过了。"

第二十一章

赵慈仁皱了皱眉头,虽说没见过面,他先前却也听说过日军少佐山下木的恶名,晓得那是一个杀人不眨眼的魔鬼。旁的还好说,要是一个不顺心,将火烧到自己的身上可就不好了。要想避免这样的事情发生,还是得赶快想出解决办法才好。

冥思苦想了一阵儿,赵慈仁猛地一拍大腿,笑着说道:

"你看我这记性,怎么把这件事给忘了呢?"

见山岛刚愕然地看向自己,他连忙解释着。

"山岛长官可能对鄂伦春人的风俗不了解,明天就是他们一年一度用来祭祀火神的古伦木沓节,我认为……"

说着,赵慈仁压低了声音,用近似耳语的声音为山岛刚出起了坏主意。

随着对方话头的推进，山岛刚原本阴沉的脸色变得舒缓，不住地点着头。

少顷，他直起身子，抚掌大笑道：

"赵君，你果然是大大的忠臣，放心吧，事成后，我一定会向山下长官为你请功，让他好好嘉奖你。"

赵慈仁听到这话立刻激动起来，起身向山岛刚深深鞠了一躬，声音颤抖地说道：

"多谢山岛长官，赵某一定为大日本帝国恪尽职守，赴汤蹈火在所不辞。"

山岛刚见此情形，仰头狂笑。

次日一早，乌力楞所有撮罗子的门口都放着火盆。由于是战时，为了不引起日军的注意，在艾山伯伯的主持下，被迫取消了隆重的庆祝典礼。但出于对火神的崇敬，大家还是不约而同地放置了火盆，这也使得整个环境看上去更加凄楚。

艾山家的撮罗子，此刻，乌力楞的男人全部聚在一块，席地而坐，商讨着接下来该如何对抗日军。正说着，忽然门帘被人从外面挑起，在众人讶异的目光下，阿古达木和达仁匆匆地闯了进来。由于速度太快，他们的额头上满是汗水，在弯着腰费力地喘息了半晌后，才直起了身子。

"艾山伯伯，查干哥哥被日军押到村口了。"

因为心中实在过于焦急，阿古达木的话显得有些语无伦次。

众人闻听全都一怔，他们原以为查干是到安全的地方去了，没想到竟落到日军手里。

少顷，缓过神来后巴根迅速来到达仁的面前，将双手搭在女儿的肩膀上，焦急地求证道：

"你看清楚了？真是查干？"

达仁因为看到哥哥被日军押着，原本就有些惊慌。此刻看到父亲，不禁更加慌乱。像是一只受惊的小鹿，胡乱地点着头。

巴根的脸色瞬间惨白，脚下瞬间发软，身子晃了一晃，险些跌倒。阿古达木见此情形，连忙扶住了他，劝说道：

"大叔，查干哥哥既然来了，那咱们就一块儿去见他吧。"

巴根闭了闭眼睛，确定恢复了些体力，才红着眼睛点了点头。

自打查干走后,他每天都会祈祷天神恩都力能够保佑儿子平安顺遂,想不到最后却是这样的结局。

恩都力啊恩都力,我的查干那么好,为什么却偏偏得不到你的护佑?!

想到这里,巴根的心像是被人撕了个粉碎,痛楚无比。

人们在身后静静地看着巴根,作为族人,他们自然了解此刻巴根的心情。不过,阿古达木说得没错,或许这是能够见得最后一面了,确实不能错过。

"巴根……"

艾山边说边缓步走了过来,在来到巴根的面前后,他缓声劝说道。

"我的好兄弟,无论待会儿发生什么事情,你都一定要挺住。查干向来孝顺,他一定不希望阿玛和额妮有事。"

说着,他将一只手放在了艾山的手上,用力地捏了捏,像是要把自己全身气力通过这种法子传导给对方。

巴根的眼睛瞬间湿润,吃力地点了点头,哽咽地说道:"族长放心,我会的。"

艾山看了一眼巴根,又大声对其他人说道:"走吧,大伙儿一块去看看查干。记住,一会儿无论发生什么事情,都一定要撑住。不能哭,更不能倒下。"

众人相视一眼,齐齐大声说:"是"。随后,一道向村口快步走去。

刚到村口,他们就看到两个身着军装、背上背着枪的日军士兵跟在一手拿着钢刀、一手牵狗的山岛刚身后向这边走来,在他们前面的正是消失多日的查干。只不过和以前不同,此刻的查干再也不是那个帅气潇洒的年轻猎人,脸庞瘦削,身上的衣服被撕成了无数大大小小的碎片,艰难地挂在身上,遮挡着身体,还没有来得及处理的伤口仍不断向外渗着血,长长的头发像野草似的倔强地向上立起,唯有那对黑白分明的眸子仍能够透出青年旧日的风采。

"哥哥!"

达仁吃惊地唤了一声,刚想抬起脚向查干这方跑,就被阿古达木伸手拉住。

"达仁,不要去。"见对方看向自己,阿古达木急促地说道。

"贸然行事对你和查干哥哥都没有好处。"

达仁瞪着眼睛看着阿古达木，犹豫了好一会儿，这才慢慢收回了脚，继而又看向了不远处的哥哥。

少顷，日军来到村口，停住脚步。山岛刚先让兵士押着查干后退几步，用凌厉的目光扫视了一番面前的族人后，冷冷地问道：

"你们谁是族长？"

"我是。"艾山原本站在人群后面，听到山岛刚问自己，便径直走上前来。在来到对方的面前，停住脚步，傲然答道。

"这里不欢迎你。"

山岛刚没想到刚来就碰了一鼻子的灰，先是一怔，而后仿佛是看了什么好笑的笑话，抬头狂笑不止。过了好一阵儿，才停了下来，正色说道：

"这难道就是你们鄂伦春人的待客之道？今天来没有别的意思，只是听说今天是你们的火神节，特意来送礼物，带上来。"

听到命令，两名日军迅速将查干推到旁边的一棵粗树下，随后用绳子将其绑在了树干上。

"这个人你们应该认识，共产党的探子查干。"山岛刚转身看了一眼，又对面前的族人们说道。

"大日本帝国皇军向来仁慈，如果你们能够让他开口，或许还能留下一条命。"

乌力楞的人听到这里，全都交头接耳议论纷纷，现场顿时现出一片不大不小的嘈杂声。

第二十二章

"查干！"

忽然，女子哭喊的声音从人群后面传来。人们惊诧地转过头去，只见高娃眼里含泪，从远处跑了过来。少顷，在经过丈夫身边时，被其伸手抓住了手腕。

"巴根……"高娃哭着，激动地喊道，"你放开我，让我过去，那是我的查干，我要和他在一起！"

巴根死死地抓着妻子的手，任凭对方如何挣扎，就是不肯松一下。

由于此前一直被关在黑暗的监牢里，很久没有见过光亮，查干的精神不禁有些恍惚，每一个动作都像是做梦。在听到母亲的喊声后，意识才渐渐清醒过来，瞪大了眼睛反复确认了几遍，一股巨大的惊喜忽然袭上心头。

原以为生命的终点要在冰冷的牢房里结束，却没想到会再次回到这个熟悉温暖的地方，见到相亲相爱的族人。在这里结束生命，一切就都值得了。

查干的目光一遍又一遍地在阿玛、额妮、妹妹、妻子和两个儿子的脸上扫过。

"再见了，今生最爱的人，我不后悔到人世走一遭，和你们一道度过难忘的二十三年，只可惜不能再继续陪伴你们走下去。"

"达仁，我最可爱的小花鹿，亲爱的妹妹，哥哥以后再也不能给你讲故事、做草编了，你一定要好好地、开开心心地活下去。请相信，每当天边有一颗很亮很亮的星星出现，那就是哥哥回来看你了。"

"额妮，不要哭。为了我你已经哭过太多回了，以后儿子不在了，一定要和阿玛开开心心地生活。如果你们想我，就好好爱妹妹和你们的孙子吧，让他们的人生更加灿烂幸福。"

想到这里，他又抬头看向了层林尽染的山川，微风拂过，树叶沙沙作响，连带着心也变得轻盈。

"高娃……"巴根直视着妻子，坚定地说道，"你要镇定，查干那么勇敢，他一定不想看到你哭。擦干眼泪，无论发生了什么，都要勇敢。"

高娃听到丈夫的话，先是一怔，继而转为了无声地抽泣。

山岛刚戏谑地看着这一幕，冷冷一笑，转身对查干说道：

"查干，本官再给你次机会。只要你说出电台在哪儿、你的上线和下线是谁，就让你与亲人团聚。你年纪轻轻，未来前程一片光明，又何必自寻死路？"

查干冷哼一声，看向族人。只见大家全都抬头看着自己，微笑着大声说道：

"艾山伯伯，我最亲爱的族人们，你们都不要难过。人原本就是匆匆来世间走一遭，最后都要回到恩都力的怀抱。我只是提前结束了自己的使命，去到该去的地方。如果以后天边有最亮的星星出现，那就是我来看望大家了，请相信我会和你们同在。艾山伯伯，您是族长，查干从小在您和阿玛、叔叔伯伯们的教导下长大，是你们教会了我，作为一个鄂伦春男人，要勇敢坚强，希望在我走后，您能带大伙儿走上一条光明的道路，继续拿着刀枪驱赶野兽，守护好我们的家园。假如你们心里还难过的话，那就唱首赞达仁吧，在心里祝祷，请求恩都力能够让我得以永生。"

山岛刚没想到查干的意志竟然像钢铁一般坚强，无论怎样都无法使其摧毁。在平白无故地挨了一顿骂后，他再也无法维系伪装的面具，像是疯狗般狂吠，命令兵士架起柴草，随后将一根燃着的烟丢了进去，火光顿时冲天而起。

"哥哥！"

随着这声惊呼，达仁看到哥哥在火光掩映中向自己微笑。笑容那般温柔，一如往昔。随着一只手忽然遮挡住眼睛，眼前的景物瞬间被黑暗笼罩。

"谁？"达仁吃了一惊，低声问道。

"是我。"阿古达木的声音在她身后响起。

达仁犹豫了一下，继而放弃了挣扎。她知道，阿古达木是不想让自己看到人世间最残忍的一幕。

然而，说来奇怪，尽管眼睛不好使了，耳朵却忽然变得好用了起来。

达仁听到四周的族人们一道哽咽着唱着赞达仁，每一句都是对敌人的泣血控诉，随着声音越来越大，怒火也越来越烈，直到怒气冲天，歌声随着山谷回荡，直冲天际。

过了一会儿，当眼前重现光亮时，达仁看到随着敌人离开，大树前面的火已经熄灭了，昏倒的额妮被几个伯伯抬着正向阿赛姑姑住的撮罗子走去，阿玛则独自一人跪倒在树下，哥哥已经没有了踪影，再次消失在了达仁的世界里。

达仁诧异地转过头去，看到阿古达木站在她的身后，此刻他的眼睛红红的，像是刚刚哭过。

"阿古达木，查干哥哥去哪儿了？你知道吗？"

阿古达木见达仁用奇怪的眼神看着自己，不觉有些慌乱，沉默须臾，他忽然用手指着心脏，说道：

"他在你的心里。"

心里？达仁低着头凝眉思索着，忽然明白了阿古达木的意思，唇边泛起了一丝苦笑。这样也好，至少不用再痛苦的别离，不是吗？

客栈房间，虎伦贝尔说到这里，眼睛不禁湿润，他看着在一旁默默流泪的乌云，感慨道：

"乌云，你知道吗？咱们鄂伦春在历史上也曾是个人口众多的民族，可在经过抗战后，却只剩下了一千多人。听巴图大哥说，那场战争中，每四个鄂伦春人里就有一个牺牲。达仁奶奶家虽是代表，但绝非个例。我过去也曾听爷爷说过，他的哥哥——我的大爷爷和二爷爷，都是在参加抗战时牺牲的，记得当时说起这件事，爷爷的脸上满是自豪。"

说到这里，虎伦贝尔的脸上浮现出了骄傲的神情。

乌云的心头猛地一颤，随后又疑惑地问道：

"小虎，你之所以选择回来，是不是和这件事有关？"

"没错。"虎伦贝尔坚定地说道，"老一辈的鄂伦春人为了守护家园甘愿牺牲，作为新一代鄂伦春人，既然赶上了好时代，那就更应该多为家乡做些贡献。这是责任，也是担当。"

乌云震惊地看着虎伦贝尔，此时此刻，对方的形象忽然在她心里变得高大。同时，她的心里也对家乡生出了一种油然而生的敬意。小虎说得没错，老一代鄂伦春人连死都不怕，那作为新青年，她也应该像虎伦贝尔那样，为族人们做些事情。

第二十三章

次日早晨，李卓俊、苗苗和吴楚围坐在客栈院子里的木桌旁，等待和乌云一道吃早饭。然而等来等去，对方却始终没有出现。

"卓俊哥，乌云姐怎么还没下来？"

等了一会儿，见乌云始终没有出现，苗苗终于有些不耐烦，皱着眉头说道。

"她今天真的有点反常？"

李卓俊笑了笑，尽管表面上依然云淡风轻，实则内心却也在不断嘀咕着。乌云的作息向来很有规律，几乎每天都是早睡早起，像是这样让大伙儿等着，始终不出现的场面却是极少。

他正暗自猜想，忽见苗苗讶异地看着后院的方向，兴奋地说道：

"来了。"

顺着她手指的方向，李卓俊和吴楚看到乌云穿着鄂伦春族皮裙向他们跑来，原本垂在脑后的马尾辫此刻被两根粗长的麻花辫替代，乖巧地垂在脑袋的两侧，远远看上去宛若一朵娇艳的海棠花。

吴楚好奇地打量着乌云，头也不转地对李卓俊说道："她怎么了？"

少顷，见李卓俊始终不回答，吴楚又将目光移向了他。见李卓俊目不转睛地看着乌云，笑着说道：

"你又怎么了？"

此刻，苗苗也察觉到了李卓俊的异样，附和道："是啊，今天怎么都有些反常？好奇怪！"

李卓俊的思绪被二人的你一言我一语打断，他看着吴楚和苗苗，笑了笑，刚要说话，乌云便来到桌旁，在他身旁坐下。

"乌云姐，你今天好漂亮。"苗苗笑着说道，"以前从没见你这么穿过，今天是什么特殊的日子吗？"

乌云甜甜地笑着："谢谢妹妹，我本来就是鄂伦春族，穿本民族的服装是应该的。对了，卓俊，一会儿吃完早饭，你陪我去达仁奶奶家吧，我想继续向老人家学习演唱技法。另外，古伦木沓节又要到了，既然我在，那演唱赞达仁的活儿还是应该承担下来的。"

李卓俊笑着说了声好，他知道乌云已经找回了欠缺的东西，无论对于她的事业，还是未来的人生都至关重要。想到这里，李卓俊由衷地为对方感到开心。同时，还夹杂着一丝疑惑，究竟是什么原因能让一个人在短短一个晚上彻底发生改变？

带着强烈的好奇，在吃过早饭后，李卓俊陪着乌云来到达仁奶奶家。

此刻，布库楚已经去诊所了。老人正独自在院子里用水舀盛着清澈的井水，一下接一下地倒进花盆里。听到有人敲门，随手将水舀放进水桶，笑着打开了门。

"乌云……"

看到一身民族装扮的乌云，达仁奶奶不禁一怔。这孩子虽然聪明善良，可从小就不愿意穿皮裙，除了演出，总是一副时装装扮。无论别人如何劝说都不肯听，今天这是怎么了？

乌云见奶奶疑惑地看着自己，微微一笑，随后伸展手臂原地转了个圈，风吹着她的裙子，如画中仙子般飘逸。

少顷，在站定后，乌云俏皮地笑道：

"奶奶，我这样打扮好看吗？"

达仁上下打量了一番，学着电视里的人双手竖起大拇指，夸赞道：

"好看，乌云，你这么打扮真的很好看，就像兴安杜鹃一样美丽。"

乌云看到奶奶夸奖自己，心里顿时乐开了花。伸手扶住对方的胳膊，边缓步向屋里走，边说道：

"奶奶要说好看，那就一定好看。奶奶，我以后只要在村里，就这么打扮好不好？"

"太好了。"达仁开心地笑道，"那我老太婆可真的就有眼福了。天天看你穿得这么漂亮，说不定心情一好，还真能活到一百岁。"

"一定能。"乌云由衷地笑道。

就像小虎说的那样，达仁奶奶在经历了那么多的风风雨雨后依然坚强乐观，这样的一个老人，又怎么可能不健康长寿？

三人说笑着，一道来到客厅坐下。

"乌云，你以前从不愿意穿咱们的民族服装？"达仁顿了一顿，接着问道，"能不能告诉奶奶，为什么忽然有了这么大的改变？"

乌云原不想提，可见奶奶问话，也不好隐瞒，于是就一五一十地将前一天晚上的事情讲了一遍。在讲完后，她又深情地说道：

"奶奶，昨晚我一宿没睡，一直回忆着过往的经历。以前是我不够好，不成熟，还自私，总以为自己只要离开村子就能过令人羡慕的生活，却不承想这样的做法反倒伤害了所有爱我的人，当然，也错过了许多世间美好的风景。也许有些迟了，可我还是希望能够有机会弥补这样的过错。"

达仁微笑地看着乌云，见其一脸真诚地表达着歉意，心中很是欣慰。在对方的手背上轻轻地拍了拍，柔声劝慰道：

"乌云，你还年轻，生命像是花一样刚刚绽放，以后还有大把时间。只要你愿意，一切都来得及。奶奶相信你，一定会越来越好的。"

不知为何，乌云的心中忽然涌起一阵酸楚，泪水潸然落下。

达仁将头靠在摇椅的椅背上，仰视着天空，叹息道："咱们鄂伦春人之所以人数少，是因为人人是英雄，个个是豪杰，在战争中从没有退缩过，一直冲在最前面。乌云,我现在老了,很多事情要是再不讲,只怕日后只能带到坟墓里。你也知道咱们民族是口述历史,要想让下一代了解本民族的情况,就必须亲自讲给他们。可现在越来越多的年轻人都离开了这里,村里只剩下了一群老人和孩子。我真的很担心,总有一天,民族历史文化会因为这样失传。如果是这样,又该怎么办?"

说到这里,她深深地叹了口气,再也说不下去。

乌云的心里一阵刺痛,她深知历史文化对于一个民族的重要,那是犹如灵魂一般的存在。只有一直延续下去,才有生生不息的希望。

"奶奶,这个我可以帮您。"

李卓俊之前一直没有说话,直到此刻,才接过了话头,主动请缨说道。他看到乌云疑惑地看向自己,笑着用手一拍前胸:

"放心,我可是专业的。"

第二十四章

乌云顿时明白了李卓俊的意思,笑着点了点头:"奶奶,卓俊说得没错,他的确可以试试。"

"那好啊。"达仁奶奶兴奋地说道,"卓俊,我去年之所以劝巴图把你留下,就是觉得这个技术太难得了。不过,你不要光给我拍,村里其他老人也都有一肚子的故事。如果你需要的话,我也可以跟他们打招呼。"

乌云看了一眼李卓俊,拿起手机,打开自媒体平台,指着页面,笑着对达仁说道:

"奶奶你看,卓俊大哥从去年开始就已经在做这件事了,现在已经有五十万人关注咱们村了。"

"这么多?!"达仁看着手机,惊喜地说道。

"是啊。"李卓俊笑着说道,"奶奶,你不知道,现在越来越多的人在关注着咱们村,还有一些有实力的企业想来投资,只是由于还不够了解,所以还在观望。我想如果在网页上开设一个新栏目,专门放爷爷奶奶们的故事,或许会吸引更多的人关注,到时候咱们再选择一些靠谱的合作者过来投资，创办产业，说不定咱们村里的收入就会被有效拉动。"

"太好了。"乌云猛地一拍手，兴奋地说道，"卓俊，你可能对咱们鄂伦春乡还不太了解，跟你说，咱们这里可到处都是宝贝。"

"哦？"

乌云见李卓俊一脸好奇地看着自己，干脆站起身来，炫宝式地说道：

"咱们鄂伦春人不仅个个都是好猎手，而且桦皮技艺、制皮技艺、建筑技艺、赞达仁、摩苏昆、剪纸都是非遗项目，是属于咱们本民族的瑰宝，还有这草药和野菜也是特产，只可惜通到外面的路不好，要不早就不是现在的样子了。"

说到这里，她惋惜地摇了摇头。

乌云说话的时候，李卓俊一直微笑着看着她。神采飞扬的表情，灵动的眸子无不展现着对方心中对故乡的热爱，要是在演出的过程中拿出这样的状态，定然会将赞达仁的底蕴表现到极致。

"乌云，要不咱们干脆修条路吧？"沉吟一下，李卓俊提议道。

修路？！乌云瞪大眼睛看着李卓俊，一脸的惊讶。修路可不是个小工程，不仅需要大把的钱，还需要各种人员和设备，确实不是一两个人就能完成的。

达仁看出乌云的心思，笑了笑："卓俊，修路还不是小事情，这期间会涉及很多事情，还是得做好准备才行。"

"我知道这不是个小工程。"李卓俊挑了挑眉头，一副不服输的模样，"可就算是再难，只要对咱村发展有利，我也愿意去尝试的。"

说到这里，他又一次看向乌云，说：

"乌云，你呢？"

乌云原本就是个性子倔强、事事不服输的姑娘，此刻见李卓俊表态要修路，自然也不愿意落在他的后面，于是，便也立刻表态道：

"我当然没问题。奶奶……"

说到这儿，她紧紧拉住达仁的手，憧憬道：

"奶奶，等路修好了，我就用车带着你和村里其他的爷爷奶奶一起去北京天安门看升国旗，咱们还可以一道去故宫、北海、颐和园看风景，到全聚德吃烤鸭，你说好不好？"

和大多数同龄的鄂伦春妇女一样，达仁年轻时并未读过书。新中国成立后，阿古达木当选为首届村委会主任，尽管在爱人的带领下，她参加了扫盲班的学习,在书本上知道了许多国内国际的事情,却一辈子没有走出过村子。

如果这辈子真的能有机会去北京,像乌云说的那样看看故宫、北海、颐和园,转上一圈,那她这辈子也就值了。

想到这里,达仁不觉心旌荡漾,在乌云的手背上轻轻地拍了拍,笑着说道:

"那敢情好,乌云,要真是这样,你和卓俊可就真的为村里做了件大好事。"

乌云见达仁奶奶这般开心,心里也不觉激动起来,像是在向对方承诺,也像是给自己鼓劲,郑重地说道:

"奶奶,放心吧,咱们以后的日子一定会越来越好。"

或许情绪真的能够互相感染,在听到乌云这样说后,达仁的心里也像是有一团火在熊熊燃烧着,连带着血液也沸腾了起来。恍惚间,她好像又回到了七十多年前那个峥嵘的年代,拂去历史的烟尘,再次看到那些无数次出现在自己记忆中,直到老去的那一天也不会忘记的面容。

自打查干哥哥去世后,乌力楞就一直笼罩在愁云惨雾中,再也没有了笑声。那段时间,阿玛、舅舅和艾山伯伯总是早出晚归,常常一整天都不见人影。不仅如此,就连天天陪在达仁身边的阿古达木也变得越来越内向,不仅经常玩消失,一连几天不见人影,即便是在一起,也总是答非所问,一副心不在焉的模样。

时间过得很快,转瞬就到了这一年的十月份。大兴安岭的冬天来得格外早,刚过九月就开始下雪,现在村子更是被厚厚的冰封住,放眼望去,到处都是银装素裹、满目洁白。

由于道路被冰雪封住,这几日艾山等人只能留在乌力楞,心焦地等待着雪停,清除路面冰雪再出山。

撮罗子里,男人们坐在地上,边抽着旱烟,边愁眉苦脸地商量着接下来该怎么办。

"再这样下去也不是法子。"巴根叹息道,"日军说查干是共产党的探子,可为什么在山下打听了那么久,一个共产党的影子都没有?"

"会不会是咱们一开始就搞错方向了,"呼和说着心中的疑惑,"这群人是不是没在山下。我听说,林子里有一支抗日队伍,会不会是他们?"

听到这里,撮罗子立刻沸腾了起来。大家纷纷交头接耳议论纷纷,七嘴八舌地说着各种可能。

艾山听了一会儿众人的谈论,随后在炕沿上敲了敲烟袋锅,刚想开口说话,就见门帘一晃,阿古达木满头是汗地跑了进来,激动地说道:

"艾山伯伯,共产党来了。"

第二十五章

众人闻听此事,瞬间兴奋不已。在阿古达木的带领下,一道快步向村口走去。果不其然,刚一到村口,就看到三个头戴狗皮帽子、身着旧军装、背着旧式步枪的中国军人端坐在马上,正焦急地等待着。一见到众人前来,三人同时下马,微笑着看着来人。

"王伯伯,那位就是艾山伯伯。"

少顷,待大家来到村口,阿古达木跑到站在正中的那名军人面前,指着艾山,热情地介绍道。

正中的军人向阿古达木道了声谢,随后向艾山一抱拳,笑着说道:

"艾山族长好,我是东北抗日联军三军师长王振庭。"

说着,他分别看了一眼站在自己左边和右边的另外两名军人,"这是师参谋长崔鹏,这是一团团长周烨,我们是专程为查干同志的事情来的,不知可否进村一叙?"

真是踏破铁鞋无觅处,得来全不费工夫。众人得知对方的来意后顿时兴奋不已,在艾山的吩咐下,村民立刻按照鄂伦春的礼节风俗准备了火盆和铺地用的红毡子,热情地将三名军人迎进了艾山的撮罗子。

共产党来了的消息瞬间不胫而走,无论男女老少,立即纷纷前来,瞬间将撮罗子围了个水泄不通。

撮罗子里,王振庭三人和艾山等人分宾主落座,先简短叙了会儿闲话,随后便切入了正题。

"请问哪位是巴根同志?"

巴根听到王振庭叫自己,连忙站起身来,说道:"王师长,我是巴根。"

王振庭上下打量一番,随后站起身来,紧紧握住巴根的手,激动地说道：

"巴根同志，感谢你为党培养了一个好儿子。对不起，我们知道查干同志被捕的事情就急忙往过赶，没想到还是来晚了。查干同志牺牲，是我们部队的损失。"

自打儿子去世，巴根就一直尽力地克制着情绪，不愿让外人看出异样。然而，此刻，在听到王振庭的这番话后，却再也按捺不住心中的悸动。这个意志如铁的鄂伦春族汉子，竟当着众人的面落下了眼泪。

艾山等人见此情形，全都长叹一声，满面悲戚。

过了好一会儿，等到巴根情绪平复下来，周烨才又问道："巴根同志，查干临走前有件东西托我交给达仁，不知可不可以？"

巴根点了点头，在众人的注视下来到门外，拉着和阿古达木站在一处、正好奇地向里张望的达仁的手向里面走。来到周烨面前后，介绍道：

"这就是达仁。"

周烨见状站起身来，将手伸到衣兜，从里面拿出了一样东西，随后在达仁面前将手摊开。

达仁好奇地低头看去，只见那是一颗用红布缝制成的五角星。

见对方疑惑地看向自己，周烨郑重地说道：

"达仁，这是你哥哥临走前要我转交给你的，他说他的小花鹿一定喜欢。他还说要你好好收藏五角星，听阿玛和额妮的话，学唱赞达仁。"

小花鹿的外号是查干取的，达仁从小就调皮，总喜欢在草场上乱跑，有时就连睡觉也会手舞足蹈地刨床。不仅如此，每当唱起赞达仁时，她的眼睛总是乌溜溜的，活像是一只聪明可爱的花鹿。也正因此，查干为了表示亲昵，给妹妹取了这个外号。

达仁看了一眼周烨，随后又低头看向五角星。沉默良久，忽然一滴泪顺着脸颊滑落了下来，周烨讶异地抬头看去，只见女孩正强忍着泪水，眼睛瞪得大大的，一脸的怆然。

周烨伸出手来，在达仁的头发上轻轻地摸了摸，刚想安慰，就见其擦了擦眼睛，深深地向自己鞠了一躬，紧紧地将五角星攥在了拳头里，故作平静地说道：

"谢谢哥哥，我一定会好好保存这个礼物。也希望你们能够帮我哥哥报仇。"

因为是赞达仁歌手，达仁说话声音格外好听，总是甜甜的软软的，然而,此刻由于心里堆积的情绪,却又显得格外有力。

"达仁说得对,查干的仇必须得报。"

没等周烨说话,艾山径直接过了话头,对王振庭说道:"王师长,查干是为抗日牺牲的,他是你手下的兵,你看这件事咋办?"

"你说得对,这个仇必须得报。"王振庭斩钉截铁地说道,"不仅查干的仇得报,这四万万中国人的仇都得报。自打那小日本鬼子攻进来,咱们中国就没有一刻安生的时候。那群人烧杀抢掠无恶不作,犯下了累累罪行,现下无论走到哪里都是满眼焦土,到处都是哭喊声。硬是把咱们好好的一个国家弄成了现在这副模样,如今再任由他们为所欲为,将来只怕会国将不国。"

一席话说得满座皆惊,个个摩拳擦掌,满脸愤恨,恨不得马上就能与日本鬼子决一死战。

作为战斗民族,鄂伦春人世世代代都是马背上的英雄,骑马打仗自不在话下,即使战死亦是荣光。

在他们看来,人终究都是要死的,与其畏畏缩缩苟且活着,不如轰轰烈烈以性命博个荣光。

"王师长,我们鄂伦春人不怕打仗。"艾山郑重承诺道,"如果你们部队需要配合,尽管说就是。"

王振庭站起身,赞叹道:"艾山族长果然名不虚传,是个讲义气的英雄。常言道,来而不往非礼也,不知道族长有没有兴趣到我们队伍上做客?也好让我们招待一番。"

艾山看了一眼巴根和呼和,见二人点头,便爽快应允道:"既然王师长诚意邀约,我们不去,反倒显得不爽快。今日天色已晚,明日一早我们再去部队叨扰。"

王振庭见对方答应,自然很是开心。双方又聊了一会儿闲话,这才依依告别,分头歇息。

次日一早,艾山三人早早起床,将冻得硬邦邦的狍子肉系在马背上,按照前一天的约定向抗联队伍驻地进发。一路上,大雪封山,道路湿滑,三人接连摔了许多跤,连带着马儿受了惊,扬着脖子不断发出嘶鸣,好在是猎人出身,骨头硬不怕摔,这才坚持了下来,没有因为困难半途而废。

第二十六章

就这样,在雪地里艰难行走了大半天,艾山等人终于到了抗日联军的营地。

得知三人到来,王振庭立即热情地出来迎接。陪同在营地里转了一整圈,才来到住宿的木刻楞坐下。大家边用烧着炭火的炉子煮茶,边热络地拉家常。

接过王振庭递过来的茶杯,艾山喝了口热茶,兴奋地说道:

"王师长,您当真是治军严明。您手下的这些兵,和那些国民党兵就是不一样,真是太好了。"

刚刚在营地里,除了看到士兵们操练,还看到了其排着整齐的队列唱歌的场面。由于常年战斗在老林子里,抗日联军士兵们的军装远没有国民党兵那般整齐气派,有些人甚至只穿了半身军装,另外半身则是寻常衣物。可即便如此,个个却都是精气神满满,唱起歌来震天的响亮。

王振庭微微一笑道:"艾山族长谬赞了,这绝非我个人的功劳,是党领导的好。咱们队伍上的战士来自不同民族,汉族、满族、回族、鄂伦春族、达斡尔族、蒙古族,尽管风俗礼节不同,却相处得如同亲兄弟一样,之所以会这样,就是因为同一个目的,那就是保家卫国。"

"保家卫国?"

"对,打跑小日本,让老百姓都能过上好日子。等到那个时候,家家户户都能吃上肉,人人都能住上新房子,孩子们可以背着新书包开心地到学校学文化,你们说好不好?"

王振庭是朝鲜族人。小时候只要出了屋子,就能看到云雾缭绕的长白山,那是怎样一个美丽宁静的世界啊!春有春树,夏有夏花,秋有落叶,冬有雪景,让人如同一年四季身处画卷之中。

如果不是这场战争,村子也不会一夜之间遭到屠杀,致使如今满目疮痍,再没有人生活在那里。

每次想到这些,王振庭的心里就如刀割一般难受。

也正是因为这样,他越发对和平有了强烈的渴求,如果真的能够家家户户吃上肉,人人有房住、有衣穿,每个大人都能做工,孩子都能读书,那该是一幅多么美好的盛世愿景。

艾山等人听到王振庭对盛世前景的描绘,心中也生出了强烈的渴求。

"王师长,艾山是个粗人,不会说那些好听的话。"艾山直言说道,"只要队伍上有需要,我们绝对都会全力而为。"

"没错。"巴根和呼和也附和道。

王振庭见他们如此支持民族解放事业,心中很是感动,朗声说道:"有艾山族长这句话,我相信接下来的斗争一定会非常顺利,谢谢族长……"

艾山摆了摆手,犹豫了下:"谢倒是不用,只不过有件事……"

"哦?"

"我们鄂伦春人的族规,是不可以参与外族事务的。"艾山认真地说,"但如果八拜结交为兄弟,我们就好帮忙了。"

王振庭点了点头,他自然知道每个民族都有不同的规矩,需要相互尊重。

就这样,在艾山等人的邀请下,王振庭三人再次来到乌力楞,在族人们的见证下,面向火神歃血为盟,结拜兄弟。

是夜,白天重峦叠嶂的青山在月色的映照下成为模糊的剪影,微风轻拂,虫儿轻鸣,诗意般静谧。

此刻,乌力楞里的老老少少全部集中在了村头的石洞旁,在他们的见证下,王振庭、艾山等六人围站在火盆旁,每个人的手里都拿着一个用红纸写成的金兰谱,紧抱双拳,齐声说道:

"皇天在上,后土在下,我六人今日为抗日大业成功结拜为兄弟。今后有福同享,有难同当,刀山火海,绝不背离。"

从那天开始,乌力楞里仿佛换了一副模样,每个人的唇边都带着微笑,到处都有赞达仁的歌声。男人们全都带着猎狗、骑着猎马到林子里打猎,然后再由女人将其分割成小块,送到抗日联军的营地作为给养。少年们则争先恐后地报名参军,准备到战场上大显身手,与敌人决一死战。

鄂伦春人个个都是好猎人,面对凶猛的猎物,不到最后一刻决不退下战场。

接连下了几日大雪,乌力楞里到处都是白茫茫的一片。由于冰雪封山，人们只能躲在撮罗子里，静待雪化。

乡道上，身着皮袍的达仁跟跟跄跄地向前跑着。少顷，来到阿古达木家的撮罗子门前。见门虚掩着，她顾不得敲门，就"砰"的一声闯了进去。

此刻，阿古达木正和额妮一道盘腿坐在炕上，在母亲的指导下，缝制着一条漂亮的狍皮围脖。见达仁风风火火地出现在他们的眼前，顿时一怔，抬起头来惊讶地看向来人。

"阿古达木，你是报名参军了吗？"

由于焦急，达仁顾不得那么多，开门见山地问道。

阿古达木看了一眼母亲，见她向自己点头，便站起身来将围脖塞进了系皮袍的腰带里，伸手拉着达仁来到门外。

"达仁，有什么事情，咱们就在外面说吧。"阿古达木笑着说道，"你说得没错，我是报了名，等……"

咴儿咴儿咴儿……

随着门口那两匹马抬头发出嘶鸣，达仁的目光顿时聚焦在了那上面。在阿古达木惊愕的目光下，她以最快的速度跃上马背，用双腿一磕马腹，如旋风般向远处驰去。

鄂伦春的女孩子长期生活在崇山峻岭之中，个个也都是骑马的高手。达仁三岁时就跟着哥哥查干学习骑马，五岁时在阿玛的带领下上山打猎。如今，虽说更多的时候留在乌力楞里，可这儿时的技艺还是熟谙于心，一点儿都没丢。

阿古达木目瞪口呆地看着达仁的背影，少顷，待缓过神来，他飞身上了另一匹马，追赶对方而去。

第二十七章

草场亦是白茫茫的一片，在凛冽寒风的吹动下，枯黄的野草左右摆动着，远山河流也像是被冻住了一样，全然失去了生命力。

少顷，随着一阵马嘶响起，达仁骑着马由远及近驰来，不远处，骑在马上的阿古达木边奋力追赶边呼喊着她的名字。

　　然而，任凭他如何叫喊，马上的女子头都不肯回一下，相反越跑越快。就这样，一个跑一个追，直到再没有气力，方才双双勒住马头，坐到枯草上重重地喘着粗气。

　　待气息平顺，阿古达木看着达仁，见对方正瞪着自己，笑着说道：

　　"达仁，你跑那么快做什么？我都要追不上你了。"

　　达仁白了阿古达木一眼，皱着眉头，噘着嘴巴道："你心里压根就没有我，又追我做什么？"

　　"谁说我心里没有你？"

　　阿古达木拍了拍手，站起身来，从腰间取出围脖，递到了达仁面前，

　　"这是我和额妮学做的，第一次做，别嫌弃。"

　　"送我的？"

　　见阿古达木点头，达仁兴奋地从地上跳起来，开心地拿过围脖。按照鄂伦春人的风俗，未婚男子如果对一个女孩有好感，就会用狍子皮做成围脖作为礼物送给心上人，从而订下两人的婚约。

　　达仁自然明白阿古达木的心意，看着围脖，脸上忽然露出了娇羞的表情，俨然一朵兴安杜鹃，煞是好看。

　　阿古达木微微一笑，再次拉着达仁坐到了枯草上。

　　"达仁，我知道你担心我像查干哥哥那样走了就再也回不来，放心吧，我向天神恩都力起誓，只要战争结束了就回来，到那时再也不会离开你，咱们永永远远在一起。"

　　达仁赌气地噘起嘴，故作不屑地回敬道："谁要和你在一起。"

　　阿古达木见她这般娇俏可爱，微微一笑。

　　达仁瞪了一眼阿古达木，小心翼翼地将围脖塞进皮袍里，娇嗔地说道：

　　"阿古达木，你想参军我不拦你，可这么大的事情总该知会一声。要不是我听阿赛姑姑说，只怕是连你走了都不知道。"

　　"对不起。"阿古达木说完话，无意中向后看去，只见松林如涛，被风吹着不停发出轰鸣，心中不禁一动。

　　记得以前达仁曾跟他说过，查干哥哥离家时就是从林子里走的。唉，查干哥哥，想到这里，他心里不由得又是一阵难过。

　　在达仁狐疑的注视下，阿古达木低着头沉默良久，这才声音低沉地说道：

"达仁,有件事我一直瞒着你没有说,现在是时候告诉你了,查干哥哥临走前一天曾经悄悄找过我。"

"我哥哥找过你?"达仁惊讶地说道,"他找你做什么?"

阿古达木认真地回忆了一下当时的情景,说道:"查干哥哥叫我到村尾的那棵大树下,他问我是不是真心喜欢你,愿不愿意一辈子照顾你。我告诉他,从很小的时候就喜欢你了,自然这辈子都愿意和你在一起。查干哥哥听了很高兴,他告诉我,他已经和抗日联军联系上了,第二天就要离开家,虽说这一走不知道还能不能活着回来,可如果我对你不好,即便是死了,也照样会让恩都力惩罚我。"

说到这里,他苦笑了一下。

达仁目不转睛地看着阿古达木,心里一阵痛楚。想不到哥哥在生死关头仍惦念着自己,希望她能有个好去处。查干哥哥放心吧,你的妹妹已经长大了,一定会好好照顾自己的。

阿古达木叹了口气,又继续说道:

"火刑那天,之所以要用手挡住你的眼睛,也是查干哥哥让我这么做的。"

达仁的身子猛地一颤,一脸的不可置信。她明明记得哥哥那天被日军绑在了大树上,危难之时,又怎么会教阿古达木如何做事?

阿古达木看出了达仁的心思,紧紧握着对方的手,贴在了自己的脸上,温柔地说道:

"查干哥哥虽然没有办法说话,可他一直用眼神示意我。等到我把你的眼睛遮住,他笑了。"

说到这里,阿古达木忽然感到内心猛烈地抽搐了几下。也正是因为这样目睹了查干牺牲的整个过程,他的思想瞬间成熟,对革命有了更加清晰的认知,也才会毅然决然地走上战场,将对方没有完成的事情做完。

达仁静静地看着阿古达木,透过对方的眼神,她仿佛看到了哥哥再次出现在自己的面前,同样地刚强,同样地坚毅,同样地无所畏惧。

查干哥哥……达仁轻声地在心里呼唤着。

撮罗子,李卓俊和乌云用手机记录着故事,当达仁奶奶说到这里,她们清晰地看到泪花在老人的眼里浮现。

达仁奶奶说到这里,停住了话头,沉默半响,激动的心情才渐渐平复了下来。抬起头,看到两个年轻人正专注地看着自己,擦了擦眼睛,歉意地笑道：

"人一老泪窝子就浅，你们可千万别见笑。"

乌云放下手机，看了一眼李卓俊，见对方也在看着自己，便动情地对达仁奶奶说道：

"不会的奶奶，如果不是您的讲述，我根本不会想到鄂伦春族竟然有浴血奋战的伟大历史，作为鄂伦春族的年轻人，我现在的内心充满了骄傲和自豪。要是查干爷爷和阿古达木爷爷也能看到今天的景象就好了。"

达仁拍了拍乌云的手臂，笑着说道："乌云，你不知道，你查干爷爷和阿古达木爷爷都是优秀的赞达仁歌手，他们不仅喜欢唱歌，还喜欢创作歌词。尤其是你查干爷爷，更是天天歌不离口，无论是干活还是哄我玩，都会哼唱赞达仁。"

哼唱赞达仁?!

乌云心头倏然一暖，想不到查干爷爷竟然这般热爱生活，假如没有那场战争，他一定是世界上最好的哥哥、丈夫、父亲、儿子，一家人父慈子孝，手足相亲，其乐融融，生活定会极为美满。只可惜很多事情就是发生了任谁都无力改变。

想到这里，她不知不觉又伤感了起来。

第二十八章

那天从达仁奶奶家出来后，乌云先让李卓俊回客栈，她则沿着山道一路向东走，来到了村子的最东面。

站在高高的山峦上，俯身下望，乌云看到哈森一家此刻正坐在撮罗子的面前，边看电视边吃晚饭。和之前的黑白电视不同，此刻他们看的电视画面是彩色的，不仅外观大了一圈，画面也更加清晰。

尽管由于距离远，乌云看不清楚家人的表情，可心中仍然为能够帮助家里做事感到高兴。这种感觉是在城里许久没有体会过的，连带着心也变得轻盈。

原来快乐竟然这般简单……乌云的唇边泛起微笑，只要为爱的人付出，就能体会到这种强烈的感觉。

不知为何，她忽然为以前一直在北京不肯回来的行为感到后悔。同时也对苏明阳更加感激，如果不是对方，也许自己一辈子都不明白幸福的真谛。

记得以前曾经在书上看到过这样一句话：心安处方是家。那时并不明白这句话的意思，只觉得晦涩难懂，如今看来，家乡的确才是唯一能够安放心灵，放飞希望的地方。

不知为何，乌云忽然有了一种莫名的冲动，大声唱起了赞达仁。

歌声悠扬，宛若插上翅膀的鸟儿在山谷里自由地飞翔，随着风轻盈地飘荡到村里。正在干活的村民纷纷直起身子，专注地听着歌曲，在强烈共鸣的情绪感染下，唇边泛着笑容，眼里含着泪花，所有的烦恼一时间荡然无存，剩下的只有内心的宁静美好。

客栈里，苗苗、吴楚和李卓俊坐在秋千上聊天，在听到歌声后，苗苗惊讶地说道：

"卓俊大哥，这是我听到的最动听的赞达仁了，好像是仙女才有这样动听的嗓音，你知道是谁唱的吗？"

李卓俊抬起头定定地注视着山峦，半晌，待歌声渐渐小了，才笑着对正一脸诧异地看着自己的苗苗和吴楚。

"你说得没错，确实是仙女唱的。"

"乌云，祝贺你，终于找到了自我，相信你接下来的人生一定会更顺遂，更美好。"李卓俊在心里说。

在唱完赞达仁后，乌云又去了草场。那里不仅是她小时候经常去的地方，有着太多难忘的回忆，同时也是英雄出征的地方，可以给人带来无限的勇气。在那里坐了很久，直到满天繁星，才返回客栈，刚一进院，就看到虎伦贝尔坐在秋千上，一脸的悠闲。

乌云看了一眼虎伦贝尔，默不作声地向后院走去。刚走几步，就被对方叫住。

"乌云，我今天听到赞达仁了，真好听。"

乌云转过头去，看到虎伦贝尔正微笑地看着自己，明亮的眼睛仿若夜晚繁星，闪着兴奋的光芒。

见乌云看向自己，虎伦贝尔的脸色一红，又继续笑着说道：

"有好长时间没听你唱过赞达仁了，这应该是你唱得最好的一次。"

"是吗？"虽然明知对方不会骗自己，乌云却仍说道，"很好听？"

虎伦贝尔点了点头,肯定地说道:"是,听到你的歌声,仿佛回到了小时候。蓝天、草原、山林、风声、野花、泉水,那么的自由自在,无忧无虑。乌云……"

说到这里,他低下头去,纠结了好一阵儿,才又鼓起勇气继续说道,"咱们重新开始好不好?"

乌云只感到天边忽然出现了一束光,照在了她的头上,连带着整个身子也变得暖暖的。然而,与此同时,心中却又生出了强烈的酸楚。

失而复得……这个词不应该是幸福的吗?为什么,她却像是一个偷盗的罪人,面对心爱的男人提出复合的请求,除了开心,更要拼了命地逃避。

想到这里,乌云低下了头,许久没有说话。

虎伦贝尔满怀期待地看着乌云,见此情形,快步来到对方面前,迫不及待地伸出手来紧紧握住了对方的手,笑着催促道:

"我知道你会答应的。"

乌云艰难地抬起头来,这时,虎伦贝尔才讶异地看到对方的眼里雾蒙蒙的。

"小虎,我知道你对我很好,也能感受到你的一片真心,可我不能答应。"

虎伦贝尔只觉得一盆凉水兜头倒下,心中的火焰瞬间熄灭。原以为乌云这次回乡是恩都力冥冥之中的恩赏,却没想到是这样。

乌云叹了口气,拉着虎伦贝尔来到秋千前坐下。此刻,并肩坐在一起的二人看上去仍像小时候那样亲密无间,两小无猜。

看到对方脸色苍白地低着头,乌云的心头顿时一软,缓声说道:

"小虎,我之所以不肯答应并不是咱们感情不好,也不是不爱你。只是……"

虎伦贝尔见对方犹豫,蓦地起身追问道。虽说爱情的发牌权掌握在对方的手里,可就算是败下阵来也总该问个明白,绝不能糊里糊涂当个杠死鬼。

"只是什么?"

乌云犹豫了一会儿,才又断断续续地说道:"你……也许还不知道……根花她一直都很喜欢你,从小学一年级开始,她……就……喜欢你了……"

虎伦贝尔听到这话脑子顿时"嗡"的一声响,根花对于他来说,一直都是妹妹般的存在。她竟然喜欢自己,这是什么时候的事情?任凭想破脑子,虎伦贝尔也想不出答案。

和乌云从小就是一副天不怕地不怕的假小子模样不同,从小就失去父母疼爱的根花总是一副柔弱堪怜的模样。

小学时,和大多数的班级一样,根花总是被那些调皮的男生欺负。为了这件事,乌云没少和同学打架。按理说,小孩子打架也没什么大不了,可耐不住班里的一些快嘴的女生在背后打小报告,为此,老师还曾把哈森叫到学校。而也就是从那时起,为了不让旧情重现,高两个年级的虎伦贝尔就成为两个女孩的保护者。上学放学一道走,一旦有人欺负根花,也会主动上去阻拦。

可虎伦贝尔根本想不到根花会喜欢上自己。难道真的像某首歌说的一样,爱情这部电影,不能同时有三个人的姓名?

第二十九章

就在虎伦贝尔百思不得其解的时候,乌云则在一旁流露出了悲伤的神情。

她原本和小虎一样,并不知道根花的心思。直到前几天在整理遗物时,翻看了其平日里一直锁在桌子抽屉里的日记本,才震惊地知道了这件事,并深深地陷入自责当中。

"这些年来,根花一直都在默默地陪伴支持着我,我自认为了解,却从来不知道她的真实想法,回想一下,真是太不应该了。"

虎伦贝尔心烦意乱地听乌云说着自责的话,书上不是说爱情是两个人的吗?既然他们两个两情相悦,那就没有任何理由分开,就算是赎罪也不行。

在反应过来后,虎伦贝尔迅速打断了对方的话:"乌云,我知道根花的离开让你承受了巨大的打击,可这并不代表咱们就必须要分开。我想,如果你一意孤行非要这样做,根花泉下有知也一定不会开心。"

乌云的身子猛地一颤,低下头去,默不作声。然而,透过她的眼神,却能清晰地看到此刻内心的挣扎。

虎伦贝尔叹了口气,再次坐到了乌云的身边,紧紧握着对方的手,柔声劝慰道:

"我知道因为根花的离开你的心里很不好过,咱们眼下最重要的是要想想怎样把她没有完成的心愿实现。至于感情的事情,我也不逼你,只要你不推开我,让我静静地在一旁守护就好了。"

说到这里,他不觉有些鼻酸。原以为幸福离自己很近,只要一伸手就会抓到。现在看来,不过是自己的想象罢了。

"我绝不会打扰,直到你真正作出决定为止。"

乌云抬头看向虎伦贝尔,只见此刻对方的眼里充满了巨大的热忱,一瞬间,她的理智彻底被击溃,取而代之的则是汹涌的感情。如果可以,她真的想像过去那样,不顾一切地投入虎伦贝尔的怀抱,或是和心爱的男人一道骑在马上,像风一般在草场和密林里驰骋。然而,现在就连这样的想法都变成了奢侈。

过了好一会儿,乌云终于作出了决定,轻声地说出了个"好"字。虎伦贝尔看到对方答应了他的要求,如释重负地呼出了口气,开心地笑了。

"乌云,就算你现在一时间无法做出判断,也没关系,只要你不拒绝就好。我会陪你慢慢走,用时间证明真心。我相信总有一天,一切的一切终将会有答案。"虎伦贝尔又一次下了决心。

回到房里后,乌云又一次失眠了,任凭一遍遍地数羊,意识却变得越来越清晰。白天的情景交相浮现,让她无法躲避。最后,乌云起身来到桌边,拿起手机拨打着苏明阳的电话。随着嘟嘟几声,电话被接通了。透过听筒,她听到对方正处在一个嘈杂的环境里,如果没猜错的话,应该是酒吧。

乌云不禁在心里轻笑,"苏阎王"向来为人严谨,每天早出晚归,作息极有规律,现在居然也去酒吧,当真是件新鲜事,难道是谈恋爱了?

"乌云,你怎么这么晚还不睡?"

似乎意识到了什么,苏明阳拿着手机迅速从嘈杂的酒吧里走出来,在来到附近一处安静的巷子后,才又对着听筒那端继续说道:

"已经凌晨一点半了,怎么还不睡觉? 要是出不了好成绩,到时候可就要解约了。"

乌云不屑地撇了撇嘴。"这还真是只许州官放火不许百姓点灯,凭什么你苏阎王能在外面玩得快活,我就不能半夜给你打电话呢?"

想到这里,乌云揶揄地笑了笑,明知故问道:"苏总,你在外面啊?"

"是啊。"苏明阳笑了笑,这丫头想什么呢,"今天是赵鸥的生日,公司的人在酒吧给她庆生。"

乌云"哦"了一声,赵鸥是公司艺人十组的经纪人,由于工作能力出色,一直被苏明阳委以重用,去酒吧过生日绝对是理所应当。

"既然这样,苏总,我就不打扰你了。"

苏明阳见对方要挂断电话,急忙问道:"你这个丫头心里最藏不住事,要不是有重要的事情也不会半夜三更打电话,说吧,到底什么事?"

乌云见对方说出了自己的心思,笑了笑:"苏老师,我想问一下,你以前说过的话还算数吗?"

苏明阳眨了眨眼睛,乌云的演出事业就一直由他打理,也正因此,二人成了无话不谈的朋友。至于对方说的以前的话,一时间还真没搞明白。

乌云见苏明阳不说话,轻叹一声,说道:

"你以前不是说,要帮我出单曲的吗?"

"对啊。"苏明阳恍然大悟,笑着说道,"这么说,这几天你有灵感了。"

"嗯。"乌云认真地说道,"虽然这首歌还没有达到比赛的水准,出单曲却是没有问题的。"

"哦?"苏明阳的唇边泛起一丝笑容,期待地说道,"乌云,你要是不介意的话,现在可以弹唱给我听吗?"

来到北京后,乌云不仅学会了吉他、架子鼓、钢琴等乐器,还学会了创作词曲,之前在酒吧里表演,好多歌曲都是她自己创作的,也正因为这样,不仅出场费要更高昂,同时也受到了更多人的关注。

苏明阳的话无形中带给了乌云莫大的鼓励,取下挂在墙上的吉他,她先低着头沉吟一下,随手在桌上拿了一支铅笔,在纸上唰唰地写起字来。少顷,将笔放到桌上,乌云又认真地推敲了一会儿,这才对手机那端的人说道:

"这首歌叫作《写给故乡的歌》。"

随着琴弦轻轻拨动,歌声轻柔地响起,苏明阳仿佛看到了一座被白色轻雾围绕的青色山峰,顺着蜿蜒崎岖的山路一路前行,美景一一在眼前呈现。青翠的树木、缓缓流淌的小溪、婉转的鸟鸣,路边那些叫不出名字的野花野草,哪怕再平凡,都是那样的美好。

随着一阵急促的音乐响起,他的眼前又出现了苍茫的草原,一个面若桃花、身着民族服装的年轻女孩策马驰骋,风吹动着她的长发,就像是一只飞翔在天空的白色鸟儿,朝气蓬勃,却又宁静美好。

第三十章

一曲终了,乌云依然陶醉在动听的音乐旋律中。低着头,手指也没有离开琴弦,仍保持着之前的姿势静坐着。

手机听筒里一片静默,苏明阳不禁有些担心。这丫头以前无论做什么事情都是风风火火的,今天是怎么了?

同时,他也非常高兴。看来,当初自己的建议果然有效,经过这段时间对生活的深入了解,对方已经开始对生活有所感悟与发现,通过刚才音乐和歌声的表现力,苏明阳敢打赌,等到比赛开始,乌云一定会成为最好的歌者,在舞台上唱出最动听的赞达仁。

过了许久,乌云终于坐直身子,对听筒那端的人说道:

"明阳,你觉得这首歌怎么样?"

苏明阳微微一笑:"非常棒,乌云,要是没记错的话,你的电脑里应该有音乐制作软件吧?"

"是的。"

在得到对方肯定的答案后,他又继续说道:

"如果你不反对,可以通过软件先录制一个小样传给我,我会帮你请最优秀的后期和声团队制作,争取三天后在网络上推广宣传。"

乌云顿时瞪大了眼睛,此时她有些不敢相信自己的耳朵,作为处女座典型人物的苏阎王明明有着极强的星座特性,较真拧巴,除了有新意的作品,对于那些常规性的东西根本看不上。现在是怎么了,只用了短短的四分钟就做出了这么重要的决定,难道说一个人会突然改变性格?

或许知道乌云的想法,苏明阳又在电话那端补充道:"好东西不需要怀疑,只要分享。"

好东西……随着这句话,乌云的心中忽然泛起了莫名的感觉,酸甜相伴,连带着眼泪也开始在眼睛里打起转来。没错,对于一个普通到了极点,却一直像飞蛾扑火般坚持梦想的年轻北漂来说,这绝对算得上是最好的褒奖。

"谢谢你,明阳。"乌云声音哽咽地表达着谢意,"这句话对于我来说,真的弥足珍贵。"

苏明阳微微一笑,鼓励道:"乌云,你做得很好,看得出来你已经在故乡找到自我了,真的很高兴。对了,接下来的日子,你准备怎么安排?"

"我想做两件事。"

"哦?"

乌云想了想,认真地说道:"明阳,你知道我们村很穷,穷到好多年轻人走了就不愿意再回来。接下来,我想帮村里做些事情。譬如说,带领大伙儿发展养殖业和种植业,还有修条路……"

"修路?"苏明阳一怔,随后笑道,"乌云,这可是个大工程。"

"确实是个大工程。"乌云的唇边泛起一丝调皮的笑容,"所以要花点心思好好谋划一下才行。另外,还要继续和卓俊一道拍摄视频,将民族文化用影像保存下来。"

"李卓俊?"

尽管隔着听筒,乌云看不到苏明阳此刻的表情。但通过这莫测的笑声,她的心中仍不免生出些许好奇。

难道说他们是旧相识?

乌云拿起杯子喝了口水,装作不经意地问道:

"明阳,你认识李卓俊?"

"哦……"苏明阳顿了顿,"不认识。"

一句话,顿时打消了她心中的疑问。

电话那端好像有人在叫苏明阳,在说了声"来了"后,他的语气变得急促。

"乌云,按照你的想法来吧,我永远都支持你。如果有需要帮助的,随时打电话联系。还有,抓紧时间录制小样,三天后需要用。"

说完,不等乌云说话,苏明阳就匆匆挂断了电话。

乌云愣了愣神,将手机放到桌上后,她来到院子的秋千上坐下。此刻,群山如黛,如同梦幻剪影般矗立在月影当中。除了偶尔传来的几声虫鸣和犬吠,大多数时间只有一片静寂。乌云托着下颌看着前方,恍惚间仿佛又回到了童年。

小时候每年夏天一放暑假,乌云就会和虎伦贝尔、根花一道趁着天黑,顺着山路爬到山顶捉萤火虫。星星点点的萤火虫,就像是夜空中闪烁的星星。装到玻璃罐子里后,就变成了精美梦幻的艺术品,在给人们增添乐趣的同时,也能带来无数的想象。

后来,北京人山人海,车水马龙,却再也没有萤火虫。

对啊,萤火虫!

乌云的心弦仿佛被人用手拨动,她迅速地拿起手机,快速地在微信朋友圈里写下了一句话。

话很简单,只有一行:

"你喜欢萤火虫吗?鄂伦春大山里的哦。如果喜欢请留言告诉我。"

在按下发送键后,乌云将手机放到了一旁,继续抬头看着远山,再次陷入了沉思遐想。

她没有想到,正是这样一个心血来潮的举动,却宛如一把精致的钥匙,在无意中开启了一座关闭许久的宝藏。

第二天上午,乌云正在床上睡着,忽然枕边的手机发出了强烈的震动。一声接着一声,不一会儿,就将她从恍惚的状态带到了现实。

乌云讶异地睁开眼睛,待视线渐渐清晰,她看到电话是闺蜜周然打来的。

周然和乌云同岁,是个典型的双鱼座女孩,现在在北京的一所幼儿园当老师,平时主要负责带着小班那些像毛茸茸小鸭子的孩子们,伴随着钢琴声学唱歌。由于从小生活在重庆,常年吃辣椒,性子也是又麻又辣,同时内心却又藏着梦幻的诗意,是个热情美好的川妹子。

果不其然,电话刚一接通,乌云就直接感受到了扑面而来的火热。

"喂?"

"乌云,你之前不是说回家采风吗?"电话那端的人开门见山地说道,"怎么,做起副业来了?"

副业……什么副业……乌云皱了皱眉,这家伙不会是前一天喝多了酒,现在还在说酒话吧?

还没等她来得及猜测,周然就迫不及待地给出了答案。

"你说的萤火虫是装在盒子里的艺术品吗?单价一个多少钱?能发快递吗?"

原本就是心血来潮的举动,完全没有想到会引起连珠炮的问题。面对周然的提问，乌云先是一怔，继而笑着问道：

"周然，看样子你很想买？"

"必须是。"周然毫不掩饰自己的欲望，"乌云，你难道不知道许多人都对民族地区的生活充满好奇吗？不管是萤火虫、花，还是吃的和用的，大家都想了解。可能你们觉得平常，可到了外面，绝对是争相抢购的好商品，我觉得你不如在这方面努力发掘下，也许真能开个网店创业。"

第三十一章

网店……

乌云的心中顿时生出强烈的好奇，和大多数的现代都市的年轻人一样，由于工作忙碌，她平时很少出门，如果想要买东西或者改善生活，只要轻轻松松地在手机上动一下手指，很快就会有身穿制服的快递小哥送货到家，开开心心地享受他人为自己服务所带来的快乐。

然而，现在要从单纯消费的买家身份转换成精于计算的卖家，其中的事情就不再是那样简单，乌云的心中忽然像是被一块重重的石头压着，感到了前所未有的压力。

周然见对方不说话，忽然笑着说道："乌云，我知道你怕难。不过，实际上这件事也没有那么难。只要有一台可以随时上网的电脑和充足的货源就可以了。对了，还要和当地的快递公司打好关系，以便可以随时上门接收货物。"

"哦？"

乌云皱了皱眉，要是真的如周然所说，这件事如果放在北京那样的都市确实很简单，可现在是在大山深处，除了可以随时插着移动信号卡上网，其他的什么都没有。

"谢谢你，周然。"乌云笑着说道，"你知道我以前没有开过网店，这似乎并不是一件很容易的事情，需要好好谋划一下。"

"没问题。"周然仍是一副兴高采烈的模样，"不过，乌云，那个萤火虫的事情还是要兑现的哦。要我说，单价两百块钱也不贵，毕竟对于那些从小在城里长大的人来说，是一辈子都看不到的。"

说完,不等乌云说话,就啪嗒一声挂断了电话。

乌云皱了皱眉,周然这丫头永远都是风风火火,似乎很难改变这毛毛躁躁的脾气。不过,话说回来,或许也正是因为这样,她才会将这个比自己小一个月的女孩当成妹妹,并且时刻放在心里疼着。

说起来,周然和乌云的相识也很自然,一年前秋天的一个晚上,乌云刚刚结束酒吧演出,背着吉他走出来。一眼就看到一个穿着白衬衣、牛仔裤,扎着马尾辫的女孩在对面墙角站着。看到自己,对方犹豫了一下,似乎有什么话想要说。

乌云微微一笑,酒吧虽然只是个小场子,比不上那些灯光设备一应俱全的大舞台,却仍然是很多热爱音乐的年轻人最向往的地方。不说20世纪90年代,那些知名唱片公司的星探会躲在观众中间发掘具有潜力的歌手,就是站在上面弹着吉他被台下的人仰望,就已经能够在让满足感爆棚的同时,释放心里堆积的压力。

"你找我有事?"

少顷,来到女孩面前,乌云上下打量了一番,礼貌地问道。

女孩犹豫了一下,忽然拿出了一个没有贴标签的 CD 盘,递到了乌云的面前。

"小姐姐,我很喜欢听你唱歌,这是我这一年里录制整理出来的你的歌,请收下。"

乌云瞬间瞪大了双眼,自从到酒吧唱歌,也有很多人说她的嗓音好,人长得又甜,前途不可估量。可像这样一上来就送礼物,而且还用自己唱的歌当礼物的人,却还是第一个。

刹那间,她的心中被满满的感动包围,连带着眼睛也变得湿润。

伸手接过光盘,乌云用力地吸了口气,故作平静地问道:

"谢谢你,这份礼物对于我来说的确很珍贵。对了,可以把你的名字告诉我吗?"

"周然。"

"周然?"乌云认真地记了一下,"谢谢你,周然,我记住了,有缘再见。"

周然看着乌云走远,忽然用双手拢住嘴,大声说道:"姐姐,我相信你一定会成为大歌星的,一定要加油哦。"

乌云没有回头,唇边却泛起了开心的笑容,脚步也变得越发轻盈。

月夜笼罩了婀娜的身影,清风不停地撩动着长发,心中荡漾着邂逅知己的愉快和欢畅。

"谢谢你,周然,既然你喜欢萤火虫,那我一定会把这个最珍贵的礼物送给你,算作是爱心的交换。"

尽管作出决定,乌云却并没有将这件事告诉李卓俊等人。在她看来,那些同样从城里来的朋友根本帮不上一丁点儿的忙,搞不好还会拉后腿。不过,毕竟是个女孩子,由于要走夜路,出于安全起见,还是要找个志同道合的人陪同才行。因此,再三犹豫下,最终她还是决定到手工作坊找虎伦贝尔。

手工作坊在村子的最西面,是一栋二层的撮罗子。以前和父母、弟弟一道住在这里时,由于人多,屋子里也被东西塞得满满当当。后来,弟弟到县里读中学,为了方便对他的照顾,父母也在县城买了一套楼房,除了传统的节假日或是偶尔的双休日会回来,大多数时间都是空空荡荡的。

虎伦贝尔回乡创业后,就在这里开了手工作坊。一楼是白天工人们刺绣的车间,二楼则是设计室和他休息的地方,换句话说,这里是虎伦贝尔的独立王国,可以任凭他自由地放飞创意,将想象中的图案通过画面任意实现出来。

乌云来找虎伦贝尔的时候,他正坐在二楼宽大的写字台后面用电脑绘图软件画图。随着桌上电风扇的叶片不停旋转,浓密乌黑的头发不停地被风吹起,倔强地向上站立。

在鄂伦春老人们看来,人的头发和性格是密不可分的。也正因此,对于那些发质坚硬的孩子,每当吃饭,长辈就会拿两个饭粒先放到其头顶,以便能够在使发质软化的同时,让性子绵软下来。

乌云还记得,小时候的虎伦贝尔睁着两只乌溜溜的大眼睛,无辜地看着坐在桌前笑着看着自己的长辈,头上还顶着两粒温热的米饭。或许是当真觉得有趣,还被其他孩子称作了小米粒。

可惜的是,这样的做法并没有起到丝毫作用,尽管随着时间流逝,虎伦贝尔在为人行事方面沉稳了一些,然而究其实质,却仍然是当年那个意气风发、为了实现理想可以咬定青山不放松的阳光男孩。

第三十二章

很明显，虎伦贝尔没想到乌云能来。因此，当乌云沿着楼梯来到二楼，他先是一怔，继而迅速起身，开心地迎上前来，结结巴巴地说道：

"乌……乌云，你怎……怎么会……来？"

乌云看着脸色涨红的虎伦贝尔无所顾忌地笑着，人啊，有时候真是奇怪的动物。虎伦贝尔大学时不仅是班长，还是学校的最佳辩手，口才绝对是一流的。偏偏遇到了她，不仅会脸红，那些高超的技能也都无影无踪，不知道丢到哪个海岛去了。

笑了好一会儿，乌云终于恢复了正常。收住笑容，略带好奇地说道：

"小虎，以前虽说我经常到这儿来，开办手工作坊后却还是头一次。"乌云将两只手背在身后，身子微微前倾，带着几分顽皮，"你不打算带我转转？"

虎伦贝尔听到对方的主动邀约，心中又惊又喜。对于他来说，面前的女孩和手工作坊就是整个生命，如果真的能够借此机会将两者融到一起，真是太好了！

没错，一定要牢牢把握住这个机会！

打定主意，虎伦贝尔带着乌云来到一楼，边参观工人们刺绣，边低声地讲解着鄂伦春刺绣的由来、每一个花纹图形的象征意义、刺绣和成衣的组合用法，等到了二楼，他则将所有磁盘里的模特拍摄照片全都进行了一一展示，内容丰富，理论翔实到上了一堂生动有趣的服装设计专业校外培训实践课程。

当然，在这个过程中，虎伦贝尔的口才又恢复到了正常水平，富有想象力的思维、流畅的语言、沉稳的内心，甚至比某些大学的三流教授在课堂上磕磕巴巴念讲义的效果更好。

看着他那般自信，乌云不止一次地在心中赞叹，原来面前的那个男人竟是这般优秀。

大概过了一个半小时，虎伦贝尔终于介绍完了所有的内容。在合上笔记本电脑后，他用期待的眼神看着乌云，笑着说道：

"怎么样？表现得还好吧？"

乌云用崇拜的目光看着虎伦贝尔，轻轻地拍着巴掌，笑着说道："非同一般的好，小虎，你要是在大学，一定是理论和实践能力双强的年轻教授。"

虎伦贝尔笑了笑，忽然叹了口气，表情也随之凝重。

乌云见状，讶异地问道："小虎，你怎么了？"

虎伦贝尔轻轻地摇了摇头："没怎么，我只是在想产品未来的销路。乌云，你知道的，和苏绣、蜀绣那些中华传统刺绣相比，鄂伦春刺绣绝对算是小众艺术。虽然有巴图大哥的支持，可现在作坊接到的不过都是些小额订单，而且销售渠道最远的也只是省城。等到以后面向全国推广，不知道会不会成功？"

会不会成功？这还真是不好回答的问题。就像是一枚硬币的两面，当人们向空中抛起时，很难回答下一秒它会是正面朝上，还是背面朝上。

乌云看着低着头，神情有些惆怅的虎伦贝尔，心里也不免有些难过。不过，凭借着对对方这么多年的了解，她知道，眼下虎伦贝尔并不只是想听到简单的安慰或者是敷衍人的空洞之言。

必须有实际的例子让他打下鸡血！

搜肠刮肚地想了半天，乌云终于找到了合适的例子，貌似不经意地说道：

"小虎，你知道西江千户吗？"

虎伦贝尔惊讶地抬起头来，看向乌云，不明白她为什么会忽然提到了这个地方？

西江千户苗寨位于贵州崇山深处，是目前全世界最大的苗寨，传说历史非常悠久，可以追溯到原始社会的蚩尤部落。尽管位置偏僻，经济相对不是很发达，然而，无论银饰还是刺绣都是全国驰名，苗绣甚至被《辞海》收录为词条，和湘绣、蜀绣、粤绣、苏绣并称为中国五大刺绣。

"我觉得苗绣之所以大受欢迎，除了自身精美的工艺，还有同样重要的宣传和推广团队。小虎，咱们不能只是埋头干活，还要学会讲故事。"

"讲故事？"

虎伦贝尔愕然地看着乌云，虽然人数不多，可鄂伦春族却并不缺乏故事。只不过，和其他人一样，一直以来他都是在听长辈们讲故事，却从没有给别人讲过故事。

"对啊。"乌云拿起刚刚放在桌上的茶杯,喝了口甘甜的莓茶,笑着说道,"讲故事给外面的人听,让他们通过故事来了解咱们鄂伦春,而不是故步自封地生活在深山里,过着毫无新意的单调生活。"

同样是80后,有着在北京生活的相同经历,乌云的这番话瞬间点燃了虎伦贝尔心底的热情,就像是一簇被丢进森林的小火苗,借着风速不一会儿就形成连绵火势。

"乌云,你说得没错,咱们不能只是等待,要干起来才行。"

虎伦贝尔站起身来,猛地挥动了下拳头,神情激动地说道。

"不过,乌云,你觉得应该怎么办?"

乌云原本是想和虎伦贝尔商量,现在看样子,也只能把疑问句变成肯定句。

"我想网上创业。"

"网上创业?"虎伦贝尔眨了眨眼睛,疑惑地说道,"乌云你说得没错,网络购物现在非常流行,可每一个店面都有自己的主营特色商品,咱们这深山老林,连条像样的路都没有,更别说充足的货源。面对这样的前提,你有没有想过要卖什么?"

"卖故事!"

"卖故事?"

乌云见虎伦贝尔一脸惊讶地看着自己,顿时有了一种被人崇拜的窃喜感。不过,她也知道,绝对不能表现出来,于是仍一本正经地说道:

"你说得没错,咱们现在是在深山里面,可不代表没有充足的货源。小到萤火虫、野花野草、野果,大到民族刺绣、桦树皮手编制品、雕花餐具酒器,还有冬天呼玛河里肥美的鱼,还有山里的菌子、干菜、肉类,每一样都是恩都力赐予的商品,只要附赠故事,我相信都能卖得很好。"

这句话说得没错,以前东北就曾有人将冬天的雪以商品售出的方式放到了网上,据说前来购买的人趋之若鹜,甚至一度开到了每瓶八十块钱的价位。

第三十三章

虎伦贝尔的心被乌云的这番话说得痒痒的,这丫头绝对天生就是搞艺术的好材料,原本普通的生活经过她这么一设计居然变得诗一般的美好。要是能够变成现实,确实应该是件很棒的事情。

等等,好像哪里有问题!

"乌云,你不是很快就要参加比赛了吗?等到那时不就要离开这里了?"

说到这里,他的神情不禁有些黯然,是啊,深爱的人像天上的星星一样,只能仰视,却不能拥抱,这样的感觉无论放在谁的身上也应该是难过的吧。

乌云察言观色,看出了对方的心思,微微一笑道:

"小虎,那你愿意让我走吗?"

虎伦贝尔看着最爱的女孩,表面尽可能地保持平静。然而,此刻,内心却在用力地呼喊:

"你这个天字第一号的傻瓜!笨蛋!我当然不愿意让你走啊!可是这件事从来不是我能说了算的,最终的决定权不还是掌握在你的手里,我又有什么办法?!"

想到这里,他的脸色变得惨白,只觉得心都要碎了。

乌云静静地看看虎伦贝尔,见对方不说话,只是用痛楚的眼神看着自己,心中也不禁难过起来,故作轻松地说道:

"你看你,不想让我走就说话,那么含情脉脉地看着人家,我又怎么会知道?小虎,我想过了,以后除了完成公司安排的工作,其他时间都会待在这里。"

她低头思索了一下,接着说道:

"嗯,这个想法应该还不错,就这么办吧。"

虎伦贝尔刹那间瞪大了眼睛,他做梦没想到这件事这么容易就得以峰回路转。顾不得多想,在强烈激动心情的带动下,他快步来到乌云的面前,紧紧拥抱住了对方,开心地说道:

"乌云,谢谢你肯回来,这里欢迎你。"

乌云被对方这样一抱,心中不觉有些害羞,脸色也变得通红。在挣脱开虎伦贝尔的怀抱后,她笑着说道:

"既然这样,那咱们就讲定了。你先把工作忙完,今天晚上就陪我去进第一个货源。"

"第一个货源?"

"没错。"

乌云神秘地笑道,在快步来到走廊的尽头后,她转头对仍站在原处,好奇地看着自己的人说道:

"去了就知道了。"

吃过晚饭,虎伦贝尔开车来到客栈门口。稍稍等待了一会儿后,看到乌云提着一个皮箱风风火火地从后院跑了出来,头上的草帽、身上的花裙子,倒还真的有点像是即将开启商海奋斗的年轻女店主。

看到这一幕,虎伦贝尔不禁有些痴了。

少顷,来到车旁,乌云先将皮箱放到了后备厢里,随后驾轻就熟地坐到了副驾驶的位置上,系上安全带,说道:

"出发!上山去!"

虎伦贝尔虽然不知道乌云的葫芦里到底卖的什么药,可在听到对方的指令后,仍发动了车子,风驰电掣地向前驶去。

月色中的群山静默着,由于山道崎岖难走,在将车子停到半山腰后,乌云和虎伦贝尔开始徒步向山顶爬行。

由于这座山不仅要比平时上的山高,道路也更加曲折难走,需要更多的体力。走了不一会儿,乌云的大腿就一个劲儿打起了哆嗦,汗水层层冒出,顺着额头淌下,只能弓着身子不停地喘粗气。反观走在前面的虎伦贝尔,虽然提着箱子,可还是像在平地上走路一样,健步如飞,大气都不喘一下。

难道男生和女生的体力真的能差那么多?

随手从路边捡起一根细长的木棍,她直起身子,继续艰难地向前走。虎伦贝尔似乎也感受到了这个变化,向前走一会儿,就会停下等一会儿,这样走走停停了一个多小时,二人终于来到山顶的一处石洞前。

借着朦胧的月色,乌云和虎伦贝尔看到有无数的萤火虫在空中飞舞,就像是许多黄色的小灯笼在空中飘荡。顷刻,先前的疲惫感荡然无存。

"哇,这也太美了吧!"

乌云赞叹一声,将双手拢在唇边,向山谷大声喊着:

"太美了吧!"

随着她的话音落下,山谷深处瞬间传来阵阵回响。

虎伦贝尔微笑地看着乌云,一脸的宠溺。

小时候,他们总会在夏天雨后的夜晚到这里来捉萤火虫,然后放到玻璃筒或玻璃盒里,做晚上的夜灯。

"乌云,你还记得吗? 十四岁那年学摩托车,带着你到这儿来捉萤火虫。"

虎伦贝尔抬头看着萤火虫,深情地回忆着往事,"由于刚下过雨,回去的路上,路旁两侧到处都是萤火虫,随着摩托车呼啸而过,像暴雨一样扑面而来,就像夜空中的繁星在眼前掠过,现在回想起来,真的是太梦幻了。"

随着虎伦贝尔的讲述,乌云似乎又再次经历了那个场景,在耳边吹过的劲风,雨点一般打在胳膊上的星星,无论是感官还是心灵,都无疑是强烈的刺激。

是啊,回想起来,人生还真是常常会在不经意间有太多难以预料的美好。

两个人并肩仰望着天空好半天才缓过神来。

"乌云,你说的第一个货源在哪儿?"

听到虎伦贝尔的提问,乌云如梦方醒地"哦"了一声,指着天空,笑着说道:

"这不是?"

虎伦贝尔诧异地张大了嘴巴,目光在乌云和萤火虫之间来来回回移动着,他实在想不到萤火虫会成为网店的第一个货源。

"小虎,你应该知道《仲夏夜之梦》吧?"乌云将目光定格在虎伦贝尔的身上,笑着说道。

"我想给那些终日努力奋斗,疲于奔波的城市人编织一个独属于咱们鄂伦春的《仲夏夜之梦》,我想这么美丽的童话,他们一定会喜欢。"

虎伦贝尔点了点头,通过对方的眼神,他知道此刻乌云正沉浸在莫大的快乐当中。那么,就尽情地笑吧,可爱的小姑娘,无论是为了萤火虫,还是仲夏夜之梦。

"小虎,快看,那颗星星。"

顺着乌云手指的方向,虎伦贝尔看到天边有一颗星星很亮,离他们也很近,似乎只要伸出手就能碰到。

难道说这就是仲夏夜之梦,他在心里暗自赞叹着,唇边泛起笑容。

第三十四章

当天晚上,在一道用玻璃瓶装了几百只萤火虫后,虎伦贝尔开车送乌云回到客栈。

客栈门前,车子缓缓地停了下来,虎伦贝尔侧头看向坐在副驾驶座位上的乌云。只见她不知道什么时候已经睡了过去,或许是出于心中的安定,头向自己这边歪着,乌黑的头发遮住了半边脸,看上去就像是一只乖顺的小猫。

看到这一幕,虎伦贝尔的心中顿时生出浓浓暖意,情不自禁地伸出手去,想要抚摸一下睡美人的脸。然而,手指还没来得及落在脸上,乌云便像是察觉什么似的醒了过来。

见此情景,虎伦贝尔只能悻悻地收回了手,刻意地保持平静,就像是刚刚的事情并未发生。

乌云并不知道发生了什么,看了一眼虎伦贝尔,她侧头看向了笼罩在黑暗中的客栈。

"到了?"

"嗯。"

听到虎伦贝尔的回答,乌云的唇边泛起笑容。微微将身子靠在椅子上,意犹未尽地说道:

"刚刚可真好,就像是回到了小时候。小虎,谢谢你。"

虎伦贝尔看到乌云这般开心,心中也顿时被幸福包围,笑着说道:"乌云,应该是我说谢谢你。感谢你愿意留下来,让我又有了努力的方向。"

这句话貌似有些突兀,但有些事情本就是不言而喻,身处其中的人都懂。

乌云的脸微微发红,好在有夜色做掩护,也不至于看得太明显。

虎伦贝尔看着乌云推开车门,一只脚下车。不知从哪里来的勇气,忽然一把拉住了对方的手。

乌云猝不及防，被对方手上的力气带着向里面踉跄了一下，身子重重地扑到虎伦贝尔的身上。她只觉得一股热浪扑面而来，被人紧紧抱住，霎时瞪大了双眼。

"小虎，你……"

"乌云，别说话。"虎伦贝尔声音颤抖地说道，"我现在只想静静地抱着你。"

乌云先是一怔，继而彻底放松了身子，任由对方抱着。

虎伦贝尔抱着乌云，脑子里忽然出现了第一次见到乌云时的情景。

那个粉嫩粉嫩的团子在第一次见到他的时候，也是将手举得高高的，奶声奶气地说了声：

"哥哥，抱！"

谁都没想到，就是这一抱开始了他们的缘分，将两个人的命运紧紧连接到了一起，再也分不开了。

如果时间能过得再慢一点儿就好了，这样就可以一直抱着你，永远不放手。

过了好一会儿，虎伦贝尔终于恋恋不舍地放了手，和乌云笑着道了声"晚安"，目送着对方提着箱子走进客栈。

回到房间后，乌云并没有开灯，而是直接打开了箱子，小心翼翼地将装着萤火虫的玻璃瓶依次从里面拿出。由于处于黑暗中，萤火虫的光线分外耀眼，每一个都像是童话世界里的星星般可爱。

幸运星！

乌云忽然想起了以前在星座书上看到的幸运星记载，传说当舵手在大海航行时遇到风浪，船即将沉没的时候，幸运星就会出现在东部的天边，以微弱的光亮指引着平安的方向，给处于恐惧中的人们以希望。

萤火虫梦幻筒作为她人生的第一次经商创业尝试，被称为幸运星，的确再恰当不过。

想到这里，乌云顿时兴奋不已。在巨大热忱的驱使下，她一整晚都没有睡觉。在确定了具体的网站平台后，按照网络教程一点点儿地开始店铺装潢设计。尽管以前没有任何经验，但在不断地用心摸索下，到了第二天天亮的时候，一个看上去还算不错的店铺终于完工。

大功告成！乌云伸了个懒腰，这才发觉在桌前坐了一夜，胳膊有些酸胀。虽然辛苦,好在事情在向好的方向发展,一切都是值得的。接下来,就等着有订单过来了。

送邮件的人她也已经有了确定的人选:虎伦贝尔和李卓俊。小虎虽说工作忙,可毕竟是她的事情,肯定会全力支持。李卓俊的时间则要更灵活一些,又是自己的兄弟,有事肯定也会帮忙。因此,在心里稍稍排序后,乌云决定让李卓俊当第一梯队,虎伦贝尔则做第二梯队。

打定主意,乌云拿着萤火虫梦幻筒来到前院,将李卓俊、吴楚和苗苗分别从房间里叫了出来,四个人来到院子一隅的石桌前坐了下来。

"哇,真是太好看了。"

苗苗托着腮,看着桌上的玻璃筒,发出声声赞美。过了一会儿,她忽然紧紧抓住乌云的手,说:

"姐姐,这个真是送给我们的吗?我太喜欢这个礼物了。"

乌云微笑地看着苗苗,还是大学生好,无忧无虑,不用像她一样为了成年人三个字让心灵受到束缚。

"你喜欢就好。"乌云说完,看向吴楚和李卓俊,"有件事情我想请二位帮忙,我注册了一个网店,专营鄂伦春的民族特产。卓俊,我知道你的时间是自己掌控的,想请你帮忙送下货。吴楚曾经做过医生,应该有一些大城市的资源,我想请你帮忙线下推广,如果可以的话,咱们可以签订合伙人协议,等到盈利后按照股权进行资金分配,你们觉得怎么样?"

李卓俊和吴楚对视一眼,笑着说道:

"合同就不签了,咱们是朋友,你有心请我们做合伙人,肯定会全力而为。只不过乌云,你怎么会突然想起开网店?"

"因为想讲故事。"

乌云这没头没脑的一句话让其他三人诧异不已,不约而同地露出了好奇的神情。

见此情形,乌云笑了笑:"其实也没有什么,只不过是受卓俊的启发。这里有那么多的好东西,不应该只藏在深山里,应该让更多的人知道才对。"

助力乡村这件事实在太大了,作为一个普通的女孩,乌云连想都不敢想,她只是想踏踏实实地做些事情。故乡美得纯粹安然,应该让更多的人知道,虽说从了解到走近需要过程,但乌云还是想努力地去尝试。

况且现在有了朋友们的加入，接下来的事情也应该会推动得更顺利吧。

第三十五章

吴楚看了一眼苗苗，笑着提议道："其实，我不仅可以做你的合伙人，还可以和苗苗一起做好多其他的事情。"

苗苗正摆弄着玻璃瓶，好奇地看着里面横冲乱撞的萤火虫，忽然听到吴楚说到自己，顿时瞪大眼睛，惊讶地说道：

"我？"

"对啊，我要是记得没错，你应该是学中药学的吧？"吴楚站起身来，指着不远处的群山，"这上面有的是好药材，只可惜没有专人开发研制，才变成了藏在巷子的酒。"

李卓俊见苗苗仍在发呆，也将话接过来，笑着说道："酒香不怕巷子深。"

苗苗眨了眨眼睛，忽然明白了吴楚的意思，拍了拍手，笑着说道："这个不难，我们学校正在创建大学生校外研究基地，我一会儿就给导师打电话，建议在村里创办一个专门研制鄂伦春草药的实训基地。"

乌云听苗苗这么说，顿时又惊又喜。在卡纳特村所在的大兴安岭地区，有着丰富的动植物医药资源。鄂伦春人在与自然的长期斗争中，懂得了许多动植物的药物作用，并逐渐加以运用，积累了较为丰富的医药保健知识，方法虽原始、简单，但对防病治病起到了重要的作用。

据说，鄂伦春族人常用的药用木本植物有十几种。用"嘎黑毛"和"包劳好库热"的皮和枝条熬成汤内服外洗，能治疗骨折、外伤、关节炎、腹痛等疾病；马或狗有外伤也可以这样治疗。用"那拉格塔"的皮熬成汤外敷能消肿。用"窝达华"和"尼格底"的根茎熬水洗患处，能治疗疖藓等皮肤病。用"嘎呼库热"的枝条熬成汤洗脚，能治疗痢疾。用"西拉布"树条熬水喝可以治疗各种炎症，像火眼、嘴唇破裂这样的毛病都可以治疗。

动物类的药物也有很多，鹿茸片能治疗咳嗽、哮喘、身体虚弱、神经衰弱等毛病,鹿胎膏能治妇女病,鹿心血则可以治疗心律不齐、心脏衰弱。就算是那平日里最吓人的熊瞎子,也是难得的滋补药材,熊胆泡酒可以治疗肝炎、胆囊炎、头痛、腹泻、咳嗽、腿肿等病症,只不过现在它们成了保护动物,不能捕杀了。

只可惜由于交通不便利,与外界接触不多,这才使得好资源无法进行及时有效的变现。如果能够有专人研制,再加上宣传推广,或许家乡的面貌说不定真能得到改善。

"苗苗,真的可以吗?"乌云紧紧拉着苗苗的手,求证地说道。

"当然。"苗苗笑着站起身来,"我这就去给导师打电话,写建立基地的可行性报告。"

说着,她向吴楚使了个眼色,"吴楚,你知道得多,跟我一起来吧。要是我有什么不懂的,也可以随时问你。"

她见吴楚还想继续留在这里,伸出手来,将对方拉起来,一道向屋子走去。

笨蛋,你难道看不出来李卓俊对乌云有特殊的感情?还真想杵在这里当电灯泡?

李卓俊看着吴楚和苗苗进屋,看向了坐在自己对面的乌云,笑着说道:"乌云,我觉得你变了。"

"变了?"乌云微微一怔,唇边泛起一丝笑容,"变好了还是变坏了?"

李卓俊皱着眉头思索片刻,随后摇了摇头,认真地说道:"好了坏了说不好,但是比以前更成熟了。"

"哦?"

乌云摸了摸自己的脸,一直以来,她都觉得在经过北漂生活的打磨后,自己应该已经非常成熟,却没想到竟然在对方的眼睛里仍很幼稚,这倒当真让她有些出乎意料。

李卓俊看出了乌云的好奇,微微一笑:"乌云,你知道吗?一个真正成熟的人是不会刻意在别人面前装成熟,然后去追求那些虚妄的事情。只有一个时刻保持内心平静,懂得平凡的事情才是真正幸福的人才会感到快乐。"

他之所以这样说,是因为过去的一段长达数年的感情经历。

李卓俊从小生活在公务员家庭,父母都是政府干部,按理说,从这样家庭走出来的孩子性格应该是内敛严谨的。然而,李卓俊却偏偏是个例外,脑子里时刻天马行空,充满了各种新奇的思维。也正是因为这样,在高考填报志愿的时候,李卓俊不顾父母的反对,毅然决然地报考了影视导演专业,并以超出录取分数线七十多分的超高成绩顺利考入大学。

毕业后,具有超强商业头脑的李卓俊没有像其他人那样到影视剧组当副导演或导演助理,而是与北京一家知名广告公司签约,正式进入光怪陆离的时尚圈。很快,由于创意新颖、思维敏锐、拍摄手法具有鲜明个人特色,作品受到了许多商业大佬的赏识。不仅导演费用身价高涨,拍摄的艺人合作者也都是国内外数一数二的明星。

事业的成功让当时年纪尚轻的李卓俊变得飘飘然,那时的他抱着"合则约见、不合就散"的态度谈了很多场恋爱,却始终没有一个女人能够让他真正安定下来,直到遇到柳眉,情况才陡然发生了改变。

柳眉比李卓俊大了两岁,性格温柔沉静,是个典型的文艺青年。尽管是国内的顶流影视明星,她的日常衣着和妆容却都很随意,毫无任何明星架子,反倒像个刚刚从校园里走出的女大学生。

不仅如此,她还热心公益,无论是给灾区捐款运送物资,还是为关爱孤残儿童发声,处处都能看到柳眉的身影。

这样一个像天使一样纯净的女生,怎能不让人动心?就算是潇洒随性,一直以玩乐的态度对待感情的李卓俊,在见到柳眉以后也瞬间便拜倒在了她的石榴裙下,仰慕之情如滔滔江水连绵不绝。

为了尽快追求到心中的女神,李卓俊和其他人一样向柳眉开启了猛烈的情感攻势。只不过和其他男人为了表现成功身份挥金如土,狂送名车名包的土豪行为不同,他的礼物显得分外别致。

第三十六章

"不要问我从哪里来,我的故乡在远方,为什么流浪,流浪远方,流浪……"

夜晚朦胧诗意,此刻随着白天蒸腾的暑气消散,凉爽的空气吹到人身上,连带着每一个毛孔都无限扩大,由内而外地舒爽。

此刻,李卓俊和柳眉相对坐在后海酒吧靠窗的位置上,边听舞台上歌手弹着吉他倾情地演唱,边喝着啤酒聊天。

"柳眉,今天是你的生日,我想送你一件礼物。"

尽管已经认识了很久,李卓俊却始终未能明了对方对他的心意。因此,等了好半天,直到二人都有了些朦胧醉意,这才借着酒劲儿说道。

"哦?"柳眉微微皱起了眉头,片刻,待眉头舒展,才又疑惑地问道,"是什么?"

李卓俊见对方发问,便也不再隐瞒。从口袋里掏出了个细长的蓝色盒子,放到了柳眉面前 的桌上。

柳眉看了一眼李卓俊,低头打开盒子,只见一把黑色的钥匙正静静地躺在里面。

"这是……"

李卓俊直起身子,指了指窗户。柳眉沉吟须臾,忽然悟出了对方的意思,迅速起身小跑着来到门口。果不其然,一辆红色的崭新越野山地车不知何时被放到了窗下。

见柳眉惊喜地看着自己,李卓俊抬起双手垫在脑后,故作潇洒地说道:

"你不是一直想要骑车旅游吗? 我就让专卖店的朋友帮忙挑选了一辆,这是尼古拉的,安全便捷,时速也快,估计你能喜欢。"

作为位居世界十大运动户外山地车排行榜榜首,尼古拉一直都致力于制造顶级的手工铝合金山地车。数控机加工技术达到自行车行业的巅峰,大胆艳丽的着色,毫不掩饰自己的霸气。超高的强度和卓越的性能一直是山地车架引以为豪的核心。

柳眉是山地车发烧友,又怎么会不知道这些,听到李卓俊说是尼古拉的,顿时开心得不行,顿时搂住了对方的脖子,像是调皮的小女孩一样踮起脚尖,随着"啪"的一声,李卓俊的脸上结结实实地被亲了一下。

见对方惊讶地看向自己,柳眉红着脸说道:"卓俊,谢谢你,这真的是我收到过最好的礼物。"

院子,李卓俊说到这里,眼睛里充满了兴奋的光。看得出来,能够送心爱的女人一件心仪的礼物,讨得对方开心,对于作为男人的他来说是一件非常值得骄傲的事情。

乌云看着他,忽然想起了宝剑赠英雄,红粉送佳人的话,看来并非空穴来风,而是实实在在存在着的。

"后来呢?"

李卓俊微微一笑："后来，我就以这件事为契机，只要有空，就陪柳眉骑着山地车外出旅行。从京津冀出发 一路向南或是向北行驶，到过最远的地方应该是四川的九寨沟。"

九寨沟像是动人的蓝宝石般镶嵌在四川阿坝的九寨沟县境内，远望雪峰林立、高耸云天，终年白雪皑皑，加上藏家木楼、凉架经幡、栈桥、磨坊、传统习俗及神话传说构成的人文景观，就像是一个从未污染过的美丽童话世界。

不过好看归好看，由于离着北京距离甚远，李卓俊和柳眉这一路上风雨无阻地骑行，整整三个月才到。

日则沟五花海前，李卓俊站在木栈道上，紧紧地搂着柳眉的腰。柳眉将身子轻轻靠在他的身上，乌黑的头发像是小狗的绒毛一样蓬松可爱，刺挠挠的，一直痒到了心底。

"喜欢这里吗？"

李卓俊在柳眉的耳畔轻声问道，呼出的白气一个劲儿地往对方的耳朵眼里钻。

"嗯。"柳眉看着面前静静流淌的海子，陶醉地说道。

尽管之前去过很多地方，可发自内心来说，九寨沟却是她最心魂所系的地方。一草一木，哪怕是一个最不起眼的浪花，都是大自然神奇的赠予，充满了前所未有的力量。

李卓俊微微一笑，将柳眉的身子转了过来，让对方正视自己。

"那我呢？你爱我吗？"

虽然在第一次共同外出旅行，他们就已经发生了关系，后来感情更是如胶似漆。然而不知为何，李卓俊却仍对这段感情有所怀疑，就好像只要稍稍放手，柳眉就会瞬间消失。

"爱！"

柳眉环抱着李卓俊的身子，看着对方清俊的脸，无比坚定地回答。

"卓俊，我以前虽然也和其他的男人交往过，可你却是最与众不同，能够时时刻刻带来惊喜的一个，我想这辈子都会爱着你的。"

说完，她就像是送山地车时一样，再次踮起脚尖，在李卓俊的脸上轻吻了一下。

李卓俊微笑着将柳眉的身子紧紧地拥在怀中，似乎是想让对方永远记住自己的体温。此刻的他无比坚定地相信，只要两颗心紧紧相连，这世上就不会再有任何力量将他们分开。

"要是我没猜错的话，柳眉就是嫂子吧？"

院子里，听李卓俊讲到这儿时，乌云忍不住好奇地插嘴道。

李卓俊摇了摇头，自嘲道："不，她已经是孩子妈了，只不过那孩子不是我的。"

乌云狐疑地看着李卓俊，一时间她有些怀疑自己的耳朵是不是听错了，明明两个人相爱，就算是有孩子，那总该是共同的才对。为什么柳眉是孩子的母亲，李卓俊却不是父亲？下意识地，她觉得这里面一定有其他的故事。

李卓俊微微一笑，他的眼睛掠过乌云的肩膀，落在了远处的山顶。此刻，天空湛蓝，几朵白云正随着风的吹动悠悠地飘在上面，看上去灵动而又诗意。

不知道为什么，从九寨沟回来后，柳眉就开始躲着李卓俊。无论他怎么打电话，对方就是不肯接听。即便是在公司遇到，柳眉的眼神也满是冷漠，就好像李卓俊只不过是个无关紧要的陌生人，之前从未有过任何交集。

对于柳眉巨大的转变，李卓俊的内心虽然惊讶和无奈，可那时的他心中还抱着一丝幻想，以为对方不过就是小女孩心性，用不了多长时间就能回到最初。没想到的是，事情非但没有任何转机，不久后等待他的竟是晴天霹雳。

第三十七章

时间匆匆流逝，很快就到了这一年的冬天。和湿润多雨的江南不同，身为首都的北京天空永远是晴朗透彻的，就像是一望无垠的宁静海面，永远都是那般的波澜不惊。

这段时间，在一个做影视制片人朋友的说服下，李卓俊到京西的影视拍摄基地担任了一部民国题材的电视剧导演。尽管一直以来都在拍商业广告，但毕竟是科班出身，只不过适应了短短几天就能够完美地将工作推进下去。

每天收工后,李卓俊也仍然会给柳眉打电话,尽管手机那端永远是占线的忙音,却仍是日复一日地坚持着。

然而,不久,随着一条重磅炸弹似的新闻出现,李卓俊平静的生活被彻底改变。

这天晚上收工后,李卓俊刚回到酒店准备洗个澡,然后制定第二天的拍摄方案。忽然接到了好友打来的电话。

一接通电话,不等李卓俊说话,对方就开门见山地说道:

"卓俊,你这段时间跟柳眉有联系吗?你知不知道她已经当妈了?"

两个反问句像是忽然从暗处伸出的魔掌,瞬间将李卓俊原本的好心情撕了个粉碎,一时间他竟不知该如何回答,只是呆愣在原地,任凭大脑一片空白。

"怎么,你不知道?"好友见李卓俊不说话,便又继续用恨铁不成钢的语气说道,"卓俊,不是我说你。你平时挺精明的一个人,怎么一遇到感情就跟个傻子似的,被人当备胎玩弄了都不知道,现在人家不声不响把孩子都生出来了,你连个回旋的余地都没有。唉……"

最后这声叹息仿若针一样狠狠地扎在了李卓俊的心上,他只觉得眼前一阵发黑,胸口闷闷的,根本喘不上气来。

就这样,李卓俊彻底陷入黑暗的窒息当中,就连朋友什么时候挂断电话都不知道。

未婚女明星当妈的话题以前虽说在影视圈里也曾出现过,可柳眉这样外表清纯的人忽然出现这样的事情,无疑成了八卦热议的焦点。

随着这件事情迅速在网络上发酵扩散,那段时间,李卓俊无论走到哪里都觉得背后有无数双眼睛在盯着自己,或担心,或关切,或揶揄,或嘲笑。即使像鸵鸟一样努力地将头埋在沙堆里,可仍无法逃脱,只能一次次地将还未来得及愈合的伤口撕碎,凌乱地践踏后再残忍地丢到风里。

院子里,李卓俊说到这儿,看向了正一脸同情地看着自己的乌云,自嘲地笑道:

"说实话,要不是脸皮厚,我可能连死的心都有了。你想想,好端端的一颗心给出去,却被人撕了个稀巴烂,这种感受无论放到谁身上都不会太美妙。"

话是这样说,然而事实上,因为和柳眉被迫分手,李卓俊还是患上了中度抑郁症。每天浑身上下像是毒虫啃咬,心里一阵接一阵地想哭,然而,却又始终找不到合适的发泄出口。这就像是一个拳击运动员在做完热身运动后,裁判给过来的不是弹性十足的沙包,而是绵软到了极点的棉花苞,一拳打进去不仅不会反弹,反倒带来无法发泄的无力感。

为了将这些焦虑的情绪尽快摒弃掉,自从大学毕业后就开启繁忙模式的李卓俊接受了医生的建议,以休息的方式努力让心情平复下来。虽是如此,想要成功却并不容易,反倒对柳眉的思念越来越浓。

为此,他也曾尝试着和心爱的女人见面。然而,等到见面后,才发现,除了相对无言,其他的任何事情都没有改变。

很长的一段时间里,李卓俊的内心一直被灰色裹挟,就连响晴的天空也是雾蒙蒙的一片,让人难过得想要大哭一场。

乌云看着李卓俊落寞的表情,心中也不觉难过起来。和对方一样,自从根花出事,她就一直用灰色的心情包裹着自己,每天都是一副失神的模样。然而,并不是这样做就能让心情有任何好转,反倒会一遍遍提醒自己是不快乐的。

沉默片刻,乌云缓声说道,像是在安慰对方,也像是在鼓励自己。

"卓俊,人生在荆棘,长在荆棘,最重要的是不能被荆棘打倒。不管怎样,日子终归还是要过的,心中的刺也要一根根地拔出来。"

拔刺的过程中或许会鲜血淋漓,但终归比永远扎在心上要好。

"你说得没错。"

李卓俊不愧是心理治愈力极强的人,不一会儿,便又恢复了平时的模样,笑着说道:

"所以我来了。"

在事情发生三个月后,李卓俊接到了广告公司的电话,说要拍一部展现鄂伦春族人生活的纪录片。尽管钱不是很多,然而基于抛却烦恼的想法,他想都没想就答应了下来,并在第二天开车一路向北来到卡纳特村。

事实证明,这个决定绝对是万分正确的,在灵动山水和淳朴民风的滋养下,李卓俊原本压抑的心情彻底得以释放。他忽然惊讶地发现,原来自己以前的格局是那般的微不足道,要想拥有真正的快乐,就必须挣脱开心灵的枷锁,放飞自我,得到完完全全的自由。

乌云惊讶地看着李卓俊,她实在想不到刚刚还在紧锁双眉、一脸忧愁的李卓俊会忽然转变脸色，这样的一个人，单看表面，谁又能知道她心里原来堆积了那么多负面情绪。

李卓俊察言观色，见对方这样看着自己，便又耸了耸肩，故作轻松地说道：

"跟你说了这么多，我心情好受多了。你也不要这么看着我，还是做正事要紧。对了，你知道网店的常用营销手段吗？"

"常用营销手段？"

"对啊。"李卓俊见乌云疑惑地看着自己，耐心点拨道，"你也知道网店的竞争一向都很激烈，为了能够让买家在最短时间内了解商品，激发他们的购买欲，就必须运用营销手段才行。除了你说的故事，图片和视频也是重要的一方面，这些我都很在行，应该可以帮到你。"

第三十八章

"真的吗？那太好了！"

乌云听李卓俊说可以帮自己拍摄商品的图片和视频，顿时兴奋不已，急忙将在屋里聊天的苗苗和吴楚唤出，一道来到她住的撮罗子。

经过简单的布置，四个人同时围站在了盖着桌布的桌子四角，李卓俊用相机拍摄放在桌上的萤火虫梦幻筒，其他三人则负责用台灯和手机补充光源。

随着快门咔咔声响，一张张精致的照片被定格在了数码相机里。

半晌，李卓俊直起身子，专心致志地翻看着作品，在确定了其中的几张后，笑着说道：

"你们看看，怎么样？"

乌云三人听到这话，立刻全都围了过来，伸头看着屏幕。只见在奇异的光线中，梦幻筒里的萤火虫散发着灿烂的光芒，就像一个个小太阳，煞是可爱。

吴楚原来就知道李卓俊善于艺术摄影，此时看到照片，立刻竖起大拇指，风趣地赞叹道：

"摄影技术哪家强，首屈一指找卓俊。"

乌云和苗苗对视一眼,也都附和说是。

李卓俊尽管心中受用,表面上却仍一本正经地说道:"好了,好了,你们这三个马屁精,拍马屁的痕迹不要太强。"

说着,他又看向乌云,"乌云,我用你电脑修下图,等做好再上传。"

乌云听到这话,连忙将李卓俊让到桌前坐下,担心他干活热,紧接着又拿出了电风扇和矿泉水。

在大家的期待下,李卓俊很快完成了电脑P图,并将处理完成的图片上传到了网站平台。少顷,随着他的手指按下回车键,转身说道:

"好了,梦想之舟正式起航。兄弟姐妹们,让我们一起鼓掌吧。"

"鼓掌?"

李卓俊见苗苗疑惑地看着自己,起身笑着说道:

"当然了,生活可是需要仪式感的。"

说完,他便带头鼓起掌来。其他三人见状会心一笑,也跟着鼓起了掌。

网店的开局很顺利,就在图片上传的第二天,就有十几个顾客浏览网页并付款购买。乌云等人见状,心中很是兴奋,又继续上山捉萤火虫,以保证货源的源源不断。

与此同时,利用休息的空暇时间,乌云又在原先的基础上对《写给故乡的歌》进行了更加细致深入的修改和编排。经过她的努力,不仅歌词更加朗朗上口,歌曲的配乐也更加具有现代感。尤其是其中 RAP 环节的设置,更给听众耳目一新的感受。

在完成小样的录制后,乌云迫不及待地将其通过电子邮件的方式发给了苏明阳,随后又给对方打去了电话。

尽管人在异地,苏明阳却对乌云的情况了如指掌。事实上,从对方离开北京的那一刻起,他就已经暗中在其身边设下眼线,并在每天晚上以电话的形式了解状况。而毫无疑问,《写给故乡的歌》是乌云带给苏明阳最大的惊喜。尤其是在听到小样的效果后,他更加有信心,对方一定会成为音乐界一颗璀璨的明星。

不过欣喜归欣喜,总裁范儿还是要有的。因此,在接到乌云的电话后,苏明阳仍像是从前那样,以上级的绝对权威口吻对待着对方。

"乌云,歌曲我听了,感觉还不错。"

见乌云迫不及待地询问自己的看法,苏明阳沉吟片刻说道:

"看得出来你真的用心了，技术方面还不错，情感方面还差一丢丢，另外，专业配器也有些差强人意，还是需要后期合成打磨下才行。总体来说，打八十分吧。"

乌云听到这里，气得牙痒痒，她知道为了这首歌，自己付出了多大的努力。严格意义上来说，这真的可以算得上是一首极具个人风格的代表作，即使从公平上打分也应该是九十五分以上才对，而不是只有将将就就的八十分。

"苏阎王，你就装吧。看我有一天不用实力，让你啪啪打脸。到那时候，你别痛哭流涕就行。"

想到这里，乌云的唇边泛起一丝狡黠的笑容。

苏明阳等了一会儿，见对方不说话，又继续说道：

"这样吧，我今天就找后期团队帮你和声，争取半个月后上线推出。"

半个月后……乌云低着头默默地算了下时间，那不是六月十八日吗？想到这里，她的心忽然激动得狂跳了起来，瞬间明白了苏明阳的用心。

六月十八日是一年一度的古伦木沓节，在鄂伦春族最隆重盛大的节日上发布这首歌是最合适不过的。想到根花、达仁奶奶、查干爷爷和阿古达木爷爷，乌云的内心顿时激动不已。

"乌云，你怎么不说话？在想什么？"

"谢谢你，明阳。"乌云感激地说道，"放心吧，我相信这首歌一定会不负众望，成为媒体关注的焦点。"

"嗯，我也希望这样。"苏明阳顿了顿，又继续说道，"到时候我会以公司的名义组织一些知名媒体到卡纳特村去，期待你最精彩的表现。乌云，你可要好好把握住机会。"

"我会的。"乌云笑着说道。

经过了北漂生活日复一日的辛苦磨炼，幸运女神终于张开双臂拥抱自己。哪怕是为了美丽的家乡和可爱的族人们，她也一定会好好把握这难得的机会。

时间很快就到了中旬，这天一大早，村主任布赫巴图就拿着刚刚煮好、热乎乎的狍子肉来到客栈找乌云和李卓俊，说是有很重要的事情要和他们商量。

李卓俊和乌云见布赫巴图说得这么郑重，心里也不觉生出几分好奇。

院子里，乌云三人围坐在石桌旁，边用狍子肉就着莓果酒，边商量着如何布置接下来的古伦木沓节盛典。

"乌云，你是咱们乡里有名的歌仙，以前在北京回不来，只能由别人代替。"

布赫巴图说到这里，一脸诚恳地邀请道：

"现在你既然在，今年的古伦木沓节上的赞达仁可不可以担任下来？"

布赫巴图虽是鄂伦春族，却并不是卡纳特村人，他的家在呼伦贝尔鄂伦春自治旗。由于女朋友家在村里，当年从部队复员后，便也向组织提出转业要求来到卡纳特村工作，到现在已有十三年。现在他不仅拥有了幸福的家庭，还成了受人尊重的村委会主任和县里的政协委员。

第三十九章

乌云看了一眼坐在她身旁的李卓俊，笑着说道：

"当然可以。不过我也有一个要求……"

赞达仁和其他民歌最大的不同，就是没有固定的曲目。演唱者通常想到什么就会当场发挥什么，即兴编出歌词，因此提前提出要求确实让人感到好奇。

乌云笑了笑，将身子向前倾去，认真地说道：

"除了唱赞达仁，我还想演唱一首汉族歌曲。"

布赫巴图皱了皱眉，在古伦木沓节上演唱汉族歌曲是从没有过的事情，乌云的提议确是让人出乎意料。

李卓俊见布赫巴图疑惑地看向自己，笑着解释道：

"乌云最近创作了一首个人单曲，要在六月十八日开始在网上发布，她是想借用古伦木沓节的契机正式将这首歌推出来，而且那天唱片公司也会组织国内的一些主流媒体来村里进行采访报道。"

一席话彻底解除了布赫巴图心中的困惑，同时也带来了希望与喜悦。

和大多数的基层管理者一样，布赫巴图自打当了村主任就一直希望能够努力带领卡纳特村有更大的发展。为此，也曾做过不少尝试，只可惜全都差强人意。如果通过乌云提供的机会，打开新局面，又有什么不可以尝试的？

"乌云，这首歌叫什么名字？"

乌云见布赫巴图发问，心知事情有转机，就笑着说道："《写给故乡的歌》。"

"《写给故乡的歌》？"布赫巴图缓声重复了一遍，忽然像是悟到了什么，笑着说道，"好名字，我同意你唱这首歌。乌云，好好准备，相信你一定会带来最精彩的表演。"

信任和支持的力量是巨大的，就像是一束光让踯躅在暗夜中的人看到希望。

乌云的内心瞬间被温暖包围，眼睛也随之湿润，哽咽着说道：

"谢谢你，巴图大哥。"

李卓俊微笑地看着二人，心中不觉也有些感动，脱口而出道：

"巴图大哥，乌云跟我说，除了公司安排演出，以后只要有时间，她就会在村里跟大家一道为乡村发展努力，并且现在也在积极尝试开网店，名字也很好听，就叫美丽山村。"

由于还在摸索，乌云暂时还不想把网店的事情告诉其他人，因此一听李卓俊说这话，不禁有些愕然，狠狠地瞪了对方一眼。

李卓俊见此情形也发觉说错了话，脸色瞬间涨红，捂着嘴不再说下去。

"开网店？"

布赫巴图饶有兴致地说道。虽然他没有尝试过，可先前也曾从网上看到过类似的新闻。知道现在有很多年轻人在积极进行网上创业，开办网店，主营各种商品。不过，据说开网店虽然赚钱，却也非常辛苦，因为客户随时都有可能下单，必须二十四小时盯着才行。

"乌云，你怎么想起开网店了？"

乌云听到布赫巴图的问话，也只能如实回答："巴图大哥，我这个网店和别的不太一样，赚钱只是一方面。"

"哦？"

"还有一方面是想作为咱们鄂伦春文化和特产的窗口，就和卓俊的短视频一样。"

布赫巴图听到乌云的回答，更加好奇，他以前也曾看到过鹤北那边的林场曾经创办过主营当地土特产的公众号,上面陈列着鹿茸、木耳、榛蘑等物品。他在看后大有启发,只是一直没能找到合适的人做这件事,难道乌云的网店能够起到同样的作用? 一时间,他不禁对这个充满了闯劲和创新力的女孩生出了几分佩服。

"乌云,那你现在在网店主要卖什么?"

乌云微微一笑,在看了一眼李卓俊后,她起身来到了自己住的撮罗子。时间不长,又再次折返了回来,随后将一样东西放到了布赫巴图面前的石桌上。

布赫巴图看了一眼乌云,随后又将目光移到了东西上。

"萤火虫?"

"对,这是萤火虫梦幻筒。"乌云解释道,"虽然在咱们这里很常见,可对于那些城市里的人来说却是难得一见的新鲜玩意,网店虽然只开了几天,但是已经有差不多一千个订单了。"

布赫巴图瞪大了眼睛看着乌云,似乎想观察对方是否在说谎。毕竟在短短的时间里想要快速实现数量激增,并不是一件容易做到的事情。

"是真的。"李卓俊接过话头,"这几天光到乡里送货,我前前后后就已经加了两百多块钱的汽油了。好在乌云老板不是吝啬的人,答应报销了。"

说着,三人相视而笑。

"巴图大哥,萤火虫梦幻筒只是引子,但它们对环境有益,我以后不会再捉来卖了。以后我会在网上放其他的产品,例如鲜花、野果、各种鲜美的肉类和菌子,还有咱们民族独特的手工艺品。我相信只要做好宣传推广,就不会没有客源。"

布赫巴图听乌云这样说,心情豁然开朗。对方的用意再明白不过,只要是村里主抓的产业,网店就可以帮忙推销售卖,这也的确是能够快速与市场接轨的最好办法。

用文化的形式带动经济发展,以最便捷地打开经营窗口,乌云用心布局的确很了不起。

想到这里,他顿时热血沸腾,瞬间就有了想要大干一场的冲动。

乌云看着布赫巴图,像是对他说,也像是自言自语地说道:

"我不知道这些方法可不可以,只是想要为村里做些力所能及的事情。如果可以,就能够深入推广。当然,在这个过程中,也会随时从外界寻找商机,以便随时能够调整方向。"

"在大城市里待过就是不一样。"布赫巴图赞叹地说道,"乌云,你再也不是原来那个什么都不懂,只知道一再按照性子做事的山村女孩了,而是真正有格局、识大体的知识女性。说实话,这样的转变真的很让人开心。"

如果说以前,他还是将乌云的归乡当成是一场心血来潮的旅行,那么现在可以确定对方绝对可以成为自己最得力的帮手,不,不仅仅是帮手,应该是主心骨才对。

想到这里,布赫巴图的心中对未来的山村之变充满了更多的期待。

第四十章

"哦,对了,我一会儿要去那木古爷爷家里走访。"

布赫巴图话头一转,对李卓俊说道:

"卓俊,你不是一直想拍摄鄂伦春狩猎技艺吗?那木古爷爷年轻时可是乌力楞一等一的好猎手,曾经和熊交过手。你和乌云要是没什么事情的话,可以和我一道去。"

李卓俊兴奋地点了点头,他在前一年的古伦木沓节上曾经见过那木古。老人家虽然已经快八十岁了,但是精神依然矍铄,身板比年轻人还直,脸上也是红扑扑的,若说只有五十岁也会有人信。在那次盛典上,他一直和几个年轻人围着火堆跳斗熊舞,浑身上下充满了野性与力量。

和信奉天神恩都力和山神白那恰一样,鄂伦春人对熊也充满了与生俱来的崇拜。在他们之中流传着这样一个古老的传说:

从前有一个勇敢的鄂伦春人,有一年冬天,在打猎的时候因为受伤被母熊抓到了山洞里,不久后母熊产下一只小熊。

虽然母熊对猎人处处关照,可毕竟不是同一个物种,猎人还是千方百计地想要逃走,只可惜每次都以失败告终,这也引起了母熊的疑心。为了消除母熊的疑心,猎人只得采取迂回政策,暂时按兵不动。

日复一日,猎人以实际行动终于消除了母熊的戒备。这天,趁着母熊外出寻找食物,猎人匆忙跑出山洞,一口气来到呼玛河边,乘坐早就准备好了的桦皮筏子向乌力楞迅速划去。

母熊回到山洞发现猎人不在,立刻抱着小熊来到江边。此刻筏子已经驶出一半,想要抓住已经不可能。眼见得自己无论怎么叫,猎人就是不肯回头看一眼。母熊顿时气得发疯,当场将小熊撕成了两半。一半留给自己,一半抛给了猎人。

被撕成两半的小熊,随母者为熊,随父者,则变成了鄂伦春人,经过世世代代的繁衍,传说鄂伦春人好多都是小熊的后代,而也正是因为这个原因,对熊有了更加浓厚的感情。

当然故事终究只是故事,做不了数,当不了真。事实上,鄂伦春人之所以对熊另眼相待,与原始的生存环境息息相关。由于生活在山野中,密林对于鄂伦春人来说不仅是生存的提供者,也是需要他们好好保护的地方。

这就好比一个圆,无论正画,还是反画,终究是要将两端完美地连接到一起的。

作为两端的连接者,那木古爷爷一定会有许多好听的故事,李卓俊和乌云兴奋地期待着。

那木古爷爷的家住在村子的西头,距离虎伦贝尔的手工作坊不是很远,一路上,李卓俊和乌云不断向布赫巴图了解着村子的状况,布赫巴图见两个年轻人感兴趣,便也不厌其烦地介绍着。就这样,说说走走,很快乌云便对乡里的扶持政策有了更加深入的了解,同时也更加坚定了留在村里发展的决心。

和村里其他的老人不同,那木古爷爷一辈子都没有娶过亲,关于这一点,村里流传着各种各样的说法,有人说他是因为常年在林子里打猎,养成了一副凶相,女人们看着害怕。还有人说他是天煞孤星转世,要是娶亲就会过早去世,不过,这些也都是茶余饭后的闲谈,作不得数。

尽管说法众多,但在乌云的回忆里,那木古爷爷却是个刚柔相济的人。小的时候,他总是对别的孩子冷着脸,唯独对她是一副和颜悦色的模样,不仅如此,还时常会将用黄柳枝穿着的刚刚烤好的嘎牙鱼送到家里来。

不一会儿,三人就来到了那木古家的撮罗子门口,随着敲门声响,门从里面打开,那木古疑惑地伸出头来,只见他头发剃得光光的,活像是一颗巨大的卤蛋。见到乌云，他脸上立刻露出惊喜的表情：

"小乌云，你什么时候从北京回来的？怎么也不知会一声？怎么样，还好吧？"

乌云微笑着看着那木古，平伸双臂在原地转了个圈，撒娇道：

"爷爷，你看我这不是好端端地站在你面前吗？只可惜，今天来得匆忙，没来得及给你准备酒。"

"不喝，不喝。"那木古摆手道，"能看到你，比喝酒还好。来，别光站在这儿了，快进来吧。"

说着，他领着三人走进了屋子。

那木古家一楼的地中间是一只火炉子，虽然是六月，但里面仍有星星点点的火星，是做早饭时留下来的。正对沙发和茶几的墙上除了两组照片，还挂着一把有些旧了的弓箭和猎枪，此外，在迎门的地方还挂着一副像树杈一样的鹿角。

因为是初次拜访，李卓俊对鹿角产生了浓厚的兴趣。暗自琢磨了好一会儿后，他指着鹿角问道：

"那木古爷爷，这是什么鹿？这鹿角太大了。"

乌云起初并没留意，只是和那木古爷爷你一句我一句地聊着在北京的情况。此刻，听到李卓俊发问，便也将目光聚焦到了那鹿角上。

果不其然，这鹿角应该是常见鹿角的三倍，看起来像是珊瑚树一样威仪。

"这不是鹿，是罕达罕。"

那木古爷爷见李卓俊目瞪口呆地看着那鹿角，纠正道。

罕达罕？那不就是传说中的鹿王？兴安岭地区流传着九鹿一罕，就说的是这件事。传说这是森林里现存体态最大的动物，栖息在湖沼附近，擅长游泳和奔跑。虽然体型庞大，看起来像是骆驼，但是奔跑的动作极为轻盈，能够在积雪六十厘米深的地上自由活动，以五十五公里的时速一口气跑上几小时不停歇。最厉害的是，它还是有名的"避水金睛兽"，可以以二十公里的时速横跨海峡，还可以潜水到五六米水深的水下觅食水草。

对于罕达罕的资料，李卓俊以前也曾经在书上看到过。然而当面对鹿角时，他却仍被强烈地惊到了，一时间竟然找不到合适的语言来赞叹。

尽管如此，下意识地，李卓俊却仍觉得这里面一定有故事，一个不为人知，极其精彩的故事！

第四十一章

乌云看了李卓俊一眼，随后对那木古笑着说道："爷爷，卓俊是从北京来的，还没见过罕达罕的角，要不你跟他讲讲这里面的故事吧。"

乌云的声音并不是很大，语气也相对平和，却充满了对老人的崇敬。

那木古的脸上露出了得意的神情，作为一辈子以狩猎为生的林间猎人，尽管如今年纪大了，但每每回忆过去的事情，却仍难掩心中激动。

"卓俊，你坐下，听我慢慢说。"在给三人倒好莓茶后，那木古说道。

李卓俊听到老人的招呼，快步来到沙发前坐下。在三人的注视下，那木古眯起眼睛，陷入了对往事的回忆。

高高的兴安岭，一片大森林，森林里住着勇敢的鄂伦春。一呀一匹烈马，一呀一杆枪，獐狍野鹿漫山遍野打也打不尽。

在欢快的《鄂伦春小调》的乐曲声中，时间倒流回五十多年前。那时那木古还只是一个二十多岁的青年猎人，每天和比他大五岁的哥哥牧仁一道背着猎弓，拿着猎枪，神气活现地骑着马穿梭在茂密的森林里，随时随地追踪着新的猎物。

这年冬天大雪封山，虽然刚过十二月，天上却一直下着雪，天空也是灰蒙蒙的一片。大地、森林、群山都像是被冰冻住了，早已失去了平日的活力，一片静默。

按照鄂伦春人的传统，像是这样的雪天，除了特殊情况，基本上是要留在乌力楞里猫冬的。然而，由于住在另一个山头的爷爷忽然生病，阿玛和额娘不放心，兄弟俩就一道前去探望。

不想由于回来晚了，竟遇到了白毛风。

白毛风是北方的一种极端恶劣的天气，大风呼啸，雪花飞舞，迷得人睁不开眼睛。尤其是那些冰粒子在大风的裹挟下凌空飞舞，像鞭子一样重重地打在人的脸上，更是痛苦到了极致。

如果仅仅是这样还好，让人无法预料的是，就在这表面之下竟蛰伏着一场空前的危机。

咻儿咻儿咻儿……

忽然，两匹马抬起双腿，仰天嘶鸣。那木古和牧仁艰难地睁开眼睛，透过眯着的缝隙，他们看到马的眼睛里充满了深深的惊惧。

作为世世代代的狩猎民族，马和狗一直是鄂伦春人最钟爱的朋友。他们朝夕相伴，面对重重危机。兄弟俩知道，如果不是特殊情况，这两匹马是不会这样慌乱的，难道是……

狼！

果不其然，透过漫天风雪，那木古看到了距离他们三十多米的地方，一头浑身落满了雪的狼正在向前缓缓匍匐移动。

兴安岭地区很少有老虎出现，狼才是这里真正的森林之主。而也正是因为这样，在鄂伦春人里广为流传着一个经验：

路上如果遇到白色的粪便，千万不要往里走，因为这些粪便都是张三（狼）留下的。

狼的性格可以说残忍至极，孤狼更是如此，单个的狼在与猎人对峙时，即使是最好的猎人，也会因为其凶悍的性格害怕。

不过，如果不是极特殊的情况，狼一般是群居的，并且在它们的种族之中也有着极为严格的等级制度。通常以家庭为单位的家庭狼群由一对优势配偶领导，而以兄弟姐妹为一群的则以其中最强的狼为领导。狼群有领域，通常也都有自己的活动范围。

要是这样的话，如果没猜错，附近应该还会有狼群存在。

想到这里，那木古的心蓦地一紧，神情警惕地向四周张望。很显然，牧仁和他的想法一样，也在紧张地打量着四周的动静。

然而奇怪的是，除了那头仍在继续向前爬行的狼，其他地方并没有狼群蛰伏的可能。

难道说这是一头离群的狼？

眼看着那木古将右手探到背后，紧紧握着弓的把手。牧仁忽然伸手拉住了弟弟，说道：

"那木古，你先不要着急，等会儿看下情况再说。"

那木古点了点头，手部状况却没有任何改变，双眼也死死地盯着那头狼。

就在这时，忽然从山上传来了一阵清脆的脚步声，每一声都像是踩在兄弟俩的心上。在他们讶异的注视下,一头罕达罕出现在了不远处,身姿矫健得就像是敦煌壁画故事中的九色鹿。

很显然,狼也发现了周围的变化。犹豫半晌,它忽然改变了进攻的方向,以最快的速度奔向了那头罕达罕。

"啊!"

兄弟俩同时发出了惊惧的喊声,回荡在整个山谷,连带着天空和大地也有了回应,风雪也随之变得大了一些。

然而,那头美丽骄傲的鹿似乎根本没有将狼放在眼睛里,仍是不慌不忙地向前走着。直到对方扑到自己面前的刹那,它才忽然低下头去用头顶的两只角重重地撞击在了狼柔软的腹部上。

力气之大,速度之快,让人惊叹。

狼完全没有料到罕达罕会有这样的举动,身子瞬即向后飞了起来,像是一只断线的风筝,重重地摔到了地上,再也无法动弹。

罕达罕微微一怔,它似乎也没有想到一向勇猛凶残的狼居然这么没有战斗力,刚想迈步向前一探究竟,就听"嗖"的一声,一支箭从远处飞了过来,箭头径直插入到了身后的树干上。

罕达罕吃了一惊,循声看去,这时它才惊讶地发现了兄弟俩的存在。看到那木古再次将弓拉开,它立刻改变了心思,迈着腿迅速向山上跑去,身影转瞬消失在了白皑皑的山道尽头。

兄弟俩待罕达罕走后,同时跳下马儿,以最快的速度跑到狼的面前。这时他们惊讶地发现,这头狼应该有很久没有吃过东西,肋骨就像是两块薄薄的木板挂在身体的两侧,因为方才的重击,此刻早已昏了过去。

第四十二章

"我和牧仁一道将狼救了回去。由于担心乌力楞里的人害怕,所以就在半山腰废弃的撮罗子里帮它安了家。"撮罗子里,那木古在喝了口莓茶后,对三人说道。

在将狼安置到撮罗子后,兄弟俩为其取名叫吴顺别(十二月)。面对漫长的冬天，除了给狼在炕上铺上厚厚的垫子，盖上被子，每天他们还会用鲜美的鹿奶将小米和狍肉丝炖成小米粥，一勺勺喂给它吃。

经过一番精心的饲养，等到下一个春天到来时，吴顺别不仅体型变得丰满圆润，毛发也格外柔顺光亮，在阳光的照射下，就会泛起亮眼的金光。

或许是因为感受到了那木古和牧仁的爱，吴顺别也变得很有爱心。它一改孤傲的习性，活脱脱成了一只喜欢和人类接触的哈士奇犬，不仅会在兄弟俩外出狩猎时，以猎犬的形式伴随左右。还为乌力楞站岗放哨，假使有小孩因为贪玩偷跑，也会帮忙找回，成了忠心耿耿的卫士。

乌力楞的人最初由于不了解，心里对吴顺别很是畏惧。然而，经过一段时间的相处，大家就都喜欢上了这头通人性的狼。

人和狼之间和谐地共存着，从没有人想过吴顺别的来历是什么，似乎从一开始它便是乌力楞里的一员，大家庭的一分子。只要有爱，就足够了。

兴安岭的夏天总是很短，一眨眼就又到了秋天。随着秋风吹拂，乌力楞的人们早晚已能够感受到丝丝寒意，群山却变得异常漂亮，黄绿相间的树叶、五彩缤纷不知名的野花、淙淙流淌在岩石上的瀑布，汇集成了一幅诗意的五花山风景图，美不胜收。

这天，由于额妮生病需要人照顾，那木古留在撮罗子，牧仁则独自一人在吴顺别的陪同下来到附近的林间狩猎。

此刻正是中午，炫目的阳光顺着树叶的缝隙照在地上，地上覆盖着叶子的黑土软软的，踩上去就像是走在一块硕大的地毯上，让人很是舒服，连带着思维也恍惚起来。

半梦半醒间，牧仁忽然听到不远处吴顺别狂叫的声音，头脑瞬间清醒。循着声音，他快步来到狼的身边，只见那里的松土不知几时被猎人布置成了陷阱，一头罕达罕正在木栅子里焦急地蹦跳着。

狩猎是鄂伦春民族的主要生产方式，是民族生存的最基本保障。鄂伦春族狩猎，大致分为以乌力楞为单位的集体狩猎，以"安额"为单位的狩猎小组和个体狩猎三种形式。

乌力楞是同一父系的几代子孙，以同一血缘关系的人组织起来的狩猎组织。"安额"狩猎小组是由三四人或五六人自愿组织起来的临时性的生产组织，鄂伦春语叫"安额"，狩猎结束，小组解散，下次出猎再组合。这样的小组多半是由亲戚或志趣相投的朋友组成的，好的狩猎季节"红围"期一到，由一人发起，邀请几个人一起出猎，就坐下来商量出猎的有关事项,并民主选举狩猎组长"塔坦达",由他来指挥安排整个过程。

长期的游猎生活使鄂伦春人积累了丰富的经验,不仅每个猎人精骑善射,而且对各种野生动物的习性和活动规律也都了如指掌,掌握了一套独特的狩猎方法。一个成熟的猎手,见到野兽的踪迹后,就能看出此动物所走的方向、时间长短,甚至判断出公母来,准确地判断出动物在什么方位,根据山形、风向去寻找,十有八九能猎到。

狩猎具有一定的季节性。春季的二三月份为鹿胎期,夏季的六七月份为鹿茸期,秋季的九十月份为鹿尾期,落雪后的冬季为打皮子和打肉期,是打猎的黄金季节,统称为"红围"期。

鄂伦春人的狩猎方法有很多种,对每种动物都有一套猎取方法,最主要的有跟踪追随、猎犬围圈、堵截、蹲碱场、堵洞或掏洞、诱叫、遛河、窖鹿等几种方法。

跟踪追随法,鄂伦春语叫"乌加任",是循着动物的踪迹寻找猎取的方法。每种动物无论冬夏总会留下踪迹,猎人见到踪迹后,选好山形,看好风向,循迹慢慢寻找,就可能见到动物。如果猎马好,且猎区山势平坦,树林又不很密,可以骑马追打,过去秋冬季猎野猪、捕捉公鹿用的就是这种方法。用这种方法也可以猎取虎、猞猁等猛兽。虎和猞猁虽跑得很快,但没有耐力,因而骑马就可追上,见到虎就可以射击。猞猁如跑不动往往会上树躲避,猎人追到树下就可猎取。

猎犬围圈法,鄂伦春语叫"库日任"。当动物钻入密林,爬上陡峭的山坡,或遇到虎、熊等猛兽难以接近时,猎人往往采取猎犬围圈的方法来猎取。当发现动物的踪迹后,将猎犬放出,猎犬会很快找到并围圈住猎物狂咬狂叫,猎人可乘机猎取。用这种方法也可以很容易地找到被击伤而逃匿的动物。

堵截法,鄂伦春语叫"阿黑玛任",猎人在动物经常走动或在其必经之地堵截而猎取的方法。动物都有自己的活动规律,如:有的动物经常去河边或水泡子边喝水或吃水草,晚去早归,并有一定的来往路线,猎人只要一早一晚在此"守株待兔"就可以了。还有些动物如果受惊,就会不顾一切地往高山或密林深处跑,如果判断准确,就可以在动物必经的地方堵截而猎取。堵截法要求猎人必须有长期积累的经验方可施行。

蹲碱场法,鄂伦春语叫"库底日",是鄂伦春人在春夏季打鹿茸(包括狍首)的最好方法。碱场是天然形成的盐碱地,鹿、狍等动物喜食盐碱,在春夏季的夜晚经常来此舔食盐碱。猎人根据这一规律来此碱场附近蹲伏，可猎到鹿、狍及狍子等动物。用同样的方法，也可猎到经常来水泡子吃水草和洗澡的鹿、狍等动物。

堵洞法或掏洞法，鄂伦春语叫"阿格顿玛任"，鄂伦春人猎熊的一种方法。一到冬季，熊要进入洞穴避寒，直到第二年的春季才能出洞。棕熊体大，不会爬树，就蹲伏在洞穴内。黑熊会爬树，所以一般在树洞内蹲伏。根据这一规律，猎人要猎熊就要仔细寻找，如果找到蹲伏有熊的洞穴就想办法让熊钻出洞来，然后猎取之。用这种方法猎熊虽有一定的危险性，但只要掏洞的方法得当，猎熊的效果还是很高的。

诱叫法，猎人用模仿动物的叫声来引诱动物而猎取的方法。春季猎人用狍哨"皮查文"诱叫狍子而猎取，秋季猎人用鹿哨"乌力安"诱叫鹿或狍而猎取。也可用此方法猎取其他一些兽类或鸟类。

遛河法，鄂伦春语叫"鹅由任"，是划着桦皮船或木筏顺水遛河的一种狩猎方法。在炎热的夏季，鹿、狍等动物都喜欢到河边乘凉或喝水、吃水草。根据这一规律，猎人只要驾船或木筏慢慢顺流而下，就可能遇到鹿、狍等动物，并猎取之。

窖鹿法，或称窖趟子捉鹿法。猎人在鹿或狍等动物经常走动的地方，拦腰用两三米长的木杆筑起一道木栅栏来，短则几里，长则十几里，其间留出多处缺口。然后在缺口处挖出约两三米深的土坑，并用树枝、树叶等物将坑口伪装起来。当鹿、狍等动物在此经过时，便会掉入坑内。

第四十三章

密林里，尽管已经过去了大半年，牧仁还是一眼认出了这就是冬天时曾与吴顺别有过短暂交锋的罕达罕。

难道说吴顺别真的通人性，之所以将他引到这里，是为了救这头犴？

牧仁想到这里，对吴顺别好奇地问道："吴顺别，你如果想救这头犴，就叫两声，让我知道。"

吴顺别好像真的听懂了他的话，仰起头来，向天空叫了两声，由于心中着急，声音微微打着战，却也格外动听。

果真狼通人性！吴顺别的举动让牧仁既诧异又感动。在拍了拍对方的头后，他用力地挪开了栅栏，对那头还在横冲直撞的罕达罕说道：

"你自由了！"

罕达罕先是一怔，随后发出一声激动的叫声，迈开四条腿轻盈地向前跑了起来。确定离牧仁和吴顺别有一段距离后，又蓦地停住脚步，转头看向了那一人一狼，乌黑的眸子里散发着感激的目光，似乎是想要将对方牢牢地记在脑子里，过了一会儿，在发出一声悠长的鸣叫后，像一阵风似的跑远了。

"牧仁回来后将这件事情告诉给了我。"

那木古回忆着，此刻，因为兴奋，他的脸色也红红的，时间似乎也在最美的青春华年定格。

"我听后起初虽然惊讶，却并没有当回事。毕竟，这世上偶然发生的事情这么多，又有谁会桩桩件件都记得。那时的我们根本没有料到，这只是引子，戏剧性的一幕还在后面。"

李卓俊看了乌云一眼，疑惑地问道："戏剧性的一幕？"

"是啊。"那木古见三个年轻人这么感兴趣，就又继续向下讲着。

秋月扬明辉，冬岭秀寒松。随着几场纷纷扬扬的雪花落下，兴安岭再次成为银装素裹的世界。尽管连着几日不放晴，那木古和牧仁却还是怀着碰运气的想法带着吴顺别骑马来到密林深处。只可惜，寻了好几日，却始终没有任何发现。

这天晚上，在林间空地里烧火取暖后，兄弟俩分别钻入了暖和的狍皮筒子里，半梦半醒间，忽然听到一阵细碎的脚步声在不远处的山坳里响起。很显然，正趴在火堆旁打盹的吴顺别也听到了声音，蒙胧地睁开了双眼，在将一只耳朵贴在地上后，屏气凝神地判断着来者的身份，蓦地仰头发出了一声嘶鸣，在兄弟俩讶异地注视下，像离弦的箭一样冲了出去。

"吴顺别！"

那木古和牧仁双双一愣，少顷，待反应过来也迅速地向林边冲去。借着朦胧的月光，他们惊愕地发现，有一排绿色的小灯正在缓慢地向前移动。

"狼群！"

那木古瞪大了双眼，指着前方说道。与此同时，牧仁也看清楚了这一幕。头皮顿时一紧，呼吸也变得不再顺畅。

想当初,吴顺别是以孤狼的形式出现在兄弟俩的面前的。后来,经过阿玛和乌力楞里的长辈们判定,这是一头至少狼龄在十五年的老狼。通过矫健的身姿可以看出,它极有可能曾是一头头狼,只是后来由于出现了侵入者,才被驱逐出了狼群。

看吴顺别这么激动的反应,难道说这群狼是它以前的下属和家庭成员?可就算是这样,已经离开狼群的吴顺别为什么还要像疯了般冲过去呢?

不过顷刻间,兄弟俩就已经有了答案。只见吴顺别来到那群狼中间,疯了般地向那头领头的狼身上狂扑撕咬,那头狼见此情形也不甘示弱,也立刻进行着回击,其他的狼见此情形,尾巴全部下垂,身子匍匐,白色的肚皮紧紧地贴到了地面上。

兄弟俩目瞪口呆地看着这一幕,在他们的记忆里,还从没见过这么激烈的缠斗。如果没有猜错的话,这应该是新老狼王的尊严对决,赌局的结果则是其中一方的性命。

银色的月光洒在地上,照着雪原更加清冷,呼吸仿佛在这一刻被冻结,就连喘息都变得艰难。在那木古和牧仁的注视下,两头狼仍在疯狂地撕咬着,身上虽已伤痕累累,却依然胜负难料。

就在这时,山坳里又传来了一阵清脆的脚步声。在兄弟俩讶异的注视下,一头罕达罕迈着轻盈的步伐从岩石背后绕了出来。

"那木古,你快看,是我和吴顺别救的那头犴!"牧仁指着前方,激动地说道。

此刻的他就好像是看到了吴顺别的救星,兴奋到了极点。

那木古应了一声,目光依然聚焦在两头头狼的身上。

很显然,犴没有想到会在这里遇到吴顺别,不过,在确定对方有危险后,它仍立刻低着头像旋风一般冲了过去,用头上的角狠狠地撞击着新头狼的腹部。

新头狼原本就受伤严重,此刻在一狼一犴的同步发力下,再也没有还手之力。忽然,随着一声凄惨的狼嚎,它的身子仿佛不受控制似的向后飞起,瞬间掉落到了漆黑的山谷。

一场因争夺王位而起的残酷斗争,终于宣告结束。

那木古和牧仁虽然为吴顺别的胜利高兴不已,同时心中仍难免有些唏嘘。以前他们就曾在乌力楞举办摩苏昆表演时看到过许多君王的较量,可都没有如此震撼。想不到今天竟然在这里,被吴顺别上了生动的一课。

想到这里,兄弟俩同时重重地叹了口气。

"那木古,吴顺别受伤了,咱们还是赶快带它回去养伤吧。"

那木古应了一声,跟着哥哥到林间取来马,一道向山坳的方向疾驰而去。

少顷,随着距离越来越近,兄弟俩震惊地发现吴顺别的脖子被另外一头狼咬断了,此刻鲜血正一滴滴地顺着下颌向下落着,它身前的地上已经被鲜血染得通红。

吴顺别,求求你,一定要坚持住啊!

或许是有心灵感应,尽管意识越来越迷离,吴顺别却仍坚持着。似乎只有再看一眼那木古和牧仁,才能够安心。

死亡,就这样,一秒一秒地临近。然而,因为心中有爱,它却有了前所未有的勇气。

第四十四章

终于,在锲而不舍的坚持下,吴顺别等来了那木古和牧仁。当听到马蹄声响后,它艰难地睁开迷离的双眼,艰难地转头看去。尽管双腿打着战,它还是用尽全身力气站了起来,向兄弟俩发出了一声悠长的狼嚎。

那木古和牧仁看到吴顺别这样做,悬着心不知不觉轻松了许多。然而,就在这时,它却双腿一软,重重地摔倒在了地上。浑身抽搐了几下,再也没有了呼吸。

其他的狼仍旧一动不动地趴在地上,似乎被这突如其来的一幕惊呆了。

"吴顺别!"

兄弟俩疯狂地喊着吴顺别的名字,在跳下马背后,双腿发软地向这边冲来。尤其是那木古,由于心中巨大的悲伤,不仅走路踉踉跄跄,路上还接二连三地摔了好几个跟头。

来到吴顺别的身边,兄弟俩看到狼的眼睛仍微睁着,透过目光,依稀能够察觉到其心中强烈的不舍。

记得以前曾听乌力楞里的长辈们说过，人在临终断气时常常会因看不到想见的人睁着眼睛。难道说，吴顺别的心里也有着深深的挂牵吗？

想到这里，兄弟俩的心中更加难过，像是被一把锋利的小刀狠狠地剜着，连带着呼吸也不顺畅。隐约间，他们感觉似乎有晶莹的东西从眼角滑落，连忙伸手到脸上抹着，这才惊讶地发觉，原来是……

泪！

撮罗子里，在听到这里时，李卓俊等人全被深深地震撼到了。吴顺别真的是一头具有传奇色彩的狼，短暂的生命完全可以用灿烂两字来形容。

那木古低着头，神情黯然地说道：

"咱们鄂伦春是英雄民族，无论是人，还是狼，都是好样的！"

说到这里，他又重重地叹了口气。

乌云听到这里，眼睛不觉湿润了起来。查干爷爷、阿古达木爷爷和吴顺别都是鄂伦春的骄傲，尽管没能亲见，可她依然为此自豪。

有些人的死重于泰山，有些人则轻如鸿毛。

只要让生命如夏花般灿烂地怒放，一切便就有了意义！

"吴顺别就这样走了……"沉默半晌，那木古又低声说道，"我和牧仁一道将它带了回来，埋了在曾经住过的撮罗子的旁边。"

乌云听到这里忽然想起，有一年夏天，为了躲雨，她曾和根花、虎伦贝尔一道到过半山腰一处山洞，山洞旁边是一个长满了荒芜野草的小土包，听虎伦贝尔说，这个小土包叫义狼坟，难道那木古爷爷说的是这里。

想到这里，她好奇地问道：

"那木古爷爷，你说的是义狼坟？"

那木古点了点头，肯定地说道："没错，就是义狼坟。"

乌云应了一声，想不到这义狼坟里竟然藏着这样一个悲壮的故事，回头有机会，一定要让虎伦贝尔陪着她去凭吊一下。

李卓俊见众人都一脸悲戚地沉默着，便咳嗽了两声，转移了话头：

"爷爷，刚才来的路上，巴图大哥跟我们说您年轻的时候曾经打过熊？"

"是啊。"那木古听到问话，顿时眉飞色舞起来，一脸兴奋地说道，"我和牧仁是咱们村里极少和熊过过招的人。现在他到城里住了，我就成了唯一。"

　　和那木古不同，牧仁早在二十多岁就已经结婚成家，自从孙子阿木尔四年前大学毕业，到省城工作，一家人就全都搬到了城里。牧仁原本惦记弟弟孤身一人不肯去，结果一年前生了一场重病，虽然抢救及时转危为安，但那以后也听从儿子的话留到了城里。

　　"爷爷，我一直有一个问题。"李卓俊看了一眼乌云和布赫巴图，说道，"为什么鄂伦春人冬天不打熊啊？难道只是因为它们冬眠了吗？"

　　李卓俊这么说也不是没有道理，作为少有的哺乳类动物代表，为了确保自己能够熬过寒冷的冬天，熊总是会在春天和夏天食物量充足的时候选择进行繁衍和吃许多东西，而冬天则是它们睡觉休眠的季节。在冬眠期间，熊的体温下降，呼吸和心率变慢，几乎所有身体机能都会减慢。因此，冬天的时候是看不到熊的影子的。

　　"你说得不是没有道理。"那木古笑呵呵地说道，"不过，还有另一个原因，只是知道的人少罢了。"

　　李卓俊听对方这么说，顿时好奇心再起，笑着说道："爷爷，你再跟我说说呗，我爱听你讲的故事。"

　　布赫巴图和乌云见此情形，对视一眼，会心一笑。

　　"巴图和乌云是村里的老人，应该听说过这个故事。"那木古笑着看了一眼布赫巴图和乌云，随后对正一脸期待看着自己的李卓俊说道。

　　"这个故事我是听我爷爷说的。传说很久以前，乌力楞里有一个猎人，枪法一等一地准。有一年冬天，外出打猎再也没有回来。家里人把可能的地方全都找遍了，也没有看到人影，于是，便以为是被山里出来觅食的野兽吃了，全都悲痛不已。原以为等到第二年季节好的时候，在山坡上给猎人建一个衣冠冢。没想到到了春暖花开的时候，他却忽然好端端地回来了。不仅如此，马上还驮着一头死去的熊。"

　　"啊？"李卓俊惊讶地说道，既然活着，为什么不早点回来？难道这个猎人不知道他的家人会担心？

　　那木古看出了对方的心思，又笑着解释道：

　　"家人看到猎人回来了，哪还顾得上抱怨？全都围了上来，七嘴八舌地问着情况。据那猎人讲，他进山后不久就发现了熊洞，并用猎枪将熊打死。也可能是因为体力消耗过多，确定熊死了后，猎人竟感到了强烈的困倦，于是就躺在了熊洞地上的蒲草上，原本只是想要稍稍小睡，谁知竟不知不觉地睡了一个冬天，等春天到了才醒。"

"哦!"

李卓俊顿时瞠目结舌,他以前就知道兴安岭地区非常神秘,藏着许多传说故事,却没想到会是这般奇遇? 这和烂柯山里的樵夫遇仙记又有什么区别?

真是太神奇了!

第四十五章

布赫巴图见李卓俊一脸震惊地看着那木古,也将话接了过来,笑着说道:

"兴安岭可是宝藏之地,不仅藏着许多神秘的传说,还有珍奇的动植物,这些对于咱们鄂伦春人来说,都是恩都力的赐福。如果利用得好,确实能够推动经济的发展。"

说到这里,他又看向乌云,语重心长地说道:

"即使在落后的地方也有可以挖掘的地方,绝对不能因为它暂时不行,就被判定为永远无法改变,你说对吗?"

布赫巴图的话像是锤子般重重地敲击着乌云的心。作为村主任,对方是在他的见证下长大的,尽管后来离开了村子,可通过其家人断断续续地讲述,他也清楚地知道乌云内心真实的想法,只是一直苦于没有找到合适的机会谈心。眼下好不容易有了机会,又怎么可能放过?

"巴图大哥,你说得对。"乌云红着脸,自责地说道,"我虽说在村里长大,可对环境却并没有太深的了解。那时只是觉得故乡是那般的穷困落后,从没有任何发展。这样的日子除了让人感到深深的厌倦,再没有任何希望。也正因此,我铁定了心想要逃离,永远不要再回来。也是那时,我遇到去北京的机会,于是便义无反顾地走了。"

客厅里一片静寂,其他三人都安静地看着乌云,听着她最真实的内心独白。乌云表面虽然是坚强独立的现代女性,内心却极为脆弱敏感,从她始终无法放下根花这件事情,就能够可窥一斑。想来,这几年,她在北京打拼得也一定很辛苦吧。

想到这里,布赫巴图和那木古不约而同有些心疼。

乌云唏嘘着，少顷，她将反反复复握着的拳头松开，才又继续故作平静地说道："好在我回来了，终于明白了生命的意义。卡纳特村给了我生命，也终是我的福地，我以后会在这里书写人生的续篇。"

客厅里一片沉默，须臾，在李卓俊的带头下，忽然响起了一片掌声。

"那木古爷爷，咱们的小乌云肯回来，以后村里的日子一定会越来越好。"

布赫巴图笑着说道：

"她在大城市里生活过，既有眼光又有格局，一定会成为青年群体的带头人。"

"嗯。"那木古重重点头，激动地说道，"咱村后继有人。"

李卓俊笑了笑，不失时机地提议道："爷爷，趁着现在高兴，要不咱们一起跳支斗熊舞吧？"

"可以呀。"那木古豪爽地答应，"不过，斗熊舞一般是四个人跳，卓俊，你可以一起来吗？"

作为鄂伦春族民间最著名的舞蹈节目，斗熊舞和松鸡舞一样都来自物竞天择的生存环境，表现了人和自然相依相生的关系。

斗熊舞的基本步伐有拖步、搏斗士步伐等，一般为二人对舞，模拟黑熊形象。斗熊舞多与歌谣相连，舞蹈者一般不用伴奏，边歌边舞。舞曲经常以"额呼兰德""额乎德乎""介边介回"等词为衬词，同时还以"哲黑哲""加黑加""达乎达乎"之类衬词作为伴奏的节奏呼号。斗熊舞也可由三人表演，不分性别，也不论年龄和社会地位都可以跳。舞蹈开始时三人站成品字形，其中，左右二人面对面站立，上身略向前倾斜，两膝略向前屈，两手放在膝盖上，两足跳跃不息，同时，两肩和头部左右摇摆，嘴里发出"吼吼吼"的粗重声音。第三个人在旁也以同样的动作参加进去，并劝解两个正在用下巴做出袭击对方肩部的舞者，情绪高昂，动作稳健有力。黑熊搏斗舞产生较早，流传很广泛，是一种集体育、舞蹈、美学与童趣为一体的民间表演形式，动作既优美又稳健，具有较高的艺术价值。

"虽然以前没有尝试过，可对这个舞蹈也是向往已久了。"李卓俊跃跃欲试地说道，"爷爷，您多指导。"

那木古拍了拍李卓俊的肩膀，作为上了年纪的人，他很喜欢这样既有文化，又有探索欲的年轻人。

就这样，在他耐心的指导和示范下，李卓俊很快就掌握了舞蹈的要领。他虽然是短视频导演，但小学时也曾经是学校舞蹈队的一员，那时每当开运动会，就会和其他队员一同到位于操场中央的主席台上当众献舞，然后再从低到高，挨个给班级献舞，直到在学校里跳上一周才算结束。

仗着原来的舞蹈功底，不一会儿，李卓俊就已经能够熟练地跳舞。乌云和布赫巴图见状，也纷纷上场，跟在二人的身旁欢快地跳起舞来。客厅里瞬间洋溢着活泼与热情。

一曲终了，众人再次坐回到了沙发上。

"那木古爷爷，咱们今年的古伦木沓节有乌云唱赞达仁，您带头跳舞，想不热闹都难。"

想着篝火节热闹的情景，布赫巴图兴奋地说道。

众人听到这话，相视而笑。是啊，这不仅是一次精彩的聚会，也是一次团圆的盛会，心与心零距离的接触，相信一定会拥有一个难忘的夜晚。

李卓俊拿着杯子喝了口茶，目光无意中再次聚焦到了鹿角上，电光石火间，强烈的好奇心又起。在放下茶杯后，他指着鹿角，追问道：

"对了，爷爷，那头犴后来怎么样了？"

那木古看了一眼鹿角，说道："吴顺别走了后，犴就和我们一道来了乌力楞。不仅如此，它还将鹿群全部迁移了来。你知道鄂伦春人虽然有打猎的传统，畜牧养殖方面之前却很薄弱，甚至可以说是没有意识。而犴群也就成了我们最初的尝试。"

随着犴群的到来，那木古和牧仁给头犴取名白那恰，希望它能够像山神一样保佑整个乌力楞。事实证明，白那恰也没有辜负人们的期待，不仅将这里当成了家，并且世代繁衍生息，与人和谐相处。直到现在，村里仍有一些人家养的犴是它的后代。

第四十六章

生命很柔软,同时也很神奇。就像是一棵树,不断长出茂密的枝丫,结出甜美的果子,成就了鸿蒙长河的奇迹。

对于鄂伦春人来说,禁猎后最难的并不是从山上搬到山下居住,而是将猎枪上缴,不能再随意感受那风驰电掣、呼啸山林的感觉。

作为老猎人,那木古则对这种体验更加深刻。他见李卓俊仍意犹未尽地看着自己,就又说道:

"不仅狼、犴通人性,傻狍子也是一样的。"

在兴安岭地区广为流传着这样一句话,棒打狍子瓢舀鱼,野鸡飞到饭锅里。作为东北第一萌兽,傻狍子与猎人的关系则最为密切。

狍子同属鹿科,雄兽头上长着角,喜欢成群地活动。和鹿相比,它们也有一双乌黑清澈的眼睛和看上去总像是在笑的脸,可论聪明程度却大不如前者。

曾经有人在树林里遇到狍子,在被猎人追赶的时候,狍子跑得飞快,无论对方在身后如何追赶却都失败。可它同时又有一个致命的缺点,就是在跑的过程中,当猎人忽然停下来大喊一声狍子,它就会回头去看,于是被早已埋伏好的猎人用棒子打死。

当发现有同伴死了,其他的狍子定然立马逃跑,可再过一会儿,还是会回到原处看看刚才发生了什么,也正因为是这样,它们才有了这个既形象又蠢萌的名字。

"那是一个冬天的早晨。"那木古低头看着手中的茶杯,说道,"我和牧仁作为优秀猎人代表到乡里开会,和现在不一样,那时候的会议无论白天黑夜,都要一口气开完。那天结束会议虽然已是晚上,但由于惦记第二天的事情,我们还是连夜向乌力楞赶去。中间间隔的路程较长,第二天一早还没有到。"

雪夜,头一天下了很大的雪,此刻尽管初升的阳光透过树枝的缝隙洒在地上,却仍感到寒冷。地上盖着厚厚的冰,马走在上面一个劲儿地打滑,为了马不会摔倒,一路上,那木古和牧仁一直保持着极慢的速度,以挪动的频率一路向前。

"那木古,你看,那是什么?"

忽然,牧仁勒住马头,指着前方不远处路旁的一个蒙着厚厚冰雪的动物说道。

那木古瞪大了眼睛看着那晶莹的物体,费了好大的工夫,他终于认出了那是头狍子。

狍子的头此刻被冰雪冻着,已经失去了生命力,就像是一个冰雕矗立在路旁,似乎只要有风吹草动就会轰然倒下。

如果不救,只怕这狍子必死无疑。

见此情形,那木古顿生恻隐之心,他将身子前倾,试探地对走在前面的哥哥说道:

"牧仁,要不咱们救救它吧?"

"好。"牧仁很爽快地答应了,看得出来,他和弟弟一样,有一颗仁善的心。

兄弟俩就这样骑着马来到路旁,停在了距离狍子不远的地方。在快步来到其面前后,那木古从衣袍里拿出了一只褐色的木刻葫芦,这里面装的是暖身用的鹿奶酒。昨天已经喝了大半,看样子,这半壶今天得全部给狍子了。

看样子,这狍子并没有因为过分的冰冻失去意识,在发现兄弟俩靠近后,它的四条腿无声地颤抖着。

"狍子,你别怕,我们是好人,是来救你的。"

说完,那木古就将酒一点点地倒在了狍子头上的冻冰上。说来奇怪,原本厚厚的冰雪在和液体接触后竟真的开始融合,汇成涓涓细流向地下淌着。

然而,狍子好像并没有领会兄弟俩的意思,还没等厚冰完全溶解,它就撒开四条腿向附近的树林狂奔而去。尽管逃生的欲望迫切,却在头上重物的压制下,仍旧摔倒了。

见此情形,那木古和牧仁连忙再次上前,好言好语地安抚了狍子一阵后,将葫芦里剩下的酒继续洒在了残余的冰上。费了好一会儿工夫,终于冰雪消融,狍子得救了。

"狍子,你自由了。"

听到牧仁的话,狍子再次向前跑了起来。少顷,又忽然停住了脚步,转身看向了两个救命恩人。乌黑的眼睛像是会说话一样,小脑袋一点一点像是在行礼。随着一声悠长的鹿鸣,转瞬消失在了林边。

撮罗子里,那木古说到这里,眼里散发出年轻人才有的得意与兴奋。

"物竞天择,鄂伦春人与动物朝夕相伴,深谙自然生存的法则,我们猎取动物,保护动物,热爱动物,这或许就是最美好的平衡。"

说这句话的时候,那木古的脸上笼罩着神奇的光芒,让人倍感温暖。

从那木古爷爷家出来后,乌云一直陷入深思,哪怕是和布赫巴图道别,也显得很是心不在焉。

李卓俊看到这一幕,知道她定是有心事,于是回到客栈后,二人在石桌旁相对而坐促膝长谈。

"乌云,你怎么了? 好像有心事?"

听到李卓俊关切的问话,乌云先微微摇了摇头,随后才说道:"卓俊,我自从回来才知道自己以前有多么幼稚可笑,每天只是活在想当然之中,却从没有考虑过其他。唉,回想起来,心里真的很不好受。"

"可是现在你不是已经纠正了吗?"李卓俊笑着劝说道,"乌云,你知道聪明人的表现是什么吗?"

"什么?"

"就是懂得宽恕和理解。"李卓俊拍了拍手,不在乎地说道,"路还长着呢,你说是吧?"

虽然在感情上历尽坎坷,但在这片温润的土地,他确实做到了忘忧,并找到了真正的自我。如今,柳眉对于李卓俊来说不过就是擦肩而过的路人,一个曾经的朋友罢了。即使偶尔在网上看到她的相关信息,也不过是一笑而过,内心波澜不惊。

"卓俊,谢谢你的开导,我现在好受多了。"乌云感激地说道,"真的感谢恩都力能够让我拥有像你这样的好友。"

李卓俊微微一笑:"那好友求你件事可以吗?"

"什么?"

"专心致志将古伦木沓节的节目准备好,把歌唱好。"

李卓俊说完,向乌云做了个胜利的手势。

乌云看着李卓俊,用力点头,唇边泛起开心的笑容。

第四十七章

真好！能够有这样的好朋友陪在身边！真的很暖心！

带着好心情，乌云在回到撮罗子后美美地睡了一大觉。直到第二天早晨朝阳升起，才醒了过来。推开门，甘冽的空气瞬间沁入心脾，她忍不住伸了个懒腰。

咴儿咴儿咴儿……

忽然，一阵马嘶声吸引了乌云的注意力。她好奇地来到客栈门口，只见虎伦贝尔骑在马上，此刻，阳光洒在他的脸上，五官越发显得立体，整个脸部也愈加俊美。

看到乌云出来，虎伦贝尔笑着向她伸出手去，温柔地说道：

"走，公主！"

乌云仰头看着虎伦贝尔，笑着说道："去哪儿？"

虎伦贝尔坐直身子，环顾左右："今天是哈森大叔的生日，你不会忘了吧？"

说到这儿，他又看向乌云，

"不过去之前，要先去另外一个地方。公主，我今天可是王子哦，不知道是否愿意同行？"

乌云不说话，微笑着向虎伦贝尔伸出手去，在对方有力的拉动下，坐到了马背上。随着虎伦贝尔猛夹马腹，马像旋风一般向草场跑去。清风吹着二人的头发，很是飘逸。

碧草茵茵，鲜花盛开，绿树成林。此刻，草场正是一幅盎然的春景。少顷，随着一阵哒哒哒的马蹄声传来，一双相依相伴的璧人从远处而来，进入画境当中。

乌云和虎伦贝尔从小就经常相约到草场玩，这里有着他们童年无数珍贵的回忆。在来到树林时，虎伦贝尔轻盈地跳下马背，驾轻就熟地在附近找了棵树，将缰绳拴到了树上，而后伸开双臂，像是对待稀世珍宝那般将乌云抱下了马。

乌云静静地躺在虎伦贝尔的怀抱之中，微笑着注视着对方，心中满是幸福。自打回乡以来,随着对虎伦贝尔印象的改观,浓浓的爱意也在悄然萌生着,如今随着时间的推移,已经像是烈火般蔓延了整颗心。在恩都力的指引下,乌云决定紧紧抓住这次的幸福,绝不会再次错过。

如果时间能够定格在这一分钟该有多好……

乌云在心里默默地说道。

将乌云放到地上后,虎伦贝尔指着不远处姹紫嫣红的花海,兴奋地说道:

"乌云,你看!"

乌云顺着虎伦贝尔手指的方向看去,赞叹道:"哇,小虎,真是太美了,我已经好久没有看到过这么美的花海了。"

"那还等什么?"虎伦贝尔边说边拉着乌云的手向前跑去,"还不快去!"

随着一阵爽朗的笑声,两个年轻人来到花海当中。虎伦贝尔精心地采来各种鲜花做了花环,戴到了乌云的头上,而后,他们手拉着手躺在了花丛里。

此刻,太阳也越升越高,和煦的阳光照在人的脸上,暖洋洋的。

沉默半响,乌云忽然一骨碌爬起来,撑着地面,看着仍在她身边闭着眼睛平躺着的虎伦贝尔,笑着说道:

"小虎,我真的很幸福,很快乐。这种感受以前从来没有体会过,现在感觉每一天都是新的,浑身充满了干劲儿,这种感觉真好!"

虎伦贝尔睁开眼睛,微笑地看着乌云,满是宠溺地说道:

"那很好啊,乌云,留下来吧,我需要你,村里也需要你。"

"嗯。"

乌云重重地点了点头,她忽然伸出白皙纤长的手指,趁着对方不注意,轻轻地刮了一下其高挺的鼻梁,

"我答应你了。小虎,我想好了,以后除了公司安排的演出,其他时候都在村里。而且,我今天还想和阿玛公开咱们俩的关系,这样也可以让老人安心,为接下来的事情尽快做准备。"

说到这里,乌云不觉有些娇羞,迅速低下了头。

虎伦贝尔听到乌云说这话,心里顿时狂跳不已。自从两人分手,尽管表面看上去总是一副波澜不惊的模样,然而,他的内心却是抑郁苦闷的,尤其每当深夜来临,总会情不自禁地想起心爱的姑娘,不知道今生还有没

有机会能够与乌云再次相守。

感谢恩都力的保佑，如今心爱的姑娘终于愿意重新接纳他，虎伦贝尔此刻心里充满了激动与感恩。

尽管如此，他表面上却仍装作一副茫然的模样，明知故问地说道：

"啊？你要和叔叔说什么？咱们什么关系？"

乌云被虎伦贝尔问得满脸通红，她知道对方是在故意逗自己，于是狠狠地瞪了他一眼，起身在花丛里跳起舞来。随着衣摆旋转，看上去就像是一只灵动快乐的胡蝶，在快乐地飞翔。

虎伦贝尔微微一笑，从怀中拿出了口弦琴。在轻柔音乐的伴奏声中，乌云跳得更加欢快，花海里洋溢着幸福的氛围。

村东头院内，此刻院里桌子上摆着丰盛的饭菜，将桌面占得满满当当。哈森、诺敏和托娅围坐在桌旁，看着菜品发呆。看得出来，因为乌云没有回来，他们此刻心中很是落寞，连带着饭菜都变得不香。

"托娅，你昨晚去找虎伦贝尔了吗？他怎么说？"

听到额妮疑惑地问话，托娅知道二老定是心焦，笑着安慰道：

"我昨天已经去过作坊了，小虎说他今天早晨会带着乌云一道过来给阿玛庆生。哦，对了……"

她边说边从兜里掏出了一个红包，放到了哈森面前的石桌上，

"这是小虎给阿玛的庆生钱，他说时间太赶了，其他的来不及准备，让阿玛一定收下这钱。我数过了，一共是两千。"

哈森看了一眼托娅，又低头看着红包，惆怅地说道："小虎的确是个好孩子，要是乌云不那么浮躁，能够踏踏实实地过日子，他们的确很般配。只可惜，唉……"

说到这里，他摇了摇头，重重地叹了口气。

哈森是典型的鄂伦春汉子，向来流血不流泪，从小到大总是一副天不怕地不怕的模样，唯有女儿乌云让他一会儿欢喜一会儿忧愁，这个女儿就像是水一样，越是想握紧流得就越快。

"上辈子，我一定是欠了她，所以今生才会这样的吧。"

哈森眉头紧锁，郁闷地想着。

第四十八章

看到哈森的脸色,诺敏和托娅也都吓得不敢说话,院子里瞬间笼罩在了阴沉的气氛当中。

"你们……"

过了好一会儿,哈森的心情终于平静了下来,他刚想招呼妻女吃面,就听门口忽然传来一阵马嘶声。听到声音,托娅立刻舒出一口气,起身笑着说道:

"一定是小虎和乌云来了,我这就去迎他们。"

说完,径直向门口走去。果不其然,刚来到门口,她就看到妹妹和虎伦贝尔同乘马上,一道微笑地看着自己:

"乌云、小虎,你们来了?"

虎伦贝尔跳下马背,笑着和托娅打了声招呼,继而又将乌云从马上抱了下来。

和以前不一样,由于乌云改变了主意,这次见面再也没有尴尬和内疚,只有浓浓的亲情和思念。脚刚一沾地,她就紧紧地握着姐姐的手,从容地笑道:

"姐,你和阿玛、额妮等很久了吧?我和小虎在来的路上有些事情耽搁了时间,对不起啊。"

托娅笑着摇了摇头,同时她的心里还有些疑惑。原以为这次见面的氛围得用剑拔弩张四个字来形容,没想到妹妹竟然温顺得像是小白兔,这又是因为什么呢?

在虎伦贝尔的陪同下,姐妹俩边聊边缓步走进院子。一见乌云,诺敏的眼睛顿时湿润了起来。许久未见,这丫头清瘦了许多。虽说前些日子听托娅说起女儿回村的事情,其间也曾独自悄悄到客栈附近转过,远远地看女儿一眼,可像是这样近距离地在一起,却还是头一回。

乌云看到母亲含泪看着她,心中不禁自责,在两脚并拢,两手扶于膝上,身子下蹲,说了声"阿玛"后,快步来到诺敏的面前,她将母亲紧紧地拥抱,含泪而笑地说道:

"额妮,对不起,让你担心了。"

说到这里,她又看向了一旁默不作声的哈森,满脸歉意。

"阿玛……"

哈森看到乌云可怜兮兮地像是只流浪的小猫咪,心头顿时一软。只是碍于家长的面子,仍旧冷着脸不说话。

托娅察言观色,通过父亲的目光,已经察觉到其心情的变化,于是笑着说道:

"阿玛,这几年你不是一直都在惦记乌云吗? 如今她回来了,咱们终于一家团圆,你怎么反倒不高兴了?"

"我没有不高兴。"哈森见女儿误会,连忙解释道,"我只是在想乌云瘦了这么多,在外面一定吃了不少苦吧。"

说来奇怪,人有时候看似坚强,实则内心却极为脆弱。这就好像是明明披着用青铜制成的铠甲,任凭所有锋利的兵器来戳,也不会戳破。可只是一招看似平常随意的招数,就可能会卸了所有的力道,让铠甲瞬间碎裂。

在听到父亲的问话后,乌云再也控制不住心头的悸动,大声地哭了起来。在场的人见状,也纷纷落下泪来。

难过了好一阵,众人终于从郁闷的情绪中抽离出来。

"阿玛、额妮,咱们一家人终于团圆了,谁都不许再说其他的。"

托娅边说边让其他人坐下,"都开开心心的。小虎,你虽然是客人,不过,今天也要反客为主一下了,用刀子割狍子肉的任务可就交给你了。"

说完,又向乌云挤了挤眼睛。

托娅之所以这样安排,是因为她已经将虎伦贝尔和乌云之间的感情看得清清楚楚,知道日后他定会成为自己的妹夫。既然迟早都是一家人,不如趁此机会让他好好表现,给老人留个好印象。

虎伦贝尔顿时会意,边伸手从托娅手里接过猎刀边笑着说道:"姐姐把分肉的事情交给我,是对我的信任。"

说着,在众人的注视下,他分别割下了狍子的四条腿,切成小块,依次放到了其他四人的碗里。然后,又认真地将剩余的肉切成小块,精心地摆放在盘中。

哈森赞许地看着虎伦贝尔,对这个谦恭有礼的年轻人非常满意。只是他也知道强扭的瓜不甜,感情的事情还得征询乌云的心意,于是边吃边问道：

"乌云，你这次回村日子也不算短了，接下来有什么打算？"

乌云抬头看了一眼父亲，见母亲和姐姐也在满眼期待地看着自己，笑着说道："我还想继续采风，然后开网店。"

"网店？"

虎伦贝尔见托娅发问，笑着接口道："乌云想用网店做窗口，展示咱村的农特产品，吸引更多的人来买。叔叔、阿姨，我还有件事情想跟你们说……"

乌云见虎伦贝尔越说越兴奋，担心其说错话，重重地咳嗽了一声。奈何对方只是瞥了她一眼，又继续说道：

"乌云说了，以后除了公司安排的商演，其他时间都会留在村里。"

哈森三人一听顿时一怔，一道狐疑地看向乌云。当初哭着喊着要去北京，为此不惜和家人决裂，现在是怎么了？这还是他们认识的乌云吗？

乌云见状，不觉有些尴尬。不过当初做错了事情，不管怎样也得承认悔改，于是笑了笑，坦诚地说道：

"小虎说的是真的。说实话，这几年在北京是开了不少眼界，长了不少见识，可也觉得太累了。尤其是根花出事后，就越加引起了我的反思，也坚定了回村的决心。回村的这段时间，通过采风，我也了解了很多事情。咱村虽说位置是偏僻了些，交通有些时候够不上，农特产和民族工艺却一点儿都不比别的地方少，我有信心，只要好好用心做，一定能做得很好。而且这样，阿玛和额妮就能经常看到我，也就不用再担心了。"

最后这句话可谓是满怀深情。听到这里，不仅诺敏眼中含泪，就连哈森也有些哽咽。哈森重重地拍了一下桌子，说道：

"乌云，看来你真的是长大了，我和你额妮的心思就没白费。放心吧，你只管去做自己的事情，我们会一直支持你。"

乌云感动地点了点头，抬起手用力地揩去眼中的泪花。她站起身来，在大家的碗里倒上酒，随后端起碗来，准备敬酒。

第四十九章

"阿玛、额妮，你们放心，我一定会用实际行动说话，绝不会辜负村里人的厚望。"

说完，她仰起头，一口气将碗里的酒喝了个精光。由于酒气太过辛辣，脸色涨得通红，忍不住大声地咳嗽起来。

"慢点儿。"

等乌云坐下后，诺敏满眼笑意地轻轻拍着女儿的后背，"乌云，额妮知道你一向以事业为重，不过感情毕竟也是人生道路上一件非常重要的事情。额妮和阿玛想问你，你和小虎打算什么时候订婚？"

乌云没想到母亲会突然提及此事，脸色不禁涨得更红，抬起头来，求饶似的说道：

"我不急，托娅姐姐不是还没定下来吗？"

托娅没想到妹妹会用自己做挡箭牌，先是一怔，随后羞臊地低下了头。

"安布伦现在已经回来创办诊所了，他现在和托娅很好，我和你额妮想等到诊所有些起色就让安布伦正式提亲，迎娶托娅过门。"

和现代汉族人拍婚纱照、摆婚宴的做法不同，鄂伦春人仍保留着古老传统、别具一格的婚俗习惯。

鄂伦春人的风俗规定近亲不能结婚，一个姓氏的人不能结婚，表亲不能结婚。过去，一般都是两家老人做主包办婚姻，首先双方之间要有人说媒。如果两家老人都同意这门亲事，就可以互相了解并可以喝媒人的酒。经媒人往来牵线，商量同意后，男方家老人就可以领儿子到女方家见面，给女方的父母、爷爷、奶奶叩头，并带去几头野猪当定亲礼。定亲的酒肉席鄂伦春语叫"查土拉日恩"。定亲时，还要给带些穿戴的东西，鄂伦春人挑女婿的条件是，对方必须是个勤快能干的好猎手，否则女方可以退婚。

定亲之后，男方可经常到岳父家来住，熟悉岳父家的生产生活；但是女儿不允许跟女婿家族接近，要自己干分内的活，直到结婚。经过一个时期的考验后，女方许可结婚时方定日子。此时，女方家便派人送姑娘，送亲的都是年轻人，跟着去的两个领队的老人，叫大胡达和小胡达，他们口才好。女方家如富有,也有带上几匹马的,但在数量上不要超过男方家送的马,算做女方家的嫁妆,女方家的嫁妆要比男方家送的彩礼漂亮,使用的锅碗等用品也都要一律备齐。

婚礼开始时,先要向天叩头,然后给公公婆婆叩头,之后新郎新娘要从在地上点燃的松香烟上迈过,这意味着新娘是清白纯洁的。新娘的穿戴很漂亮。头上戴着绣花的帽子,衣袍的领子两边有红、绿飘带,像鲜花一样美丽。当新郎新娘共进新房——仙人柱时,仙人柱里早已准备好了丰盛的酒席,双方迎亲和送亲的人们开始用餐,并开始互夸长处。女方的大胡达和小胡达则专挑男方的不足以考验男方的品性与耐性,娘家人敬酒的时候,场面十分热闹。双方进完喜酒后,两家代表还要继续举行赛马、抢酒杯的游戏。如果男方抢不回,就输了。这意味着女方家的人畜永远兴旺。接着晚上开始篝火晚会。大家唱歌、跳舞,直至通宵。

吃饭时,新郎、新娘晚上要一道享用一种叫做"罗克铁"的手抓饭。吃饭时,两人会共用一双青头筷子,这表示白头偕老,永不分开,生活蒸蒸日上、兴旺快活。第二天,男方要把女方家送亲的人们送到半路,并喝完告别酒后才能回家。

女方嫁到男方部落后,一年里只回娘家一次。如果愿意跟岳父打猎,男方可以搬到女方的部落生活,并跟其他猎民一样打猎,猎物也随大家一样平均分配。

据村里的那些嫂子说,这一套烦琐的婚礼流程下来,至少也要准备一年左右。如果安布伦事业发展好了再提亲,至少还得两三年。想到姐姐还要等这么久,乌云不禁叹了口气。

作为妹妹,从小她和托娅的感情就极为和睦融洽,也正因此,也最希望能够看到姐姐得到幸福。

可是幸福又是什么?

两个孤单的人如果内心有隔阂,就算是在一起,应该也只会更孤单的吧?希望从小到大一直为人敦厚的安布伦哥哥真的能够不让姐姐感到孤单。

"姐姐,我……"

乌云刚说到这里,就听到"砰"的一声,众人惊讶地循声看去,但见安布伦手里提着蛋糕急匆匆地走了进来。见众人诧异地看着自己,连忙笑着解释道:

"对不住啊，诊所里忽然来了病人，所以来晚了。"

说着，安布伦快步来到石桌前，将蛋糕放到桌上。

"叔叔，祝您生日快乐。"

"谢谢。"哈森开心地说道，"安布伦，你要是有事情就忙吧，我们这边没什么的。"

安布伦笑着看了一眼托娅："叔叔，您是怕耽误我时间，可如果托娅看不到我，一定会生气的。再说，这个蛋糕是我和她昨天就到乡里订下来的，只不过刚刚去取了一趟。"

哈森点了点头，随后脸上又露出了一丝惆怅的神情。虽说安布伦和布库楚都是学医的，现在又一起在乡里开了诊所，可根据眼下的状况来说，这未必是件好事。

卡纳特村地处深山，与世隔绝，信息的不对称导致了村民思想愚昧。对于求医这件事，如果轻微的话，就自己找些草药吃，如果严重的话，就请萨满到家里驱邪，通过作法的方式消除病痛折磨。也正因此，这家有着现代化诊疗设备和医学理念的诊所变得冷冷清清，门可罗雀。这无疑也成了哈森和诺敏心头的烦恼。

在虎伦贝尔身旁坐下，安布伦微笑地看着身旁的两个年轻人，关切地问道：

"小虎，我今天早晨看到你和乌云一起骑马去草场了，怎么样？可是有好消息了？"

其他人听到这话，立刻投来好奇的目光。

虎伦贝尔看了一眼乌云，紧紧握住她的手，笑着回道："是有好消息，乌云已经答应跟我和好了。"

众人一听这话，立刻兴奋不已。

第五十章

"那太好了。"托娅微笑着看着妹妹，眼神中满是祝福，"乌云，要幸福。"

乌云看着姐姐，笑着说道："姐姐也是，一定要和安布伦大哥幸福起来。"

虽说以后的日子不会永远是晴天，还会有风雨，但只要心与心靠拢，有温暖和爱,再大的风雨也终将会过去。

一家人聚在一处开开心心地吃完了饭。饭后,诺敏原想让乌云回家来住,然而即便磨破了嘴皮子,对方却仍旧执意不肯,坚持说回到家里容易犯懒,不利于接下来做事。最终还是作为一家之主的哈森开口支持乌云,诺敏这才勉强答应。

虎伦贝尔送乌云回到客栈门前,由于作坊有事,只能暂且目送着其离开。然而,当乌云即将走进乌力楞时,虎伦贝尔却忽然叫住了她。

"乌云……"

乌云疑惑地转过身去,看向虎伦贝尔。看着心爱的女友眼睛黑亮亮的,像是只顽皮的小鹿,虎伦贝尔的心瞬间涌起一股柔情,迅速从马背上跳下来,大踏步来到对方面前,伸出双臂紧紧将乌云搂入了怀中,面颊滚烫地贴到对方的脸上,呼吸也像是火一般热烈,就像是一个调皮的孩子面对心爱的珍宝,说什么都不肯撒手。

乌云的心因虎伦贝尔的举动狂跳不已,连带着头也变得晕晕的,只能一个劲儿地轻轻拍着对方的后背,像哄孩子似的说道:

"好了,好了,没关系的。咱们先分头忙,等忙完再聚嘛。"

虎伦贝尔听到女友的话后,身子像是被电流击中了一样,连同骨头都变得软绵绵的。过了好一会儿,这才恋恋不舍地放开了乌云,用力吸了口气,骑马离开了。

在乡民们的期待下,古伦木沓节如约而至。作为鄂伦春人最盛大的节日,为了筹备盛会,布赫巴图在书记孟立焕的指挥下,带领村委会成员和村民代表们脚不沾地地忙了好几个通宵,这才在村口空地上搭建起了巨大的露天舞台。不仅各种设备、摆设都是时下最热门的,就连节目也比往年有所创新,必将吸睛无数。

乌云由于要首发新歌,这几天心情更是忐忑得不得了。由于许久不在室外演出,为了能够更好地适应环境,每天吃过早饭,她就会来到村口的大树下,一遍遍地低声练习着即将在节日上唱的歌曲,直到太阳落下、月亮升起,才肯回客栈吃晚饭。

与此同时,苏明阳虽人远在北京,却也很是给力。在他的全力推动下,《写给故乡的歌》不仅很快位于各大音乐排行榜的前三名,同时也成为众多音乐电台反复播出的曲目,写意的歌词,神秘的鄂伦春曲调,迅速吸引了歌迷们的广泛关注。几乎每天,村委会办公室都会接到很多好奇的歌迷打来的电话,有人想要旅游,有人想要投资,有人想要开发新产品,甚至还有些一个自称影视制片人的人主动提出了要来村里拍摄电影,在强大宣传攻势的推动下,原本默默无闻的卡纳特村迎来了新机遇。

然而,对于乌云的突然走红,并不是每个人都是满心欢喜。名利原本就是一块蛋糕,如果被一个人分了,那么就代表着另一个人得到的就有可能变少或是没有。对于这朵还没有来得及绽放的兴安杜鹃,已有无数魔爪在黑暗中悄然探出,只等到有机会就会将其彻底掐死,一丁点的转换机会都不给。

只是,对于这种复杂的局势,无论是心地单纯的乌云,还是向来极具雅士之风的苏明阳,事先都没有预料到。

古伦木沓节当晚,乌云特意在客栈换上了虎伦贝尔为她定做的、绣有鄂伦春云朵纹的白色连衣裙,精心地将乌黑的长发编成发髻束在脑后,随后又在脸上精致地化上了淡妆。原本洒脱爽快的乌云,现在多了一丝温柔,看上去就像是盛开的白色茉莉花,浑身飘散着淡香之气,举手投足间充满了文雅的气质。

当她推门出来的刹那,之前等在门口的李卓俊三人立刻眼前一亮。尤其是苗苗,更是当即冲了上来,拉着乌云上下打量了好半天,啧啧叹道:

"哇,乌云姐,你平时不化妆真是看不出来,这不活脱脱一个刘亦菲演的小龙女嘛!"

说到这儿,她又看向身旁的吴楚,"那两个形容词怎么说来着?"

吴楚见苗苗求助地看着自己,便笑着接口道:

"清新雅致、清丽脱俗!"

苗苗用力地拍了一下自己的脑门,恍然大悟地说道:"没错,就是这两个词。清新雅致、清丽脱俗!吴楚,看来,还是你了解我。"

乌云见这两人一唱一和地恭维着自己,不禁有些害羞。红着脸看了一眼李卓俊,低头笑着说道:

"真是的,哪有那么夸张!"

"好就好,一点儿都不夸张。"苗苗说到这儿,又看向李卓俊,"卓俊哥,你向来最公道,也说句话嘛。"

李卓俊看了一眼苗苗,又看向乌云,笑着说道:"苗苗说得没错,你这样打扮的确很漂亮。乌云,今天是你的主场,我相信你一定会表现得非常好。不过……"

说到这里,他的眉头不禁紧锁起来,眼神中也有着一丝不安。本来嘛,乌云首发主题歌是好事,从前一天开始却莫名地有些心神不宁,就好像是有什么事情要发生似的。

乌云见李卓俊不再往下说,心中不禁疑惑起来:

"卓俊,你有什么话就说呗,不用有什么顾虑。"

李卓俊摇了摇头,似乎是想把胡思乱想的思绪彻底摆脱,然而却恰恰相反,越是想要忘却,感觉就越清晰,最后,他只能提醒道:

"不过凡事都有万一,中间也有可能会横生枝节。但不管怎样,你都一定要泰然自若,表现到最好,知道吗?"

乌云一怔,尽管不知道会发生什么,可通过李卓俊的话,她却已经有了隐隐的不安。

第五十一章

苗苗见乌云脸色有变,立刻说道:"卓俊大哥,到底是什么事情,你就直说呗。"

"是啊,卓俊。"吴楚也接口道,"你是不是知道了什么?"

李卓俊摇了摇头:"我什么都不知道,这不过只是猜测罢了。"

苗苗点了点头,她虽说不是演艺圈里的人,可以前也听过类似的评论,知道这里面的故事不简单。今天又是乌云的新歌首发,其间出现问题也在所难免,于是叹了口气,紧紧握着乌云的手,安慰道:

"乌云姐姐,放心吧,不管发生什么事,我们都会支持你的。"

乌云的心头一暖,笑着说道:"苗苗,谢谢你,我没事。时间差不多了,咱们快点去吧。"

说着,四人一道离开客栈,向村口走去。

由于举办盛会,除了本村人以外,乡里的其他村子的村民也陆续赶来,不仅如此,就连县里的领导也特意前来,共同见证新歌首发这一激动人心的时刻。

村口,在虎伦贝尔和李卓俊的陪同下,乌云焦急地等待着苏明阳和记者们的到来。不多时,随着一阵车轮声响,一辆黑色的路虎从远处渐渐驶来。少顷,车子在众人面前停了下来,车门开启,苏明阳等人笑着走下车子。

"乌云,不错哦,看来卡纳特村的水土确实很养人。"

苏明阳一见乌云,就忍不住开起了玩笑,"真是越来越水灵漂亮了,卓俊,你觉得呢?"

乌云听到苏明阳叫李卓俊,顿时一愣,继而露出了疑惑的神情。虽说同在北京,可那么大的一座城市,他们两个又是怎么认识的?还没等她发问,苏明阳就给出了答案。

"我和卓俊是同一所大学毕业的,他是比我高一级的学长,在学校期间就是很好的朋友。这次你回来采风,正好他也来拍短视频,所以你们就一道来卡纳特了。"

这番解释可谓合情合理,瞬间就打消了乌云心中的疑问。见李卓俊向自己点头,她笑着说道:

"明阳,这就是你不对了,既然卓俊是你的哥们儿,那就该早告诉我啊。我还以为只有自己才那么幸运,可以交到这么好的朋友呢。"

幽默的话语瞬间化解了尴尬,众人会心一笑。随后,苏明阳又将随行记者依次向众人进行引荐,这才一道来到演出地点。

此刻,演出已经开始,在将苏明阳等人安排到嘉宾席后,乌云又向布赫巴图和孟立焕打了声招呼,这才到后台候场。

随着前面节目一个个地结束,很快就轮到了乌云上场。在全场观众热切的目光中,她背着吉他快步走上台来,举止落落大方,目光尽显温柔。在深鞠一躬后,笑着说道:

"乡亲们晚上好,很高兴能够在这次的古伦木沓节上演唱,心里真的很激动。有人曾经问过我,作为一个长年在外打拼的人,故乡到底有着怎样特殊的意义?说实话,对于这个问题,我以前确实没有太多的思考。直到这次回乡采风,我才真正体会到其中的意义。如果把一个人比作是植物,那故乡就是它的根,无论走得多远,哪怕是到天边,终有一天还是要回来的。接下来,就请大家欣赏我的新歌《写给故乡的歌》。"

说完,乌云低下头,开始用白皙纤长的手指拨动起了吉他,随着音乐声缓缓响起,只听她动情地唱道:

我的故乡在卡纳特
这里有一条呼玛河
静静流淌着 滋润着黑土
一直流进我的心窝
我的家乡在兴安岭
这里的山峦高又多
祖祖辈辈骑马驰骋在林间
留下多少动人的英雄传说

唱到这里,她指尖的力道忽然变强,弹得琴弦怦怦直响。

我是勇敢的鄂伦春人后代
我的祖辈坚强潇洒
骑马打猎如疾风一般
英雄的河流养育了我的血肉
峰峦叠嶂的山川赋予了灵魂
我热爱脚下的这片黑土
只愿用爱书写这不朽的传说

在乌云富有动感的音乐声中,台下的观众一起拍着手,打着节拍,身子跟着音乐左右摆动,台上台下完全实现了零距离。

最后,随着手指在琴弦上用力地向下一扫,音乐戛然而止。台上的乌云深深鞠躬,台下顿时掌声雷动。

"苏总,这首歌不错。"坐在苏明阳身旁的一名男记者啧啧赞道,"简单易记,朗朗上口,却又极富深情,是建立在生活基础上的一首难得的佳作,属实不错。"

苏明阳微微一笑,感谢道:"谢谢高记者,乌云为了创作这首歌,确实是付出了一番努力。现在能够得到大家的肯定,看来之前的心血没有白费。"

"那是。"男记者笑着说道,"这世上没有白白付出的努力,只要路走对了,再加上用心,就一定会获得成功。"

很显然,台下的大多数观众和男记者的想法一样,都对乌云的新作给予了极大的肯定。即使是一向喜欢提出刁钻问题的娱乐记者,这次表现得也异常平和,真诚地表达了自己对作品的肯定以及相应的想法。

乌云见此情形,悬着的心终于放了下来,深呼吸了一下,刚要继续说话,就听台下一个男人忽然开口说道:

"乌云大歌星,我有话要说。"

这声音很是尖利,就像是用玻璃片在玻璃上使劲地划,让人十分不舒服。苏明阳出于职业的敏感,知道此人定是来者不善,由于事发突然,也顾不得那么多,快步走上台来,拿过乌云手中的话筒,说道:

"这位先生,我们的采访结束时间已经到了,您有什么话还是台下说吧。"

说完,他侧头看了一眼站在边台的主持人,示意其上场继续播报下一个节目。

怎料,那男人完全没有将拒绝的举动看在眼里,仍旧不依不饶地追问道:

"我可是乌云的歌迷,大老远从南方过来的,听说鄂伦春人都很热情好客,难道这就是你们所谓的待客之道?"

随着这句话脱口而出,不仅乌云当场愣在台下,台下的乡亲们也都一个个对来人横眉冷目,现场顿时充斥着强烈的躁动与不安。

第五十二章

鄂伦春人热情好客不假,可这绝不能成为被欺负的理由。乌云不仅是乡村的希望,更是他们的族人,就算是一丁点儿不怀好意的说辞,也定不能被姑息。

眼看着现场呈现出剑拔弩张的态势,布赫巴图立刻起身来到男子的面前,义正词严地说道:

"先生,希望你能够明白,我们鄂伦春人淳朴善良,喜欢交朋友,可不代表就要因此被欺负。"

"欺负?"男子笑了笑,用挑衅的目光看向乌云,"那就要看乌云大歌星怎么做了。"

乌云被男子盯得毛骨悚然,忍不住打了个冷战。然而,见双方僵持,便又故作镇定地说道:

"巴图大哥,让这位先生把话说下去。"

"好。"男子得了势,又继续说道,"乌云,我听说你以前并不喜欢卡纳特,觉得这里又穷又苦,没有前途,甚至为此和男友分手。要不是因为你的姐妹根花死了,你就会彻底将这里当成垃圾抛到一边,像你这样的人,有什么资格装作对故乡深情款款,唱这首歌?"

一句话,说得台上的乌云尴尬万分,连忙低下头躲避,恨不得马上找个地缝钻进去。台下的乡亲们见状,全都议论纷纷。

"你假借热爱故乡回到这里,不过就是为了立一个好人设。你是不是还蓄意迎合前男友,干了许多不为人知的勾当?"

男子见乌云不辩解,心中不禁非常得意,嘴上也越说越开心,完全没有将其他人的感受放在眼里。然而,还没等他说完,脸上就挨了重重的一击。

"你娘的! 满嘴跑火车,属实该打!"

这一记拳头力道之大,当即将男子打得眼冒金星。与此同时,四周也发出了一阵混乱。

少顷,随着视线渐渐清晰,男子惊讶地发现自己已经彻底陷入了包围中,四周站满了乡亲。在他的面前,则是一个身穿鄂伦春皮袍、身材高挑、长相清俊的英俊小伙,此刻正瞪着自己。

男子被小伙瞪得心中发毛,脸上却仍故意装作一副泰然自若的模样,指着对方,大声问道:

"你……你是谁啊? 光天化日之下,胡乱打人,还有没有王法?"

"我就是你说的乌云的前男友。"虎伦贝尔怒斥道,"你口口声声说自己是乌云的粉丝,每句话却都充满了针对,这又是什么意思?!"

"什么意思?!"男子尽管心虚,嘴巴上却仍强行辩解着,"我能是什么意思? 不过就是实话实说!"

这句话彻底将虎伦贝尔激怒,作为一个受过高等教育的现代青年,他一直秉承着与人为善的观点,即便后来回到村里,也从没与其他人红过脸,可这并不代表就眼睁睁地看着旁人被欺负不去主持公道,尤其是被欺负的还是自己心爱的女子。

想到这里,虎伦贝尔更加怒不可遏,他不顾布赫巴图的劝说拦阻,再次挥起拳头,重重地打向那个男子:

"我打你个实话实说!"

乌云开始只是在台上静静地看着这一幕,见虎伦贝尔又挥起拳头,立即快步从台上下来,来到虎伦贝尔的身边,伸手拉住了他的衣袖。

"小虎,别再打了,你会把他打死的。"

虎伦贝尔瞪着发红的眼睛,仍高举着拳头,怒不可遏地对乌云说道:"打死更好,免得他到处嚼舌根,编排你和村里的坏话。"

说完,又是重重的一拳。男子惨叫一声,扑通一声仰面朝天地摔倒在了地上。

虎伦贝尔还想继续打下去,被布赫巴图和随后赶来的李卓俊一左一右死死拉住。他用力地向地上啐了一口,转身离开了。

布赫巴图待虎伦贝尔走远,这才让其他人将男子送到医院。他不知道,刚刚的这一幕已被事先躲在暗影里的人用手机拍了个正着。

尽管苏明阳请记者帮忙封锁虎伦贝尔打人的消息,可在当天晚上,这件事仍出现了在网站的头条位置,并很快吸引了社会各界的关注。任凭唱片公司想尽办法来压,仍旧无济于事,反倒影响越来越大,引起了网络喷子们的指责和编造。就像是一颗石子被扔进湖中,虽然很快就沉到了水底,表面上的涟漪却仍然存在。不仅如此,随着风的吹动,反而越来越大。

北京,新星唱片公司,十二楼,会议室。

苏明阳坐在茶几后面的沙发上,双手环抱在胸前,审视地看着此刻低着头坐在自己面前的乌云。

自从发生了网暴的事情,乌云就一直处在风口浪尖上,再没有好好休息过。如今的她面容憔悴,脸上毫无血色,尤其是两个黑眼圈,更将虚弱的身体状态显露无遗。

"乌云,我知道你不愿意公开道歉。可现在这件事情不仅仅影响了你,同时也波及了公司和卡纳特村的声誉。我希望你能够从大局出发,作出正确的决定。"

他的声音并不大,却像是刀子一样割着乌云的心。作为一名歌手,她知道依照眼下的情势,再也没有其他事情比挽回个人声誉更重要,可如果道歉,就得将小虎推到风口浪尖上,这是自己最不愿意做的事情。

思来想去,乌云最终决定,独自承担下这一切。

"既然这件事情因我而起,那也应该因我而终……"

想到这里,她的心情忽然平静了下来。

数日后,新星唱片公司十六楼星光厅,作为公司最大的新闻发布厅,这里拥有 300 个豪华座位,此外,设备也是全国目前顶级的。然而,与平时热烈紧张的氛围不同,此刻,正在举行乌云的媒体新闻发布会,因此被凝重的氛围所笼罩。

第五十三章

此刻,在国内众多主流媒体记者的注视下,乌云低着头站在最前面的发布台上。今天,她仍旧穿着那天在古伦木沓节上穿的白裙子。然而,却并没有那种神采奕奕的感觉,像是一朵插在花瓶里很长时间的茉莉花,清香虽在,却不再有生气。

尽管低着头,乌云仍然避不开台下人目光的审视,她知道那里面有鄙夷,有惋惜,当然也有遗憾。

"乌云,你作为一个新晋歌手,应该为听众起到榜样作用,为什么要教唆人打人?"

"作为一个连家乡都不爱的人,有什么资格演唱《写给故乡的歌》?"

"你难道不觉得自己的行为很可耻?"

…………

随着台下的人连珠炮似的问话,乌云的脸色彻底变得惨白,是的,即使内心再强大的人,怕是也难抵挡住这来势汹汹的指责与质疑。

就在乌云觉得再难支撑时,门忽然被人从外面推开。在记者们疑惑的注视下,李卓俊和苏明阳一道出现在了门口。

乌云长舒了口气,她知道救星终于来了,至少自己不用再孤零零地像是靶子般被人盯着。趁着台下的人议论纷纷,乌云抬起手来迅速擦去了额上的冷汗。

少顷,来到乌云的身边后,苏明阳拿过话筒,用疲惫的声音说道:

"感谢大家在百忙中来参加今天的新闻发布会,我是新星唱片公司的总经理苏明阳,同时也是乌云的经纪人。古伦木沓节那天由于新歌首发,所以我也去了现场。乌云……"

说到这里,他侧头看了一眼乌云,见对方仍是一副怅然若失的模样,微微一笑。

乌云的心头瞬间一暖,尽管一直以来,她都叫对方苏阎王,可到了这个时候,这抹笑容确是冬日的暖阳,瞬间让她从慌乱的状态中抽离出来,整个人瞬间冷静。

"乌云是被人陷害的。"

随着陷害二字脱口而出,台下登时一阵骚动。

以前虽也听说过为了名利不择手段的事情,却从没有真正发生过。如果是真的,那毫无疑问,这个背后的人就太卑鄙了。

"苏先生,你有陷害乌云的证据了吗?"

随着一名年纪稍长的记者问话,台下的议论声更大。凭借着职业的敏感,如果情况属实,一定会是一个好新闻。

苏明阳摆了摆手,下面的人瞬间安静了下来。

"我现在虽然已经掌握了一些信息,但远远不够。等到彻底将原委搞清楚,一定会再向大家说明。"

台下的人听到这里,再次交头接耳,看得出来,他们对这件事仍存在着一定的质疑。

"既然没有切实的证据,又怎么能够证明乌云是无辜的呢?"一位二十多岁、长发披肩、画着精致淡妆的女记者起身问道,"苏先生,虽然你是乌云的经纪人,可也不能护短。"

"护短?"苏明阳笑了笑,"放心吧,作为一名从业近二十年的职业经理人来说,我还从没有过这方面的行为。我之所以这样说,是有所依据的。当然,乌云的人品也是值得信赖的。这一点,李先生也能够证明。"

说着,他将手里的话筒递给了李卓俊。

李卓俊微微一笑,伸手接过了话筒。台下的人安静地看着他,眼神中满是信任与佩服。是的,作为目前国内顶流的商业片导演,李卓俊本身就是一面旗帜,无论他说什么做什么,都是值得信赖的。

"苏先生说得没错,我虽然认识乌云的时间不长,可也知道她是一个优秀的年轻歌手,无论是人品还是才艺都是很好的。至于那天的事情,我也希望大家能够稍安勿躁,不要继续把这件事情扩大,相信不久就会知道真相。"

台下的人又是一番交头接耳的议论,不过看得出来,和先前剑拔弩张的凌厉攻势不同,此刻,人们的态度已趋于平和。

过了一会儿,随着声音渐渐消失,记者们终于达成了一致。

"好吧,就听李先生的,我们先将这条新闻从热搜上撤下来。"

刚才的那名女记者再次起身说道:"当然,也希望唱片公司能够尽快给出合理的解释。"

听她这样说,其他人也都纷纷附和,表示赞同。

"谢谢。"苏明阳笑着说道,"放心吧,我们一定会尽快查明真相。"

就这样,一场来势汹汹的风波瞬间平息。尽管如此,乌云的内心却依然不能平静。

公司咖啡厅,在轻柔的音乐声中,三人相对坐在靠窗的角落里,外面的阳光透过硕大的玻璃窗洒在室内,温暖明亮,然而,乌云却并没有感到暖和。事实上,从新闻发布会结束,她就一直呆呆地坐着,就算是面前的桌上摆放了香浓的咖啡,也依然没能回过神来。

苏明阳看了一眼李卓俊,示意对方说话。见李卓俊向他摇头,便开口说道:

"乌云,事情已经过去了,你也不要想太多。现在比赛越来越近,当务之急还是要把参赛的歌唱好,其他的事情就交给我处理吧。"

乌云轻轻地叹了口气,定了定神,感激地说道:

"谢谢你,明阳,我只是担心这件事会给公司和村里带来不好的影响。如果是那样,我就太内疚了。"

苏明阳耸了耸肩,故意摆出一副无所谓的表情,笑着劝说道:"想那么多干吗,难道没听过清者自清,浊者自浊。放心吧,害人的事情长不了,终有一天会露出狐狸尾巴的。"

乌云听他这样说,心里稍稍安定了一些,但仍有些担心地说道:

"我别的倒不担心,只是害怕万一董事长知道了,会对你不利。万一你因此受到责罚,那我……"

苏明阳和李卓俊对视一眼,二人的眼神中都有着不易察觉的变化。然而,由于乌云仍沉浸在自己的情绪里,所以并没有注意到这一点。

第五十四章

对于唱片公司的人来说,董事长一直都是个神秘的存在。从打公司成立的那一天,他就没有出现过,只是和身为总经理的苏明阳保持着单线联系。尽管如此,董事长却又颇具权威,因为每当公司进行关键决议的时候,他总能够一锤定音。

也正因为是这样,所以乌云才会担心接下来的事情。

然而,苏明阳却并不以为意,只是似笑非笑地说道:"他责罚我什么呢?责罚我对公司忠心耿耿,想尽办法解决问题,还是觉得我办事不力,才会一心保护艺人,维护公司形象?乌云,你想得太多了吧?"

"可是……"

苏明阳摆了摆手,抢先说道:"没有什么可是,乌云,你听我的,把该做的事情做好。"

乌云见他这样说,也只能将担心放在一旁,点头说道:"那好吧。"

"这就对了。"苏明阳笑着说道,"相信我,没错的。乌云,你明天就和卓俊回卡纳特去。我要是没猜错,那边的情况应该也不会太好。"

事实证明,苏明阳的猜测是对的。由于古伦木沓节上的那场风波,卡纳特村确实陷入了混乱当中。不仅在网络上受到了喷子的指责,同时还受到了各级领导的批评,尤其是村委会主任布赫巴图,更是隔三差五就要到乡里汇报情况。而也正是因为这样,村民们对乌云的信任也随之降到了冰点。

村党委会办公室,布赫巴图坐在茶几后面的椅子上,看着此刻坐在他对面沙发上的乌云和李卓俊。

"巴图大哥,对不起。"乌云低着头,歉意地说道,"我原以为在古伦木沓节上发布新歌,会帮助村里提升知名度,没想到会是这样,给你添麻烦了。"

她站起身来深深地向对方鞠了一躬:

"对不起。"

由于强烈的愧疚,乌云一到村里,就在李卓俊的陪同下来找布赫巴图承认错误,虽然没有和乡亲们接触,可下车时看到路过的人都在用冷漠的目光看着他们,心里也知道这次的确惹麻烦了。

布赫巴图见状,连忙起身,扶住乌云,笑着说道:"乌云,你不要多想,这件事是意外,跟你没有任何关系。"

"可是乡亲们……"

"是,乡亲们是对你有意见。"布赫巴图见乌云已经发现了这一点,便也不隐瞒,"可是事实胜于雄辩,只要你还像过去那样,一心一意把事情做好,总有一天,他们会理解的。"

布赫巴图的话给了乌云极大的安慰和勇气,然而她却依然有些不放心,继续求证道:

"巴图大哥,你相信我吗?"

"相信。"布赫巴图微笑着,肯定地说道,"为什么不相信? 乌云,你知道什么样的人最美吗?"

"心灵美的人?"

"不错。"布赫巴图笃定地说道,"一个人最美的并不是外表,而是内心。努力做事,在做好自己的基础上帮助别人的人是最美的。乌云,你明白吗?"

布赫巴图的话不仅给乌云带来了极大的鼓励,同时也让她沮丧的心情重新得以振作。是啊,如果自己能够继续像以前那样全心全意帮助大家,或许真的有一天能够重新被乡亲们认可。

想到这里,乌云的心情豁然开朗,笑着说道:"谢谢你,巴图大哥,我明白了,那眼下有没有什么事情,我可以帮忙去做?"

"有啊。"布赫巴图说道,"乌云,现在县里要求村里带动乡亲们开辟副业,创收经济,不知道你对这件事情有没有什么想法?"

乌云知道开辟副业,创收经济,不仅仅是县里的提倡,也是整个国家都在做的事情。作为村里的一员,自己确实应该在这件事情上尽一份力。

卡纳特村虽然地处山区,然而就像东北大多数地区那样,甜玉米种植一直是主导产业,同时也是最重要的增收项目。那么,可不可以在这上面做文章呢?

"巴图大哥,今年甜玉米产量怎么样?"

"甜玉米?"布赫巴图笑了笑,"还行吧,应该有三万斤。"

"那不错！"李卓俊接口道，"怎么样？现在都预订出去了吗？销量怎么样？"

布赫巴图听到销量两个字，顿时像是牙疼一样吸了口冷气。作为一村之官，他一直都在为销量的事情发愁，只可惜想了很多办法，却始终不见成效。

"销量？"布赫巴图自嘲地笑了笑，"到目前也就和市里的粮油加工厂签了8000斤的协议，其他的都还没有着落。"

虽说还有三四个月才到丰收季，可订单都是要提前签出的，不然那个时候，只能眼睁睁地看着收成囤在家里。想到这里，他不禁又有些心焦。

李卓俊看出了布赫巴图的郁闷，微微一笑："没关系，或许这件事我能帮上忙。"

"你？"布赫巴图疑问道，"你想怎么做？"

乌云见李卓俊看向自己，心中顿时会意，笑着说道："巴图大哥，你听说过直播带货吗？"

"直播带货？"

布赫巴图好奇地重复道。他以前曾经听人说过，现在网络上的一些自媒体平台正在流行直播带货，说只要用这种方式推销，东西就会卖得好。可那到底是怎样一种方式，确实没有见过。

尽管对直播带货感到疑惑，可只要是有用，布赫巴图都愿意尝试一下，于是又说道：

"你们要是觉得有用，也可以去尝试，对了，还需要村里提供哪些支持呢？"

"倒也不用别的。"李卓俊笑着说道，"只要让村民们信任我们的做法就好了。"

"这个不难。"布赫巴图摆了摆手，"今晚，我就让大伙儿来办公室，把这件事情说清楚，让乡亲们全力以赴地支持你们。"

乌云和李卓俊见布赫巴图这样说，心中顿时兴奋不已。他们相信，有了组织上的支持，接下来的事情一定会很顺利。

"接下来，就看你们如何大显身手了。"布赫巴图笑着说道，目光中满是期许。

第五十五章

　　布赫巴图说到做到,当天晚上就将村民们召集到了村委会开会,人群中唯独不见哈森一家和虎伦贝尔的身影。

　　村委会会议室里很是安静,全体村民或站或坐,一起听着坐在正中位置的布赫巴图讲话:今年的玉米销售没有渠道,村里打算让乌云来搞网上销售,大家有什么意见?

　　"我知道你们对乌云有意见,觉得她的做法过分,和村里人不齐心,而且还惹了这么大的麻烦,不应该被原谅。"

　　布赫巴图说到这里,顿了一顿,见村民们不说话,便又继续说道:

　　"大家不说话,是不是被我说中了?"

　　村民们仍是一阵沉默,等了好一会儿,其中一个年过六旬、头发花白的老者才说道:

　　"村主任,你说得没错,我们确实是这样想的。当初乌云为了去北京,可是和家人彻底闹翻了。她这样的做法,哪有一丁点儿和村里亲近的意思?"

　　听老者这么说,其他人也都开始交头接耳,室内顿时热闹了起来。

　　布赫巴图摆了摆手,示意大家噤声。

　　"你们这样觉得也不是没道理,可我不这样想。乌云从小就在唱歌方面有天赋,就算是到大城市打拼也没有问题。况且,这些年她在外面也吃了不少苦,比照先前已经成熟多了。我相信她是真心想为村里做事的,也希望大家能够给她这个机会。"

　　这番话说得很真诚,村民们听村主任这么说,全都不再吭声。乌云从小在村里长大,说实在的,这丫头除了心气高,并没有别的毛病。

　　老者再次开口说道:"既然这么说了,那就这样吧。"

　　说到这里,他又看向了其他的村民。

　　"大伙儿说呢?"

　　见老者问话,其他人也都纷纷点头,表示赞同。

　　布赫巴图见状,微微一笑,拍了一下桌子:"那行,这件事情就这么定了,明天乌云和李卓俊就开始进行直播带货,大家都要给予配合。"

说完,他挥了一下手,说了声"散会"。

次日早晨,乌云和李卓俊在客栈吃完饭,就来到了达仁家的撮罗子。得知两个年轻人想要通过直播带货的方式帮忙卖甜玉米,达仁很爽快地答应了。

作为村里最德高望重的老人,达仁不仅年龄最大,辈分最高,思想也是最开明的。和其他村民不一样,她一直认为乌云是有出息的,同时也对乌云的人品深信不疑。

在吴楚和苗苗等人的帮助下,李卓俊和乌云很快在玉米地头上摆了一张小桌,随后又在桌面上摆放了几穗已经成熟了的玉米。这些都是前一年卖剩下的,虽说因为时间长了,味道没有那么香甜,然而做样品却是再合适不过的。

等到将这些全都布置好后,四个人又迅速进行了分工。苗苗做乌云的帮手,进行玉米销售。李卓俊负责拍摄视频,吴楚则随时进行商品摆放,如果赶上天黑或是阴天,还要负责补光。

少顷,等到一切准备工作就绪,苗苗兴奋地拍了拍手,笑着说道:

"乌云姐,咱们的小小摄制组正式成立了,一定要加油哦!"

说着,她向其他三人打了个胜利的手势。

"好,加油。"乌云笑着说道,能够为村里做些事情,总归是让人开心的。

作为时下最火的卖货方式,和传统方式相比,直播带货不仅卖货的速度快,而且渠道和销售量也更广,在小分队的共同努力下,只用四天时间,达仁奶奶家的甜玉米就被订购一空。

消息不胫而走,更多的村民纷纷主动请小分队帮忙,就好像他们拥有传说中可以发家致富的金手指,只要愿意,瞬间就能做到点石成金。

然而,那时一心沉浸在成功带来的巨大快乐中的乌云并不知道,一场风波即将在不久后来袭。

客栈院子,乌云四人坐在石凳上,紧皱双眉、脸色阴沉地盯着电脑屏幕。原本甜玉米销售得很顺利,可不知为什么,从前两天开始,就有人陆续在网上发出甜玉米的照片和文字,指责村里以次充好,用不好的玉米代替好的玉米,卖给消费者。因为这件事的影响,已经有不少订单被退回来了。尽管在布赫巴图的努力下,村里人并没有说什么,然而毫无疑问,这件事仍给乌云等人的内心带来了极大的打击。

"卓俊,我觉得甜玉米只是引子。"沉默了好一会儿,吴楚皱着眉头说道,"要是没猜错,这帮人应该和上次在古伦木咨节闹事的是同一批人,目的就是为了毁掉乌云的声誉,毕竟现在距离歌手大赛正式开赛还有不到一个月的时间,作为有实力的歌手,乌云的存在必定会给那些原本实力就不行的人带来隐患。"

李卓俊低头思索着,他承认,吴楚说的是有道理的。出于对朋友的保护,他原本只想在比赛前用淡化的方式处理,所有的事情留待之后再说,现在看来,似乎是做不到了。

尽管如此,李卓俊仍有些担心。

"吴楚,你说得没错,被动挨打确实不是好习惯。"他笑着说道,"不过,乌云,你做好面对这件事情的准备了吗?"

苗苗看着乌云,尽管天气有些热,但她还是通过对方的眼神和不时颤抖的身子感受到了其内心的压力。

作为不谙世事的大学生,苗苗以前和其他同学一样,总觉得明星有着呼风唤雨的能力,至少生活在闪光灯中的他们总是一副高高在上、不食人间烟火的模样,让身处平凡生活的人很是羡慕,现在看来,自己过去实在太幼稚了。

想到这里,苗苗不觉有些同情乌云,见她仍低着头,怔怔地看着地面,心中顿时一酸,笑着说道:

"乌云,放心吧,我们一直都在,无论什么事情都会一起面对。"

乌云的思绪倏然被打断,她定了定神,抬头看了一眼李卓俊和吴楚,随后又向苗苗笑着点了点头,轻声说了句"谢谢"。

第五十六章

李卓俊抿了下嘴,随后拍了拍手,说道:"我会想办法暗中查明对方的身份,苗苗和吴楚也要配合好乌云,继续把直播的事情做好,眼下最重要的就是平静,绝对不能有任何不一样的地方。"

是的,有时越是看上去平静,越是沉默,其中所蕴含的力量就越大。

就像是一座万年不动、许久没有喷发过火焰的火山，一旦烈焰滔天，威力便会前所未有的巨大。

对于这一点，李卓俊以前是不信的，可在经历之前那荒唐的感情后，他却深刻地明白了这个道理。

人的能力尽管有限，不过就算是拼尽全力，他也一定要保护好值得保护的人。此刻，李卓俊觉得自己好像是一只蛰伏在山林深处青石上面打盹的豹子，表面看似慵懒，实则利爪却极其锋利。毫无疑问，苏明阳于他而言，就是那爪尖的锋利。

接下来的日子仍不紧不慢地过着，除了直播带货，乌云将更多的精力放到了比赛准备上。对于性格倔强的她来说，越是面对困境，就越要让生命迸发出耀眼的光芒。当然，她也相信，事情既有开始，就会有终结。对于那些藏在处心积虑、藏在黑暗深处的魑魅魍魉，必须用实际行动给其响亮的耳光。

然而，尽管表面看似平静，乌云却仍一天比一天憔悴，也越来越喜欢身上裹上厚外套，独自待在角落里，抿着嘴，微眯双眼，一副寂寥的模样看着前方。体重也在不经意间变轻，好像只要一阵风就能将她吹倒。

每当看到这一幕，虎伦贝尔就会感到强烈的心痛。对于这个淳朴善良的鄂伦春男人来说，那些黑暗的事情根本是想都想不到的，现在却一件接一件地像潮水般袭来，像是深海一样将人淹没，无论如何伸出手用力去推仍然推不开。

为了帮助乌云排解郁闷，那段时间，虎伦贝尔都会在晚上结束工作后到客栈来，每次来，他都会带一些看似平常，却又极其珍贵的礼物，一朵刚刚绽放的路边小花，一根鸟儿的羽毛，或者是一个可以缝到衣服上精致漂亮的绣花。

更多的时候，虎伦贝尔则会骑马带乌云去草场，并肩走路，分享心事，无形的压力也会相应地减去。不过，和其他的事情相比，乌云更喜欢和虎伦贝尔同乘马上，慢悠悠地向前走着，就好像只要这样就能到达世界尽头。

"乌云，人生不会永远都是晴天，总要经历一些风雨。只要坚强面对，勇敢历练，就一定会获得幸福。"

某天黄昏，当落日的余晖将草场染成一片金黄，虎伦贝尔轻声对乌云说道。

乌云没有说话,只是直视着对方,透过男人眼中的温柔,她深刻地感受到了其内心藏着燃烧的火热。

幸福?这个词对于她来说好像有些遥远,在经历了失去根花重创这一系列打击后,乌云的内心早已不是那般自信,此刻她只想瑟缩在小小的角落里,如一只藏身于黑暗中的小鼠,探询地打量着这个世界,一有风吹草动就迅速隐身,将自己藏在黑暗当中。

乌云并没有等太久,在李卓俊和苏明阳的巨大关系网的协助下,搞鬼的幕后真凶很快就浮出了水面。

数日后的一个晚上,在位于新北市郊区一个废弃的停车场里。苏明阳坐在一间黑暗的房间里,和平时总是穿着休闲服不同,此刻他身上穿着黑西装,脚上穿着一双擦得黑亮的皮鞋,由于打了蜡,头发很是光滑,正漫不经心地低着头看着戴在右手食指上发光的绿宝石钻戒。他的身后,站了十多个身材魁梧,穿着黑西装,戴着黑色墨镜的男人,冷酷的气场极为强大,一看就知道马上要有一场暴力的博弈。

"苏先生,人带到了。"

少顷,随着一阵急促的脚步声响起,一个身穿黑西装的男人迅速来到苏明阳的面前,弓着腰,毕恭毕敬地说道。

苏明阳冷哼一声,冷酷的眼神扫视了一下众人,不怒自威的模样让在场的人心里顿时一凛。

"既然来了,那就带上来吧。"沉默片刻,苏明阳又继续低头看着戒指,漫不经心地说道。

好像接下来的不过是件无关紧要的事情,反正演戏成痴,看戏成魔,有戏看总归是好的。

随着一阵重重的拖曳声,很快一个像是破麻袋的人被扔到了苏明阳的面前。

在地上趴着喘了半天粗气,那人终于艰难地抬起了头。在看到苏明阳的刹那,他的脸上先浮现出了一丝茫然,随着意识渐渐清醒,眼睛里的惊惧也变得越来越多。与此同时,脸色也变得像纸一样惨白,过了好一会儿,随着嘴唇哆嗦了一下,说出了一句话。

"苏……苏……总……"

苏明阳冷冷一笑,起身缓步来到那人的面前,目光冰冷得好像面前的

并不是一个人，而是一堆垃圾。

在黑西装男子们的注视下，苏明阳蹲在地上，边轻轻地拍打着那人的脸，边冷冷地说道：

"你那天在卡纳特村闹事时不是很威风吗？现在怎么跟摊烂泥似的了？是没想到今天？"

要说外表有时还真是迷惑人，怎么放在不同的场合，天使就能变成魔鬼？任谁也想不到平日文弱的苏明阳，摇身一变竟然成了黑暗帝国的王，举手投足间散发着凌驾一切的冷冽气场。

看着苏明阳，那人冷不防打了个哆嗦，带着哭腔求饶道：

"苏……苏先生，求求您饶了我，我要是说了，会被他们打死的！"

第五十七章

苏明阳冷冷一笑，在那人惊恐的目光中，起身回到座位前坐下，随后又一次低下头看着戒指。

"你只知道他会打死你，就不害怕我的手段？既然这样，那今天就让你好好长长记性，来人……"

为首的黑衣人听到苏明阳的招呼，立刻上前一步，恭顺地回应道：

"苏先生！"

苏明阳没有回答，只是将目光移向门外。与此同时，一阵激烈的狗吠声传来，在寂静的夜晚听来是那般令人心惊。

苏明阳仍是一副慵懒的样子，冷笑一声，说道：

"今天晚上狗还没有喂食……"

为首的黑衣人点了点头，随着挥手，两名黑衣人疾步来到男子的面前，一左一右将其向外面拖去。

男子见此情形又是一惊，在拼命挣脱后，连跑带爬地来到苏明阳面前，紧紧抱住他的大腿，哭得上气不接下气：

"苏先生，饶命啊，我把知道的全都告诉你。"

男子边语无伦次地说着，边流眼泪。随着泪水的冲刷，小麦色的脸上留下了道道泪痕，看得出来，他彻底吓疯了。

屋里顿时响起哄笑声，每个人的眼睛里都充满了嘲讽，就好像是看了一出有趣的滑稽戏。

苏明阳仍旧黑着脸，目光冰冷地看着男子，就像是盯着死敌。一直以来，新星和博众就是难解难分的死敌。

作为时下国内顶级的唱片公司，新星和博众均以造星出名，曾经无数次帮助默默无闻的草根新人成为备受关注的乐坛明星。按理说，相同的定位应该使他们成为一拍即合的超级盟友，然而事实正相反，同行冤家，反倒成了仇敌。

博众的总经理赵博众毕业于国外知名学府，长相俊朗，气质儒雅，言谈举止间散发着迷人的气息。

但苏明阳知道，撕掉假象的外衣，实际上赵博众就是头杀人不见血的狼。

如果只是平常的商业竞争，苏明阳忍一忍也就过去了。可这件事毕竟涉及了乌云，对于一个有着灿烂明天的新人歌手来说，当下最宝贵的就是名誉。无论如何，也不能让这件事毁于一旦，回家的路上，苏明阳坐在车上暗自想着。

回到家里，连续在卧室喝了两瓶红葡萄酒，苏明阳最后在微醺里作出决定，第二天要去博众公司见赵博众，当面把事情说清楚。

博众唱片公司位于京郊，是一栋三十二层的黑色大厦，整个楼梯用铝板包覆，很是炫目。

少顷，随着一辆橙色的豪华跑车由远及近驶来，缓缓地在楼门口停了下来。随着一双锃亮的黑皮鞋下来，穿着一身白色休闲西装的苏明阳站到了地上，神情冷漠地注视了一会儿楼顶后，他轻轻地叹了口气，慢慢走进了大厅。

对于这座大厦的每一个房间，恐怕没有人比苏明阳更清楚。事实上，在认识李卓俊之前，他一直以歌手经纪人的身份在这里工作，那时候他刚刚结束 B 国一家著名音乐学府的学业，回到北京，一心想要通过实力证明自己的能力。为了尽快成为知名经纪人，那段时间，他没日没夜地为理想打拼，去大大小小的酒吧寻觅具有潜力的新人歌手，签约、包装、宣传、推广，为其定制代表作品，随时寻找契机将歌手推向更大舞台，就像是一只不用鞭子抽打就会疯狂旋转的陀螺，不计心力一刻不停地旋转着。

除了日常需要完成的事情,为了结交更广的人脉,拥有更多的资源,苏明阳几乎每天都会在夜深人静的时候跟着赵博众出入各种高档会所和酒吧。

第五十八章

每当看到喝醉的人在酒吧里像巨虫般蠕动身体,或是听到黑暗角落里传来无法形容的声音,苏明阳的心里就会生出强烈的绝望,他对这种纸醉金迷的生活厌恶到了极点,因此,每当洽谈投资,有人提出要让公司歌手陪酒时,作为经纪人的他都会想方设法的拒绝,甚至为此得罪了一些人。

幸好赵博众为人圆滑老到,在矛盾化解方面手段极其高超,这才及时化解矛盾。

对此,初谙世事的苏明阳心里很是感激。作为一个因为家庭变故得不到关爱的孩子,尽管他拥有着看似阳光的外表,实则内心却是敏感脆弱的。他渴望被保护与关爱,也因此将赵博众视作可以依赖的亲人。

只不过,苏明阳不知道,光并不都是耀眼的,背后也有可能藏着黑暗的深渊。

两年前夏天的一个深夜,苏明阳和平常一样随赵博众外出谈事。那天刚好是苏明阳的生日,对方又是很好的朋友,因此一时聊得兴起,不知不觉喝了许多酒。

不知为何,在喝完酒起身准备往外走时,苏明阳忽然眼前一黑重重地跌倒在了地上。眼前的物件全都化作了黑白色的驴皮剪影,在眼前疯狂地舞动着。耳边一片嘈杂,只是在迷迷糊糊中听到了这样两句对话。

"赵总,明阳喝了不少,看来是不能回去了。"

"没关系,我现在带他去宾馆,等休息好了明天再说。"

之后,世界便陷入一片黑暗之中。

梦,一个连着一个的梦。在这些光怪陆离的梦境当中,苏明阳仿佛重新回到了童年时代,开开心心地来到游乐场,乘坐最喜欢的过山车,不一会儿,随着小小的车笼到达车顶,他的心中忽然涌起莫名强烈的悸动,与此同时,嘴里发出了一连串的尖叫。

"啊!"

次日早晨,当苏明阳睁开眼睛时,屋子里已是一片光明。他寻光看去,只见阳光从垂下的窗帘缝隙中渗了进来,仿佛调皮的孩子偷偷地在外面窥视着屋子里的动静。

苏明阳看到这些,心头顿时一柔,唇边泛起了一丝笑容。看来昨天晚上自己的确醉得不轻,要不也不会被人送到宾馆,等会儿,见了博众,真得好好感谢他一下,没把因为酒醉倍显狼狈的自己独自扔到马路上。

不过说实话,这张床还真是又软又大,就好像具有某种魔力,将他深深地吸在上面,动都不愿动一下。

尽管是这样,苏明阳依然坚守着经纪人的职业操守,虽说由于喝多了酒,此刻头还是晕晕的,不过该做的工作还是要做的。想到这里,他将手伸向枕旁的手机,准备点亮后看一眼时间。

"你醒了?"

一个陌生女人的声音响起。

苏明阳吃惊地扭过头去,发现旁边躺着一个妖艳的女子。

"赵总说,你们的圈子就是这样,特意嘱咐我好好让你适应适应。"那女子边说边收拾衣物,开门走了。

咬着牙从床上坐起来后,苏明阳跌跌撞撞来到沐浴室,在淋浴头哗哗的水声中,看向镜子里的自己。

只见镜子里的这个明眸皓齿的青年此刻赤裸着身体,因为刚刚结束的极致狂欢,脸色浸染着红霞,脖颈和身上布满了红色的唇印,无声地昭示了所有的事情。

看到这一幕,苏明阳顿时瞪大了双眼,不可思议地看着镜子里的自己,接连退了数步,直到来到墙边,再也无处可退时,才意识到这一切并非梦境,而是呈现在自己面前,真的不能再真的事情。随着一股强烈的悲凉和恐惧在心底深处蔓延,他蹲下身来,像个婴儿一样用双臂抱紧自己,脸色惨白,嘴唇哆嗦,默默地流着眼泪。如果可以,苏明阳真的希望眼前的一切只是一场噩梦。生活已经如此艰辛,为什么连内心深处的美好也被无情的摧毁掉,此刻他宁愿一觉睡过去,就当这一切从未发生过。

尽管从小生活在孤苦的环境里,可苏明阳心里却充满了阳光,就好像是长在滚滚黄沙里的一株仙人掌,只要有一点点水就能够扎根生长,并绽放出美丽的花朵。一直以来，他都渴望着能够像正常人那样通过努力打拼改变生活状态，然后和心爱的姑娘恋爱、结婚、生子，直到看着孩子长大。

也正是在这般美好希冀的推动下，尽管公司不允许，苏明阳仍和周念悄悄谈起恋爱，并时刻做着步入婚姻的打算。

然而想不到就是因为一次意想不到的贪杯，幸福却被外表披着天使外衣的恶魔砸了个粉碎，想到那个疯狂的夜晚时，苏明阳的心里顿时感到深深的绝望，身子也随之剧烈战栗。

过了好久，苏明阳终于努力地平复了下来。在颤抖着双腿来到仍然黑得不见光的房间后，他将自己扔进了床铺，只是此刻，原本的柔软温暖却被冰冷刺骨的感觉所取代，苏明阳只觉得如锐利的锋芒刺入身体，深入到每一寸血肉。

时间一分一秒地过去，漫长得像是过去了几生几世，终于黑暗中传来了一声无奈的叹息。

"赵博众，你是统治黑暗的暴君，我苏明阳却只是一个普通到了极点的凡人，又怎会有能力与你挑战？这件事到此为止，希望你我永远都站在黑白两端，互不相扰。"

想到这里，苏明阳的呼吸突然一窒，心也随之痛到极点。

第五十九章

苏明阳毕竟是单纯美好的，即便经历了内心重创，却仍对周围的人充满善意。那段时间，他还是和往常一样，白天努力工作，晚上继续回家做优秀男友，伪装到让熟悉的人都看不出破绽。只是在公司遇到赵博众时，眼里才会出现一瞬间的慌张，在简单地交接完任务后，迅速逃离，看上去活像是一只受惊的兔子。

"这个小东西！"

每当看到苏明阳红着脸跑开时，赵博众的心里就会有一种快意的成就感。

"你跑吧，看到最后能不能跑出我的手掌心。"唇边泛着冷笑、眼里满是冷傲的赵博众得意地说道。

男友的变化并没有逃过周念的眼睛,尽管这段时间苏明阳每天回家都很早,先到厨房做饭,然后和女友一道回卧室,躺在床上看着投影仪打在墙上幕布的影像。如果在看电影的时候,周念肚子饿,苏明阳还会立刻起身准备夜宵。每次从厨房来卧室,他都会拿着一块自制的糕饼和用心切好的水果盘,在坐到床上后,笑着用牙签挑着食物放到女友的嘴里。

"我家明阳的手就是巧,手指修长到女生看了都要羡慕。"

一次,在吃光了男友精心准备的夜宵后,周念像是树袋熊一样用双手搂着苏明阳的脖子,撒着娇说道。

他抬起手,用修长的手指在周念的鼻梁上轻轻地刮了一下,宠溺地说道:

"喜欢吃,那就给你做一辈子好不好?"

"好啊。"周念甜甜地笑着,用黑软的发丝轻轻地蹭着苏明阳的脸,"明阳给我做一辈子的饭,直到牙齿全部脱落的那天。"

"嗯。"苏明阳皱了皱眉,认真地想了想,开玩笑地说道,"没牙虽说吃不了东西,可还是能喝粥的呀。到时候,我天天给你熬粥,今天喝青菜粥,明天喝瓜果粥,后天喝鸡丝粥,大后天喝皮蛋瘦肉粥……"

苏明阳还想继续说下去,就见周念皱起了小脸,一脸痛苦状。见此情形,他顿时吓了一跳,迅速站起身来,伸手将女友抱在怀里,急忙问道:

"念念怎么了? 是不是哪里疼?"

"没有。"周念笑着说道,"我只是觉得按照你这么喂下去,迟早有一天要变成大胖子。明阳,要是真的那样,你还爱我吗?"

苏明阳见女友这么说,终于放下心来,重重点了点头,认真地说道:

"爱,念念无论到什么时候,我都会爱你,一直爱下去! 无论是谁,都不会将咱们分开! 这辈子,我只要你!"

这句话既是给女友的承诺,也是对自己的提醒。周念是他的阳光,这辈子最爱的人,无论是谁,即使力量再强大,也绝不能剥夺这简单的幸福。

想到这里,苏明阳的脑海忽然浮现出了赵博众那令人恶心的面容,他不禁握紧了拳头,准备随时给那人还以重重的一击。

周念看出了男友精神恍惚，于是有些不满地说道：

"明阳，你在想什么？有心事啊？"

苏明阳定了定神，故意抬起双手，像童话书里的大灰狼一样，边张牙舞爪，边笑着说道：

"大灰狼来吃小白兔喽！"

周念见男友这样顿觉好笑，却还是故意发出一声尖叫，随着苏明阳将她扑倒，二人同时倒在了床上，紧紧地抱在了一起。

次日下午，苏明阳正在录音间听即将发表的歌曲，忽然赵博众的私人助理卫涛快步走了进来，说赵总有事想要见他。

听到这话，苏明阳心头顿时一紧，他知道，赵博众单独找自己肯定没有好事，可作为公司员工，又不可能抗命。低着头纠结半晌，最后，苏明阳还是跟在卫涛后面乘电梯来到了位于 31 楼的小会议室门前。

这间屋子表面虽是会议室，实际上除了赵博众，公司却从没有人进去过，就好像是禁地一样冷冷地藏在大楼里。此外，关于屋子的作用也是众说纷纭，有人说是赵博众单独密会重要来宾用的，有人说是其金屋藏娇的所在，更有人离谱地说曾听到过从屋子里传来枪声。总之，传说越来越离奇，让人在好奇的同时，也对此充满了强烈的紧张感。

少顷，在来到紧闭的屋门前，苏明阳深深地吸了口气，试图用这样的方式缓解内心的紧张。然而，事实上，这法子却并没有任何作用，反倒引起了更深的担心。他叹了口气，抱着一丝希望，对身后那人问道：

"赵总有没有跟你说，找我什么事情？"

卫涛摇了摇头，赵博众为人向来手段强硬，为人行事都极为高傲，其所决定的事情又怎么会是自己这个小小的助理能知道的？

不过，看到苏明阳那一脸落寞的表情，卫涛又不觉有些同情，旁的不说，就凭刚刚总经理那微眯着双眼，像是猫戏老鼠一脸嘲弄的表情，今天怕是十之八九没有好事。

尽管如此，卫涛却并没有把这个细节告诉苏明阳，只是轻轻敲了敲门，听到里面的人说进来，又看了对方一眼，便径直离开了。

苏明阳看着卫涛走远，犹豫了一下，推门走进了屋子。赵博众此刻端着一杯红酒站在落地窗前，看到苏明阳进来，只是冷哼了一声，随后又转身看向窗外。

第六十章

　　苏明阳见赵博众不理会自己,心中不禁又生出怒气来,明明是对方做错了事情,怎么到头来反倒还是这样一副盛气凌人的架势? 好像是自己故意找茬往他身上撞一样,不过也好,既然不愿意说话,也可以免去麻烦,既是如此,那就这样吧。

　　想到这里,苏明阳的唇边也泛起一丝冷笑,将视线转向窗外。

　　屋子里一片沉默,气氛却极其凝重。就好像是从四面八方不断凝聚的水汽,尽管看似平常,实则却暗含着巨大的力量,只等到风一吹,就能下起瓢泼大雨。

　　时间一分一秒地溜走,苏明阳只觉得空气越来越热,面前的这个男人可是极具手段的暗黑系暴君,不知道这次又要使出怎样的手段?

　　就在苏明阳的心里越来越不安时,赵博众忽然开口说道:

　　"听说周念是你的女朋友?"

　　声音很是平静,像是谈论一件无关紧要的事情。

　　苏明阳的脑子"嗡"的一声,好像是被谁用钻子钻了进去,连带着心也刺痛了起来。原以为,在自己的精心隐藏下,这件事情不会有其他人知道,没想到还是被这个混蛋知道了。想到这里,他不禁气愤难平,情不自禁地握紧了拳头。

　　赵博众静静地打量了苏明阳片刻,又继续说道:"你知道咱们公司的规定,内部员工是不能谈恋爱的,不然就要被惩罚。你们的事情现在已经被公开,只怕是……"

　　赵博众还没说完,就被突然打断了话头。

　　"她留下,我走。"

　　赵博众一怔,狐疑地看着苏明阳,一脸的迷茫,就好像刚刚没有听清对方说什么。

　　苏明阳见对方这样,便在不知不觉中提高了音量,坚定地说道:

　　"周念留下,我走。"

　　赵博众没想到苏明阳会说得这般斩钉截铁,自从进入公司,他就一直表现得极其优秀,对工作更是高度敬业。不仅如此,在打造明星方面也具有创新意识,短短四年就已经成功推出了六名新人歌手,目前都是各大音乐榜单的前位。这样一个有能力的经纪人,如果用得好,会成为为公司发展贡献巨大力量的有用之人;相反,如果用得不好,也有可能会成为一颗埋下的地雷,给企业未来造成极深的隐患。

见苏明阳用冰冷的眼神瞪着他,一副恨不得将目光化作利刃杀死自己的模样,赵博众不禁暴怒了起来。赵博众是三代单传的独苗,从出生那一天起,就是在长辈们的宠溺下长大的,别说普通的物件,就算是天上的星星,只要说句想要,也是要去摘下来的。

也正因为是在这样的环境里生活,赵博众养成了唯我独尊的强势性格。只要是他的决定,任何人都不可以违逆,不然就要承担沉重的后果。

尽管如此,苏明阳在赵博众心里的地位毕竟还是不一样的,所以他并不想用简单粗暴的方式来对待。

拼命地压抑着怒火,过了好一会儿,赵博众微眯双眼,用稍显沙哑的声音问道:

"你说什么?再说一遍!"

苏明阳自打进公司就跟赵博众在一起工作,他知道这是对方发火的前兆,要是没猜错,接下来应该是一场大风暴。尽管如此,他还是决定一杠到底。

"周念留在公司工作,我走!"

赵博众没想到对方的态度竟然这么强硬,根本不给自己留后路,瞬间暴怒。在快步来到苏明阳的面前后,他狠狠地抓住了对方的右手腕,边狠厉地向下掰去,边恼怒地说道:

"你说什么?再说一遍!"

赵博众不仅在工作上极为出色,体育搏击方面也很是在行。只要有空,他就会带着苏明阳去道格搏击馆练习拳击、柔道和跆拳道,由于两个人之前也有过无数次对练,因此对对方的身体弱点极为熟悉。

尽管身子被赵博众制服,苏明阳却仍不肯低头。事实上,一直以来,他一直有着一整套明晰的人生规划,并不断为此努力着。

可以说赵博众是苏明阳事业上的伯乐,带给自幼生活在孤儿院里的他事业上巨大的成功,以及看似光明的前途。然而,遗憾的是,同样也带来了太多黑暗的东西,这些恰恰是他穷尽一生都无法接受的。

想到这里,苏明阳痛苦地呼出口气,艰难地说道:

"赵总,我之前曾经写过好几次辞呈,人事部始终没有批准。我知道您需要我帮忙,但很遗憾,我确实不太适合这一行。周念不一样,她不仅文案写得好,而且对音乐又有着发自内心的热爱,我相信她一定会成为您的好帮手。所以,才决定我离开,她留在公司。我知道这个决定或许是触怒了您,但是真的对不起。"

赵博众深深地看着苏明阳,只见对方此刻的目光里满是真诚与无奈,心不禁痛了一下。手一松,放弃了对对方的束缚。

在苏明阳的注视下,赵博众再次转身看向窗外,过了许久,方才声音低沉地说道:

"我一会儿会通知人事部,今天就办理离职手续,还有周念,也一道被开除了。"

苏明阳先是一怔,他没想到对方会答应得这般爽快,居然瞬间有了置之死地而后生的感觉。在深深地鞠了一躬后,感激地说道:

"谢谢赵总,请您多保重,您这些年的栽培我会一直记得的。"

说着,苏明阳转过身去,缓缓向门口走去。赵博众闭了闭眼睛,他第一次感到绝望,果然有些人表面看似绵软,实则内心极其倔强,并不是他想留就能留得住的。不过,尽管如此,却仍有些不甘心。

"苏明阳,你给我记住,除非你就此不做经纪人,否则咱们这个梁子从现在开始就算结下了,永远都没有化解的可能。"

苏明阳转过身去,只见赵博众正狠厉地看着自己,此刻对方的目光像是匕首一般,让他心中忍不住一阵战栗。

第六十一章

尽管时隔多年,每当回想起赵博众冰冷的目光,苏明阳仍是不寒而栗。

也正是因为这样,当初离开唱片公司,苏明阳和周念并没有立刻做这行,而是到朋友的贸易公司帮忙。后来还是在好友的多次邀约下,才与其组成新星唱片公司,并一直发展到现在。

这些年来,由于赵博众从没有在他面前出现过,因此,久而久之便也放松了警惕,还真以为从此再没有所谓的梁子,却没想到对方想的竟是秋后算账。

博众唱片公司走廊,苏明阳径直向前走着。尽管过了很多年,这里却似乎并没有任何变化,走廊两端挂着目前唱片界当红歌手的巨幅照片,底部则附着他们的签名。

少顷,在来到前台后,苏明阳被身着白色职业裙装的工作人员拦住。

"先生,请问你有预约吗?"

苏明阳摇了摇头,经过这么多年的共事,他知道赵博众的为人,不仅刚愎自用,同时又极为圆滑。如果他真的铁了心想要对付自己,只怕会打草惊蛇,因此为了防止对方不肯见面,之前并没有预约。

"对不起,我没有预约。"苏明阳平和地笑着解释道,"我和赵总是老朋友,以前也曾是公司的员工,这次来是专程拜会他的,还请让我进去。"

说着,他不等工作人员说话,就要向前面走去,一副想要硬闯的架势。

"先生,不可以硬闯……"工作人员见此情形顿时着急,边说边上前想要拦住苏明阳,"外面的访客必须提前预约才能进入,这是公司的规定。"

工作人员原以为搬出规定就能让苏明阳止步,没想到对方根本不听,仍是我行我素地向里面走着,没办法,她只能拿着对讲机呼叫楼层安保,以便及时阻拦。

动静很大,不一会儿,就惊动了赵博众。由于正在开公司领导层会议,他便派助理卫涛下楼查看情况,随时向自己汇报。

前台此刻非常热闹,除了此前的工作人员和安保外,还有许多看热闹的公司员工。

少顷,随着一阵有力的脚步声传来,卫涛出现在了众人的面前。

"什么情况?现在是工作时间,你们都围在这里干什么?"

听到卫涛愤怒的问话,工作人员顿时噤声,个个低着头,夹着肩膀,灰溜溜地走进办公室。

卫涛叹了口气,看向一旁的苏明阳,先是一怔,继而神色变得激动起来。

工作人员并没有看出异样,仍旧说道:"卫助,这个人没有提前预约,非要闯进来,怎么说都不听。"

卫涛定了定神,冷笑一声:"苏总,好久不见。你这次来是故地重游,还是来看望老熟人?"

"卫助,咱们好久不见了。"苏明阳伸出手来,友好地笑道,"我这次来是特意拜访赵总的。"

"哦?是吗?"卫涛眨了眨眼睛,故作惊讶地说道,"当初你不顾赵总挽留,非要辞职离开公司,如今怎么又想到他的好了?难道狼有一天也会反省,放弃吃东郭先生的念头?"

苏明阳听到这话,神情不禁变得有些尴尬。沉默半晌,刚要说话,就听身后再次传来了一阵脚步声。在众人讶异的注视下,赵博众出现在了他们的面前。

比照苏明阳离开公司的时候,尽管过去了数年,赵博众的外貌丝毫没有变化,举手投足间仍然有着强大的气场。

在看到苏明阳后,他的神色瞬间显得有些不自然,不过,很快就变得若无其事,笑着说道:

"明阳,你今天怎么有空到这儿来了?还真是稀客!"

"好久不见了,赵总。"苏明阳不卑不亢地说道,"我这次来,是专程为了少数民族歌手大赛的事情。"

"哦?"赵博众眯着眼睛,露出了一副令人玩味的表情,笑着说道,"这倒的确是个新话题,既然来了,就别在走廊里杵着,一起上楼聊聊吧。"

卫涛知道赵博众的心里对苏明阳充满了强烈的恨意,事实上,当年在苏明阳离开公司后,赵博众就大病了一场,一直高烧不退,昏昏沉沉地说胡话,看了许多医生都不见好转,后来还是他托朋友帮忙,找到中医世家的祖传秘方,这才有了起色。

这些年里,随着新星唱片公司的发展壮大,博众唱片公司受到了前所未有的冲击。也正是因为这样,这个梁子越结越大,再无化解的可能。

实际上,卫涛也很佩服苏明阳,这个家伙确实是唱片界的奇才,同时具有前瞻性的眼光和具有商业意识的头脑,就算是再普通的歌手到他那里,也会被点石成金,那个乌云就是例子。

这样的人才属于敌对公司,每当想到这里,他的脑海中总会出现养虎为患这个词。同时,不得不一遍遍告诉自己,苏明阳不是朋友,只能是敌人。

因此，卫涛一见赵博众要带苏明阳上楼，立刻上前劝阻道："赵总……"

"没事。"赵博众转身看向苏明阳，话里有话地说道，"卫涛，你先去做别的吧，放心，明阳是咱们这儿的稀客，我一定会跟他好好聊。"

说完，赵博众又给卫涛使了个眼色，带着苏明阳上楼去了。

少顷，会客室的门开了，和几年前一样，这里仍是当年的布置，明亮的落地窗，墙角立着的白色双开门冰箱及高大的酒柜。

"明阳，想喝点什么？红酒还是绿茶？"

进屋后，赵博众先让苏明阳坐下，随后来到酒柜旁，拿起了红酒瓶，先给自己倒了杯红酒，随后向对方问询道。

"什么都不要，谢谢！"苏明阳干脆地回绝了。

第六十二章

赵博众转头看了一眼苏明阳，随后不动声色地将茶和红酒放回了原处。

二人谁也没说话，只是相对沉默。过了好半晌，苏明阳才叹了口气，抬头看向赵博众，开口说道：

"博众，我这次来，是向你求证的。"

"求证？"赵博众皱了皱眉头，唇边泛起了一丝不屑的笑容。

"对。"苏明阳喝了口茶，沉吟片刻，说道，"我听说古伦木沓节那晚，是你故意派人去扰乱活动现场，并且在网上制造大量负面舆论。这次乌云的直播带货，在背后动手脚的人也是你。博众，我知道咱们之间一直存有嫌隙，如果你有气尽可以冲我来，没必要在背后动手脚去破坏别人的人生。"

赵博众静静地注视着苏明阳，他知道对方为人向来光明磊落，凡事都要求个问心无愧。如果不是这样，当年也不会为了拒绝艺人陪酒和自己大吵，虽然闹得不欢而散，可现在想来，或许苏明阳固执的做法反倒是对的。

不过尽管心里这样想着，赵博众可不想就这样轻而易举地认怂。

想到这里,他的脸上露出了一丝嘲讽的表情,揶揄地笑道:"你怎么知道是我做的?"

苏明阳见对方不肯承认,又叹了口气:"博众,你是我在经纪人行业的领路人和伯乐,虽说后来发生了那些不愉快,可我还是不希望破坏曾经美好的回忆。不过,也希望你能明白,如果不是掌握了确凿的证据,我也不会贸然前来。我没有别的目的,只希望你能就此收手,不要一错再错。"

苏明阳的声音并不大,字里行间却充满了抗议与警告。正如他所说的那样,从本心上来说,并不愿意将事情闹到不可收拾的地步。当然,最后的结局还要看赵博众的做法。如果对方真的愿意退让,那矛盾就此便可化解。

说完,苏明阳看了一眼赵博众,起身向门口走去。就在他的手刚刚触摸到门把上的一刹那,身后那人忽然说道:

"等等!"

苏明阳诧异地转头看去,只见赵博众快步向自己走了过来。少顷,赵博众来到他面前,停住脚步,沉默半晌,说道:

"你的话既然已经说完了,现在该轮到我了吧?"

苏明阳的眼神中浮现出一丝疑惑,等待着困惑着他多日的谜题揭晓答案。

赵博众深深地呼了口气,在对方的注视下,他拿着红酒杯来到窗前,背对着苏明阳悠悠地说道:

"这件事和你没有关系,单纯是我和乌云之间的个人恩怨。"

"个人恩怨?"

苏明阳眨了眨眼睛,他感到更加疑惑。一个是高高在上的唱片界大佬,一个是名不见经传的音乐界新人,这就好比非要用鸡蛋碰撞坚硬的石头,胜负结局一看便知。任凭是谁,都应该不会做这种愚蠢的事情。

况且就苏明阳对乌云的了解,其活泼可爱、善良单纯,又有什么事情会触到赵博众的逆鳞,非要采取这种极端的方式?

赵博众喝了口酒,转身看向苏明阳:"明阳,你说得没错,由于你的背叛,这些年来,我心中一直充满了恨意,尤其随着新星唱片公司的发展壮大,这种感觉就越强烈。可就算是这样,还是希望通过良性的商战手段来解决。譬如说，让你的公司在即将上市的关键时刻，合作方忽然撤资。"

说到这里，他的唇边泛起了一丝冷笑。与此同时，眼神也变得越发犀利。

苏明阳的心猛地一颤，他知道对方指的是什么。作为一家拥有八年创业经历的知名唱片公司，从成立的第五个年头开始，新星就一直在努力扩大经营范围，寻找更多有实力的合作商，共同组建集团公司。

原本所有的工作都在苏明阳有条不紊地推进下进行着，如果不出意外，第七个年头就应该上市。可在最关键的时候，一个原本占有 39% 股权的合作方却无故撤资，只扔下了一个烂摊子。

面对着空缺的资金和其他合作方的不同态度，苏明阳顿觉焦头烂额，好在凭借着这些年的人脉积累，他还是拥有着不少愿意在危急时刻挺身而出、拔刀相助的好兄弟。就这样，在一位房地产商的帮助下，苏明阳经过一番努力还是使公司最后成功上市，并同时拥有了唱片、影视、文学、房地产、纺织等不同经营板块，打造了一艘坚不可摧的商业战舰。

只是当初，毫无预料、忽然撤资的合作者始终是困扰着他的谜题，一直萦绕在心头挥之不去。毕竟从小学到高中，对方一直是他的同班同学兼死党，按理说，这样的友谊无论放在哪里都不应该被背叛，可就偏偏出了意外，被人狠狠地摆了一道。

为什么是那个人？怎么可以这么做？真是辜负了这么多年的友情？

每到夜深人静睡不着觉的时候，苏明阳就会一次次想起这件令他极为不快的事情。

如今随着赵博众说出这番话，苏明阳终于明白了问题的症结。与此同时，愤怒的情绪也随之在心头滋生，由里到外布满了整个身子。

"赵博众，你为什么要这么害我？"

由于过于气愤，苏明阳的声音不禁颤抖了起来。

赵博众看着面前的脸色涨得通红，双拳在身侧紧握，弓着身子，目光中满是怒火的人，微微一笑道：

"为什么？苏明阳，我早就说过，咱们俩的梁子已经结下了，永远没有化解的可能。"

赵博众冷冷地说道，

"这次只是给你警告，接下来一定会让你吃更多的苦头。"

他淡淡地说着，就好像是一件极为平常的事情。实际上，对于一个强大傲慢的人来说,这也的确是件轻而易举的事情。

苏明阳先是一怔,随后冷冷一笑,他不得不承认,对方的确有目空一切、凌驾万物的本事,单凭这一点,就足够让那些受害者痛恨。

"好,就算这是我该受的,乌云又是怎么得罪你的?"

赵博众听到苏明阳咬牙切齿的问话,先是一怔,继而眼神变得忧伤。沉默许久,才说道:

"我有一个妹妹,不久前死了。"

第六十三章

苏明阳听到这里,心头顿时一颤,脸上随之露出讶异的神情。

难道说,赵博众的妹妹是根花?可根花不是鄂伦春族女孩吗?怎么又会和对方成了兄妹?这是什么和什么啊?

想到这里,他的心里不禁又有些好奇起来。还真是怪事年年有,今年到我家。

赵博众看出了苏明阳的心思,便又苦笑了一下,继续说道:

"其实,我不是赵家亲生的,而是养子。我父亲年轻时喜欢艺术,和一个姓韩的女朋友四处采风。二人来到卡纳特村,被那里的环境和民俗深深吸引,住了大半年。结果未婚先育,有了我的妹妹。"

赵博众见苏明阳不说话,便又叹了口气,指了指沙发,稍显恳求地说道:

"明阳,要不然坐下说?"

苏明阳没有说话,只是点了点头,随着赵博众来到沙发前坐下后,他将双臂在胸前环绕,摆出了一副防备的架势。

赵博众叹了口气,拿起茶壶,在杯子里续上茶,说道:"尽管我的父亲和韩女士是真爱,然而二人性格差别过大,几乎每天都要争吵,直到彻底消耗了全部热情。也正因为是这样,我父亲怀着纠结的心情先离开了,而韩阿姨也表示永不见他。几个月后,我妹妹出生了,却孤零零被留在了村里。"

苏明阳点了点头,沉默了一会儿,才又有些犹疑地问道:

"你怎么能够确定那个女孩是你的妹妹,而不是姐姐?"

赵博众微微一笑,笃定地说道:"因为我父亲回来后,马上就到孤儿院将我接回了家,那时的我已经两岁,所以那个女孩是我的妹妹。"

苏明阳点了点头。

"父亲一生没有结婚,除了打理集团的生意,就是专心抚养我长大,直到生病去世。他临走前,在病房里紧紧握着我的手,将年轻时的事情告诉了我,并要我设法找到妹妹。为了完成父亲的遗愿,这些年来,我一直努力地寻找,眼见地有了眉目,就在这时,却等来了妹妹出车祸去世的消息。"

说到这里,赵博众的神情变得冰冷,再次看向苏明阳,问道:

"你说,面对这种情况真的能够容忍吗? 如果你是我,是不是也会想办法报仇?"

苏明阳沉默须臾,点了点头。扪心自问,遇到这样的事情,无论是谁首先想到的也一定会是报复。尽管是这样,他还是试图劝说对方放弃念头。

想到这里,他深吸了口气,努力地让身子放松了下来。

"其实,我和根花也是朋友,她是一个非常善良温柔的女孩,像小太阳一样明亮。我想,如果她知道的话,一定不希望你这样做。"

赵博众的身子一震,眼睛随之瞪大,他没想到对方会这样说,不过事情也在情理之中,毕竟乌云和根花是闺蜜,苏明阳又是乌云的经纪人,认识后者也无可厚非。

苏明阳沉默须臾,又继续说道:"你知道根花生前最大的心愿是什么?"

"什么?"

苏明阳重重地叹了口气:"她最希望的事情就是乌云能够参加全国少数民族歌手大赛,在舞台上演唱赞达仁。原本乌云并不愿意这样做,却奈何对方一遍遍劝说,可就算是这样,还是没有答应,而这也成了根花心里最大的遗憾。根花走后,乌云终于答应演唱赞达仁,可总是进入不了最佳状态,直到回乡采风才渐渐有所好转。可你现在却通过这样的手段险些浇灭了她好不容易燃起的热望,同时也辜负了根花的一片心意。"

赵博众狐疑地看着对方,他此刻不知道苏明阳说的是真的,还是为了保护旗下歌手故意使出的障眼法。如果是前者,那自己确实做错了;可如果是后者,那么毫无疑问,这样的行为只能引起更大的恨意。

纠结半晌,赵博众终于哑着嗓子说道:"你怎么能够确定,让乌云参赛,是根花的心愿?"

"我相信乌云不会骗我。"苏明阳坐直身子,郑重地说道,"而且也相信根花的为人,凭借着她对故乡的真诚与爱,一定会做出这样的举动。"

赵博众的心被温暖震撼,长久以来,他一直生活在冷漠之中,只是凭借着强大的武力做事,却忘了真诚与爱才是人与人和谐相处的法宝。

时间一分一秒地过去,屋子里仍是一片沉默。就在苏明阳即将没有信心的时候,赵博众忽然说道:

"既然是根花的心愿,那就这样吧。"

声音尽管还是一如既往地冷漠,字里行间却仍带给了苏明阳的希望与温暖。看来纵使是黑暗的魔王,心里也有柔软的地方。

又是一阵沉默,不知过了多久,赵博众才又继续说道:

"明阳,我妹妹叫根花?"

苏明阳没有说话,只是点了点头。

赵博众喝了口酒,眯着眼睛,回味地说道:"根花……根花,好名字,女孩原本就该像花一般美好。对了,明阳,你知道她现在在哪儿?"

苏明阳看了一眼赵博众,道:"根花在西山墓园,如果你愿意,我可以陪你一道去。"

赵博众沉默片刻,点了点头。

第六十四章

来到根花的墓碑前,苏明阳停下脚步,沉痛地对赵博众说道:

"到了。"

赵博众静静地打量着墓碑上照片里的女孩,她笑起来很温暖,黑白分明的眼睛像是能给人带来无限的力量。他忽然想起苏明阳此前曾说过的那个词:小太阳。先前自己还曾对此有过怀疑,如今看来确是如此。

在苏明阳的注视下，赵博众弯下腰将花放到墓碑前，温柔地说道：

"根花，我是哥哥。很抱歉，现在才见到你，你确实是这世上最美丽可爱的女孩，你这样的人，值得永远的幸福和好运。说实话，在得知你过世的消息，哥哥最初想过报仇，狠狠地惩罚那些伤害你的人。当然，事实上，我也的确这么做了。然而，尽管这样，我却并没有感到任何开心，反倒心里更加难过。说真的，我很困惑，不知道这样究竟对不对。好在从明阳那里得知了事实的真相，也从而打消了错误的念头。根花，你的生命虽然很短，却光明温暖，不像哥哥一直在黑暗中独行。尽管今生无法和你面对面交流，可看到照片里的你，就感到了和煦阳光的存在，让哥哥不得不反思过往人生的对错，直到做出正确的选择……"

他越说越激动，已经彻底说不下去。他轻呼了口气，才又抬起头看了一眼天空，随后头也不回地快步向山下走去。由于激动，脚下也仿佛变得轻飘飘的，向前跟跄了好几次，好在有苏明阳在一旁跟随，见势不妙，连忙扶住，这才没有跌倒。

大概走了二十多分钟，二人终于来到山下。上车后，赵博众面色惨白地靠在后排座椅上，此刻他闭着眼睛，只觉得浑身上下瘫软着，再没有一丝气力。

苏明阳坐在驾驶位上，转头看了一眼赵博众，心情很是复杂。

"赵总，我送您去公司？"

赵博众听到问话，用力地睁开了眼睛，张了张嘴道：

"不要，你陪我去个地方。"

说着，他便说出了目的地的名字。

苏明阳蹙了蹙眉，随后发动了车子，向着赵博众说的地方驶去。

南溪公园，柳色青青，碧草茵茵，这里虽地处城郊，景色却极为优美。加之又是城中的第二大公园，因此每到节假日时总会有许多市民前来赏景。

湖边，赵博众和苏明阳并肩坐在木椅上，出神地看着泛着涟漪的湖水。

"我小时候每当考试没考好，或者心情不好，就会一个人背着书包到这儿来。记得这林间还有许多鸟，从早到晚唱个不停，跟大合唱似的，到现在却没有了。"

说到这里，他苦笑了下，耸了耸肩膀。

此刻的赵博众在苏明阳眼前彻底卸去了坚硬的外壳，真真正正成了一个内心柔软的人。

大概小学三年级的时候,赵博众所在的班级从外地转来了一个叫丁中的借读生。丁中的父亲正是当年孤儿院的员工,并且刚好曾协助他的父亲办理过收养手续。

那时的赵博众和后来不一样,是个既善良又腼腆的孩子。对于他来说,和外界沟通实在是一件极难的事情,如果有空,更喜欢躲在一旁,用怯怯的眼神打量着周围的风吹草动,就像是一只小鼠。

丁中好斗好动,在他的眼里,只要拳头够快够硬,就能够震慑住其他人,成为别人心中最害怕的那一个。

很快,丁中就成为班级的老大,并彻底改变了赵博众的命运。

那天下午放学后,赵博众正在参加篮球队集训,刚将一个球投到篮筐里,就听身后有人叫他。

"喂,私生子。"

篮球队的成员们讶然地停下脚步,转身看向来人。只见在几个男生众星捧月般的陪同下,丁中快步来到赵博众的面前,冷冷地瞪着对方半响,讥讽地说道:

"私生子。"

此刻,丁中的目光中满是挑衅,伸着脖子,摆出了一副欠揍的架势。

赵博众的脑袋"轰"的一声响,不顾一切地伸手抓住对方的衣领,怒气冲冲地质问道:

"你说谁是私生子?"

"你呀。"丁中毫不退缩,仍旧笑着说道。随后,他故意提高了声音:"你根本就不是商人之子,而是被人唾弃的私生子。你的父亲和母亲都不要你了。"

"胡说八道!"赵博众被气得面红耳赤,大声驳斥着对方的话,"我的父亲叫赵建国,是画廊老板,我没有妈妈,你一定是搞错了。"

他知道对方是在恶意整蛊自己,那么如果表现出愤怒,至少应该会有所退步吧。

哪知对方却丝毫没有畏惧,反倒挺起了脖子,理直气壮地大声说道:

"因为你是私生子,所以在生下的当天就被家人扔到了孤儿院门口。"

第六十五章

"那天我是哭着回去的。"回想当时的情形,赵博众苦笑着说道,"说句真心话,长这么大只有那次那么丢脸。眼泪像是断了线的珠子,根本止不住。"

苏明阳讶异地看着赵博众,在他的印象中,对方一向都是刚强坚毅,有时甚至到了刚愎自用的程度,唯有脆弱这个词,似乎一丁点都沾不上边。

此刻,他的眼前浮现出了一个身材瘦小的身影,独自坐在装修豪华的客厅里,低着头,像是一只受惊的小兽,惊恐地等待着命运宣判。

想到这里,苏明阳心中不觉一阵难过。

赵博众见苏明阳不说话,便又叹了口气,看着湖水继续说道:"然而那天任凭我如何追问,我爸都没有说出真相。说来也对,这件事终究是见不得光的。后来我也学乖了,既然他不愿意说,我又何苦非要追问? 于是,这件事就这样刻意地隐瞒了下来,直到他去世前才说出真相。而也正是那时,我才知道自己还有个妹妹,只不过出生后不久就给人了,也就是你们的朋友根花。"

"明阳,我相信你说的是真的。现在我也想明白了,或许根花需要的并不是复仇,而是更好地回报曾经无私抚养过她的人。作为哥哥,我愿意帮助她实现心愿,从此和你化干戈为玉帛。"

苏明阳的身子一颤,脸上随之浮现出震惊的神色。他原以为依照赵博众这样的暴君,一定会和自己不死不休地纠缠到底。没想到,因为根花,对方居然会萌生退意。

随着一块石头被移走,苏明阳的心中倏然一暖。根花不仅是小太阳,更是幸运女神。

或许是因为幸福来得太突然,苏明阳的脑子竟有些眩晕,待了半晌,他求证般地说道:

"博众,不,赵总,你说的是真的还是假的? 这之后不会还有其他阴谋吧?"

"阴谋？"赵博众的唇角泛起苦笑，"什么阴谋？明阳，你就那么不相信我？"

苏明阳听到对方的反问，连忙将头摇得像是拨浪鼓，极力解释道："不，没有不相信。只是觉得这转变有些太突然，一时半会还没适应。"

赵博众又笑了笑，主动伸出手去，友好地说道："明阳，战争到此为止，你我难分输赢，希望今后能够和平相处。"

苏明阳的心中倏然一暖，紧紧地握住了赵博众的手。

"谢谢你，博众。"

赵博众仍旧意味深长地笑着，过了好一会儿才松开了手。他从衣兜里掏出一盒烟，在将其中一根递给苏明阳后，自己又点燃了另一根。随后，分别用打火机点燃。

两人沉默地并肩而坐，直到手里的烟尽皆熄灭。

"说吧，我能为根花做些什么？"

苏明阳看了一眼认真发问的赵博众，继而又看向湖水。只见湖水此时被风吹起，泛起层层微澜。

沉默半晌，苏明阳终于像是自言自语地说道：

"根花活着的时候，只有一个心愿，那就是让贫困的家乡得以振兴。你也知道，卡纳特村位于大兴安岭腹地，那里虽然民风淳朴，可由于地势偏远，这些年在经济方面却始终未见起色。自打来了北京，根花除了在互联网公司上班，闲暇时间还创建了名为卡纳特之光的公众号，希望能够引起更多人的关注。"

说着，他拿起手机，点击了一会儿，在切换到公众号主页后，递给了赵博众。

"你看，就是这个。"

赵博众伸手接过手机，他看到那个公众号所采用的色彩设计是嫩绿色的，像是春天的树叶嫩芽，清清爽爽。内容也是一样，除了几张土特产和当地的人文风情的照片，其他都是单纯的文字。毫无疑问，这样的网页在众多同类页面当中毫无竞争力。也正因此，虽然创建了两年多，关注者寥寥无几。

赵博众这些年来一直从事资本运作，早已养成了商人思维，看到这样的网页，不禁摇了摇头。

"心是好的，可是这么做又有什么用？不过是瞎耽误工夫。"

对于赵博众的说法，苏明阳却有不同的看法。

"瞎耽误工夫也好，异想天开也罢，人活着不就是需要一些希望？根花也知道，她的能力着实有限，所能做的不过是杯水车薪。也正因为是这样，所以才会在得知少数民族歌手大赛后，想尽办法游说乌云参赛，同时，还悄悄每个月到银行攒钱。"

"攒钱？"

"是的。"苏明阳平静地说道，"乌云跟我说，根花这些年来一直想为村里修一条可以通往山外的路。只有这样，村民们才能像在其他地方一样开着车自由往来，村里的土特产也才能够销售到国内外各个地方，只可惜这个愿望还没有来得及实现。"

"这个愿望可以实现。"赵博众边说边为他和苏明阳点燃了第二根烟，"我听说，村里到乡里中间有二十里山路，如果只是在那期间修一段路的话，差不多四五十万元也就够了。如果想要修一条独立的路，估计一百多万元应该也差不多。"

苏明阳听赵博众这样说，先是一怔，继而叹了口气，苦笑道："赵总，别把每个人都说得和你一样有钱，这年头还是过寻常日子的人多。"

赵博众见对方误会，连忙解释道："我不是这个意思。明阳，我可以担负这笔投资，不过你要答应我两件事。"

苏明阳没有说话，只是微微蹙了蹙眉头。

"第一，这笔钱不是公司行为，完全由我个人支付，到时我会把款额划拨到你的账上，由你出面做这件事。第二，等到路修好，就用根花的名字命名，叫根花路，也算作是完成了她的心愿。"

苏明阳没想到赵博众会做出这样的决定，或许有钱人的思维的确异于常人。不仅爱恨情感是那样的单纯直接，就连作出决定也是那般随意，全然不做更多的考虑。

"谢谢你，赵总，这合同……"

"不用签合同。"赵博众摆了摆手，"我说了这是个人行为，明阳，我信得过你。"

苏明阳听到最后的这五个字，心头又是一颤。这些年来，他和赵博众就像是两棵浮萍，随着命运起起落落，很长一段时间都刻意地选择了恨，忘记了最纯真的友情。随着根花的事情被说开，在赵博众找到最质朴的亲情同时，他也寻到了纯粹的友情，心中暖暖的，这种感觉真好。

第六十六章

湖边，暖暖的阳光洒在脸上，连带着心中也是一片柔和。

在和赵博众告别后，苏明阳开车回到唱片公司，在助理的协助下，很快就对接下来两周的工作进行详细安排划分，随后又以最快的速度订了当天晚上前往卡纳特村的飞机票。

大约两个小时，苏明阳终于如被抽打着急速旋转的陀螺般将全部事情安排妥当，直到这时，他才感到身体疲乏。助理离开后，他关上了门，刚坐到沙发上试图闭目养神，就听手机传来了"叮咚"一声，紧接着银行账户提示音响起，准确地报出150万元到账的信息。

苏明阳咧嘴笑了笑，他虽然没有看手机，可也知道转账的人是谁。只不过心中还有一点小小的惊讶，都说人会随着心境的转变而变化，那样一个狠厉得像是暴君一样的人，内心居然也有如天使般的温柔，看来天使和暴君真的只有一线之隔。

想到这里，苏明阳的心里顿时像是喝了山泉，由内而外地舒爽。

次日天明，乡道。由于地处青山之间，两边全都是高耸入云、郁郁葱葱的树木，看上去倒当真有着童话般的意境。尤其每当下起淅淅沥沥的小雨，或是冬天雪后的清晨，山谷间就会飘起一层薄薄的雾气，恍如仙境一般。

此刻，在李卓俊和乌云等人焦急的等待下，一辆红色的越野车从远及近驶来。少顷，在他们面前停了下来。车门打开，一身白色休闲装扮的苏明阳微笑着下车。

"明阳……"

一见苏明阳，李卓俊顿时露出了兴奋的表情。他快步来到对方面前，伸出双手紧紧拥抱住了苏明阳，笑着说道：

"你这个家伙，总是喜欢搞突然袭击！一声招呼都不打就来了。"

苏明阳微微一笑，将身子后退，半开玩笑地说道："我是来探班的，而且还带来礼物来。怎么，不欢迎？"

"欢迎！当然欢迎！"李卓俊不假思索地说道，"再说了，苏总，就算你走,也得把礼物留下。"

苏明阳看了一眼乌云,见她正微笑地看着自己,便又笑着说道:

"乌云,你看看这就是你们李老师,一整个爱钱如命的势利小人。哈哈哈……"

听到打趣的话,三人相视而笑。

"走吧,咱们先去村委会,我得先把资金全部划拨到村里的专项账户上才行。"

听到苏明阳的提议,李卓俊和乌云点了点头,随后与其一道上车向村委会驶去。车上,坐在副驾驶上的李卓俊看着聚精会神开车的苏明阳,好奇地问道:

"明阳,我还没问你,这笔修路款是谁给的?"

苏明阳犹豫了一下,随后摇了摇头,笑着说道:"我查过,可最终还是没有办法查证。总之是个有钱的好心人,在听说根花和乌云的事情后,愿意帮村里做些实事,至于其他的何必非要计较那么多?"

李卓俊叹了口气,不知为何,从前一天晚上苏明阳打电话说有人给村里捐了100多万元的修路款,他的眼皮就一直跳个不停,始终心绪不宁。

按理说,这件事属实是件好事,这条多年未修的山路着实有着诸多不便。不仅走路开车比照好路段耗时要多,每到下雨天就会堆积出一层厚厚的泥,地势洼的地方则变成数个深深浅浅的水坑,属实难走。等到了冬天,上面覆上薄薄的一层冰,走到上面就打滑。前一年冬天,一次雪后,李卓俊看到一辆性能不错的白色SUV在冰面上打滑,半个多小时一动没动,后来,还是热心的村民发现找人铺上树枝,才开出来的,这样的路要是放在城里,估计早就已经修完了,可惜农村经济落后,这才迟迟没有动工。现在终于有了转机,一定得好好把握住机会才行。

尽管这样,李卓俊还是觉得心里不踏实。这世上根本不存在天上掉馅儿饼的事情,所有的事情都要进行等价交换。如果知道投资者是谁还好,可听苏明阳的语气,这钱就是平白无故在账面上增加的。李卓俊总觉得这件事并不像表面看上去那么单纯,说不定后面还跟着什么阴谋。可那是什么,他却又说不准,只觉得心里很不踏实。

苏明阳无意中看了一眼李卓俊,见对方低着头,一副心事重重的样子,笑着说道:

"卓俊,我知道你心事重,可有些事真的没必要想那么多。再说,这钱是打到我账户的，即使有事，肯定也是由我来处理，你放心就是。"

李卓俊心中即使顾虑重重，然而听到苏明阳说这话，也只能将心事先放在一旁。他转头看了眼坐在后排座上的乌云，见其向自己点头，唇边便也泛起一丝笑容。

"明阳，你说得对，可能是我想多了。"

苏明阳"嗯"了一声，没有说话，车上瞬间恢复了一片沉默。

村委会办公室，布赫巴图早已从李卓俊和乌云那里得到了消息。为了表示重视，不仅请来了达仁奶奶、关吉花等在村里颇具权威的代表，还专程邀请了孟立焕代表乡政府出席活动。

由于之前就已经来过村里，苏明阳早已和布赫巴图等人熟悉，因此活动也非常短。除了简单介绍情况和让村里的会计将款项划拨到村里专项账户外，苏明阳还特意向达仁奶奶了解了乌云在村里的采风情况，知道一切都很顺利，悬着的心这才安定了下来。

活动结束后，苏明阳随李卓俊和乌云一道住进了客栈。苗苗和吴楚本就好客，一看住处又有新人加盟，自然高兴得不行。尤其是苗苗，在知道苏明阳是经纪人后，更是拉着对方不住嘴地问着各种娱乐圈的问题，笑眯眯的样子像是"磕"到了21世纪最甜的八卦之瓜。

"哦，原来娱乐圈是这样的啊。"

过了一会儿，在问完所有的问题后，苗苗呼出一口气，眨了眨眼睛，兴奋地说道：

"和以前在网上看到的不太一样。对了，明阳哥，乌云姐之前因为直播的事情，在网上被黑，受了很大的打击，虽然村里没人怪她，可我也知道姐姐心里一定不好受，你这次一定要想办法把这件事情弥补过来。"

经过这段时间相处，苗苗和乌云早就成为最好的姐妹。她原本就单纯正直，尤其看不得对方难过。

第六十七章

"苗苗说得没错。"吴楚听到这里，也忍不住插话道，"直播那件事虽说后来谁都没再提起，可这并不代表没有发生过，明阳你真的应该从保护艺人的角度出发，还乌云一个公道。"

苏明阳看了一眼吴楚，又看向苗苗。沉吟须臾，点头说道：

"你们说得没错，这件事出现之后，的确乌云人气下滑了许多，不过很快就会重新受到关注。不，应该说关注的人数更多。"

苗苗和吴楚听到这里，脸上不约而同地露出讶异的神色，唯有李卓俊仍极为镇静，好像所有事情都在他的掌握之中。

经过一番紧锣密鼓的筹备，按照原定计划，半个月之后，卡纳特村举行了隆重的乡道施工开工仪式，由于特殊的地理位置，村子早在前两年就被上级政府列为需要脱贫的首批重点乡村，平时不仅在各种政策上有所倾斜，同时，也会在资金方面有所帮扶。也正因为这样，这次仪式不仅邀请来了孟立焕等乡政府领导，连带着省市政府也派出代表参加。

经过双方沟通，乌云则成了这次工程的形象大使，代表投资方向媒体和各级代表介绍村里与公路的有关情况。不仅如此，在李卓俊的建议下，苏明阳还特意采用了直播的方式，进行线上线下的同步互动，经过前期的预热，线上最终观看人数达到二十万。比照先前，果然多了数倍。

乌云也的确没有辜负众人的期待，在整个活动中，一直表现得对答如流。哪怕是再难回答的问题，也始终面带微笑，态度不卑不亢，瞬间便赢得了广泛的关注和极高的口碑。

是夜，客栈。众人坐在石桌边，看着网站的视频回放。随着播出条向前滚动，热心的网友留言也同步出现在了视频上方。

乌云双眼死死地盯着视频，此刻她的身子僵直，两只手紧紧攥着，手心里早已渗出了一层密密的汗水。看上去就像是刚刚参加完高考的学生，正心情忐忑地等待着最后的录取分数线。

乌云的怪异举动未能逃过坐在她身旁虎伦贝尔的眼睛，见女友这样紧张，他心里不禁一阵难过。他握住乌云的手，柔声说道：

"乌云，放松点，没事的。"

"是啊，乌云姐，你今天表现得超级好，一定会没事的。"苗苗快人快语地说道，"今天筑路的新闻被顶到了各大网站媒体的热搜头条，其中除了肯定贴，还有好多人表示要去听你唱歌。乌云姐，你火了。"

说着，她竖起右手大拇指，做了个点赞的手势。其他人见此情形，全都笑出声来，院子里顿时充满了欢乐的气氛。

少顷，待全程视频播完，苏明阳坐直身子，点燃了一根烟，随后又将另一根烟递给李卓俊。缓缓地吸了一口,他闭上眼睛,嘴唇微微翕动,像是品尝烟草的味道。

过了一会儿,才睁开眼睛,如释重负地笑道:

"乌云,表现得不错,希望你能再接再厉,将热情投入到接下来的比赛当中。"

乌云将目光从众人脸上一一扫过,心中很是感慨。自从回到卡纳特村,虽然时间短暂,不过一月有余,然而却始终不得平静,心情也随之起起落落个不停。好在无论什么时候,身边都有这么一群真心可贵的朋友陪着,这才不至于感觉绝望。

看到大家都在用期盼的眼神看着自己,乌云的心里不禁燃起热望。

"我会的。"她郑重地说道,"等到那天,我不仅会演唱赞达仁,还要唱《写给家乡的歌》。我会告诉所有的人,我的家乡是卡纳特村,我永远热爱这片土地,今生都会为此骄傲。对了,明阳,还有件事,也希望你能答应。"

苏明阳没想到乌云会忽然提出要求,先是一怔,继而疑惑地问道:

"什么?"

"我以前不懂事,以为只要离开家乡,就能过上想要的日子。所以到北京那么长时间,一直刻意地屏蔽着家乡的消息。"

乌云说到这里,侧头看向虎伦贝尔,只见对方此刻正温柔地看着自己,心中又是一动。

"也正因为是这样,所以稀里糊涂地错过了许多人生中原本应该好好珍惜的东西。经过这段时间终于想明白了,日子嘛,原本就是过给自己的,怎么觉得舒服就怎么来。卡纳特村是我出生的地方,这里有我的亲人、爱人和朋友。生于斯长于斯,也该老于斯。所以,以后除了公司安排的演出和录制工作,我还是希望能够留在卡纳特村。就像今天这样,和乡亲们一道努力。"

一番话,说得众人心潮澎湃。特别是虎伦贝尔,更是恨不得能够将乌云紧紧捧到掌心里。

苏明阳听乌云这么说,心中也很是感动。他实在想不到对方会做出这样的决定,现如今,大多数的年轻人都打着闯荡的幌子,往大城市跑,又有几个人能放弃诱惑甘愿过平凡的日子?乌云能够做出这样的决定,属实让他敬佩。同时,一想到对方是因为回乡采风才有了这样的变化,苏明阳的心里又不禁生出一丝庆幸。

"乌云，你都这样说了，要是不同意，怕是大伙儿都要不答应。"苏明阳笑着说道。

"等参加完比赛，你就回来，要是以后有工作就再过去。不过，话说回来，卡纳特村也的确是个养人的地方，不然你们也不会一个个都往这儿跑。这样吧，等以后村里富了，再盖房子，也帮我留个院子，等老了那天咱们还可以一起做伴，互相照顾。"

"我看行。"苗苗听到苏明阳的提议，立刻附和道，"我们到时候也留在村里，一起组团养老。"

说到这里，众人又是一阵畅怀大笑。

时间很快，转眼就到了比赛前夕。为了提升乌云的歌唱水平，苏明阳特意从音乐学院为她请来了专家指导，同时在征得主办方的同意后，还获得了提前走台的机会。也正因此，乌云不得不结束采风，重返北京。

第六十八章

面对乌云的即将离开，苗苗表现得极其亢奋。整整一个星期，她每天都缠着乌云，不停地说话，甚至就连晚上都不肯回房间，和对方挤在一张床上，直到说到沉沉睡去，这才作罢。

作为男士，吴楚和李卓俊则表现得更加冷静。不过即便如此，只要有空闲，大家就会坐在客栈的院子里一起喝茶聊天，彼此加油，相互鼓励。

反观身为男友的虎伦贝尔倒是格外安静，最近一段时间，由于李卓俊的帮忙，绣花作坊的视频在线上越来越有热度。除了全国各地很多喜欢民族风的朋友在网上留言预订服装，甚至还吸引来了数家中型品牌服装公司前来，希望能够合作。

作为年轻人，虎伦贝尔知道，这是一个充满竞争的时代，对于从事设计加工的自己来说，竞争的压力更大。如果想脱颖而出，除了像前辈那样细致完美地完成每一件绣品，更要有不断创新的意识，在传统绣艺的基础上更加贴近现代生活的需要。

"我一定努力设计出符合现代人审美的民族传统纹饰。"

在理想的指引下,虎伦贝尔开始了日以继夜的奋斗。除了正常的设计生产,他还在大学时代的班主任支持下开了线上图书馆账号,可以随时查阅现在最热门的服装设计资料与相关书籍。为了尽快提升理念和能力,除了吃饭、睡觉和上厕所,其他时间,虎伦贝尔都全神贯注地用在了学习上,大有老僧入定的架势。

对于男友的行为,乌云给予了百分百的支持。在她看来,人要是想做成一些事情,那就得有破釜沉舟、一往直前的勇气。想当初,在北京要不是自己每天都跑场子唱歌,又怎么能积累下丰富的演出经验?虎伦贝尔现在能全身心地投入到民族绣花当中,那就得给予支持。

正如乌云曾经对苗苗说过的那句话一样:"呼玛河的水世世代代地滋润着卡纳特村,在这片古老的土地上,人们正在努力用心血创造新的传奇。"

虎伦贝尔挤不出太多的时间陪乌云,然而每到晚上,还是会按照习惯将一束花送到房间来。乌云的睡眠一向很浅,还时常失眠,即使勉强睡着,一有风吹草动也会醒来。由于休息不好,第二天更是头晕脑胀,整个人都不在状态。

虎伦贝尔得知这件事后,每天晚上都会将一束味道清香的鲜花送到乌云的房间,说是有助于睡眠。

不知道是因为花香真的起到了镇静的作用,还是因为男友的关爱让乌云心里舒畅,总之,乌云的睡眠状态渐渐有了好转,经常一觉睡到天亮,中间再不用莫名醒来。

"爱可以带来希望,同样也可以起到镇静的作用。"每当说到这件事,虎伦贝尔便会一脸得意地笑着说道。

是的,正是因为有了爱,乌云才会改变心意,选择留在卡纳特村。也正是因为有了爱,他们才可以再次手拉手,坚定地并肩走向未来。

北京,车水马龙,人来人往。在这座繁华的城市里,每天仍会有无数怀着纯真梦想的人来到这里,奋力打拼。同时,也有一些人在经历了生活打磨后,选择了新的战场,带着对人生更加深刻的理解,踏上归乡的道路。毫无疑问,乌云就是后者。

由于是首次在国家级的舞台演唱赞达仁,作为鄂伦春族青年歌手代表的乌云,自是不敢怠慢。

事实上，从返回北京，她就在苏明阳的安排下夜以继日地进行排演，每一句歌词，每一首曲子都不断地用心打磨，直到将状态调整到最好。

对于乌云的突飞猛进，苏明阳的心里充满了欣喜。同时，让他更加没有想到的是，赵博众竟然成了比赛的赞助方之一。苏明阳坚信，接下来的比赛一定会非常顺利。

距离比赛还有短短一个星期，这天晚上，乌云接到了苏明阳的电话，约她第二天晚上到年味饭庄吃饭，说是要将一位极其重要的朋友介绍给她认识。

年味饭庄坐落于东四十条附近，是一家老北京传统火锅店。北京人喜欢吃铜炉火锅，尤其是在寒冷的冬天，总喜欢邀上朋友和家人，一起到饭店坐坐。在火锅氤氲的雾气中随心所欲地聊天。

对于铜炉火锅店，乌云并不陌生。实际上，卡纳特村也有这样的火锅。鄂伦春族多以肉类为主。每当大雪封山，全村数十口人就会热热闹闹地聚在一起，一起开开心心地吃用野猪油拌过的狍子肉、鹿肉、犴肉和野猪肉。当然，在这过程中也会有野菜和面食。野菜多以刺老芽、野鸡膀子、蘑菇和各式野果组成，面食则叫偏拉坦，是一种用煮熟的油拌过的面片。如果是过年，也会吃谢好马父（鄂伦春语），一种混合了野菜和肉食的饺子。

少顷，两个男人在坐到乌云对面的位置上后，苏明阳看了一眼身旁的男人，笑着说道：

"这位是赵博众，博众唱片的老板，这次比赛的赞助商。另外，也是卡纳特乡道的赞助人。"

乌云惊讶地看着赵博众，她以前就曾听说过这个男人，知道那是一个意志强大、独断专横的男人，在他的打造下，博众唱片几乎将整个唱片业垄断了。这样的一个人，又怎么会无条件地帮助卡纳特村修建乡道？他的用意又是什么？想到这里，乌云顿生好奇。

第六十九章

赵博众察言观色,看出了乌云的心思,便友好地将手伸到对方面前,笑着说道:

"乌云你好,初次见面,很高兴认识你。听明阳说,你是一个很有潜质的歌手,希望以后能够有机会多多合作。"

乌云听赵博众这么说,也连忙伸出手紧紧握住对方的手,感激地说道:

"谢谢赵总的鼓励,也感谢您对卡纳特村的帮助。"

"帮助是应该的。"赵博众说到这里,看了一眼苏明阳,随后又继续对乌云说道,"你们村对我们的帮助更大,我只不过是进行一点点回报罢了。"

苏明阳见乌云疑惑地看向自己,便笑着解释道:"先前没来得及和你说,赵总就是根花的哥哥。"

哥哥……乌云先是一怔,忽然她想起达仁奶奶曾经和自己说起过根花的身世。在得知这件事后,她也曾在一些相关网站发过寻亲帖,并托李卓俊请朋友私底下打探情况,只是一直没有消息。想不到,向来高高在上,在唱片界拥有至高无上的话语权的赵总居然就是根花的亲哥哥,这太让人意外了。

"你觉得好奇对不对?"赵博众笑了笑,"明阳说得没错,我确实是根花的哥哥。我父亲后来没有结婚,从孤儿院领养了我。这些年来,也一直将我视如己出。他在临终前将寻找根花的事情告诉了我,希望我能够想办法找到这世上唯一的亲人,设法与其团圆。在知道这件事后,我便一直想方设法地打听妹妹的下落,后来,通过他人辗转得到消息,知道她在卡纳特。"

赵博众并没有刻意向乌云隐瞒,而是一五一十地向她讲述了原委。

乌云看了一眼苏明阳,抿了抿嘴唇,又小心翼翼地向赵博众求证道:

"赵总,您说您是根花的哥哥,可有凭证吗?"

"凭证?"

赵博众微微一笑，以前就听苏明阳说乌云做事认真，甚至到了谨小慎微的地步，如今看来确是如此。

"你想要什么凭证？"

话虽这样说，赵博众却仍很快便从贴身的口袋里拿出了一条项链。项链的坠子是用碧玉做的，里面雕刻的是一尊盘腿打坐的佛像。

"这是我爸临终前给我的，是赵家的祖传之物。如果没猜错，妹妹那里应该也有一条。"

他边说边将项链递给乌云，说：

"你仔细辨认下，看认不认识？"

乌云看了一眼苏明阳，见对方向自己点头，抿了抿嘴，伸手接过坠子。

由于一直贴身携带，坠子早已沾染了人的体温，因此，原本应该冰冷的玉石此刻变得暖暖的，就仿佛一颗强力跳动的心，给人以无限温暖。

乌云拿着链子，低头看了一会儿，随后又从包里拿出了另一条一模一样的项链，比照了好半晌，这才肯定地说道：

"赵总，您说得没错，这两条项链确实一模一样。这条项链是根花从小到大的佩戴之物，既然你是她的哥哥，那么就送给你，留作纪念吧。"

说着，乌云将两条项链放到了赵博众的面前。

"伯父离开卡纳特后，根花一直被达仁奶奶抚养。很早以前，她就知道自己的身世，也一直在默默地寻找着家人。如今，终于找到了哥哥，根花的在天之灵也一定会很欣慰。"

说到这里，乌云怅然若失，脸红红的，眼睛也湿润了。她迅速低下头去，躲避着面前两个男人的目光，试图尽快使心情恢复平静。

赵博众看了一眼苏明阳，叹了口气，语气沉重地对乌云说道："乌云，你说得对，根花如果知道我是她的哥哥，一定会很欣慰。这两条项链原本就是一对，的确不应该分开。"

说着，他拿起项链，凝视良久，放到了乌云面前，说道：

"你是根花最好的姐妹，想来她更希望由你保管，这两条项链还是放在你那里更妥当。"

乌云吃了一惊，抬头看向赵博众，她没想到对方居然会做出这样的决定。苏明阳见乌云发怔，连忙笑着提醒道：

"乌云，你发什么愣？还不快谢谢赵总。"

乌云听到苏明阳的提醒,这才如梦方醒,郑重地说道:"谢谢赵总,我一定会好好保管。"

"嗯。"赵博众满意地点了点头,"乌云,项链虽然归你保管,不过我还是想要一样东西。"

"东西?"

"对,你那里有根花的照片吗?"赵博众的身子向前倾去,笑着说道,"如果可以,我希望能够永远保留妹妹的影像。"

乌云想了想,随后从包里拿出了钱包。打开后,取出了一张合影照片,双手捧着放到赵博众面前的桌上。

"这是我和根花刚到北京的时候,在火车站拍的合影。这些年一直带在身边,希望能够时刻提醒自己努力加油,争取在这座城市尽快打拼出一片属于自己的天空。如今,根花走了,我也决定回乡发展,这照片就送给赵总留个纪念吧。"

赵博众看了一眼苏明阳,伸手接过了照片:"来的路上,明阳也和我说了你的决定。乌云,在这座城市打拼了这么久,你真的没有遗憾吗?"

"遗憾?"乌云笑着摇了摇头,"没有。这些年虽然有一定的收获,可更多的是心累,不如尽早归去。再说以后公司的工作还是要做的,并没有任何影响。赵总,此心安处是吾乡。"

赵博众点了点头,笑着说道:"好一个此心安处是吾乡,现在许多年轻人都在一边抱怨着自己生活环境有限,一边拼命挤进大城市,希望能够有更好的发展。可很多人不但没能实现所谓的梦想,反倒被现实撞得头破血流、遍体鳞伤。如此想来,不如在早已熟悉的环境中,做一条清水活鱼来得痛快。这样比较起来,乌云,你的选择绝对是正确的。"

第七十章

"谢谢赵总的肯定。"乌云的唇角泛起一丝笑容,"我的男朋友曾经说过,我们正处在一个高度发展的变革年代。和父辈们相比,我们这一代人有更多决定命运的选择权,这里面有机遇,也有风险,关键看怎么选择,以及怎么去做。"

随着乌云的话,她眼中的笑意也变得更深。经过这段时间的回乡采风,乌云越来越意识到,除了像父辈那样保护自然平衡,村里的年轻人必须用现代的科学理念来实现乡村致富、推动乡村发展。

毫无疑问,这正是乌云回乡后,想要去做的事情。或许正如虎伦贝尔说的那样,过程不会一帆风顺,然而只要结果顺遂,她都愿意尝试。

"乌云,你回乡后想要做什么?"赵博众好奇地问道,随后,他顿了顿,又继续说道,"我没有别的意思,只是单纯好奇。"

"种梦想。"乌云笑着说道。此刻,她的眼睛弯弯的,就像是好看的月牙。

"种梦想?"

"是的,赵总。"乌云点了点头,坦诚地说道,"卡纳特村由于地理位置的缘故,已经沉寂了太多年,是时候该被更多的人知道了。作为年轻村民中的一员,我希望能够和兄弟姐妹们一起努力,用现代理念和手段推动卡纳特村的发展。"

"说得好。"赵博众笑着说道,"乌云,看得出来,你对卡纳特有着非常深的感情。"

说到这里,他的脸上浮现出一丝黯然的神色。

"要是根花在就好了,这样她就可以和你们一道努力。"

乌云的心猛地一颤,眼睛不觉湿润了起来,包厢内瞬间被抑郁的情绪所笼罩。

苏明阳看了一眼乌云,随后又看向赵博众,见二人神情悲戚,便柔声劝说道:

"博众、乌云,不用难过。我想根花那么温柔善良,一定会知道你们的心意。再说,那条乡道是以根花的名字命名的,她会永远留在卡纳特的。"

苏明阳的性格向来直接,尤其在安慰人的方面更百分之百地体现出了"直男"的风格。不过,很显然,这番话仍旧起了作用。乌云和赵博众相视而笑,室内的气氛瞬间得以缓和。

虽是初见,赵博众亲切的表现,仍瞬间打消了乌云心中对他原有的看法,并以最快的速度缩短了二人之间的心理距离。

那天,他们像是久未谋面的老朋友一样把酒言欢,直到微醉,这才意犹未尽地道别。

建国饭店坐落在东长安街上,作为新中国成立的第一家合资酒店,每当举行重大活动或举办重要宴会,人们就会习惯性地将场所放在这里。

然而,这晚的氛围不同往日,充满了紧张感。

此刻,在银河厅正举行着全国少数民族歌手大赛。参赛歌手们全部身着本民族的传统服饰,个个斗志昂扬,在五千名现场观众及各大网络媒体平台的见证下,纷纷将精神调整到最佳状态,力争为本民族赢得荣誉。

后台休息室,乌云此刻头上梳着两条黝黑的麻花辫,戴着一顶用动物毛做成的白色帽子,身上穿着腰间绣有黑色云朵纹的深红色民族裙装,脚上蹬着一双黑色的长筒靴子,整个人看上去亭亭玉立,就像是五月份的兴安杜鹃,举手投足间充满着淳朴的野性美。

衣服是虎伦贝尔前两天以快递的方式寄给乌云的,每一处设计和做工都很用心。在见到这份特殊的礼物后,她顿时爱不释手。也许是爱情的力量,乌云在前面的比赛中发挥得一直很不错,尽管选手们的比分追得很紧,她却始终稳居赛事榜上的前三名。

今晚比赛是决定最终成绩的关键一战,乌云知道,为了帮卡纳特赢得荣誉,让更多的人了解鄂伦春文化,自己必须背水一战。

很显然,和乌云有着同样想法的人不止一个两个,刚刚在后台看了榜单上的成绩后,她心中的压力陡然变大,连带着呼吸都变得不再顺畅。

就在乌云胡思乱想之时,忽然身后不远处传来了一阵脚步声,不一会儿,苏明阳出现在了镜子里。

作为经纪人,自从开赛以来,苏明阳每场比赛都会观看。不过,和某些同行的做法不同,他从不到后台来,也不会就相关情况和乌云做更深入的交流。他只是坐在观众席里静静地看着,仿佛并不是唱片公司的代表,只是一名再普通不过的观众。

不过,由于这是最后一场比赛,情况属实特殊,苏明阳知道乌云心里会有一定的压力,因此在进行自我劝说后,他还是决定到后台来看看,哪怕只是单纯帮对方减少压力也是好的。

果不其然,刚一到休息室,苏明阳就看到乌云紧锁双眉,一副忧心忡忡的样子。

"乌云,怎么了,有心事?"

乌云听到苏明阳的问话,起身微微一笑:"没有,只是在想怎么能赢得这场比赛。"

"输赢本就无所谓。"苏明阳笑着安慰道,"更重要的是,现在通过你的演唱已经有越来越多的人知道卡纳特了,了解鄂伦春文化了,这对你来说,不已经是最大的成功了吗?"

这段日子,苏明阳已经将乌云的心思看得清清楚楚,知道对方之所以一心想要成功,并不想为了自己,而是想为民族赢得荣誉。

乌云听苏明阳这么说,内心稍稍安定,她知道对方说得没错,自从比赛以来,鄂伦春族在网络上的关注度的确越来越高,很多人在热搜贴下留言,讨论民族历史文化和民俗习惯,甚至还有出版商前两天主动联系自己,想要为卡纳特村出书,并且寻找机会拍摄电影。

对于这样的转变,乌云心中自然很是欣喜。与此同时,她又不知不觉地想起根花的话,或许这场比赛真的是一个机会,能够带给卡纳特村的重要转机。

第七十一章

"谢谢你,明阳。"

乌云满怀感激地向苏明阳道谢,一直以来,面前的这个男人都在为她提供着无私的帮助,同时也见证着她的成长。为此,乌云感到庆幸,多亏有了明阳的帮助,她的人生才变得顺遂。

"我没事,或许就是因为急于求成的心理作祟,所以才会这样。"

苏明阳微微一笑,抬起手拍了拍乌云的肩膀,兄长般地劝说道:"放轻松,一定没问题。"

乌云轻轻地呼出一口气,点了点头,唇边泛起了一抹笑容。

和本次赛事的其他环节不同,决赛除了考查歌手的演唱技巧,还对其综合能力进行更加深入的考评。经过组委会的排序,乌云的出场顺序排在了最后一位。作为选手,她知道这既是组委会的肯定,同时也在无形中给自己带来了巨大的压力。

在闪光灯的照射下,在全场观众的万众瞩目中,乌云快步走上舞台,随着她身体的律动,两条麻花辫也一甩一甩地,活像是调皮的马尾巴,充满了倔强和不安。

"乌云,你现在的综合比分是第二名。"梳着乌黑发髻,穿着粉色绣花旗袍、脸上略施粉黛的女主持人向她莞尔一笑,"不过不要紧,只要这场比赛发挥到最佳状态,还是有夺冠希望的。"

"谢谢。"乌云做了个深呼吸,在平复好心情后,笑着说道,"我会努力的。"

女主持人点了点头,看了一眼自己手中的卡片,随后又对乌云说道:

"按照比赛的议程,在这一轮是阐述题。换句话说,也就是由歌手回答主持人提出的问题。乌云,你做好准备了吗?"

乌云看了一眼台下的观众,尽管由于灯光刺眼,看不清楚具体的位置。可她坚信,苏明阳此刻一定坐在底下为自己加油。还有村里的父老乡亲也一定会通过网络转播关注比赛。有大家的鼓励,她一定会发挥到最好的状态。

想到这里,乌云浑身充满了力量。

"准备好了!"她的语气坚定,就像是一个即将奔赴战场的战士。

"第一题,请用三个词形容自己的民族。"

乌云闭上眼睛,极力驱使大脑运转,经过两秒钟的确认肯定后,这才睁开眼睛,坚定地说道:

"勇敢,希望,转变。"

"哦?"女主持人的眼前一亮,像是发现了有趣的事情,"能不能简单解释下,为什么这么说?"

"勇敢是因为我们鄂伦春人的历史。大家都知道,我们鄂伦春是人数较少的少数民族,世世代代生活在大兴安岭的山林当中,靠着渔猎为生。也正因为这样,所以流传下来的文献记载也很少。可实际上,很少有人知道,我们是真真正正的战斗英雄。"

"哦?"女主持人笑了笑,"这倒是有意思了,需要你更深入地科普下。"

乌云挺起前胸,郑重地说道:"我们的历史是一部战斗史,充满了血腥与杀伐,这主要由两次下山的经历构成。清朝乾隆年间,我的祖先曾在朝廷的号令下,出兵对抗沙俄,守护住了祖国的领土。战争结束后,便回到了山上,继续过着自由自在的原始生活。抗日战争爆发后,当战火燃到大兴安岭,我的祖辈们再次拿起刀枪一次次阻击侵略者的进攻,用血泪继续书写着传奇。村里的老人曾经告诉过我,抗日战争结束时,我们鄂伦春族从原本的 30000 人拼到只剩下了 1000 人。尽管经过了几十年的和平生活，现在也只有不到 10000 人。可就是这样的一个小到不能再小的民族，却仍然在社会革新的同时善良地包容着一切，同时也孕育着新的希望。就像是日以继夜静静流淌的呼玛河。当然，作为一名鄂伦春族年轻人，我也深深地知道，和其他同龄人一样，我们正站在历史革新的关键时期。我会和大家一样努力用现代理念振兴家乡，尽最大努力推动家乡走向更大的繁荣。"

说到这里，乌云的眼睛不觉湿润起来，心中也对苏明阳有了更深的感激。如果不是他用激将法让自己回乡采风，就不会有今天这般深刻的体会。当然，也要感激组委会的安排，才让她说出了这番心里话。

看得出来，台下的观众也已经动情。从前到后，每个人都抬着头，眼睛湿润地看着乌云。

女主持人沉默片刻，吐了口气，笑着说道："我能不能认为你的这番话是给家乡的告白？"

乌云的唇边泛起一丝调皮的笑容，黑漆漆的眸子里散发出灵动的光芒。

"如果你愿意，可以这么理解。"

"好的。"主持人笑着说道，"听了这番告白后，我想在场观众也一定很激动。接下来是下一题，在这之前，我们请出一名现场嘉宾上场。"

现场嘉宾……听到这四个字，现场顿时一片躁动。很显然，在这之前，并没有其他现场嘉宾出现。

人群中，只有苏明阳还保持着安静。尽管不知道接下来将要出场的嘉宾是谁。可他也仍能够准确地猜测出来，这一定是赵博众特意安排的。

果不其然，下一秒就给出了答案。

女主持人在台上将这一幕尽收眼底，笑着解释道："这也是组委会的特别安排。"

话不多，却仍起到了石破天惊的效果。瞬间，底下的观众席沸腾了起来。就连乌云也睁大了眼睛，微张着嘴巴，露出一副惊讶的表情。

少顷，在她的注视下，虎伦贝尔用轮椅推着达仁奶奶缓缓走上舞台。和乌云一样，他们也穿着鄂伦春族的民族服装。

台下的议论声更大，乌云见此情形，连忙小跑着来到二人面前。她和虎伦贝尔对视一眼，蹲下身来，好奇地问道：

"小虎,你们怎么会来?"

听到乌云发问,达仁奶奶不等虎伦贝尔说话,便笑呵呵地说道:

"是根花的哥哥派人到村里接我们来的。"

根花的哥哥?!

乌云诧异地转头看向侧台,见穿着一套黑西装的赵博众正环绕双臂站在幕布旁边,见她看向自己,他点了点头,随后便悄无声息地走进了后台。

第七十二章

"乌云,请把奶奶推到舞台中央来。"女主持人笑着说道。

少顷,在三个人一道来到她近前后,又介绍道:

"接下来,我向大家隆重地介绍两位现场来宾。和乌云一样,他们也来自卡纳特村,是地地道道的鄂伦春人。"

说着,主持人蹲下身来,将头靠近达仁奶奶,像是孙女一样温柔地介绍道:

"这位奶奶名叫达仁,今年已经80多岁了。奶奶的哥哥在抗日战争时期曾做过东北抗联的地下交通员,奉命打入敌人内部,是为国捐躯的英雄。丈夫是新中国成立后首任村委会主任,不仅是一位曾在枪林弹雨中勇敢前行的革命者,同时也为卡纳特村的发展做出过极大贡献。在父辈精神的感召下,奶奶的大儿子成了一名军医,唐山大地震发生后,他和同为医生的爱人为抢救伤病员牺牲在了余震中,现在奶奶的孙子也接过了父母的衣钵,成为一名年轻医生,并在村里开设了诊所,奶奶家是名副其实的英雄之家。如今奶奶虽然年事已高,可作为村里德高望重的老人,仍默默地奉献着。无论大事小情,都有她的身影。值得一提的是,奶奶还曾收养过一名孤儿,多年来视为亲孙女,用全部心血培养,一直使其成长为一名优秀的软件编程员。接下来,我想问下奶奶,是什么样的动力驱使着您这么做?"

台下极为安静,观众全都抬着头盯着达仁。这位普通的老人身上似乎存在着某种神奇的力量,使人的目光再难移开。

达仁奶奶接过主持人递来的话筒，深深地呼出一口气，笑着说道：

"因为我是鄂伦春人，祖先用实际行动教会了我们凡事要识大体、懂大局，我不过是照做罢了。我们鄂伦春族是小民族，人口少，宣传也不是那么多。但还是希望大家能够多多关注，有机会来卡纳特做客，我们一定会拿出最好的食物款待各位朋友。"

"谢谢奶奶的邀请！"主持人笑着说道，"请大家给奶奶鼓掌。"

台下观众听到这里，顿时响起一片掌声。

主持人站起身来又对虎伦贝尔说道："虎伦贝尔，你听到奶奶的话，感觉怎么样？"

虎伦贝尔看了一眼乌云，笑着说道："非常感动，作为一名鄂伦春年轻人，同时也是民族传统绣花非遗继承人，希望各位好朋友有机会到村里做客。"

主持人微笑着说道："你是鄂伦春族非遗传承人，那么第二道题来了，鄂伦春有多少民族非遗传承技艺？乌云，你来回答。"

"这可太多了。"乌云笑着说道，"从衣食住行、房屋搭建，到狩猎技艺、桦皮船技艺，甚至是我们经常看的摩苏昆艺术、剪纸技艺，都是非遗传承技艺。要用数字体现的话，至少要有三四十种。"

在她介绍的同时，背后的大屏幕上轮番切换着鄂伦春传统非遗文化的相关照片，通过生动的影像展示让台下观众有了更直观的认识。

"哇，真的很多。"女主持人说到这里，话锋随之一转，"乌云，看得出来，你对故乡非常有感情。"

"是的，是故乡养育了我，接下来，我也将不遗余力地和乡亲们一道推动故乡的发展。"

乌云微笑着说道，此刻她的神情极为安然笃定，就像是在和朋友闲谈。

"加油，接下来，就请你用歌声表达对故乡的爱吧。"主持人笑着说道，"有请。"

随着一阵热烈的掌声，音乐声缓缓响起，就像是那条安静流淌的呼玛河，带给观众无限遐想。

或许是因为这一番问答，乌云彻底放松了下来。接下来的演出环节中，整个人的内心都变得空灵起来，歌曲缓缓地流淌在演出大厅，每个观众都如痴如醉。

　　经过评委团的讨论商定,乌云最终以超出第二名选手五十分的成绩夺得了冠军。与此同时,因为这件事情,鄂伦春族和卡纳特村也获得了更加广泛的关注。

　　宾馆一楼,苏明阳、赵博众和乌云、虎伦贝尔坐在咖啡厅的沙发上,边欣赏着钢琴曲,边喝着咖啡。

　　“赵总,真的没想到您会派人将小虎和达仁奶奶接来,真的太令我惊喜了。”

　　乌云看了一眼坐在她身旁的虎伦贝尔,满怀感激地向赵博众说道。

　　赵博众微微一笑,低头喝了口黑咖啡后才说道:“不用谢,这是我应该做的。尽管是汉族,但作为根花的哥哥,我对卡纳特村也有着深厚的感情。能够趁此机会,多帮村里宣传一下也是好的。对了,乌云,现在比赛结束了,有没有想过接下来在北京做些什么?”

　　虎伦贝尔见乌云侧头看向他,从包里拿出了一个黑色的硬盘,插好后,将电脑递给了赵博众。

　　“这是小虎最近设计的服装,我觉得照片还不错,赵总可以先看一下。”

　　苏明阳见赵博众接过电脑,也好奇地将头凑了过来。他虽然没有做过与服装设计相关的工作,但身边也终归有这样的朋友,因此并不缺乏审美能力。少顷,他边看着电脑屏幕,边问道:

　　“设计得不错,商品都已经投产了?”

　　“没有,现在除了一些临时接到的订单,更多的还只是停留在设计图纸上。”

　　虎伦贝尔迟疑片刻,又继续补充道:

　　“不过,目前商品的口碑还是很不错的,在一些购物网站上,都有比较多的大众留言。如果能够找到可以批量生产的厂家就更好了。”

　　他说的是实话,在时下竞争激烈的市场中,手工作坊即使开得再成功,也不过是河水里的小舟,根本经受不起大风大浪。要想彻底实现理想,背后必须有一个强有力的合作伙伴才行。

　　虎伦贝尔这次来北京,一方面是为了做乌云的现场嘉宾,二来也是想进一步考察服装市场,挖掘一下潜在的合作者。

第七十三章

苏明阳看了一眼虎伦贝尔，随后又看向电脑屏幕。小虎虽然年轻，但在他看来，做事却也极为严谨沉稳，的确是个上乘的合作伙伴。况且他也知道，赵博众这些年来商业发展领域并不单一，除了唱片界，还涉及了服装业、制造业、冶金业，甚至就连江南地区的某些大型项目也有投资。

照片一张张地被翻过去，过了一会儿，赵博众终于放下电脑。在将双臂环抱在胸前后，他用一种近似审视的眼神沉默地打量着虎伦贝尔，似乎是在心中盘算着面前的这个年轻人究竟有多大的潜质，以及未来的商业价值有多少。

虎伦贝尔见此情形，先是一怔，继而紧张地低下了头。

苏明阳见乌云求助般地看向自己，轻咳一声，笑着说道：

"那个……博众，你也看完照片了，究竟怎么想的，能不能说说？"

赵博众微微点了点头，却仍盯着虎伦贝尔，语气低沉地说道："我在想等到照片上的设计草案被真正制作成商品后的利润，以及上升空间有多大。明阳，你知道我是个商人。在投资之前，我要考虑清楚市场，以确保每一分钱在花出去后都能够有所回报。"

正如赵博众所说的那样，博众集团的版图之所以能够有这样迅速的扩张，除了父亲的基础打得牢、自身对商业的洞察力强之外，冷静也是非常重要的一方面。事实上，自打涉足商界，赵博众便一直在心里提醒自己：

商业是场没有硝烟的战争，既不能妇人之仁，更不能打无把握之仗。必须让投入的每一分钱物有所值，甚至超值！

苏明阳和赵博众共事多年，自然了解对方的性格，因此听赵博众这么说，并不感到意外。再次和乌云对视一眼，他耸了耸肩膀，做出一副无所谓的样子。

"你说得很对。那咱们就说眼前的，按照电脑里的照片，你有没有投资意向？"

"有。"这一次赵博众回答得很干脆。

然而,就在众人不约而同松了口气时,他的话锋又忽然一转,继续说道:

"不过,光我自己觉得好也没用,所有的投资都要经过董事会统一上会讨论才行。按照惯例,我们集团每旬的第一天都会召开董事会,今天是十七号,距离这次会议还有整整三天。小虎,你应该会在此期间给我一份完美的投资书吧?"

乌云听到这里,心顿时提了起来。投资书少说也要有两三万字,而且还要写得有理有据,同时融入冷静的市场分析。这么短的时间,小虎真的能够完成吗? 想到这里,她的手心不禁渗出了汗水。

苏明阳察言观色,看出了乌云的心思,便又笑着说道:

"博众,我明白你的意思,小虎递交投资书肯定没问题,只不过这时间属实短了些,要不……"

"我能!"

苏明阳的话还没有说完,就听虎伦贝尔在一旁用坚定的语气说道。见他看向自己,对方的语气也柔和了下来。

"苏先生,我知道你是想帮忙延长时间,真的很感谢。不过,就像赵总说的那样,商场如战场,每个想要投身于此的人都必须拿出百分百的诚意才行。我以前曾经在北京读过大学,知道这座城市在带给年轻人机遇的同时,也会带来空前的压力。两天时间的确有些短,但这绝不代表就不能拿出一份具有诚意的投资书。无论什么情况,只要有机会,我都愿意尝试。"

虎伦贝尔的一席话不仅让在座的其他人佩服,同时也让乌云对他的印象有了直接改观。

尽管二人从小一道长大,但在乌云看来,虎伦贝尔并不像其他同族男子那般坚韧彪悍,相反像是温水一般慢热内敛。就算是在草场上骑马,浑身仍散发着一种特有的温柔。也正因为这样,所以一直以来村里人都会用"读书人"这三个字来代指虎伦贝尔,同时也在无形中拉大了与他的距离。

然而,就在这一瞬间,乌云却发现了虎伦贝尔身上的倔强与坚毅,就好像是竹子一样,外表看似柔顺,内心却极为倔强。

这是一个真真正正的鄂伦春男人。

想到这里，乌云的唇边泛起一抹笑容。

正如先前的约定，虎伦贝尔需要在两天的时间内完成投资书，保证项目能够成功上会。为了不受到外界打扰，接下来的时间里，他一直将自己关在房间里，不分昼夜地坐在电脑前，撰写着文件。

乌云由于担心虎伦贝尔的身体，在此期间，主动担任起了服务员的角色。除了每天送三顿饭，她还负责烧水、冲咖啡、洗水果，以及到超市买饮料和零食。

尽管两人没说一句话，但由于乌云的默默付出，虎伦贝尔仍感到很心安。就这样坚持了两天，第三天清晨，天蒙蒙亮时，投资书终于写好了。随着他点击回车键，一个长达三万字、图文并茂的文件终于完工了。

认真地推敲了几遍文件，确保每一个字和标点符号都正确之后，虎伦贝尔终于如释重负地露出笑容。

人有时候就是这样，如果没有被逼到绝境，就不会激发出无限的潜能。

通过这次的挑战，虎伦贝尔对这句话更加深有感触。

看来的确像乌云说的那样，人不能总在浅水区待着，不然你不会了解自己的内心有多强大。

乌云……想到女友的名字，他的心中顿觉暖暖的。

虎伦贝尔低头看去，只见乌云此刻正趴在桌子上熟睡着。她的头枕着一只胳膊，随着呼吸起伏，额前的几根黑发也在微微颤动着，红润的嘴巴微张着，整个人看起来非常温顺，配上脸部柔和的线条，看上去美得像是一幅画。

虎伦贝尔情不自禁地将手伸到乌云的头上，刚想摩挲，对方便被惊醒了。

乌云迷迷糊糊地睁开眼睛，先抬手打了个呵欠，少顷，待视线渐渐清楚，她微笑地看向虎伦贝尔。

"小虎，你写完了？"

第七十四章

虎伦贝尔没有说话，只是笑着向乌云点了点头。

乌云的眼前顿时一亮，这些日子对方的努力全然被她看在眼里，自古就有愚公移山的故事，要说起来，小虎的付出与传说不相伯仲。

想到这里，乌云恨不得马上能够分享成功后莫大的快乐，伸手拿过鼠标。

"我看看！"

她边说边翻看着文件。

随着滚动条缓缓向下，乌云惊讶地看到了文件里不仅有文字、照片、图表等常规性展现，同时一些地方还被虎伦贝尔用心地插入了影像视频片段。

虎伦贝尔微笑地看着女友，直到过了一会儿，对方放下鼠标，抬眼看向他。

"感觉怎么样？还不错吧？"

乌云没有说话，只是伸手揽住了虎伦贝尔的脖子。在对方讶异的注视下，将唇贴到了男友的脸上，轻轻地亲了一口，随后像是幼儿园的老师表扬孩子般，笑着说道：

"太棒了，小虎，你真的让我刮目相看！"

虎伦贝尔听到女友的表扬，顿时咧嘴笑了，笑得很开心，看上去就像是个孩子。在乌云讶异的注视下，忽然，他低下头去闭着眼睛含住了对方的嘴唇，一只手放在女友的脑后，另一只手搭在对方的手臂上，刻意地加深了这个吻。

"唔唔唔……"

尽管室内只有两个人，然而，虎伦贝尔这一突如其来的举动却仍吓了乌云一跳。她瞬间睁开了双眼，随后身子一软，又闭上了眼睛，放松身心地感受着来自男友的温柔。

随着大脑一片空白，似乎世间万物都已不复存在，只有心脏仍在怦怦地跳动着。

不知道过了多久,虎伦贝尔终于放开了乌云。乌云重重地喘着粗气,看着男友,好像刚刚结束了一场激烈的战斗。还没等气息调匀,就见对方忽然抬起手来,在嘴唇上轻轻擦拭了下,回味地笑着说道:

　　"好甜,原来乌云的嘴唇是甜的。"

　　乌云听到这话,脸色不由得又是一红。在她的记忆中,从小到大,虎伦贝尔还是第一次这么主动大胆地表达爱意。回想刚才的情景,她的心跳不由得再次加速。扑通扑通,险些跳出了嗓子眼儿。

　　虎伦贝尔看出女友的窘态,微微一笑,随后坐直身子,拿起鼠标。

　　"时间差不多了,还得抓紧把文件发过去才行。"

　　说着,他便点击了电子邮箱的页面。在输入赵博众的邮箱地址后,鼠标轻点,将文件成功发给了对方。

　　在完成这一系列的动作后,虎伦贝尔又深呼一口气,继而在乌云的注视下,躺到了柔软的大床上。头枕着双手,刻意摆出了一副闲适的表情。两只眼睛看着天花板,心里似乎在盘算着事情。

　　乌云看了一眼男友,也躺到了对方的身旁,边有一下无一下地摆弄着男友衬衫的扣子,边好奇地问道:

　　"小虎,你在想什么?"

　　虎伦贝尔看着女友,伸手摩挲了一番对方的头发,随后说道:

　　"我在想接下来的事情。"

　　"哦?"乌云一骨碌从床上爬起来,撑着床,好奇地问道,"说说看。"

　　"我在想,明明是同一个中国,为什么南方地区的经济会比北方发达,其中的奥秘是什么?乌云,你应该听说过苦干、实干、巧干吧,我想如果能够弄明白其中的缘由,或许对推动村里的发展有直接好处。"

　　乌云点了点头,她打心眼儿里赞同男友的话。村里的人向来淳朴踏实,并不缺乏苦干、实干的人,只是在巧干方面的确极为欠缺。正如虎伦贝尔所说,必须找到这差距的关键所在,然后再努力地缩短。

　　"我想应该是理念吧。我听说南方好多村子都有村办企业,专门用来生产本地的特色产品。不像咱们这么随遇而安,过着天养的生活。"

　　乌云沉默须臾,迟疑地说道:

　　"小虎,我想如果想要彻底转变,咱们首先必须得实地考察学习。只有这样,才能够把人家的理念借鉴过来,加以运用。"

　　"你说得没错。"

虎伦贝尔边说边用右手的手指轻轻地弹了一下乌云的额头,见对方龇牙咧嘴的模样,心里不觉生出恶作剧成功的快意,笑着提议道:

"乌云,我现在已经把投资书交上去了,按照常规的商业运作,赵总那边虽说后天立会,但肯定不会马上就有回复,一定会对项目进行相当长一段时间的评估与讨论。我想不如趁着这段时间,咱们到南方实地考察一番,怎么样?"

乌云听到男友这么说,心里不觉生出一丝紧张。虽说做了好几年北漂,可她一直生活在北方,从没有到过更远的地方。

虎伦贝尔满是期待地看着女友,见对方不说话,心中不觉有些好奇,脸上随之露出一丝疑惑。

乌云抿了抿嘴,最终下定了决心。

"行,我就和你走一趟。咱们还从来没去过南方,想来一定会有许多新体验。"

"那当然了。"虎伦贝尔吐了口气,笑着说道,"乌云,常言道,'读万卷书,行万里路。'咱们这次一定会不虚此行。"

说做就做,打定主意后,乌云立刻分别给苏明阳和赵博众打了电话。在电话中,简明扼要地说了决定。对方听到后,自然满是支持。在约定半个月后回北京碰面,虎伦贝尔迅速订了次日前往杭州的火车票。

"江南自古就是鱼米之地、富庶之乡,估计能够学到的东西也一定很多。"

订完车票后,虎伦贝尔边和乌云整理出发的行李,边说道:

"我的一个大学同学毕业后参加公考,到那边的农业农村局当了科员。虽说好长时间没见面,逢年过节只是互相发发微信,彼此问候一下。不过,毕竟当年的同窗情在那里,我想他一定愿意帮忙。"

听虎伦贝尔这样兴致勃勃地说着,乌云心中也安定了不少,笑着说道:"小虎,看来你还真是交友满天下。"

"那是。"虎伦贝尔说完,和乌云相视而笑。

第七十五章

正如虎伦贝尔和乌云事先说的那样,这是一场说走就走的旅行。在订好行程后的第二天,他们便到达了杭州。

虎伦贝尔和乌云推着行李走出出站口,一眼就看到了早已等候在那里的大学同学郝军。由于比虎伦贝尔高几届,郝军大概有三十多岁。此刻他上身穿着一件米色罩衣,下身穿着一条洗得已经有些发白的牛仔裤,白皙的脸上架着一副眼镜,举手投足间充满了书卷气。

刚一见到虎伦贝尔,郝军便高高扬起了手,笑着大声招呼:

"小虎,这边。"

虎伦贝尔见状,唇边立刻泛起笑容,也笑着向对方挥了挥手。很快,他们便来到了郝军的面前。

郝军笑着伸出双手,给虎伦贝尔来了个热烈的熊抱。随后眯起眼睛,上下打量了一会儿,说道:

"你这家伙好久不见了,不仅黑了,也壮了。怎么样? 一切都还好吧?"

虎伦贝尔听到学长关切的问话,心里瞬间暖暖的。在抬起手调皮地敬个礼后,又笑着说道:"报告学长,一切都好,我的刺绣作坊已经开起来了。"

因为一直以来虎伦贝尔就想开刺绣作坊,因此听他这么说,郝军并没有感到好奇,只是又关切地问道:

"开起来就好,对了,生意怎么样?"

虎伦贝尔看了一眼乌云,又低头沉吟片刻,这才说道:"多谢学长的挂念,一切都好。只不过之前是零散的单子,现在正在寻找合作伙伴,准备扩大规模。"

郝军点了点头,抬手重重地拍了一下虎伦贝尔的肩膀:"你说得没错,单打独斗的确没有太大的竞争力。要想做大事,就得强强联合。小虎,加油,我看好你。"

"谢谢。"虎伦贝尔笑着说道,随后又看了一眼乌云,"学长,我介绍一下,这是我女朋友乌云。她以前也曾来过学校,不知道你还有没有印象?"

"小歌仙嘛。"郝军笑着说道。

乌云听到这里顿觉讶异,在看了虎伦贝尔一眼后,犹疑地问道:"学长,您认识我?"

"你以前来学校参加过文艺会演,从那时就开始关注你了。你现在可是和当时不一样,歌曲在线上特别有传播度,很多人都喜欢。"

"谢谢学长的肯定。"乌云感谢道,"我现在刚刚发歌,还算是半个新人,还得继续努力才行。对了,学长,这次杭州之行就辛苦您安排了。"

郝军看了乌云一眼,随后又看向虎伦贝尔,豪爽地笑着摆了摆手:"不用客气。小虎跟我说了你们的来意,刚好我在农业农村局工作,对杭州这边农村情况比较了解,希望能够对你们有所帮助。"

说着,三人相视而笑,边说边转身向前走去。

"水光潋滟晴方好,山色空蒙雨亦奇。"作为一座有着千年文化底蕴的著名城市,杭州同时兼具传统和现代特色,在这里,无论是堪比西子的西湖及周边的老十景、水汽氤氲的西溪湿地,还是极具现代感的大剧院、钱江新城市民中心,处处都彰显出这座江南名城的别具一格。

连续几天,在郝军的陪同下,虎伦贝尔和乌云对杭州进行了深入的考察。由于初到江南,每到一处地方,他们都充满了好奇。

特别是杭州的农村建设,更是让虎伦贝尔和乌云大为赞叹。在他们以往的印象中,农村即使建设得再好,也不过是庄稼院、砖瓦房。没想到这里居然家家都是独栋别墅小洋楼,村道又宽又直,每家还都有小轿车。不仅如此,就连以前只有城里才有的外卖在这里也都能送到个人家里去,生活非常便利。更重要的是,几乎每个村子都有村办工厂,围绕本村的特色产业进行生产。与此同时,经济的振兴也带动了文化繁荣。不仅村里的外墙上绘着漂亮的图案,而且还有专属的图书角和文艺礼堂,在这里不仅孩子们可以享受到学习的快乐,村里的老人们也可以按照自己的喜好选择休闲方式,开开心心地颐养天年。

看到这样的场景,联想到自己村里的情况,虎伦贝尔和乌云的心里更加羡慕。

这天在新围村文化走廊,刚刚参观完村办工厂的三人意犹未尽地聊起天来。

"小虎、乌云,你们不知道,我们这边的老人以前都是改革开放的先行军。年轻的时候,他们挑着担子走南闯北,将生意做到全国各地。现在虽说由于年纪大了回到村里,可还是闲不住,本着发挥余热的精神,好多七十多岁的老人都到村办工厂打工,甚至有些老人已经过了八十岁。"

八十岁?!

虎伦贝尔和乌云听郝军这么说,心中顿时一震。这要是在卡纳特,六十岁以上就已经成了老人。别说打工,就连外出基本上都不太可能。

"学长,那这些老人的子女们也同意父母的做法吗?"虎伦贝尔犹豫了一会儿,说道,"这要是在我们那里,是绝对不可能出现的。"

"当然啦。"郝军笑着说道,"为什么不呢?小虎,你要知道,现在的农村并不是你认为的传统农村。咱们中国是农业大国,农村的发展不仅涉及基本国策,更是关系到整个民族未来。我们浙江现在正在不遗余力地搞科技创新、美丽乡村建设,以后还会搞未来乡村。"

郝军的这番话顿时像是给虎伦贝尔和乌云注入了强心剂,使两人顿觉干劲十足。与此同时,他们也明白了两地之所以会出现这么大的差距,原因并不在人,而是理念。

唯有变通,才能求发展。变,势在必行!

第七十六章

郝军看了一眼面前的两人,见对方一脸羡慕地看着自己,便又继续说道:

"小虎、乌云,这世上并不缺乏干事的人,缺的是创新的理念。乌云,你们应该知道横店吧,那就是一个起死回生的成功范例。"

"横店?"

乌云听郝军这么说,忽然想起了以前曾看过的相关报道。作为世界知名的影视拍摄基地,现在的横店闻名天下。这里不仅拥有大量的影视拍摄资源,并且拥有数家上市公司,还有200家生产与服务企业,体量极其庞大。然而,如果时光倒流,重新回到20世纪70年代,这里不过是一片寸草不生的盐碱地,发展也因此受到限制,远没有现在这般风光。

横店的变化与一位名为徐文荣的老人密不可分。作为土生土长的横店人，徐文荣祖上富裕，后因家道中落，到了父亲这里，只能靠卖糖葫芦勉强糊口。

为了维系生活，他从十七岁起就在村里办的夜校当教员，后来还曾到供销社的门市部工作，卖过红枣和桂圆，之后又做了会计、统计和商改员。虽然经历丰富，但每一样他都做得很用心。事实证明，后来这些经历也推动了他人生的成功。

"徐老第一次经商是20世纪60年代，那次他把农家收上来的肥料卖了出去，换了1000多斤玉米和1200元现金。老人家上次来调研的时候曾经跟我们说起过这件事，他说这些粮食和钱自己一丁点儿都没留，全部给了生活困难的村民。"

说到这里，郝军满是敬佩。

初次成功的经历既让徐文荣看到了商机，同时也让他知道了经商的好处。凭借着敢为人先的精神，20世纪70年代，徐文荣被选举为大队书记，并被组织指派到了一家缫丝厂。

"那时每个人的生活都很困难，可在徐文荣的带领下，村里的党员们还是捐款给缫丝厂，这也是横店集体经济的开始。正如你们所知道的那样，直到今天，他们仍然保留着这个习惯。每年年底，都会按照单位进行分红。"

说到这里，郝军看向乌云："乌云，我听说你们村里有好多特色产品，为什么不好好利用开发出来？越是多元化的产业，竞争力就越大。"

乌云低着头不说话，郝军的建议是对的，可是村里人真的会接受这样的做法吗？不知道为什么，忽然间，她觉得有些头疼，手情不自禁地抚上额头，做出了一副无奈的表情。

虎伦贝尔看了一眼女友，见此情形，说道："学长，不是我们不知道其中的道理，只是我们村子地处深山，现在好不容易才开始修路。村里人即使转变观念，恐怕也还需要一段时间。"

"那也应该去尝试。"郝军说到这里，唇边泛起一抹笑容，"不试一下，又怎么会知道行不行呢？"

他的话让乌云心里豁然开朗，在接下来的行程中，她和虎伦贝尔每到一处都和相关的负责人谈上一番。了解情况，学习理念，洽谈商机，忙得不亦乐乎。经过十多天地不断积累，竟真的攒下了许多人脉资源。

离开杭州前的最后一晚，在郝军的安排下，虎伦贝尔和乌云来到了位于钱塘江畔的尤里饭店。

饭店的名字听起来很西式，但主营的餐食并非西式，而是地地道道的东北菜。

进入包厢后，虎伦贝尔和乌云看到郝军早已等在了那里。今天他的穿着格外随意：白色西装，黑色裤子，锁骨在衣袖中半隐半现，头上也没有打发胶，如野草一样倔强地站立着，整个人显得极其慵懒，宛如一只打盹的猫。

"小虎，你们来了？"

看到虎伦贝尔和乌云进来，郝军的唇边泛起一抹笑容，指着面前的空位，说：

"来，坐吧。"

虎伦贝尔和乌云好奇地对视一眼，坐下身来，问道：

"学长，您怎么想起吃东北菜来了，我们还以为是吃杭帮菜呢。"

郝军微微一笑，在叫服务员进来后，他边翻看菜谱边说道："小虎，你不会不知道我也是东北人吧？"

"你是东北人？"

在虎伦贝尔的记忆中，从大学时代看到郝军的第一眼开始，对方就一直是一副江南人的做派。不仅脸部轮廓线条柔和，声音也是柔柔的，无论从哪个角度来说，都和直爽明快的东北人不沾边，面前的这个人怎么可能是东北人？

想到这里，他侧头看了一眼身旁的女友，只见乌云正瞪着双眼看着郝军，一脸不可置信的表情。

郝军似乎并没有将面前这两个人的行为放在心上，只是微微一笑，随后话音一转，用地道的东北话说道：

"怎么？老铁，不像？"

"啊？！"

虎伦贝尔和乌云一道讶异地叫出声来，看来正如郝军所说，他的确是个地道的东北人。

在抬起手尴尬地挠了下头后，虎伦贝尔极力地解释道：

"学长，我不是这个意思，我只是觉得您的杭州话说得太好了，一丁点儿东北味都没有。您别误会，我真的没有其他意思。"

郝军叹了口气，表情有些失落："这也怪不得你，我十岁那年就被父母过继给了绍兴的伯父,这以后就再没有回过东北。"

很快,在他断断续续的讲述下,虎伦贝尔和乌云就了解了整件事情。

郝军是吉林省公主岭市人。和城市的名字一样,那里很早就流传着一个动人的传说。

传说在很久以前,吉林还没有城市,只是一望无际绿色的草原。在这片草原上,牛羊成群,人丁兴旺。主管这片草原的其木格王爷是个爱护臣民的君主。他有一个女儿叫其格,因为天性聪明、如花似玉,一直被父王视为掌上明珠。出于对女儿的疼爱,在其格五岁生日那天,其木格请人定制了一串漂亮的铃铛,并戴在了女儿的手腕上。由于每当走路的时候,铃铛就会叮当作响。因此,大家都亲切地称呼其格公主为响铃公主。

第七十七章

响铃公主是被奶妈一手拉扯长大的。同时,被奶妈抚养的还有个男孩,她的儿子张龙。由于年纪相仿,性情相投,响铃和张龙的关系非常要好。渐渐地,从儿时到少男少女,二人萌发出了情动的感觉。那时,响铃已经成为部落里的头号美女,张龙也长成了健壮的俊男,部落里所有的人都说他们是天生一对。

当王爷得知女儿竟然爱上了一个穷小子,瞬间暴怒。

王爷先将响铃找来,力逼女儿分手,见响铃抵死不肯,于是又让张龙外出猎虎,以便暗中设计将其除去。张龙生性敦厚,他哪里又知道人心险恶,于是便答应了王爷的要求。

临行前,王爷赠送给张龙一把暗中灌了铅的钢刀,要求对方用这把刀将老虎杀死。张龙和老虎相遇后,将刀拔出鞘才发现蹊跷。此时,他才明白王爷并不是要降虎,而是要让自己送死。

尽管如此,张龙最终仍机智地将老虎打死。就在他看到老虎倒下的时候,唇边泛起了一抹胜利者的笑容。与此同时,眼前闪过了心上人美丽的面容。他仰起头,向着天空大声喊道:

"公主,我们可以在一起了!等我!"

话音未落,只听"嗖"的一声,在风声的裹挟下,一支羽箭从暗处飞出，直直地插入了张龙的心脏。

原来，王爷担心张龙不死，早已暗中派管家就近埋伏在树林里，一旦见其得手，便出阴招害人。

张龙就这样带着对公主的爱倒下了，永永远远不能再回到心上人的身边。

就在这时，一阵清脆的马蹄声传来，随后一抹红色越来越近，不多时，响铃公主就骑着马来到了最爱的男人面前。

王爷自以为做得滴水不漏，然而事实上，刚刚发生的一切都没有逃过响铃公主的眼睛。在支撑着身子下马后，她连滚带爬地来到张龙的面前，哀哀痛哭一阵后，忽然仰起头，悲痛欲绝地喊了声：

"人间无情天有情，张龙，等我！"

说完，响铃公主就用随身的佩剑刺穿了心脏。

草原上最美丽的公主和最有情的儿郎就这样相拥而逝。王爷听到消息赶来，看到这一幕，当场昏了过去。此刻，天上飘起了绵绵细雨，仿佛在为响铃公主的逝去哭泣。

经由此事，王爷终于明白了女儿的真心。于是在醒来后，命人将响铃公主和张龙合葬，并将那个地方取名为公主陵。后来经过世世代代的流传，由于周围起伏绵延的山岭众多，因此便被改为公主岭。

每当想到这些，郝军的心中无不感慨。

"我小的时候还曾经和哥哥姐姐上山去寻过公主陵，虽然没看到陵墓，可确实是看到了土包。"回想童年往事，郝军仍显得有些兴奋。

"学长，我不明白，为什么要将你过继给伯父，这里面是不是也有什么故事？"

郝军听到乌云的问话，认认真真地打量了对方一番，随后唇边泛起了一抹自嘲的笑。

"因为我是买一赠一的产物啊。"

"买一赠一？"乌云看了虎伦贝尔一眼，疑惑地问道，"什么意思？"

"乌云，你说得没错，的确每个人都有自己的故事。"

郝军将身子倚在椅子上，双眼眯着，陷入了回忆。

很快，在郝军断断续续的讲述下，虎伦贝尔和乌云得知了那段往事。

郝军的父母当年是知青，只是和大多数人到农村插队落户不同，他们去了位于黑龙江的军垦建设兵团。

在那里,他们相爱、结婚生子。最终,在双双回城后,却由于男人的出轨,最终原本幸福美满的家庭四分五裂,其中最无辜的受害者就是三个天真无邪的孩子。

"我哥叫郝磊,和我是双胞胎,我们出生只差了三分钟。"

说到这里,郝军的脸上情不自禁地浮现出了一抹落寞的神色。事实上,从被过继给伯父开始,他就和原来的家人彻底失去了联系。

"我还有一个姐姐叫郝媛,比我们大了三岁。"

尽管家里早有矛盾,至少表面看上去还是和平的。真正的导火索点燃是在郝军六岁那年的夏天。那时郝媛连续高烧,父母又不在家,她的病情恶化,尽管被好心的邻居送到医院,最终还是因为肺衰竭去世。

"我妈的性格很软,尽管之前明知道我爸对她不好,却始终下不了决心离婚。"

郝军说到这里,脸上浮现出了一丝痛苦的表情。

"就这样,怀着强烈的痛苦和自责,他们的婚姻最终还是不可避免地走到了尽头。"

按照法院的判决,郝磊分给了母亲,郝军则由净身出户的父亲带走。

不知道是出于报复,还是彻底想要自由,恢复单身后,郝军父亲真正放飞了自我,私生活非常混乱。与此同时,年幼的孩子便也相应地成了他的负担。

那时郝军的伯父在绍兴的一所中学教书,为人很是正派,和妻子的关系也很和睦。只可惜,结婚多年,却始终没有孩子。

就这样,像是甩包袱一般,郝军的父亲将儿子过继给了自己的大哥。与此同时,也切断了郝军与东北的关联。

第七十八章

"自从到了浙江,我就再没有回过东北。"

"逃避也好,没有时间也罢,总之没有再回去过。"

虎伦贝尔和乌云尽管没有经历过郝军说的往事,然而单从他的眼神中,也能看出他藏在心底的落寞。

沉默半晌，乌云又忍不住继续问道："学长，你怨过吗？"

"怨？"郝军深深地看了她一眼，"怨谁呢？怨我父亲吗？还是怨我姐？算了，人间本就多磨难，没必要计较太多。"

虎伦贝尔听到这里，心里动了一动。从大学开始，郝军就一直单身，难道说是因为童年的经历？

就在他纠结着该不该问时，只听郝军忽然说道：

"小虎，你是不是有话想问我？"

"学长。"虎伦贝尔迟疑了一下，终于问道，"你这些年一直单身，是不是和这件事有关？还是说没有遇到喜欢的人？"

郝军静静地注视了虎伦贝尔半晌，唇边忽然泛起一抹笑容："谁说我没有遇到过喜欢的人，小虎，你应该还记得王诗怡吧？"

随着郝军的话音，虎伦贝尔的眼前顿时浮现出了一个身材高挑、皮肤白皙、性格爽快的东北女孩形象。虽然不是同一个班级，但由于同届，再加上王诗怡又是学生会文艺部部长，因此，在大学读书的时候十分引人关注。想不到学长喜欢的人居然是她。

不是听说一毕业王诗怡就回东北了吗？这里面难道还有其他的隐情？

郝军看出了虎伦贝尔的心思，抽了口烟，说道："她是一个很干脆的女孩子。只可惜，因为家人的原因，我给不起她想要的幸福，也只能远远地祝福。小虎、乌云，其实我挺羡慕你们的。"

说到这里，他的目光中有些闪躲。事实上，自大学毕业，他和王诗怡就再没有过任何联系。对方的页面就那样静静地躺在自己的微信里，即使发动态也毫无关联。

"羡慕我们？为什么？"

"因为有根。"

郝军喝了一口茶，继续说道：

"根虽然看上去很平凡，然而却是奋斗的动力，只有有了它，内心才不会空虚。小虎、乌云，好好把握住幸福，祝福你们。"

最后的这番话，他说得真情实意。每个人都有自己的专属故事，不会轻易拿出来和别人分享。这就好比看电视剧，即使同一个人物，每个观众的理解也会不同，可又有谁真的能够走进人物的内心，全然了解人物的所思所想？

进站口门前,一辆黑色的轿车由远及近驶来。少顷,停了下来。车门打开,郝军三人走下车。从后备厢拿出箱子后,郝军伸出双手,又给了虎伦贝尔一个大大的拥抱。

少顷,分开后,他才又笑着说道:

"兄弟,常联系。"

"学长也是,多保重。"虎伦贝尔笑着说道,"咱们虽说一南一北,可还要像以前那样,有事没事多打打电话。"

郝军没有说话,只是点了点头。在他的注视下,虎伦贝尔和乌云转身拉着箱子缓步向进站口走去。

就在脚即将迈入门的一刹那,二人忽听身后那人说道:

"小虎……"

声音不大,语气也满是犹豫。

虎伦贝尔和乌云停住脚步,对视一眼,一道转身看向郝军。

"我知道你有王诗怡的微信,这么多年也有联系。"

郝军说到这里蓦地停住话头,然而透过他的眼神,却能看出此刻心中的挣扎。沉默了好一会儿,才又继续说道:

"她现在离婚了,独自在大连做服装生意,带着孩子很不容易。你要是有空就去看看她。另外跟她说,要是愿意的话,就来杭州找我,我很想她。"

虎伦贝尔的眼眸里散发出了欣喜的光芒。现在郝军的同学都已经陆续开启了二人世界,甚至快的话,已经领证结婚,唯有先他毕业的郝军仍是一副事不关己、高高挂起的淡漠表情,如今铁树好不容易开花,又怎能让人不兴奋?

"学长放心,话我一定带到。"

说到这里,虎伦贝尔话头一转,提议道:"不过我毕竟只是同学,有些事也只能是点到为止,不能说得太直白。学长既然挂念她,不如主动联系,或许有意外之喜。"

郝军听到这里,不禁皱起双眉,他知道虎伦贝尔说的是对的,有些事的确不能靠别人,只能靠自己。

"你说得没错,我的确应该尝试着将心扉敞开。"纠结半晌,郝军终于开口说道。

说完,他又看向虎伦贝尔,满脸感激:

"谢谢你，小虎，因为你的到来，我想明白了很多事情，心里再没有困扰了。也希望你和乌云回去能够创业成功，心想事成。"

"谢谢学长，我们都会心想事成的。"

虎伦贝尔说完，笑着向郝军做了个加油的手势，和乌云一道走进了进站口。

大约半个小时后，火车缓缓开动。透过车窗，虎伦贝尔和乌云恋恋不舍地看着窗外的景物。尽管只过了短短的十几天，他们却对这座城市有了不舍之情。他们的内心被这些新接触的人和事装得满满的，就像是在无形中给身体注入了无穷的力量。

"小虎，我觉得咱们这次不虚此行。除了学到了很多新的理念，心态上也改变了许多。"

"最让人高兴的是，还帮助学长找到了感情的方向。"

说到这里，她的心里忽然生出一丝甜蜜，嘴角情不自禁地向上勾出了一抹弧度，随即将头轻轻靠在虎伦贝尔的肩上。

"是啊。"虎伦贝尔将手很自然地放在乌云的头上，温柔地摩挲着女友的头发。

第七十九章

乌云拉着虎伦贝尔的手，坐直身子，看着对方满是期待地说道：

"小虎，等咱们回到村里，就和巴图大哥说改革的事吧。我想咱村里资源那么多，一定能有更好的前景。"

"乌云，你说得对，我举双手赞成。"

说到这里，虎伦贝尔的脸上掠过一丝犹豫。"不过，让全村人马上接受这个提议恐怕很难，不如就学横店的做法，先从党员入手，咱们创办一个中草药和养殖基地，怎么样？"

乌云皱着眉头思索半晌，点头说道："你说得对，但是中草药和养殖基地需要很大投资，单靠几个人是不行的。"

"那就进行众筹。"虎伦贝尔不假思索地说道，"等到有了盈余，每年年底按照投入分红就行了。乌云，我觉得学长说得对，有些理念是该改一改,必须得跟上形势才行。"

虎伦贝尔原本对商业运作就非常感兴趣,尤其是在上了大学之后,随着交往面的不断拓宽,对资本积累的过程也越发有了深入的认识。

记得以前和一个同学一道去电影院看某部国产动画片的时候,对方曾经说起过,动画片的制作方并不是经验丰富的影视制作公司,而是一群刚刚走出高校校门、怀揣着国产动画片崛起梦想的有志青年。

然而,理想终究换不来面包。由于一直没有寻到合适的投资方,作品也只能是做做停停。最后还是通过网络众筹的方式募得了经费,这才有了上映的一天。

然而,虽说理想变成了现实,用去的却是七年时光。

人的一生有几个七年? 如果能够用这样的光阴换取成功,付出便也是有意义的了。

回到北京后,按照电话里的约定,虎伦贝尔和乌云先到位于广安门附近的即刻酒店办理了入住手续,随后二人打车来到了博众唱片公司。在助理的引领下,他们来到了 14 楼的会议室,在推开门后,看到赵博众和苏明阳早已等了那里。

"来了?"赵博众抬头看了一眼虎伦贝尔和乌云,笑着说道,"来得正好,快坐吧,茶刚泡好。"

虎伦贝尔和乌云对视一眼,坐到了赵博众二人面前的沙发上。

赵博众看了一眼苏明阳,随后手一抖,只听"啪"的一声,一份放在文件夹里、装订得极为整齐的合同被扔到了虎伦贝尔面前的桌子上。

"看看吧。"

赵博众不动声色地说道。在众人的注视下,他拿起杯子喝了一口茶,继续说道:

"看看吧,要是没什么问题就可以签了。"

虎伦贝尔又看了一眼乌云,在回来的火车上,他已经做好了最坏的打算。毕竟自己只是个小作坊,即使对方拒绝也在情理之中。只不过若是遭拒,心中难免会不甘。可没想到,事情竟会这么顺利,完全超出虎伦贝尔的意料。

赵博众又慢悠悠地喝了口茶,见虎伦贝尔没有看合同,只是傻傻地盯着自己,便笑着放下杯子,用手在脸上抹了一下,开玩笑道:

"怎么? 我就那么帅出天际? 当心女朋友吃醋,哈哈……"

苏明阳和乌云听到这打趣的话语,也不禁笑出声来,只有虎伦贝尔仍旧一本正经地说道:

"赵总,我感觉这样好像不对。"

"不对?"赵博众一怔,眯着眼睛笑道,"为什么?"

"这氛围实在太轻松了。"虎伦贝尔迟疑了一下,又继续说道,"我以为今天一定要面对所有董事会的成员,像是大学答辩那样阐述项目,以及回答各种各样的问题。没想到……"

"没想到只有咱们四个,而且还是喝茶聊天?"

虎伦贝尔听到赵博众的问话,目光闪烁了一下,点了点头。

"不需要。"赵博众收敛起笑容,摆了摆手说道,"合同内容是董事会成员在陆续开了三次会后确定下来的,全部内容也已经过了法务的审核确定,彻底万无一失。你现在需要考虑的并不是其他,而是逐字逐句地推敲内容。"

苏明阳见虎伦贝尔仍有所犹疑,便也在一旁说道:"是啊,小虎,既然赵总诚心实意地想要投资,那你还是按照他说的来。"

虎伦贝尔犹豫了一下,侧头看向乌云。见女友向自己点头,便笑说道:

"苏先生说得对,谢谢赵总。"

"没事。"赵博众一副大度的模样,笑着提议道,"我们还要说些其他的事情,可能会影响你。旁边是一间办公室,你可以先去那里,等确定后再回来。"

"谢谢赵总想得这么周到。"乌云感激地说道,随后她推了推男友,催促道,"小虎,快去办公室吧。"

虎伦贝尔点了点头,在其他三人的注视下,起身推门离去。

少顷,待门关上,赵博众才又说道:"乌云,我想和你谈谈小虎的项目。"

乌云听到这里皱了皱眉,在看了一眼苏明阳后,她身子向前探去,刻意压低了声音。

"赵总,您说。"

"民族传统绣花工艺的确是个很好的项目,一旦开发成功,未来也会非常有潜力。不过……"

赵博众说到这里,话锋一转,说道:

"不过,就像小虎说的那样,商人首先看到的并不是未来前景,而是利益,所以项目在董事会上并没有通过。"

"没通过？"

乌云一怔，可是刚刚赵博众明明已经拿出了合同，如果没有通过，这合同又是从哪里来的呢？

苏明阳看出了她的心思，便又接口道，

"这合同的投资一共是300万元，除了赵总拿的百分之五十，我和另外一个做房地产的朋友分别拿了百分之二十五。合同上写得很清楚，前五年不需要任何资金方面的回报，只是单纯投资，当然这主要是用来发展公司。毕竟从无到有，公司有相对漫长的一段路要走。五年后，要按照实际情况来进行分红。乌云，我们只将这件事告诉给你，希望你能够严守秘密，不要给小虎增加任何负担。"

第八十章

乌云在听到董事会并没有通过投资书时，心不由得悬了起来。随后听了苏明阳的话，心情便恢复了平静。与此同时，内心却又不觉困惑了起来。犹豫半晌，她小心翼翼地问道：

"可是，赵总，这是为什么呢？"

很显然，赵博众并没有明白她话里的意思，皱了皱眉道：

"什么为什么？"

"300万元并不是小数目，按照商人的思维，一定希望尽快就能有所回报。"

乌云说到这里，话音忽然停住。沉默了一会儿，才又继续说道：

"既然这样，为什么您还愿意拿出五年的时间来给小虎，您的目的是什么？"

"目的？"赵博众先是一怔，继而放声大笑，"民族传统绣花本身就是一个好项目，随着现代人审美意识的逐渐提升，未来一定会有非常大的潜力空间。况且，在我心里，始终觉得欠着卡纳特的人情。如果有机会弥补，肯定希望全力以赴地去做。"

"欠人情？"乌云一怔，随即像是明白了什么，"你是说根花？"

"是啊。"赵博众神情凝重地说道，"根花是在达仁奶奶的抚养下，喝着呼玛河的水长大的。她虽然是北京人,实际上却早已是卡纳特的村民了。而我也因此在命运的安排下,进入了赵家,并且成了她的哥哥。说起来,不仅是根花,连我也欠着卡纳特的人情。"说到这里,他的唇边泛起了一丝苦笑,"按理说,修路和给绣花作坊投资的事情都应该由根花来,只可惜天不遂人愿,只能由我来完成了。乌云,过去的就过去吧。我听明阳说,根花和你们是非常好的朋友,作为素未谋面的哥哥,也是唯一在世的亲人,我相信她的判断是不会有错的。"

乌云被赵博众的这番话说得内心激动,眼里不禁泛起了泪花。哽咽了好一会儿,才又颤抖着声音说道:

"谢谢赵总,您放心,我们一定不会辜负您和根花的厚望。"

"辜负?"赵博众微微一笑,"既是朋友,又何谈辜负? 乌云,我已经说过了,这件事除了你、我,还有明阳,不要再让任何人知道。"

说到这里,他停住话头,直直地盯着乌云,眼眸漆黑,像是在审视着对方的灵魂,问道:

"你能做到吗?"

乌云没有说话,只是重重地点了点头。与此同时,心中堆积的情感也变得愈发强烈。

事实上,尽管参加了歌手大赛,并在比赛中拔得头筹,她对根花的亏欠感却没有因此减少分毫。乌云知道,自己欠根花的情,只怕是这辈子都还不清了。唯一能够暗中祈愿的就是绣花工厂的早日成功,或许只有这样才能使难过的情绪减轻一些。

第八十一章

和闷热的南方不同,北方的天气已然凉爽。在这里,一切都显得那般安然闲适。天上朵朵白云,地下是一望无际的山川河流,还有那数不尽的像绿地毯一样倏忽而过的田野、庄稼,让人看得心儿陶醉,仿佛刚刚喝了一瓶醇厚的红酒。

出租车里,乌云和虎伦贝尔倚在车窗旁,近似贪婪地看着窗外的美景。只不过一段时间没有看到,他们就觉得十分想念。如今回来了,心里也莫名地生出了无限依恋。

"乌云……"少顷，虎伦贝尔收回看向窗外的目光，对女友轻声说道，"我觉得这次的行程实在太顺利了，现在还觉得有些恍恍惚惚，好像做梦一样。"

乌云笑着说道："或许是咱们人好，所以才会这么走运的吧？小虎，300万元不是小数目，一定要物尽其用。"

"放心吧。"虎伦贝尔抬起手来，温柔地摸了摸女友的脸，笑着说道，"我知道有些事情并非表面看上去那么容易，背后一定藏着秘密。不过，赵总能够这样信任咱们，已经很感激了。再说，将民族刺绣工艺推向全世界一直以来也是我的梦想，肯定会把握机会全力去做的。"

乌云没有说话，只是抓着男友的手，将其紧紧地贴在了自己的脸上。此时，她的眼睛亮如繁星，令人心旌动荡，陶醉其间不能自拔。

虎伦贝尔趁着乌云没有防备，他忽然将唇凑过来，轻轻地贴住了对方的嘴唇。

一时间，再次电光石火，天崩地裂。随着血液迅速燃烧，乌云只觉得眼前一黑，一阵强烈的眩晕突如其来，险些昏了过去。

过了好一会儿，二人终于分开。在坐直身子后，乌云先是低着头重重喘息了半响，待气息完全平复，这才含羞带娇地瞪了虎伦贝尔一眼，换来的则是男友调皮一笑。

回村途中，在乌云的要求下，车子绕道前往修路现场。只见在头戴安全帽、身着蓝色制服的技术人员的调度下，近百人正在有条不紊地施工。工地上，机械声隆隆响起，宛如心脏扑通扑通，一刻不停地用力跳动。

看到这井然有序的一幕，乌云的眼睛不禁又有些湿润。她知道，这颤动的大地正在默默地孕育着希望和力量。随着公路竣工，卡纳特村一定会重生，破茧成蝶，成为受到世人关注的璀璨明星。

想到这里，全身的血液不觉沸腾……

车里，乌云将身子轻轻地倚在座位上，闭着眼睛兀自想着心事。

"乌云，你怎么了？一直不说话，有心事？"

乌云听到男友关切地询问，睁开了眼睛，笑着说道：

"小虎，你刚刚听到大地的脉搏了吗？"

"大地的脉搏？"虎伦贝尔一怔，笑出声来，"这么有诗意啊。"

"嗯。"乌云点了点头，她忽然像是想起了什么事情，像是小孩子一样抓紧了男友的手，认真地说道，"我记得以前达仁奶奶曾经说过，七十多年前，她也曾听到过大地的脉搏。"

在虎伦贝尔疑惑的注视下，随着乌云轻声讲述，多年前的一段往事浮现在了他们的眼前。

和汉族人过着安居稳定的日子不同，向来以游猎为生的鄂伦春人以前对住所的概念并没有那么强烈。事实上，早在 20 世纪 60 年代末以前，他们一直住在山洞里，随着季节的变化而迁徙。

然而也正因如此，他们被动地经受着外界的风雪考验和野兽侵袭。那时鄂伦春人的人均寿命都很短，别说百岁，就连八十岁都不一定能够闯得过去。他们强烈地渴望着能够改变环境，最终却又只能无奈地放弃。

事情的改变似乎总是那般不经意……

初秋的一天早晨，当达仁在四个孩子的陪伴下在自家住的山洞前晾晒野菜和肉干时，忽然听到从山谷深处传来了一阵清脆的马铃声。

由于一直与世隔绝，因此在听到这声音后，原本弯腰干活的达仁立刻直起身子，低着头，紧紧盯着山谷，屏气凝神地听着这由远及近传来的动静。直到那日松忽然在一旁用手指着下面，惊讶地说道：

"额妮，快看，马帮！"

众人顺着他手指的方向看去，果不其然，两辆用白马拉着的马车在视线中倏忽而过。马脖子上挂着铃铛，只要一迈步就会叮当作响。不仅如此，马车上的人还在高声唱着歌。尽管由于离着远，听不清楚唱的是什么，但通过手舞足蹈的动作，也依然能够感受到他们心中的激越。

鄂伦春人无论男女老少都会骑马，从没有人用过马车，因此这群人一定是从外面来的汉人。

汉人为什么会忽然来到他们的领地？接下来对方又要做什么？达仁越想心里越乱，直到当天晚上，她才终于在惴惴不安的心情中，等到丈夫回来。

第八十二章

是日黄昏，在外面劳累了一天的阿古达木终于回到了家里。刚一推开门，就看到妻子将热乎乎的狍子肉放到了木桌上，孩子们此刻全部围坐在桌旁，都是一副迫不及待的模样。

"回来了？"见丈夫出现在门口，达仁笑着迎上前去，"狍子肉已经准备好了，洗洗手就可以开动了。"

阿古达木点了点头，笑着抱了一下妻子。随后，在对方的引领下，快步来到山洞前的水井旁，在洗干净手后，又跟着达仁一道走进了山洞。

少顷，在坐到桌上后，达仁才又关切地探问道：

"阿古达木，今天山下来了一群汉人，他们是做什么的？"

阿古达木吃惊地看了妻子一眼："你看到了？"

达仁没有说话，只是点了点头。

"他们是来帮咱们盖房子的。"

"盖房子？"

"是啊。"阿古达木见妻子一脸疑惑地看着自己，便又说道，"那群汉人是省里派来给咱们盖房子的，组织出台了新规定，让咱们下山居住。"

下山？！

达仁的脸上浮现出复杂的神情。如果说这世上最难以改变的，就是习惯两字。族人们早已习惯了隐居山林的生活，对于他们来说，山洞就等同于家。现在组织要大伙儿下山去住，这一时半会儿真的能适应吗？

阿古达木善于察言观色，看出了达仁的心思："你想得没错，凡事都需要有个过程，族人们最初肯定是不愿意下山的。不过，组织上既然这样考虑，肯定是有道理的。我是村委会主任，你是家属，咱应该带个好头。"

达仁点了点头，心里却仍有所顾虑。说是一回事，做又是另外一回事，人有时候真是奇怪的动物。

次日上午，在阿古达木的召集下，全村老少全部集中在了村头的空地上。在听他说完组织的想法后，众人一片沉默。

阿古达木环视一圈，见谁都不说话，便笑着说道：

"说说吧，大伙儿都是怎么个想法？"

村民们你看看我，我看看你，直到过了好半晌，萨满阿赛才开口说道：

"我觉得这件事行不通。"

和查干去世的时候不同，如今阿赛早已不是那个行事沉稳、神态却纯真的少女，而是一个见过了无数场面、经历了不同历练的中年女子。由于她一心为村民求得喜乐平安，因此阿赛一直受到村民们的爱戴。每当年节，乌力楞的人们都会自发地拿着礼物送到她的撮罗子前。

果然，在听到阿赛的话后，人群中立刻响起了一阵不大不小的嘈杂声。直到看到阿古达木看向全场，才又全部噤声。

阿古达木收回目光，笑着对阿赛说道："阿赛姑姑，您为什么这么说呢？"

"咱们鄂伦春人自古就讲究人与自然和谐相处，感谢神明赐予我们食物、衣服和住所，世世代代得以安居乐业。汉人的房子并不适合我们的族人。"

阿赛语气强硬，与平日里的宽容大度完全判若两人。看得出来，她是坚决反对这件事情的。

听到这番话，族人们也七嘴八舌地附和，全部站在了阿赛的这边。现场瞬间出现了一面倒的局势。

阿古达木见此情形先是一怔，继而看向了人群中的达仁。看得出来，他并没有想到情况会变成这样，因此，也没有来得及进行心理建设。只是，他也知道，想要劝说村民在短时间内改变主意是绝对不可能的，毕竟习惯极难更改，更不可能用来挑战。

当天晚上，在回到家后，阿古达木先和家人一道默默地吃过了饭，然后便独自坐在山洞前的木头堆上，闷头抽烟。

随着一阵细碎的脚步声从身后传来，达仁从里面走了出去。在来到丈夫身旁坐下后，她侧头问道：

"阿古达木，有心事啊？"

阿古达木叹了口气，摇了摇头。

达仁笑了笑，随后伸出手去，轻轻搭在了丈夫的胳膊上，柔声说道：

"我知道你在为今天的事烦心，不过，这也怪不得大伙儿，毕竟做什么事情都是需要一个过程的，尤其是习惯。"

阿古达木狠狠地吸了口烟,等到烟燃得差不多了,他将烟蒂扔到了地上,郑重地看着对方问道:

"理是这么个理,可你想没想过,咱们国家现在刚刚建立,经济还不富裕,为啥组织上偏偏要在这个时候盖房子,让咱们到山下安家?说到底还不是为了咱们好?人家汉人兄弟翻山越岭来这里,掏心掏肺地对咱们好,咱们鄂伦春人也绝不能含糊。"

"翻山越岭?掏心掏肺?"达仁小声重复着丈夫的话,忽然唇边泛起笑容,"要是这么说,这件事还有转机。"

"转机?"

"嗯。我觉得要是汉人真想办成事,看咱们迟迟没回音,也一定很着急。"

达仁说完伸手拉起丈夫,推着阿古达木向山洞里走去。

"这件事听我的,咱们再等等。天色不早了,还是早点歇着吧,明天还得忙。"

阿古达木轻叹了一声,虽说心里还是有些不情愿,可他也知道妻子说的是对的,要想不激化矛盾,也只有耐心等待了。虽是如此,他心里却仍不免有些惴惴不安,生怕事情没有转机。

事实证明,阿古达木的担忧是多余的。

东北的气候向来四季分明,尤其冬天来得特别早。随着天气渐渐转凉,刚到十月末,还没进十一月,一场纷纷扬扬的大雪便迫不及待地从天而降,瞬间将乌力楞变成了白茫茫的世界。

接连大雪封山了许多天,山林里早寸步难行,乌力楞里的人们只能每天躲在撮罗子里扎堆聊天,或是一道围坐在山洞前面空地的火堆旁,边抽烟边烤肉干,聊着无奈与心酸。

"唉,平时不觉得,这一到冬天,山洞里就冷冰冰的,怎么生火都不暖和,要是能有个舒服的地方就好了。"

这天黄昏,当大家又一次围坐在火堆旁时,一个上了年纪的村民忽然发牢骚道:

第八十三章

一石激起千层浪，村民的话很快就引来了众人的议论纷纷，看得出来，他们对于生活在这样冷冰冰的地方很郁闷。

就在这时，随着一阵有力的脚步声传来，阿古达木出现在了众人的面前。跟在他身旁的是一个穿着蓝色翻领中山装和黑色裤子、四旬左右的男子。

众人见状，立刻纷纷站起身来笑着打招呼。在来到他们的面前后，阿古达木微微一笑道：

"都在啊，正好向你们介绍一个新朋友。"

新朋友？

村民们听到这里，又看向了那个中年男子。

中年男子弯腰向众人鞠了一躬，温和地说道：

"大家好，我叫萧枫，是省里派来咱们乌力楞的工作组组长，专门给大家盖房子的。"

工作组？

众人听到这里，顿时交头接耳，议论纷纷。虽说工作组已经来了两三个月，但始终是神龙见首不见尾，从没有在他们面前公开出现过。想不到这组长竟然这么年轻，而且还这么有礼貌，众人心里不由得多了几分好感，只是仍有所顾虑。

这么年轻的干部到底是花架子还是有真才实学？这汉人盖的房子，到底靠不靠谱？世世代代生活在山上的鄂伦春人，一旦下山，真的能够适应吗？

尽管心中这样想着，不过众人谁都没有说话，只是低着头，一副心事重重的模样。

阿古达木环视四周，见谁都没说话，便又开口说道："你们别看萧组长年轻，人家可早就是省测绘局的工程师了，工作经验非常丰富。这次省里派他到咱们这儿来，也说明省里很重视。"

人群继续一片沉默，等了好半天，一个头发花白、上了年纪的村民才

开口,有些为难地说道:

"我们不是不领组织的情,只是咱们鄂伦春人和汉人生活习惯不一样,你觉得能行?"

尽管听不懂鄂伦春语,萧枫却能从阿古达木脸上的反应大致猜出意思,便笑着说道:

"我知道大家世世代代生活在深山,和外界信息互通得很少,对于组织的决定,心里难免有顾虑。不过,请你们相信,我们汉人不是外人,而是家人。不如趁此机会,大伙儿把顾虑告诉我,我好统一向组织汇报。阿古达木主任,你看可以吗?"

阿古达木早就想有一个机会能够让萧枫和村民们面对面,既然对方这样提议,他又何乐而不为?于是,笑着点头道:

"萧老师能有这样的想法,那可就太好了。那日松……"

在一旁不远处正和其他孩子玩闹的那日松听到父亲的招呼,连忙凑上前来。

"你去和额妮说,今天晚上,咱们在这里集体晚餐。要她赶快把狍子肉炖烂,给大伙儿吃。对了,还有酒,今天晚上我们要和汉人兄弟一道不醉不归。"

那日松应了一声,随后便带着一群孩子跑远了。

萧枫在阿古达木的引领下来到位于中间的空位上坐下,学着众人的模样将手伸到火堆前,边烤火边看向大家,真诚而友好。

村民们见此情形,原本紧绷的心情不由得放松了下来,氛围也随之变得轻松。

"大家有什么话都可以跟我说,只要我知道,都会告诉你们。"

众人又是喊喊喳喳一番,随后,就见一个穿着鄂伦春传统袍子的年轻人说道:

"萧老师,我想问一下,山那边是什么?"

尽管在山上生活了很多年,可他们很少走出大山,因此对山外的世界一直葆有强烈的好奇心。

萧枫听到问话,先是一怔,继而眯起眼睛,认真思索片刻,回答道:

"山那边是大片大片的农田,每当春天到来,上面就会长满庄稼,看上去就像是一张硕大的绿色地毯。当然,还有山脉和河流,以及城市。"

他的话像是一幅素描画,充满了浓浓的诗意,瞬间就引领着人们走进了那迷人的画面当中。

村民们在听到萧枫的回答后,脸上情不自禁地浮现出兴奋的神情。对于汉人来说,庄稼、大地、山脉、河流虽都是司空见惯的东西,可对于鄂伦春人来说,则充满了无限的新奇。

"萧老师,您刚才说城市?那是什么样子的?"刚刚发过牢骚的村民忍不住问道。

"城市。"萧枫边凝眉思索边说道,"那里有很多人和车子,是个非常热闹的地方。"

虽说在省城生活了近四十年,可用什么样的语言能够简单勾勒出那里的状况,还是让他感到有些苦恼。

村民们的心被萧枫的话带动了起来,全都痒痒的,连带着血也在不知不觉中沸腾了起来。

萧枫察言观色,看出大家的心思,便又笑着说道:

"我不是文学家,没有办法说出更深的内容,只能这样描述。具体是怎样的,还是希望大伙儿有机会去看看。"

"看看"虽然只是简单的两个字,却让大伙儿生出了无限的向往。山里的日子不像外面那般喧嚣热闹,向来是寂寞冷清的,要是能够有机会出去走走,见见世面也是好的。

"萧老师,组织为什么要派您来我们村?"

一个坐在人群中的女孩,原本只是安安静静地听着大家的谈话,听到刚刚的谈话内容,也笑着说道。

"组织上派我们来这里,是要帮助大家。"

"帮助?"

"对。"萧枫见终于进入了正轨,不免激动了起来,"组织上知道鄂伦春人世代生活在深山,日子过得很清苦。所以特意派我们过来盖房子,希望大伙儿可以停止颠沛的人生,都能有暖烘烘的房子和热乎乎的食物。等到以后安定下来,还会送孩子们上学,安排年轻人到工厂工作。此外,也会派医疗队过来,每年定期为大伙儿体检送药。农业农村局还会派人过来传授给大家种植、养殖的知识。等到那时,乌力楞就真的可以通电灯、电话,彻底改变模样了。"

毫无疑问,萧枫的话带给了村民们强烈的震撼,大伙儿的心中都点燃了无限的希望。

第八十四章

这时，又听到一阵脚步声响起，达仁带着孩子们出现在了他们的面前，只见每个人的手里都端着装满了肉的盘子，后面的人手里则抱着两个褐色酒坛和一摞酒碗。

阿古达木笑着起身来到妻子的面前，在帮其将碗盘和酒菜依次分发到众人面前后，才又在萧枫身旁坐下。

"咱们边吃边聊，今晚就开开心心地过一整晚。"

众人纷纷笑着道谢，拿起酒碗，一道喝完了碗里的酒后，才又继续将目光集中到了萧枫的身上。

"萧老师，听你这么说一定是件好事，可要是真的想实现，只怕是还需要花费很长一段时间。"

人群中，阿赛姑姑一直低着头凝视着火堆发呆。作为萨满，她一直承蒙着天神恩都力的旨意庇佑着乌力楞的人们，自然也希望大家的生活越来越好过。因此，在听到萧枫的那番话后，顾虑瞬间被打消。

阿赛坚信一定是恩都力听到了鄂伦春人心底的呼唤才让组织上派工作组前来，对方也一定会真心实意地带着鄂伦春人过上好日子。只不过这中间应该经历过相对漫长的过程，才能让一切变成现实。

阿古达木看了一眼阿赛，随后低声地对萧枫说着什么。过了一会儿，在众人的注视下，萧枫起身来到阿赛的面前，按照鄂伦春民族的风俗将右手放到左肩，虔诚地向她鞠了个躬。

"早就听说阿赛姑姑，只是之前一直忙，所以才没能亲自拜访，还请姑姑见谅。"

阿赛先是一怔，继而眼睛湿润了起来。在那一瞬间，她忽然想起了当年的东北抗日联军第一次来乌力楞的情形。尽管一晃过去了二十多年，汉人的品格却始终未变。

"汉人是我们鄂伦春人的亲兄弟，绝对值得信赖。"阿赛在心里默默说道。

想到这里，她起身拉住了萧枫，笑着说道："萧老师，您客气了，我们乌力楞还要感谢工作组的帮忙。你说得没错,我们鄂伦春和你们汉人始终都是一家人,你们只要有需要,随时都可以向我们提出来。"

"不劳烦姑姑。"萧枫笑着说道,"只是希望建好房子后,各位都能够到山下居住。"

阿赛重重地点了点头:"谢谢萧老师,我刚刚听到恩都力的指引,他也同样是这样说的。只是还要辛苦你们了。"

"不碍事。"萧枫摆了摆手,笑着说道,"等到房子建好后,就要劳烦姑姑和村主任组织带领大家到山下来。"

阿赛和阿古达木对视一眼,一道说了声"好"。

三人相视而笑。

时间转瞬即逝,很快就到了次年五月。随着山岭上开满了火红火红的兴安杜鹃,山下的工地也变得热闹起来。随着工人们的陆续进场,搭建房子正式开工。

和东北大多数地区不同,山区的天气向来莫测多变。虽说天气转暖,可相应也带来了连绵不断的雨天。雨水虽说不大,可淅淅沥沥地打在地上,仍是一片湿润。不仅如此,由于这样的气候,工期也受到了一定的影响,随时可能暂停。

为此,阿古达木的心情异常烦乱。那段时间,只要有空,他就会皱着眉头看着天空发呆,心情压抑到了极点。

达仁看出了丈夫的心思,这天晚上当阿古达木回来后,她主动提议道:

"阿古达木,我晾了一些干菜和狍子肉,山下的人最近赶工,吃得应该不太好。要是明天不下雨,你就送过去吧。"

达仁向来温柔,遇事总是喜欢为别人着想,阿古达木见妻子这样说。很高兴,便爽快地答应了。

第二天早晨,他特意起了个大早,在妻子的目光中,骑着马缓缓向山下走去。

常言道,六月的天孩子的脸,雨说下就下。兴安岭的天气却要足足早上一个月,五月就开始多变了。刚到半山腰,豆大的雨点便从天上落了下来,滴滴打在人的身上,冷冰冰凉飕飕的。

在跳下马后,阿古达木披上桦树皮蓑衣,又将原本挂在马鞍两侧的袋子放进怀中,随后又细心地系上腰带,这才又继续打马向山下跑去。

大约两个小时后，他终于来到山下，原以为工地会因雨停工，谁知还没到地方，就听到一阵歌声隐隐约约地随风传来。

阿古达木先是一怔，随后猛地一夹马腹，拍打着马向歌声传来的方向奔去。

少顷，待来到目的地，他惊讶地发现，此刻工地上并未停工，近百名工人赤裸着上身，边唱着劳动号子，边低头忙碌地干着活儿。雨水打在人们的身上，已然分不清究竟是雨水还是汗水。少顷，在风的吹动下，雨水也变得更加猛烈，工人们却像是根本没有感觉，仍旧沉浸在自己的劳动中。

见此情形，阿古达木的眼睛不觉一热，心也随之颤抖起来。他知道这些工人大多数都是二十多岁，其中的一些甚至只有十几岁。这要是放在家里，还只是一群娃娃，如今为了帮助族人们，他们甘愿在雨里淋着，这让他实在过意不去。

想到这里，阿古达木一拽马缰，向着不远处的工地指挥部奔去。

此时，工地指挥部的门敞开着，萧枫正站在长条桌前认真地听取各个分组长汇报施工进度。距离上级规定的交付日期还有短短三个月，屋子才盖出了一半，却又偏偏赶上了下雨。尽管他并不愿意让工人们淋雨，可是大伙谁也不愿对鄂伦春兄弟们失信，拦都拦不住。

第八十五章

"好了，会就开到这里，有事回头再说。"

萧枫说完快步走出办公室，在他的注视下，阿古达木跳下马来，快步走了过来。

"阿古达木主任，你今天怎么会有空过来？"萧枫笑着问道。

经过这段日子的相处，他们早已变得像兄弟一样亲密。

阿古达木看了萧枫一眼，随后解开袍子，从怀里拿出了装得满满的布袋，边说边递到对方的面前。

"达仁担心山下的伙食不好，大伙儿又累，就晒了些野菜和肉干，让我拿了过来。"

"谢谢嫂子想得这么周到。"萧枫伸手接过袋子,感激地说道,"还请替我感谢她。"

阿古达木点了点头,犹豫片刻,最后还是说出了想法:"萧老师,现在下雨,要不先让工人们回来歇着,等雨停了再干。"

说完,他用期待的目光看着对方,希望萧枫能够采纳自己的建议。

"赶工期要紧,大伙儿都很积极,我也拦不住啊。"

阿古达木点了点头,然而,心里还是有些不情愿,于是,就又说道:"萧老师,我知道工期紧、任务重,可他们毕竟还是一群年轻人,要是放在家里,肯定也是被爹妈宠着,万一淋病了,怎么办?"

萧枫笑了笑,阿古达木看起来长得五大三粗,没想到内心竟也这么柔软。

"谢谢阿古达木主任的关心,工人们虽说年纪还轻,可觉悟都不低,承诺鄂伦春兄弟的事,一定要如期完成。"

阿古达木只能叹口气,将担忧藏在心里。等晚上回到山洞,才将自己看到的告诉给了妻子。末了,他又语气沉重地补充了一句:

"达仁,你不晓得,我现在心里有多难受,那还都是一群年轻人,就已经这么吃苦了。说到底,还不是为了帮助咱们鄂伦春人。咱们向来讲究以心换心,既然对方这么真诚地对待咱们,那咱们也绝不能含糊,必须得做些什么才行。"

说到这里,阿古达木不禁眉头紧锁。是啊,做点什么,总不能真的到工地帮忙盖房子。自己没那个技术,去了也只能是拖后腿,到头来还不是瞎子点灯白费蜡?

达仁正低着头在孩子的袍子上绣花,见丈夫不说话,便抬头瞟了一眼,见此情形,貌似不经意地说道:

"今天萧老师留你在食堂吃午饭了,怎么样,伙食还好吗?"

阿古达木一听这话,立刻抓住了机会,大声说道:"好什么呀,还不是棒子面粥、大葱、白菜炖土豆?还没有咱们山上吃得好,咱们最起码顿顿都有肉。"

说到这里,他忽然像是想起了什么,猛地一拍大腿,兴奋地说道。

"对啊,咱们反正都要打猎,不如每次多打些,晾成肉干,隔三差五让人送到山下去改善一下工人们的生活,你说怎么样?"

达仁见丈夫领会了自己的意思,心中很是高兴,便也笑着说道:"当然好,汉人的专长是盖房子,咱们虽说没有那个专长,但可以打猎,这也算是各取所需,各有所长,取长补短。"

"说得好,各取所需,各有所长。"阿古达木笑呵呵地说道,"达仁,还是你聪明,能想出法子来,不愧是我的贤内助。"

"好,那我就这辈子都助你。"

说完,二人相视一笑。

车里,乌云讲完这件事后,仍有些意犹未尽。

"小虎,说实在的,当初达仁奶奶说起这件事时,我真的很感动。要不是老一辈这样互帮互助,就不会有眼下的好日子。咱们年轻一辈,也得向他们学习,继续把这种精神发扬下去。"

"对。"虎伦贝尔点了点头,"等回到村里,我想立刻去找巴图大哥谈上一番,给他好好讲讲这几天的见闻。"

"好呀。"乌云笑着说道,"巴图大哥是个做事的人,以前只是苦于眼界没开,如今有了咱俩做帮手,他一定会放开手脚做事的。"

虎伦贝尔点了点头,笑着说道:"乌云,你说得对,也不对。"

乌云没有说话,只是疑惑地看着男友。

"不仅咱们两个,还有卓俊大哥、吴楚、苗苗、苏先生、赵总,以及千千万万关注咱们,愿意帮助咱们的人。这两天晚上,趁着你休息,我列了一份计划书。"

说着,虎伦贝尔打开了放在一旁的背包,从里面拿出了一份已经打印好的文件,递给了女友,

"这上面列着的是咱们村目前能够开展的业务,以及未来有可能做的事情,你看看还有没有落下的。另外,如果眼下缺资金,咱们可以采用网络募集的方式进行。我前两天在专业的项目合作网站上看了一下,好多人在上面找资金和项目。我想,等和巴图大哥碰完头,确定好要做的事情后,咱们也可以在网上募集,你觉得怎么样?"

乌云深情地看着虎伦贝尔,这一瞬间,她忽然对自己的男友肃然起敬了。经过长时间的历练,对方已经在不知不觉中褪去青涩,成长为有独立见解和担当的男人,乌云坚信,自己的未来一定会非常幸福。

匆匆看过一遍文件,乌云简单地提了自己的几点建议,随后说道:

"小虎,这些目前还都是咱们的单纯想法,能不能实现、能做到哪一

步，还都是未知数。我想眼下咱们也不要操之过急，还是等到巴图大哥拍板才好。"

"你说得对。"虎伦贝尔赞许道，"巴图大哥向来处事果断，我相信他一定会是个很好的带头人。至于其他的嘛，一切交给时间。我想只要肯真心付出，日子一久一定会有回报。"

说完，二人会心一笑。

第八十六章

在即将到达村口时，虎伦贝尔和乌云便在车里听到了一阵欢快的锣鼓声。

"这不会是巴图大哥带着大伙儿在村口欢迎咱们吧？"说到这里，虎伦贝尔满脸兴奋。

东北人向来朴实热情，每当年节或是有需要庆祝的事情时，人们就会凑到一块儿敲锣打鼓，通过乐曲来抒发情感。

乌云侧耳认真地听了一会儿，笑着附和道："我觉得应该是。"

"那还等什么？还不赶快去。"

说着，虎伦贝尔便催促着司机加快车速，向着村口疾驰而去。

果不其然，一到村口，就看到布赫巴图带着村民们等在老槐树下，在他们的身后竖着的是一面用黄字写的"欢迎鄂伦春族著名歌手乌云回乡"的红色横幅，色彩喜庆热烈。

看到车子出现，布赫巴图摆了摆手，在音乐停止后，又让人用粗树枝挑着一串长长的红鞭炮燃放了起来。爆竹声噼啪作响，将气氛推至高潮。

虎伦贝尔唇边泛起笑容，他透过车窗好奇地看向横幅上的字，脸上的神情活像是个在搞恶作剧的孩子。

"欢迎鄂伦春族著名歌手乌云回乡？"念完后，他侧头看向身旁的女友，"乌云，我还是沾了你的光。"

乌云开心地笑着，眼神灵动。这一刻，她的脑子里浮现出了《木兰辞》中描写的当年战争结束后花木兰卸甲归家的情景。记得当年在课堂上学习这篇课文时，只觉得叙事宏大，读来让人感觉荡气回肠。如今在参加了少数民族歌手大赛后，乌云才真切地理解了当年花木兰的心情。

尤其是在看到人群中的达仁奶奶和自己的家人时，更是如此。

"别贫了，我没做什么。"乌云低着头，面色绯红地说道，"是村里人将这件事看得太重要了。"

虎伦贝尔见女友这样表现，心中顿觉她很可爱。于是，便忍不住将头凑了过来，亲昵地在乌云脸上吻了一下，这才又说道：

"还等什么？赶快下车吧。"

乌云被男友这一亲密的举动搞得有些尴尬，在听到催促后，便将手伸到一旁的把手上，在车停稳后，推开门走下了车子。

在和男友并肩来到众人面前后，乌云笑着说道：

"巴图大哥、各位乡亲们，大伙儿在这儿等了很久了吧？真是太辛苦了！"

布赫巴图憨厚一笑："我们没啥，乌云，你这次到北京真是太给咱村长脸了，不仅成功拿到了冠军，连咱村都跟着上了新闻，真是太棒了。"

"那是啊，咱们乌云现在可和以前不一样，那是著名歌星。"

尽管生活环境闭塞，但村民里仍不乏一些平时就喜欢追赶潮流的人。一听布赫巴图这么说，也连忙接口附和道：

"乌云，快说说，你现在的演出费是不是真像网上说的，一场好几百万元？啧啧，那哪是赚钱，简直是印钞。不对，比印钞机还厉害哩！"

这一番话顿时引起了在场人的一片哄笑。

乌云也跟着大伙儿一道笑着，少顷，才以打趣的方式说道：

"我哪有那么厉害啊，要真是那样的话，咱村就能马上大变样了。我现在的出场费虽说照过去是涨了些，不过也就只有几万块。"

"几万块？"另一个年轻男村民惊讶地说道，"哎，我的乖乖，那也相当于咱村户均一年的收入了。哈森大叔，我原来就说你是福相之人，肯定是被恩都力特殊护佑的。怎么样，我说话还是准的吧？"

哈森内敛倔强，平时从不喜欢出风头，更没想过会和明星有所关联。因此乌云在北京参赛时，尽管全村高度关注，甚至村委会还将这件事作为每天的头等大事，按时组织大伙儿到村办看电视，可他还是一如既往地保持着平和的心态，为人处世也极为低调。如今，就连来接女儿也站在队列后面，只是远远地看着乌云。看到全村人都用羡慕的眼神看着自己时，他伸手挠了挠头，尴尬地笑道：

"乌云能取得一些成绩，我这个做阿玛的当然开心。不过，她要走的路还很长，以后还得继续努力才行。"

尽管只是轻描淡写的两句话，乌云却很感动。长这么大，父亲还是第一次在人前夸奖自己。看来，这趟北京真的去对了。

"好了，好了，都别在这儿杵着了。"

布赫巴图原本想着乌云从那么远的地方回来，给她个放松的时间。然而，见大伙儿你一句我一句说个没完，也不得不打断了话头。他见众人不解地看向自己，便又说道：

"我已经让食堂准备好了接风的酒宴，等会儿可就凉了。"

村民们听到这里全都喜气洋洋地道了声谢，众星捧月地和乌云一道向食堂走去。

果然，一到食堂，人们就看到桌上摆满了丰富的鄂伦春族餐食。落座后，人们边好奇地打探着乌云在北京的所见所闻，边一道吃着饭。

乌云自然不吝啬将见闻与大家进行分享，尤其是当得知村里的孩子们已经将自己当成学习的榜样后，更是激动地表示想要起到带头作用。

很快，在她的讲述中，村民们就了解到了北京的真实状况，并纷纷对这座兼具古朴和现代的城市充满了无限向往。

"以后有机会你带大伙儿去北京看看吧？"一个学生打扮的女孩兴奋地提议道，"我从新闻上看到那里不仅有八达岭长城、颐和园、故宫、北海，就连天安门升旗的场面也特别壮观，真想去看看。"

"当然可以。"乌云笑着说道，"你明年不是要高考了吗？如果考得好，我就和小虎哥带着你去北京看升旗，怎么样？"

女孩一听顿时笑得合不拢嘴，拉着乌云的手一个劲儿地道谢。

"姐姐，你千万别骗我，一定要说话算话。"

乌云看了一眼正微笑地看着自己的虎伦贝尔，随后笑着向女孩点了点头，说了声"好"。

第八十七章

"还是诺塔运气好,能跟着乌云和小虎到北京。"一个小伙子一脸羡慕地说道,"要是我们也有这个机会就好了。"

乌云看了一眼虎伦贝尔,尽管没和对方商量,可她仍决定趁着这个机会将想法跟大家说说,如果能够取得村民们的支持,那再好不过。

打定主意,乌云便笑着说道:"当然有机会,只要咱村生活好了,大伙儿的腰包鼓了,那还不是想去哪儿就去哪儿?巴图大哥,不瞒您说,我和小虎这段时间除了北京,还去了杭州,学了许多先进的理念,这次就是特意回来和大伙儿一道加油干,争取以后能推动咱村更好发展的。"

这话一出,顿时引来村民们讶异的表情。尽管乌云从不提及,可大伙儿也知道,乌云肯定是吃了不少的苦,才换来今天的成功,她又怎么能轻易放弃?

"乌云,这话是什么意思?你不去北京了?"

乌云听到布赫巴图的问话,笑着说道:"北京肯定是要去的,巴图大哥,你也知道,我们这些歌手和普通上班族不一样,没有固定的工作时间,只有经纪公司接到业务才会临时表演。换句话说,我们每年都会空出很多时间,与其白白浪费掉,不如做些更有意义的事情。"

"这样啊。"布赫巴图恍然大悟地说道,"那你有没有想好做什么?"

乌云想了想,随后问道:

"巴图大哥,咱们村子西面的山上原来不是有一片空地,现在有人种吗?"

和村里的其他土地一样,那里也是20世纪70年代开垦出来的,最初大概六七十亩,后来增加到近两百亩。也正是因为这样的土地,大大提升了粮食作物和蔬菜的产量,才使得卡纳特人在那段特殊的日子里有了足够的口粮。只不过由于在半山腰,通行不太方便,到了后来渐渐荒废,这才变成了空地。

"那片地始终没人要,估计早就长满野草了。"

布赫巴图说到这里,脸上浮现出一丝好奇的神色:

"你怎么会想起这片地来了？"

乌云轻轻吐了口气，笑着说道："要是没人要，干脆就把这片地包给我吧，以后我每年年初都给咱们村里三万块钱作为租地的费用。"

村民们听到这里，顿时交头接耳起来。尽管这不过就是她寻常的演出费用，可对于常年生活在卡纳特村的人来说，已经差不多是一年的户均开销了。

布赫巴图环视四周，等到安静下来，才又说道：

"不用那么多，你要是想用这片地尽管拿去，至于租地的费用，每年一万元就行。"

乌云惊讶地看着布赫巴图，确定对方并不是在说笑，这才笑着说道：

"谢谢巴图大哥，那我就遵命了。"

说到这里，她的脸上浮现出一丝调皮的表情。

"好。"布赫巴图想了想，又忍不住问道，"乌云，你能不能跟我们说说，想用这片地种什么？"

乌云看了一眼布赫巴图，随后又看向其他人。见大伙儿全都盯着自己，便又故意卖了个关子：

"这个啊，先保密，等以后你们就会知道的。"

说完，她又迅速岔开了话头，重新将话头带入旅途见闻当中。

大约过了两个小时，众人终于酒足饭饱，纷纷离开了食堂。最后，只剩下了乌云、虎伦贝尔和布赫巴图三人。见周围没人，布赫巴图才又继续打探道：

"乌云，现在这里没有其他人，你能不能跟大哥说说，到底是怎么打算的？"

乌云看了虎伦贝尔一眼，见男友向自己点头，便说道："大哥，不瞒你说，我和小虎这次回来，就是想踏踏实实为村里做些事情的。我们前段时间去了趟杭州，那里有好多村子家家都住着别墅，门前停着私家车，听小虎的学长说，现在村里人均收入每年都在几十万元，高的甚至达到了一两百万元。当时，我们就在想，凭什么都是村子，贫富差距就要那么大。说到底，还不就是人家的理念比咱们先进。"

说着说着，她的眼睛湿润了起来。

乌云说话的时候，布赫巴图一直低头认真听着，对方的每句话都敲击着他的心。

正如虎伦贝尔先前所说的那样，布赫巴图自打在村里当了书记，就一直在努力为村民们求利益，从没有过私心。只是因为视野相对窄，所以还没有多少办法。

"乌云，你说得对，的确应该多向外界学习。赶快说说，接下来，你想怎么办？"

乌云见布赫巴图发问，便又认真思索了一番道："我想所有的事情都不是一蹴而成，包括这件事，大哥应该知道横店影视城吧。"

她见布赫巴图点头，便又继续说道：

"听学长说那里原来是一片盐碱地，人们生活也很清贫。后来，由于多项产业全面发展，如今才有了欣欣向荣的景象。我想如果可以的话，咱们也不妨学学他们，将眼光放长远一些。至少现在可以用那片空地种植南方没有的食材和药材，要是试验真的能够成功，也就可以成批量种植了。"

"食材？药材？"

虎伦贝尔不等乌云说话，便也接过了话头："没错，巴图大哥还不知道，咱们东北的食材和药材在南方非常受欢迎，一棵品相普通的人参就能上千元。猴头蘑、黑木耳更是飙到了天价。咱们本就靠山吃山，山珍自然是不缺的，那为什么不好好地加以利用？"

布赫巴图瞪大了眼睛看着乌云和虎伦贝尔，对方说得没错，这些东西对于自己来说司空见惯，就和白菜萝卜一样平常，根本没有想到会这么贵。说不定，商机真的就在这里。

"小虎、乌云，你们既然决定了，那就大胆做。放心吧，我会尽全力支持你们的。"

第八十八章

说到这里，布赫巴图又停顿了下，有些犹豫地说道：

"不过，毕竟咱村以前没有做过这方面的尝试，要想让大伙儿都相信，还得做出一番成绩才行。"

乌云和虎伦贝尔重重点头，对布赫巴图的话很是认同。

"巴图大哥，因为是初次尝试，我们暂时不需要村里投钱。不过，你能不能答应我们，等到扩大生产量、提升产量总值的时候，帮忙做做大伙儿的工作，让大家以集体集资的形式一起参与进来？这样，大家都能致富了。"

布赫巴图低头思索着，一时有点犹豫。

虎伦贝尔看出了布赫巴图的心思，在给乌云使了个眼色后，说道：

"巴图大哥，横店影视城之所以能够有现在的成功，就是源于徐老在当选为村委书记后带着村里的党员进行了第一次合资，等到后来产值扩大了，通过集资逐渐发展起来的。"

布赫巴图的心原本就被乌云和虎伦贝尔说得痒痒的，此刻又听到有珠玉在前，自然很爽快地拍了板，当即说道：

"既然如此，咱们也这样做。小虎、乌云，你们年轻人脑子活，点子多，咱村的发展还得靠你们才行。"

虎伦贝尔和乌云对视一眼，脸上浮现出了喜悦的神色，一道向布赫巴图说了声"好"。

客栈院子，大家围坐在一块儿，开心地聊着天。在乌云离开的这段日子里，每个人都有了不同的成长和经历，如今是时候该总结一下了。

"乌云姐，你比赛的那段日子，我们天天都在关注这件事情。"苗苗笑着说道，"面对那么多的观众，一点都不怯场，不愧是我姐。我想，接下来只要你想做的，也一定会很成功。"

"谢谢你，苗苗。"乌云感激地说道，"我和小虎刚刚跟巴图大哥谈过了，接下来，想在咱们村里发展种植产业。"

"种植产业？"

"对。"虎伦贝尔肯定地说道，"我们这次到南方已经考察过市场，并且也已经联系了一定的渠道。我们决定先小范围实验一下，等到成功了就全面铺开。"

李卓俊点了点头，好奇地说道："那你们准备种什么呢？"

虎伦贝尔看了一眼乌云："野菜的话就紫苏和木耳吧，药材可能是苍术、金莲花、赤芍这样的特色中草药。卓俊，你别看我们这边地处山区，经济状况别说比不上北京、上海这些一线城市，就连省里的那些中型城市都不及，但实际上也藏着一些好东西，如果真用得好，不怕推动不了发展。"

"嗯。"李卓俊低着头思索片刻，说道，"我的几个朋友是做投行的，正在找有潜力的特色产业投资，另外，还有一些是做药品收购的，或许这些人脉资源将来都可以帮到你们。山野菜和特色中草药种植产业的确很有发展前景,是个很不错的方向。"

"谢谢卓俊大哥的肯定。"乌云笑着说道,"我们会努力的。"

正如布赫巴图说的那样,他对虎伦贝尔和乌云的想法给予了高度肯定与支持。尽管在此期间,一些村民也有所非议,但事实证明,他仍顶住了压力。经过一番紧锣密鼓的筹备后,大约一个月,村委会便办好了所有的手续,正式将空地租给了两个年轻人。

"小虎、乌云,好不容易才办下这手续,你们可得好好珍惜,努力加油啊。"

村委会办公室,布赫巴图在将土地证交给两个年轻人时,满怀期待地说道。

乌云看了一眼虎伦贝尔,唇边泛起一丝调皮的笑容,开心地说道:

"巴图大哥放心,我们肯定会好好把握住机会的。"

布赫巴图深深地看着乌云和虎伦贝尔,面前两个年轻人的脸上虽仍难脱纯真,眼神中却更多的是坚定与勇敢。他坚信,对方一定会干出一番大事业来的。

想到这里,布赫巴图先微微一笑,随后又叹了口气,在两个年轻人讶异的注视下,起身来到窗前,看着窗外的景象,像是自言自语地说道:

"乌云、小虎,你们觉得咱村落后,那是因为没有看到过四十年前的情形。"

"四十年前的情形?"

"对。"布赫巴图转身看着面前的人,说道,"我刚到咱村时,达仁奶奶曾将我叫到她家,我们有过一次深谈。"

"深谈?"

虎伦贝尔和乌云异口同声地说道,看得出来,他们对于深谈的内容非常感兴趣。

"是啊。"布赫巴图的唇边泛起一抹苦笑,"你们也知道,达仁奶奶的老伴阿古达木爷爷作为首任村委会主任,是村子从无到有的直接见证人。她跟我说,咱村原本虽然也是土路,可远没有现在这么平整,到处坑坑洼洼,一下雨就会变成泥路,地势低的地方还会积一地的水。乡亲们出去一趟,可谓'晴天一身灰,雨天一身泥'。孩子们上学、乡亲们赶集得依靠骑马、步行才能出去。路边也不像现在有路灯,到了晚上一片漆黑,村民们就说这里是'黑村'。"

虎伦贝尔和乌云听到这话，内心无不震动。比照布赫巴图说得那样，现在的日子已经好了许多。想来每次改变，都会有人付出了极大的心血。

"那时候村民的愿望很简单，就是能够有饭吃、有屋住、有路走、有光亮就可以了。可就算是为了实现大家这看似简单的心愿，阿古达木爷爷也还是带着全村人努力地干了二十多年，直到把理想变成现实。"

屋子里的温度随着这一番话倏然变暖，乌云和虎伦贝尔的心中只觉得有一股暖流在默默地流淌着。他们知道，这既是村子的过去，也是前辈对自己的鼓励。面对此种情况别无其他，只能好好干。

第八十九章

布赫巴图很会察言观色，见虎伦贝尔和乌云心有触动，便继续说道："说实话，我刚开始到咱村工作时，心里也很迷茫。虽说干事业离不开苦干实干，可也不能蛮干。虽说你们嫂子是土生土长的卡纳特人，可我毕竟是从呼伦贝尔来的，是个地地道道的外乡人。那次谈话，达仁奶奶看出了我的心思，她鼓励说，只有好的猎手才能征服烈马，也只有好的带头人才能带领大家过上好日子。现在想来，也多亏了她的那番话，这才成就了现在的我。"

乌云若有所思地点了点头，一直以来，达仁奶奶就是自己人生的引路明灯，就像是空气和水，看似平淡无奇，却又时时刻刻地离不开。每当和老人家谈过话后，心中就会充满无限的力量。

"小虎、乌云，我现在也把当年达仁奶奶的这句话送给你们，或许创业的前期会有很大的阻力和困难，但无论如何，既然决定了，都希望你们能够坚持住。因为这样，才是好猎手。"

说完，布赫巴图带着两个年轻人来到沙发前坐下。在乌云和虎伦贝尔的注视下，泡好红茶，又分别用粗瓷制成的大茶杯倒好放到了每个人的面前。

"我听说南方现在正建设美丽乡村和未来乡村？具体是怎么回事？"

虎伦贝尔看了一眼乌云，见女友点头，认真说道："对，这是中央的要求，美丽乡村是指建立在经济发展的基础上，做到生产发展、生活宽裕、乡风文明、村容整洁、管理民主的要求。至于未来乡村目前还只是一个概念，不过，我听学长说，主要是村与村之间的抱团取暖，共同发展，以求最大的利益。"

"抱团取暖？共同发展？"布赫巴图紧锁眉头，低头反复揉着双手，陷入了思索。

"巴图大哥，横店虽说是东方好莱坞、全国著名的影视拍摄基地，但实际上在浙江省内并不是个例。我们这次去，发现好多地方都是千万村，家家户户都有小洋房小汽车。尤其是萧山的农村更是流传着一句话，叫作'村里女儿不嫁城市郎'。"

"村里女儿不嫁城市郎？"

"对。萧山由于毗邻钱塘江，过去常年受江潮威胁，好多土地被冲毁，导致民不聊生。中华人民共和国成立后，在政府的领导下用十多年的时间进行围垦，彻底改变了面貌。由于脑子活，点子多，改革开放以来，好多人都外出经商，家家户户建起了小洋楼，成了当之无愧的富裕地区。后来，随着大批住宅小区的建成，好多土地被征用，百姓成为回迁户。按照当地的政策，上到白发苍苍的老人，下到嗷嗷待哺的婴儿，每个人都有80平方米的免费使用面积。其余如果还有剩余面积的话，就会折合成钱进行补贴。杂七杂八的折算下来，每个人都能赚很多钱，生活甚至比城里还好。甚至有些村子还吸引了不少大学生创业，办厂、开咖啡馆的都有。"

布赫巴图听到这里，顿时目瞪口呆。按照常规的思维，农村的日子肯定不及城里，没想到竟然会有这样的反转，想到这里，他的心中不觉对南方地区很是羡慕。

"乌云、小虎，你说咱们能不能有一天也像他们的生活那样富裕？"

乌云和虎伦贝尔对视一眼，脸上双双浮现出了喜悦的神色。常言道，想什么干什么，干什么来什么，巴图大哥如今既然开了窍，未来村里一定会变得很好。

"当然能。"乌云不容置疑地说道，"巴图大哥，你是好的领导者，又有我们这些愿意干活的得力帮手，为什么不能成功？"

"是啊。"布赫巴图拍掌大笑，"乌云说得没错，我有你们的帮忙，原本就已是如虎添翼，又有什么不能成功的呢？说一千道一万，咱们从现在开始拧成一股绳，一道加油往前冲。"

"冲！"

说着，三人一道挥起拳头，做出了加油的手势，目光中全是满满的憧憬与期待。

在离开布赫巴图的办公室后，虎伦贝尔和乌云一道下楼。此时，一辆黑色摩托车正停在楼门口静静地等待着主人的到来，在阳光的照射下，车体散发出了幽幽的光。

这台车子是虎伦贝尔成功交付完首个订单后买的。虽然只有九成新，却也被他视如珍宝。如果没有特殊的事情或者心情极好，只是珍藏在车库里，很少骑出来示人。不过，今天不一样，由于要带着乌云去做一件刺激的事情，因此必须要搬出家底才行。

少顷，在走出楼门后，虎伦贝尔先抬起腿跨骑到了摩托车上，随后，学着电影里男主角的表情，潇洒地说道：

"小姐，可愿意和哥走？除了你，哥的车上再也容不下别人。"

乌云歪头看着虎伦贝尔，一脸宠溺。都说爱情是件很奇幻的东西，能够使人变年轻，或是另一种状态。她作为不折不扣的唯物主义者，原本对这样看似幼稚的说法很是不屑一顾，如今看来，确实有些道理。

"好啊，这位小哥哥。"乌云调皮地笑道，"不过，上车前能不能问一句，你要带我去哪里？"

"这个嘛……"虎伦贝尔微微一笑，莫测地说道，"暂时保密，你一会儿就知道。好了，赶快上车吧。"

说完，虎伦贝尔拿起了放在车后座上的两个头盔，在将红色的戴在女友头上，并认真系上卡扣后，又将另一个黑色的戴到了自己头上。

须臾，随着一阵轰鸣声响起，摩托车瞬间消失在了路的尽头。

半山坡上，虎伦贝尔用摩托车载着乌云向前行驶着。由于地面崎岖不平，每当车身发出剧烈的颠簸，乌云就会害怕地发出叫声，引来男友的阵阵坏笑。直到她面色苍白，惊魂未定地睁开眼睛，声音才停止。

第九十章

睁开眼睛，乌云看到虎伦贝尔正歪着头看着她，唇边泛着调皮的笑，顿觉很没有面子。在狠狠地瞪了对方一眼后，从摩托车上下来，握着拳头边在对方身上击打着，边气咻咻地说道：

"小虎，你没事，干吗总吓我？知不知道人吓人吓死人啊？"

虎伦贝尔左躲右闪了一会儿，见对方仍是一副不依不饶的样子，于是就伸开双臂，将女友抱在了怀里。

"好了，好了，我错了，下回再也不敢了。"

乌云知道男友嘴上虽这样说，下次肯定还会故伎重施。一直以来，在外人眼里，虎伦贝尔都一直保持着阳光帅气的形象，只有她知道，这个男孩的骨子里实则是痞帅痞帅的。

于是便又狠狠地瞪了一眼，不再说下去。

虎伦贝尔见状，知道女友已经原谅了自己，于是，便拉着乌云向前跑去，不多时，在来到一块空旷的山地旁后，指着面前那一望无垠的地面，像是打了胜仗炫耀似的说道：

"乌云，快看，这是咱们的土地。"

乌云看着虎伦贝尔，"扑哧"一声笑出声来。看对方那样子根本不像是被分到了地，而像是一个刚刚建立了王朝的古代君王，正耀武扬威地炫耀着自己的国土。

虎伦贝尔说完后便闭起眼睛，向着风吹的地方扬起了手臂。乌云好奇地看着他，也模仿着对方做起了同样的动作。

过了好一会儿，虎伦贝尔才睁开眼睛，看着乌云，笑着说道："乌云，你听到吗？"

"什么？"

"幸福的声音。"虎伦贝尔笑着说道。

此刻，他的脸上洋溢着自信，看上去就像是个完美的诗人。

乌云怦然心动，她知道男友说得没错，这里的确有着幸福的声音。而且她也坚信，通过他们的努力，这里也一定会变成最幸福的地方。

尽管如此，乌云隐隐地还是有些担心。

"小虎，你说巴图大哥那么相信咱们，万一失败了怎么办？"

"还能怎么办？"虎伦贝尔不假思索地说道，"那就总结经验，以利再战。"

随后，他又笑着安慰着女友：

"乌云，这世上没有一蹴而成的事情，所有成功的事情背后肯定都要付出巨大的心血，只不过旁人不知道罢了。放心吧，无论怎么样，咱们都努力走下去。就算刚开始不顺利,慢慢总结经验,也一定会好起来的,你说呢?"

虎伦贝尔的这一番话带给了乌云巨大的鼓励和安慰,让她紧张的心情瞬间平复了下来。

"小虎,你说得对,我不该胡思乱想。眼下最重要的是,有了巴图大哥的支持,就应该努力做出些成绩。"

"乌云,我相信,一定可以的。"

虎伦贝尔眼睛笑得弯弯的,就像是两弯漂亮的月牙。

回到客栈,乌云和虎伦贝尔立刻将众人召集到了一起,在将土地管理证给大伙儿看后,又将布赫巴图的意思向其进行传达,末了,乌云又郑重地补充道:

"我知道最开始肯定很难,虽说以前是帮家里干过农活,可是像管理这样一大片地,而且上面种的都是山野菜和中药还是头一回。虽然希望你能够加入进来,可毕竟凡事有风险,谨慎考虑也没坏处。"

这一番话瞬间将刚刚燃起的热情浇灭,院子里瞬间变得一片沉默。

等了好一会儿,仍没有人开口说话,见此情形,乌云的目光瞬间黯淡。就在即将放弃希望的时候,就见苗苗忽然左右看看,笑着说道:

"我就说你们这些男人,有时候做事儿一点儿都不敞亮。这有什么好想的,机会难得,当然是答应了。"

"我们也是答应的。"吴楚仍皱着眉头,"只不过这么一大片地,不仅要考虑作物的习性,还得考虑投资资金,而且就连这一年四季的生长周期也是不一样的。说实话,我的确是担心刚开始会失败。"

"那又能怎样?"苗苗一挑眉头说道,"大不了总结经验,继续努力呗,总之,干就比不干强。"

李卓俊听到她说这些话,猛地用力拍了一下手,说道:

"吴楚,苗苗这话说得没错,干总比不干强。这件事我是这样想的,现在不是流行集体投资吗? 要不然咱们也来个投资,怎么样?"

"集体投资?!"

李卓俊见众人讶异地看着自己,点了点头,笑着说道:"咱们可以将这片地看作是一个项目,将种植当成是投资,有钱的出钱,有技术的出技术,有力气的出力气,等到营收再按照每个人的付出情况进行相应分配。乌云,你觉得怎么样?"

乌云笑着点了点头:"当然好,我和小虎就是这样想的。"

"那就好。"李卓俊提议道,"那就说明咱们的想法一致。乌云,你和小虎抓紧做一个合同模板出来,咱们进行讨论修改,没有问题的话就正式签订,开始行动。"

乌云和虎伦贝尔对视一眼,不约而同对李卓俊清晰的商业认知感到疑惑。在此之前,他们一直以为李卓俊只是个浪漫随性、喜欢无拘无束过日子的艺术家,却没想到居然是个老到的商人,看来真的像是那句话说的那样:人不可貌相,海水不可斗量。

与此同时,李卓俊的商业能力也像谜一般吸引着乌云,不知为何,她忽然觉得对方的来历并不一般,至少不会像是表面看上去那样单纯。

当天晚上,在和苏明阳通电话的时候,她无意中提起了这件事,沉默须臾,试探地问道:

"明阳,你说有没有可能卓俊是咱们身边的人?或者说他就是唱片公司的董事长?你知道,进公司的这几年,我还没有见过那个人出现,全部事情都是由你传达的。"

苏明阳先是一怔,继而笑道:"乌云,你这想象力也属实丰富了些,卓俊只是我的好哥们儿,又怎么可能会是董事长呢?"

"可是……"

"没什么可是。"苏明阳不由分说打断了乌云,继而迅速转移了话头,"乌云,别想那些杂七杂八的事情,把精力全部集中在特色种植上,我相信你一定行的。另外,虽然没在这方面尝试过,可我也会去找找销路。"

"谢谢你,明阳。"乌云感激地说道,"多亏你们这些好兄弟,我压力才小了许多。"

第九十一章

"说那些干吗?"苏明阳笑着说道,"我们是兄弟呀,做任何事情都是应该的。不过,乌云,凡事都有两面性。作为伙伴,我不得不提醒你,向好的方向努力,但是又不能不做好失败的打算。只有这样,才能积极面对所有的事情,保持好心态,你说对吗?"

乌云听苏明阳说这话，便也"嗯"了一声，深有感触地说道："明阳，你说得没错，的确是这样。说实话，我也不是不能面对失败的人，不过，还是希望接下来一切能顺利吧。"

话是这样说，尽管所有参与其中的人一道用心努力，然而，第一年还是失败了。起初因为这一年的降水量特别大，风也很急，在将田垄严重冲毁的同时，也将原本种在地里的种子冲得不知去向。紧接着，地里又闹了虫灾，连同老鼠和不知从哪儿来的鸟儿，将剩下的种子吃了个一干二净。

不仅如此，甚至有一些人跑到乡里告状，说布赫巴图私底下收了乌云和虎伦贝尔的钱，这才将地包给了他们。为此，乡里特意组织了工作组进驻村里，一定要查明真相。

对此，乌云和虎伦贝尔的心情低落到了极点，他们认为是自己的失败连累到了布赫巴图，心中满是郁闷与自责。反倒是布赫巴图每天仍旧笑呵呵的，似乎什么都不曾发生。

这天上班，虎伦贝尔接到了布赫巴图的电话，约他和乌云晚上到自家做客，说是做了热乎乎的狍子肉想请两个年轻人吃。

对于布赫巴图的提议，虎伦贝尔自然满口答应，更重要的是，他也希望能够有个机会一起坐下聊聊天，借此缓和情绪。

当晚，吃过晚饭，酒足饭饱后，布赫巴图先打发妻子和孩子去别的屋里休息，自己则和虎伦贝尔、乌云一道继续坐在沙发上喝茶。

"小虎，我最近一直忙，始终没倒出时间问你，怎么样，你的手工工厂还好吗？"

"谢谢巴图大哥，一切都好。"虎伦贝尔笑着说道，"我现在正在扩大作坊的经营范围和面积，准备上新货，而且最近也加了不少的单子，经营情况比以前好了许多。"

"那就好。"布赫巴图欣慰地说道，随后，他又看向乌云，关切地问道，"乌云，我听说你昨天和你阿妈吵起来了，为什么？"

乌云原本坐在一旁安静地听着谈话，见布赫巴图问及此事，脸上瞬间掠过一丝难过的神色，随后低下头去，目光黯然地说道：

"其实这件事也不能怪阿妈，他也是为了我好，毕竟我家世世代代都是村里的本分人，从没有让人指着脊梁骨说出半个不字，自然也不愿意让我成为众矢之的。"

说到这里，乌云不禁更加黯然神伤。

正如她所说的，哈森虽然生性倔强沉默，可在村里却一直很受尊重，从没有被人指指点点，说过任何不好。因此，在他看来，成功与否并不重要，关键是要清清白白做人。

也正因为是这样，当越来越多的人在哈森面前说乌云不好时，他再也坐不住了。让托娅到客栈将妹妹叫回家后，父女之战再度开启。

前一天晚上，在撮罗子里。在乌云疑惑地注视下，哈森坐在炕上，低头大口大口地抽着旱烟。从女儿进门到现在已经过去了整整一个小时，他却始终没有说过一句话，屋子里唯有一片沉默。

乌云站在门口，心中很紧张。她知道父亲是不会没事让姐姐将自己叫回来的，而且看目前的状况，等待着她的也必定是一番疾风骤雨。

又继续等了好一会儿，哈森这才将烟袋锅放下，重重地叹了口气说道：

"乌云，那片地你还是交回村里吧。你不是种地的材料，没必要出那个风头。"

出风头？！乌云的脑子一声闷响，父亲的话仿佛是鞭子一样狠狠地抽在了她的心上。想不到自己的努力，在亲人眼里竟然只是一个笑话。可就算这样，也必须得坚持。

"不，我不交。"

"什么？"

哈森没想到女儿会反对自己的提议，瞬间瞪起了眼睛。对于他来说，没有什么事比维持父亲的权威更重要的了。

乌云顿了一顿，她努力地想要将语气放得和缓一些，可很显然，最终却仍失败了。

"阿玛，这世上没有一蹴而就的事情，只有不断总结经验，才可能从失败变得成功。我相信，经过去年的失败，今年一定会成功的。"

哈森皱了皱眉头，乌云这丫头哪里都好，就是这不撞南墙不回头的倔强性子属实让人心烦。看样子，如果不下猛药是不行的。

想到这里，哈森颤抖着声音说道：

"你知道不知道，那些人说你沽名钓誉，一意孤行，之所以这样，是因为我和额妮没有教导好你。要是一直这样下去，别说你，就连托娅的婚事也要受影响。乌云，你是个明白人，做人不能太自私！"

最后的这句话，不再只是单纯地说，而是发自灵魂的呐喊。

尽管早已预料到后果,然而却从没有想到会这样残忍。在听到父亲这样说后,乌云的心脏像是挨了一记重拳,狠狠地抽搐了一下,泪水也几欲夺眶而出。她努力地闭上了眼睛,调整好呼吸,这才没有让泪水流了下来。

再次睁开眼睛,乌云沉默着转身向外面走去。

哈森见此情形,知道女儿要走,于是,便也顾不得那么多,径直起身拦住了乌云的去路,没有好声气地质问道:

"你要去哪儿?"

"阿玛,你不是说我做人自私吗?"乌云拼命地压抑着自己的情绪,冷冷地说道,"我这就用实际行动证明给别人看,自己并不是在瞎胡闹,而是认认真真地做事。为了不让姐姐受到连累,在此期间,我们还是分开好了。"

说着,乌云红着眼睛痛苦地看了一眼父亲,迅速拉开门走了出去,门在她身后被重重关上。

第九十二章

回到客栈房间,乌云再也没去任何地方,只是关上门,静静地坐在床上,有气无力地垂着头。过了好一会儿,随着一滴泪顺着脸颊滑落,心也碎成了粉末。

布赫巴图家,面对着巴图大哥关切的目光,乌云低着头说道:

"巴图大哥,我现在真的不知道是该坚持还是放弃。我不想因为这件事伤害到家人,毕竟当初为了去北京,已经伤害过他们一次了。可也不想让理想半途而废。唉,真的很难过。"

说到这时,她重重地叹了口气。

布赫巴图看着乌云,他知道面前的是一个倔强的姑娘,从小到大,只要是对方想做的,就没有做不成的事情。只不过此刻由于沮丧,内心才变得矛盾。

"乌云,你有没有想过,人言可畏。"

乌云心中倏然一动,抬起头看向布赫巴图,目光中充满了畏惧。说实话,对方说的她此前不是没想过,然而却还是觉得人心向善,不会做得太绝对。

布赫巴图见自己的话引起了乌云的重视,便又继续说道:"你之前信誓旦旦地说要发展特色种植,现在却半途而废,除了落人以柄,成为别人嘲讽的对象,还能做什么? 如果我是你,那就干脆破釜沉舟,一条道走到黑。如果是这样,还说不定真的能够起死回生。"

很显然,这番话很快便有了效果。不仅带给了对方安慰,同时也重燃了心中的热情。

犹豫了一会儿,乌云小心翼翼地探问道:

"巴图大哥,你相信我吗?"

布赫巴图看了一眼虎伦贝尔,笑着说道:"乌云,你不该这么问我。你也知道,在这件事上,我一直和你们都是一队的。"

说到这里,他又收敛起了笑容,

"丫头,虽说眼下是有困难,但谁能说一定过不去这个坎儿? 只要挺过去,就一定能成。外面说的那些风言风语别往心里搁,我等着你们的好消息。"

虎伦贝尔和乌云对视一眼,心中对布赫巴图的宽容感激不尽,在连声道谢后,这才又说起了别的话题。

原以为这件事就这么过去了,没想到一波未平一波又起。只是过了几天,村里就又发生了一件始料未及的事情。

正如先前所说的那样,由于父母生前都是军医,达仁的孙子布库楚受家学熏陶,不仅高考时考取了省城的医科大学,还留在权威医院里做了很多年的外科医生。只是后来由于奶奶年事已高,考虑到家里没人照顾,这才回村开设诊所,做了一名村医。

原本以为村里缺医少药,有了诊所之后能够为村民们提供极大的帮助,却没想到非但如此,反倒因此引起了一系列避之不及的麻烦。

尽管鄂伦春族有许多特色中草药,但由于受到祖辈的熏陶,村民们对此并不相信,相反一旦生病,就会请萨满求神问卜,开些特殊的密药。虽说是治好了病,可也因此使诊所越发不受人待见,变得冷冷清清,有时甚至接连几天都不见一个人影。

毫无疑问,这样的局面对于原本满怀热忱的布库楚来说,是一种无情的打击。然而,让他更加没有想到的是,由于女友是汉族的缘故,也受到了村里人的非议。

每当逢年过节,村里的长辈就会在酒后提及此事,语重心长地说道:

"布库楚,你要知道,咱们鄂伦春男人是不能和外界通婚的,除非那个人愿意为你更改民族。"

可问题是,这样的要求对于身为独生女的女友来说无疑极为苛责,而作为最爱她的男人,布库楚也根本不会向其提出这样的无理要求。也正因为如此,他的婚事只能被迫搁置。

诊所,当布库楚向虎伦贝尔和乌云提及此事时,心里很是惆怅。

"小虎、乌云,说实话,我现在真的不知道该怎么办,或许当初就该将奶奶接到省城去,而不是回到村里来。"

说完,他重重地叹了口气,郁闷地摇了摇头。

乌云看了虎伦贝尔一眼,在经历了失败后,布库楚难过的心情她自然能够体会,然而却又无力改变。眼下虽说能够安慰劝说对方,可这样的做法无疑太过苍白,一丁点儿力度都没有。

而且,作为同龄人,对于村里的现状,她也很是茫然。

诚然,人生重在选择,那么他们这种不顾一切、飞蛾扑火的做法是不是一丁点儿的意义都没有?如果是那样,那就真的太可笑了。

然而,虎伦贝尔此刻的想法却和乌云不太一致。在看了一眼女友后,他问道:

"布库楚,达仁奶奶对于这件事怎么看?"

"我奶奶。"布库楚苦笑道,"我奶奶当然一切以我为重,希望她最爱的孙子能够获得幸福。可你要知道,并不是所有的人都像家人那样无私地对待你。"

虎伦贝尔点了点头:"我知道,这样的局面对于你来说很痛苦,不过,即使这样,也并不是说就不能改变,只是需要一个机会罢了。"

"机会?"

"对啊。"虎伦贝尔笑着伸出手去,在布库楚的肩头上拍了拍,"小伙子,眼下虽说形势对咱们不利,不过,你也可以通过线上的方式帮助外面的人看病,而且还可以在原来的单位做兼职,虽说要经常两地跑,但总比现在的状况要好,更主要的是,这样就可以等待一个时机的到来。"

布库楚低下头想了想,疑惑地问道:"你说的是什么机会?"

"当然村里人重新审视咱们存在的机会。"虎伦贝尔笑着说道,"关奶奶不过是个普通人,能力再大也终究不可能面面俱到。我觉得也可能是一年半载,也可能是三年两年,终究有一天,当她的能力做不到某件事的时候,恰恰你又能做到这件事,那时便是别人重新审视你的时候,只不过在此之前还是要等一段时间。布库楚,你愿意吗?"

第九十三章

布库楚没有马上回答,只是低着头,反复揉搓着双手,透过眼神可以看出,他此刻内心充满了挣扎与纠结。

虎伦贝尔和乌云对视一眼,作为卡纳特的年轻人,他们此刻内心感受和布库楚一样,充满了迷茫与失落。

虽说命运本就是起伏难平,然而实际上,逆风翻盘的机会却是少之又少。对于他们来说,真的会有成功的可能吗?

过了许久,布库楚才抬起头来,像是求证似的说道:

"小虎,你真的认为咱们有一天会被村民们认可吗?"

虎伦贝尔点了点头,随后又摇了摇头:"我不知道,不过,反正事情已经这样了,如果尝试,还有成功的可能,要是放弃,就再也不可能反转。布库楚,你也知道达仁奶奶在大伙儿心中的位置,真的愿意让别人说她的孙子是懦夫吗?"

很显然,这句话极为奏效。布库楚听完后先是一怔,继而叹了口气,苦笑着说道:

"当然不愿意。小虎,你说得对,如果现在退出一定会被人说是懦夫,说不定连奶奶都要受到连累。我只是觉得很郁闷,明明咱们的思想才是进步的,符合现代人的意识要求,为什么反倒会被村民们指责。"

"因为坐井观天。"

乌云不愧是个直性子,说起话来总是一针见血,见虎伦贝尔和布库楚愕然地看着自己,耸了耸肩膀。

"看什么,其实你们不也是这样想的?只不过我说出来了而已。要我说,咱们干脆就按照年轻人的方式来过,凡事没必要瞻前顾后,不如卸下包袱轻轻松松做自己,也说不定这样更快乐。"

乌云此言不虚，现代年轻人的理念早已不像长辈那样做事情都要从旁人的角度出发考虑问题，而是选择遵从本心，按照自己的想法去过。

"说得没错。"虎伦贝尔拍掌笑道，目光中满是赞同，随后，他又看向布库楚，"布库楚，你觉得呢？"

"还是你们想得开。"布库楚笑着说道，"想那么多干吗，瞻前顾后的算什么？大不了我就带着奶奶到省城去，就算是进不到原来的单位，最起码还有好的私人医院。说实话，要不是考虑到在这里守着，我早就接到很多邀请了。"

说到这里，他摸了一下额头，故意做出一脸痛苦状。

"唉，真是错失良机。"

"那你现在就好好抓住啊。"乌云边说边伸出手去，做了个抓取的姿势，笑着说道，"等到买车买房，说不定我和小虎还能沾上光。"

"算了吧！"布库楚笑着回应道，"等我买上车和房，说不定你们早就成了大老板，还不一定谁沾谁的光呢。"

说着，三人相对大笑。

客栈，众人围坐在院子中间的桌前，开心地聊着，时不时发出笑声。

"这么说巴图村长还是愿意支持咱们的。"苗苗兴奋地说道，"那还等什么，做起来啊。"

"是啊。"吴楚笑着说道，"小虎、乌云，虽说咱们上次失败了，可我还有些积蓄，另外在收购方面也有关系，相信只要总结经验，这次一定行。而且……"

他说着看向坐在自己身旁，正低头喝着茶的李卓俊，"卓俊之前拍的视频在自媒体平台上经过发酵，现在也引起了越来越多人的重视。其中一部分人主动提出想要来村里旅游，还有一部分人提出想要投资特色产业，我想可不可以把他们也拉进来。"

对于现代人来说，自媒体平台不仅能起到休闲作用，同时其中还蕴藏着无限的商机，只要把握准确，迅速反应，就一定能快速拉动经济。

苗苗不愧是新时代青年，在这方面颇有研究，听吴楚这样说，她猛然举起手来重重地拍了一下脑袋。

"苗苗，你怎么了？"

听到乌云讶异地问话，苗苗笑着说道："乌云姐，你说我怎么就没想到呢？你是知名歌手，本身就有一定的影响力。如果直播带货，绝对行。"

"直播带货?!"

乌云看了一眼李卓俊,脸上瞬间露出了复杂的表情。先前直播带货卖玉米的情景如今还在心头萦绕,惨痛的代价已经够她记一辈子的了。面对失败,她绝对不能再贸然行事。

要说砸了也就砸了,大不了从头再来,可一旦因为这件事连累了别人,那可就实在太罪过了。

李卓俊尽管没有开口说话,却一直将乌云的表现看在眼里,见此情形,他笑着说道:

"乌云,有些事虽说不能不计较,可也不能太在意。我知道上次的事情一直是你心里的坎,始终迈不过去,可那毕竟是偶然发生,不能一次当百次。再说人这辈子终归是要遇到一些事情的,只有勇敢走下去才能更好地成长,你说呢?"

作为小分队的大哥,李卓俊一直起着定盘星的作用。尤其是当其他年轻人遇到困难,却又不知道该怎么办时,这样的作用就会变得尤为突出。

这一番话说得乌云心服口服。尽管心中还有担忧,可她也不得不承认,李卓俊说的是对的,自己的确不应该瞻前顾后,应该选择勇敢地成长。

"卓俊,你说得对,是我想太多了。"乌云说道,"苗苗,我采纳你的建议,从现在开始直播带货,向外推广民族特色产品。"

"太好了。"苗苗开心地笑道,"要是能成功的话,卡纳特就不仅有绣花作坊和特色植物种植基地,还是旅游村、网红村、直播村。哇,别说实现了会怎么样,现在只要想想就让人开心。"

说着,她站起身来,张开双臂,做出一脸陶醉状。

其他人见此情景,顿觉忍俊不禁,全都笑出声来。

目标是美丽的岛屿,梦想是颠簸在惊涛骇浪之间的小船。为了到达心中的那个地方,即使付出再多的努力又能如何?况且有这么多志同道合的朋友并肩走下去,这不就是快意人生吗?想到这里,乌云心中一阵激动。

第九十四章

达仁奶奶家,夕阳的余晖透过窗子洒在房间的角落里,暖暖的,很舒服。

此刻,达仁奶奶正坐在铺着兽皮的宽大木制摇椅上,满脸微笑地看着坐在面前沙发上的李卓俊和乌云。

"卓俊、乌云,你们想邀请我一道进行视频直播。可我只是一个普通的老太太,既不漂亮,也不可爱,有什么好吸引观众的?"

乌云见奶奶想要拒绝自己的邀约,连忙伸手拉住了对方的胳膊,撒着娇说道:"不是这样的,奶奶可是卡纳特村最可爱的姑娘,像小花鹿一样美。而且上次在北京的时候,那么多的人都说,你唱起歌来声音像银铃一样好听。奶奶,就答应了吧,我们真的需要你的帮助。"

说完,她侧过头看向李卓俊。

李卓俊见状心中会意,笑着说道:"奶奶,乌云说得没错,自打上次在北京参加完节目,我的自媒体账号就爆了,好多人都想请你在线上演唱赞达仁。只不过考虑到您年事已高,不能过度劳累,这才迟迟没说这件事。如今,巴图大哥想要推动村子发展,一方面肯定是离不开经济提升,但同时文化宣传也非常重要。我是想请你和乌云一道做卡纳特的形象大使,一起演唱赞达仁,向外推广各种特色产品。乌云是你的徒弟,她在演唱方面的才能完全是在你的教导下培养起来的,我相信你们这一老一少的配合一定会非常精彩。"

李卓俊说到这儿,和乌云互递了个眼色,二人一起静静地等待着达仁的决定。

达仁犹豫须臾,终于下定决心。她提起茶壶分别倒了三杯茶,在拿起其中一杯喝了口茶后,笑着说道:

"既然你们这么说,那我就试试。只是现在年纪大了,有的时候力不从心,只要不给你们添麻烦就行。"

"怎么会?"乌云看了一眼李卓俊,笑着说道,"奶奶是宝刀未老,不仅不会添麻烦,还会添彩呢。"

说着，三个人相视而笑。

果不其然，正如李卓俊和乌云先前所料想的那样，当身着鄂伦春民族服装、身披银饰的达仁奶奶出现在镜头前时，在线观看直播的人数瞬间增长到了四十多万，并迅速在年轻网民中间引起巨大反响。

其中，一些年轻人希望能够向达仁奶奶学习赞达仁，有人表达着对卡纳特村的热忱与向往，还有的跃跃欲试想要购买特色产品和投资。继少数民族歌手大赛后，卡纳特村再次声名鹊起，成为广泛关注的焦点。

面对此种状况，很多村民们的态度瞬间改变，他们不仅对乌云大加赞赏，纷纷表示希望能够加入虎伦贝尔的民族手工艺制作或是和乌云一道种植特色农作物。其中的一些人甚至由于担心先前的做法太过恶劣被乌云拒绝，还带着礼物登门拜访，希望哈森能够帮忙劝说女儿。

对于村民们态度的转变，乌云并不惊讶，仍是一步步按照自己原定的计划而行。在苗苗的帮助下，省城农业大学很快与卡纳特村共同建立了创新实践基地，由大学的教授们传授成熟的种植和养护经验，村里提供土地、植物种子和人手。到了第二年秋收的时候，农作物的产量也较之前翻了几番。那段时间，在乌云的带领下，村民们在收完自己的地后，全都自发来到试验田进行收割，割垄、打捆、装车，每个人都干得汗流浃背，田间地头热火朝天。

田垄上，头戴围巾的诺敏一只胳膊挎着满满一篮子白色瓷碗，走在她前面的托娅手里提着水壶，每当有人干活累了，直起腰休息的时候就送上清冽的泉水。

"诺敏，还是你家乌云有出息，不仅自己见过大世面，还给咱村带了条好路子。"一个五旬左右、身材魁梧、声如洪钟的鄂伦春中年男人兴奋地说道，"自打咱们村和农业大学建立了合作关系，那些农业专家隔三差五就到村里来，挨家挨户走访，针对具体问题答疑解惑。我家那片地今年按照他们说的做，亩产量增加了两三倍，连带着媳妇都夸我有出息。唉，要是早知道有金饭碗，还过那么多年苦哈哈的日子干吗？"

一番话说得在场的人哄然大笑，这笑声中不仅有开怀，更有对过上幸福日子的无限自豪。

"穆森大哥这话说得在理，可也不是每个人都这么能干。"索布德在一旁笑着说道。作为村里为数不多一直支持着乌云成长的人，对方这两年的点滴变化全部被他看在眼里，也正因此，内心对其更加佩服。

"年轻人脑子活，点子多，关键还有点石成金的能力，这些都是咱们这些老家伙做不到的。"

"难怪常说，未来的世界是年轻人的世界。相信只要他们肯吃苦耐劳，一定会把日子过得更好。"

"那咱们呢？"诺敏笑着看了一眼托娅，随后说道，"要是到时候那么好，咱们还干吗？"

索布德笑着说道："咱们就在一旁给孩子们加油助威呗。就像足球场旁边的啦啦队，脑袋上勒个带子，手里拿着小旗，一个劲儿喊加油就行。"

众人听后又是忍俊不禁，一阵大笑。

村委会办公室，布赫巴图此刻正坐在沙发上，和乌云、虎伦贝尔、李卓俊一道边喝茶边开心聊天。

"卓俊，你的意思是咱村这块地能赚 30 万元纯利润？"

少顷，在听完李卓俊对预购方的介绍，布赫巴图顿时瞪大了眼睛，一脸惊讶地说道。

"不止。"李卓俊笑着说道，"这只是保守估计，今年市场总体行情要比往年好，说不定还会有盈余。"

布赫巴图听到这话，顿时目瞪口呆。对于他来说，这 30 万元的年收入已经是天文数字，怎么还可能比这还要好？要是这么说来，还真的应该像李卓俊和乌云说的那样，早点着手去做就对了。

第九十五章

虎伦贝尔察言观色，见布赫巴图愕然地看着李卓俊，便和乌云对视一眼，笑着说道：

"巴图大哥，我和乌云已经商量好了，除了支付村民们的劳动款和给你们的分成款，其他就由村委会立个专款账户进行统一支配。"

"统一支配？"布赫巴图一怔，疑惑问道，"你是说这笔钱算作集体集资？可这样的话，就实在太委屈你们了。不仅项目和资金，就连种植的种类都是你们定的，结果一分钱都拿不到，这不是……"

他的话还没说完,就倏然被乌云打断了。

"巴图大哥,你千万别这么想。"乌云笑着说道,"我们没什么好委屈的。说实话,以前在外面的时候,每当想起卡纳特时,心中就有无限的依恋,这个时候我就知道故乡对于自己来说,并不是可有可无,而是真真正正存在心底的。如今我回来了,就是要为乡亲们踏踏实实地做事,和卡纳特村一道成长。巴图大哥,我可是喝着呼玛河的水,吃着黑土地的庄稼长大的,要是连这点想法都没有,那就不配做卡纳特村人了。"

布赫巴图被乌云的这一番话说得哽咽,一时间,他不知道该如何表达自己的情绪,或许到了这个时候,语言就变得极为苍白。最后,只是抬起手来轻轻地拍了拍对方的肩膀,红着眼睛点了点头。

虎伦贝尔眼见得屋子的气氛变得凝重,便又笑着说道:

"好了好了,又不是在拍剧情片,没必要这么煽情。巴图大哥,眼下咱们乡道已经完工了,我和卓俊商量着,能不能等到收完庄稼,开启第二产业?"

"第二产业?"

"对。"李卓俊笑着说道,"现在旅游业很火,好多南方的小伙伴在线上私信和我说,他长这么大没看过下雪,就是想来东北看场雪。眼下路也通了,往来交通也便利。我们就商量着要不干脆等到十二月份就把他们依照召集令的形式请到东北来,堆雪人,打雪仗,坐马拉爬犁、狗拉雪橇,体验鄂伦春人的民族文化。这样不仅能够赚到钱,还能够进一步宣传咱们的民族,岂不是更好?"

布赫巴图被李卓俊说得心痒痒的,虽然以前村里没有开展过,但他也早从网上看到过,旅游是一项隐性消费的产业,如果真的能够对游客具有吸引力,那么村里愿意拿出这笔钱进行投资,做这件一劳永逸的事情。

"太好了。"布赫巴图兴奋地说道,"不过,现在已经十月份了,想要把村貌进行更大的提升怕是来不及,也可能只是微调。"

"微调就微调。"李卓俊笑着说道,"让他们感受到原汁原味的民族文化更好,巴图大哥,你可能还没太明白旅游的内涵。"

"内涵?"

"哦,这个我知道。"虎伦贝尔接过话头,调皮地说道,"旅游就是从你待腻了的地方到我待腻了的地方去,来回折腾的过程。"

说完,他再也忍不住了,哈哈地笑出声来。

众人见状也都忍俊不禁,全都笑了起来。

当晚,客栈房间。在小分队成员充满期待的目光中,李卓俊将看雪的招募令发到了网上。少顷,随着他的手指一点,数字卡通人在网上开始进行播报。

"卓俊大哥,这样就可以了吗?"乌云好奇地问道。

李卓俊看了一眼乌云,随后又将目光移向屏幕:"可以的,如果他们感兴趣会来报名的。"

乌云点了点头,又好奇地看向电脑。在此之前,她虽然也在网上看到过相关的信息,却一直觉得数字招募令距离自己很远,没想到今天竟然能够派上用场,实在是太神奇了。

很快,数字招募令就起到了作用。不过,只是过了短短一夜,就已经吸引了数百人报名参加活动。经过和布赫巴图商量,这次活动每个人的收费是一千元,经过重重选拔,最终有三十人从天南海北来到卡纳特,参加了这一年为期一星期的冬令营活动。

在得到消息后,全体村民精神为之一振,对于一直生活在封闭环境中的卡纳特村人来说,除了周遭村镇,几乎很少能够有机会和外面的人接触。如今忽然有这么多人到访,对于他们来说,属实是件新鲜事。

为此,布赫巴图特意召集全体村民召开会议,并在会上将这件事告知给了大伙儿。

村委会二楼会议室,此时布赫巴图和村民们围坐在桌前,探讨着接下来的筹备事宜。

"大伙儿应该知道很快会有一批客人到咱村来做客,他们都是南方人,以前从没有到北方来过。我希望大家在此期间都能做到主动热忱,像自家人一样对待客人。不是有个词叫……"

说到这里,他求助地看向李卓俊,

李卓俊心中会意,连忙接口道:"宾至如归。"

"对,宾至如归,就是这个词。"布赫巴图笑道,"希望你们都能让客人觉得像在自己家里似的,舒舒服服地过日子。"

村民们纷纷点头,心中满是热忱与期待。村主任早在开会之前就已经说过,这次赚的钱会放到村委会的集体账户中,以后无论谁家有困难,集体就会用这笔钱开销。再说,即使藏在鄂伦春人骨子里的善良,也会对外来的客人非常好的。

达仁环视一圈,笑着说道。

"村主任放心吧,我们一定会把事情做得圆圆满满的。不过,话说回来,客人既然就要来了,咱们也得提前准备准备,总不能就这样吧。"

"达仁奶奶说得没错。"关吉花也在一旁接口道,"村主任,村容村貌,议程规范都很重要,咱们必须得给客人留下好印象才行,只有这样,才有更多的人愿意到卡纳特村来。毕竟现在咱们生活的环境是透明的,一传十,十传百,很快就都知道了。"

布赫巴图点了点头,很快便开始和大伙儿就接下来的事情进行商量。

第九十六章

为了迎接客人们的到来,村委会决定拿出十万元对村容村貌进行提升,并为此专程请来建筑设计师进行设计。

在全村人的共同努力下,经过一番修整,一座同时集中了传统与现代元素的鄂伦春美丽村落拔地而起。在这里,不仅有红色屋顶、黄色屋身、整齐划一的农家小院,还有通体红色,被修建成撮罗子模样的历史博物馆和饭店,宽敞平整的柏油马路。村民们在李卓俊指导下,学会了直播,在手机镜头的拍摄下,进行绣花、兽皮技艺、桦皮技艺等各类手工艺制作。

不仅如此,就连云上客栈也有了很大的改变,为了接待客人,在村委会的要求下,虎伦贝尔组织村民对撮罗子进行扩建,并在里面增设了更多的现代化设施。不仅可以一次性接纳六七十人,而且在使用度方面也有了一定的提升。

客栈院子,小分队的成员们开心地聊着村子的变化,说到这里,每个人的脸上都洋溢着幸福的笑容。

"真是想不到村子竟然会有这么翻天覆地的变化,乌云,你的确是个能人。"说到这里,苗苗的眼中满是敬佩。

"什么能人,"乌云笑着摇了摇头,"我呀,充其量就是赶鸭子上架,要说能人,还得是卓俊大哥。要不是他的这番精心谋划,咱村肯定不会发展得这么快。"

"那是。"虎伦贝尔接口道，他侧头感激地看着李卓俊，"卓俊大哥，谢谢你一直以来的帮助。无论是对乌云还是村里，真的都要感谢您。"

李卓俊摆了摆手，笑着说道："不用道谢，我也只不过做了自己该做的事情。现在钱花了、名单定了，接下来还有一场硬仗要打，大家都要抖擞精神才行。"

"精神？"吴楚开心地笑道，"必须抖擞。这对于卡纳特来说，可是千载难逢的良机，必须牢牢抓住才行。"

说完，众人一道开心大笑。

少顷，在收敛起笑容后，虎伦贝尔将目光看向远山，心事重重地说道：

"也不晓得布库楚那边的近况如何，这段时间，他总是神出鬼没的，已经有很长一段时间没有坐下来聊天了。"

吴楚"嗯"了一声，随后说道："不管怎么说，村民们的思想都需要一个转变的过程，这也是没办法的。不过，你们也不用太担心，布库楚之前跟我说过，等到村里的人需要他的时候，自己一定在。而且你们也知道，我本身就是医生，如果可以的话，也想加盟到村医院去，和布库楚一道做事。"

"加盟村医院？太棒了。"

苗苗边开心地笑着边伸出双手紧紧地抱住了吴楚，此刻，她的脸上被幸福笼罩，看上去就是个圣洁的天使。

"我就知道你离不开我，也离不开卡纳特。"

众人见此情形，不约而同露出讶异的神情。看面前的这两个人，怕是有不为人知的秘密。既然这样，还不赶快逼着他们拿出来分享？

想到这里，乌云看了一眼虎伦贝尔和李卓俊，故意皱着眉头问道：

"苗苗，你和吴楚怎么回事？有情况？"

苗苗听到问话，脸上瞬间飞出两道红霞，红着脸点了点头："乌云姐，你不都看出来了吗？就别问我了呗。"

乌云三人听到回答，心中更觉好奇，在对视一眼后，继续刨根问底：

"可这是什么时候的事情啊？天天在我们眼皮子底下，竟然一丁点儿都没看出来。"

"上一次蒙坤宝夜里突发阑尾炎，痛得满床打滚，后来是吴楚开了两个多小时的车，将他送到了市里的医院，这才转危为安。那个时候我就认定了吴楚,觉得他是一辈子可以依赖的人。"

说完,苗苗又看了一眼吴楚,随即低下头去。

乌云在心里偷笑着,难怪说人只要一遇到感情就会有改变,即使苗苗这个天不怕地不怕的疯丫头,如今也有了这么大的变化。

想到这里,她又看向虎伦贝尔,心中亦感到很甜蜜。幸福真的很简单,只要爱着的人在身旁陪着,即使过得再平凡简单,心情也是安然。

大约半个月后,随着北风的来袭,雪花纷纷飘落,大兴安岭再次变成了银装素裹的世界。和以往的冬天被冰雪冻结不同,这一年因为客人们的到来变得格外火热。

这天一大早,布赫巴图就带着全体村民拿着写有欢迎来卡纳特村做客的红色条幅,抬着皮鼓,挑着鞭炮开心地来到了通往村口的乡道旁。

少顷,随着一阵清脆的汽车喇叭声传来,一辆绿色的汽车由远及近缓缓驶来,在众人面前停了下来。随着车门打开,三十个游客依次走下车,在这里,他们即将开启为期一周的体验之旅。

在喜庆的鞭炮和锣鼓声中,布赫巴图快步来到客人们面前,笑着打招呼道:

"大家好,我是卡纳特村的村委会主任布赫巴图,欢迎你们来做客。等会儿请先到我们村的客栈休息,晚点的时候村委会在饭店里安排晚宴,请大家一定准时参加。不过,我们也有一个小小的请求,那就是在接下来的几天里,还请你们用镜头拍摄记录体验之旅,和其他的小伙伴们进行分享,大家能够答应吧?"

"当然可以。"人群中,一个穿着黑色羽绒服的中年男子笑道,"巴图主任,我姓赵,是上海的一家中药厂的老板,这次来一方面是为了到你们村体验民族生活,另一方面也是听说你们村有一个特色中草药种植基地,想看看有没有合作的机会。你们也知道,我们除了生产常用药品,也会搞一些新产品的研制开发,需要大量药材补充进来。"

这一番话让村民们为之振奋,原本以为只是能赚一些旅游的钱,没想到竟然在其他方面还能找到潜在客户,还真是踏破铁鞋无觅处,得来全不费工夫。

第九十七章

　　在接下来的几天里，客人们一直被浓浓的热情包围着。冬季的大兴安岭，群山环绕，安然静谧，宛若世界尽头的冷酷仙境，严寒之境美到失语。卡纳特村，冰灯冰景搭配着鲜艳的国旗和大红灯笼，在冰天雪地里营造出一种爱国爱家的浓厚氛围。大小各异的树屋木屋散落在山林间，造型美观奇特，漫步在木栈道上，任凭雪花洒满肩头。呼玛河面早已结上了厚厚的冰，当人们坐着马拉爬犁和狗拉雪橇在冰面上迅速驶过时，耳畔只听到呼呼的风声。

　　每当结束一天新奇的体验后，便到了晚餐时间。和以往的食物不同，卡纳特村的晚餐除了常见的肉食，还有木耳、紫苏、黄蘑等特色山菜，就连喝的也是五味子、玫瑰花茶和桦树汁，甘甜的液体沁人心脾，人们不禁对其大加赞叹。

　　毫无疑问，这些对于常年生活在南方的人们来说是一件极为浪漫的事情。然而，让他们感到惊喜的事情还在后头。

　　这天晚上吃过晚饭，布赫巴图在乌云和李卓俊的陪同下来到了宾馆，在挨个房间和客人们打过招呼后，他笑着说道：

　　"后天就是大伙儿启程回去的日子里，这些日子你们在村里体验得差不多了，我们琢磨着想请大家明天吃个全鱼宴，不知道喜不喜欢？"

　　客人们对视一眼，经过这段日子的相处，他们早已从原本的陌生变得熟悉，成了很好的朋友。

　　"当然喜欢了。"一个穿着白色羽绒服，头上扎着马尾辫，二十岁上下，长相清秀的女孩笑着说道，"不过，这是不是太让村里破费了。你们虽然向每个人收了一千块钱，可这些日子的花销早已突破了钱数，鱼那么贵不是更增加开销了吗？"

　　"姑娘，你是哪儿人啊？"布赫巴图笑着问道，"好像你们那边的鱼价很高？"

　　"可不嘛。"姑娘毫不掩饰地回答道，"我们来自内陆地区，鱼真的很贵。"

乌云见李卓俊看向自己,便也笑着说道:"我们这里的鱼也不便宜,不过大家是贵客,村里肯定要拿出最好的食物款待。不过吃鱼归吃鱼,我们还有一个小小的要求……"

客人们听到这里顿时来了精神,这些日子村里准备了太多的惊喜,想必明天也定会让人极为难忘。

"要求?什么要求?"姑娘笑着说道。

李卓俊笑着说道:"我们想请大伙儿明天一道去抓鱼。"

抓鱼?客人们又是一阵交头接耳,这件事对于他们来说确实很新鲜。

"李老师,你要说吃鱼还行,这抓鱼还真是大姑娘上轿头一回。"

站在女孩身旁的一个男生笑着说道:

"万一……"

"没有万一。"李卓俊笑着摆了摆手,"大家有所不知,冬捕是我们东北的特色。你们也知道,现在呼玛河已经结了厚厚的冰,我们必须得先用工具把冰面凿开才能捕鱼。其实,你们能不能抓到鱼,或者是能抓到几条鱼,倒在其次,关键是体验和感受我们不一样的风情。"

客人们听到这里,精神全都为之一振,一道鼓起掌来。

就像李卓俊说的那样,呼玛河冬捕不仅是鄂伦春人的生活习惯,更是一种精神的寄托和向往。作为传统渔业方式,早在中华人民共和国成立前在山上生活时,便已经有了雏形。祭湖、醒网、凿冰、撒网,随着这一系列动作行云流水般完成,数千斤鲜鱼脱冰而出,场面极为壮观。

尤其是在冻结的湖面上挨个捡鱼时,氛围更是热闹到了极点。

"乌云姐,咱们少说每条鱼都有三四十斤吧?"

"乌云,我们山东有的地方会用新鲜的鱼肉包成饺子,咱们打算怎么做?"

"乌云,这呼玛河可真是个宝藏,想不到湖水里居然藏着这么多的好东西。"

乌云微笑地注视着此刻正沉浸在惊喜的情绪当中的客人,每当有人发出赞叹,她便会进行回答,心中则满是浓浓的骄傲。

是啊,呼玛河对于卡纳特村人来说不只是一条普通的河流,更是像母亲般的存在。在它温暖的怀抱中,鄂伦春人得以生生不息地繁衍,简单幸福地生活。

大约过了两个小时,随着布赫巴图高声喊着收网,壮观的冬捕活动正式结束。在回到村里后，食堂的师傅立刻用最快的速度将收获的战利品收拾干净。由于数量众多，最后用了最大号的锅炖了满满一大锅才完成。

欢送宴席上，杯盘交错，觥筹交叠，每个人都喝得微醺，吃得很饱。眼见得大伙儿吃得差不多了，布赫巴图拿着酒碗起身说道：

"明天大伙儿就走了，希望在卡纳特村的日子能够给你们留下难忘的印象，也欢迎更多的朋友来村里做客。来，这杯酒，我代表村委会敬大家。"

听他这样说，大伙儿也全都站起身来，拿着酒碗笑着致意。

"巴图主任，不瞒你说，我可是乌云姐的迷妹，就喜欢听她唱歌。"一个女孩笑着说道。

"对呀，我就喜欢看乌云弹吉他。"女孩的男友笑着接口道，"当初也是因为这个，我们才报名参加活动。可惜来了这么多天，都没能看到她现场演唱，真是太遗憾了。"

听到这里，其他人也都纷纷拍手，表示让乌云唱一首。

布赫巴图看了一眼乌云，笑着说道："乌云，既然大家盛情难却，要不你就来一首？"

"行。"乌云倒也不扭捏，立刻站起身来，伸手接过了挂在墙上的木吉他，在轻轻拨动了几下琴弦后笑着说道，"既然你们想听，那我就给你们唱一首赞达仁和一首我自己创作的《写给故乡的歌》吧？"

说着，她便低着头弹奏了起来。

随着歌声缓缓响起，人们的脑海中浮现出了一幅幅生动的画面，每一个画面都是那般鲜活，令人感动，让人向往。随着声音消逝，大家情不自禁地流下了眼泪。

第九十八章

歌声结束了许久，人们才渐渐缓过神来。随之，掌声迭起。

"真的，要是不到卡纳特来，亲自感受一番鄂伦春风情，根本就不知道这里有多好。"一个身着花色高领毛衣，年约五十的中年女人边擦着眼泪边说道，"等回去之后，我一定要把这件事向身边的朋友们分享，让更多的人到卡纳特来做客。"

听她这样说,其他人也都七嘴八舌地附和着,争先恐后地表达着对卡纳特村的喜欢。

布赫巴图见状,便又端着酒碗站起身来,笑着说道:"谢谢大家对卡纳特的喜爱,这碗酒敬你们。同时,也希望大伙儿有空再来卡纳特做客,相信到时候村里一定会变得更好,也会给大家更好的款待。"

客人们听到这番话都很感动,一道拿着酒碗起身道谢。

次日早晨,天刚蒙蒙亮,食堂就热闹了起来。按照事前的约定,今天是客人们返程的日子,村里为了欢送大伙儿,早已在附近镇上的车队联系好了车子,只等他们吃完饭、拿好东西,就到楼下来接。

客人们吃完饭后,布赫巴图再次在乌云等人的陪同下兴冲冲地来到宾馆。和前次不同,这次他不仅人过来,而且还带了许多礼物,全部分装在印着卡纳特村风景的纸质手提袋中,鼓鼓囊囊的。

见众人眼神中尽皆讶异,布赫巴图笑着提起了一个袋子,"大伙儿不用客气,这里面装着的是我们卡纳特的土特产,有肉食、中草药、狍角帽摆件,还有一件带有手工刺绣图案的衬衫。你们大老远地来,必须得乐乐呵呵地走才行。"

说着,他让乌云和虎伦贝尔依次将礼物分发给大家。

在拿到礼物后,客人们都很激动,一个劲儿地道谢。

"我以前也曾经去过许多地方,但要说这么淳朴仗义的,还得是咱们村。等我回去,等回去就把合作协议发过来,咱们以后一定要长期合作。"临上车时,那位姓赵的中草药厂老板紧紧握着布赫巴图的手,深有感触地说道,"虽说商场如战场,可我们也希望能够和靠谱的人合作,实现双方共赢。"

"那太谢谢了。"布赫巴图笑着说道,"赵总,你也看到了,我们卡纳特现在还在发展中,有太多的地方不能和你们城里比,可我们有信心,也有干劲,有一天通过自己的双手来实现理想。当然,也希望有更多志同道合的人能够来村里考察,大家一起做事。"

"嗯。"赵总笑着点了点头,"一定会的,我相信卡纳特的未来一定会非常好。"

随着清脆的喇叭声响起,客人们在村民们的欢送声中上车,在坐稳后,又纷纷从车窗探出头来,向下面的人微笑招手致意,依依不舍。直到车子越走越远,再也看不清对方的影子……

村委会办公室,经过会计对连续一周所有账目的计算和审核发现,不仅村里没有多支出一分钱,反倒盈利了 17 万余元,一次性把村里先前为了迎接客人们到来所有的花销全部补上了。在听说这件事后,布赫巴图等人全都颇为讶异。

"不能吧,是不是账目算错了?"

会计听到村主任问话,连忙又低下头去认真地计算了一番,直到最终确定,这才肯定地说道:

"没有错,就是盈利了 173000 元。"

乌云听到数字也觉得意外,在和李卓俊对视一眼后,好奇地说道:

"可是咱们明明只收了他们每个人一千块钱,而且这些天所有的开销都是由村里承担,怎么还会有这么多盈余?"

会计又低着头核查了好半天,这才说道:"是没错,虽说村里的住宿和吃饭是免费的,可客人们订了许多中草药、肉品、山野菜以及刺绣衬衫,这样七七八八加在一起的确赚了很多钱。"

李卓俊在会计旁边坐下,拿起鼠标在电脑屏幕上点击着,沉默须臾,笑着说道:"确实没算错,就是这个钱。巴图大哥,你看,这次的活动还是值得吧?"

"太值了。"布赫巴图笑着说道,"提升村容村貌本就该做,况且还有这么大笔的收入。卓俊,还是你们说得对,人的思想的确不能故步自封,必须与时俱进才行。对了,你们觉得接下来还应该做些什么?"

乌云和李卓俊对视一眼,说道:"巴图大哥,现在咱村产业已经逐渐办起来了,好多年轻人都从外地返乡就业,但随之有两个问题也变得突出。"

"哦?"布赫巴图皱了皱眉头,"哪两个问题?"

"养老和教育。"乌云心事重重地说道,"巴图大哥,你也晓得布库楚从省城回来后就一心想把村医院办好,只可惜老人们一直对他缺乏信任,生病了宁可到关奶奶那儿求神问卜也不愿意打针开药。要是一直这样下去,别说布库楚工作没热情,对大伙儿的健康也不利。我们是想……"

"你们是想让我去做村民们的工作?"布赫巴图神情凝重地说道,"让他们信任布库楚?"

乌云没有说话,只是点了点头。

布赫巴图沉吟片刻:"行,这个工作我来做,不过,你们也知道,人的认知是一点点改变的,不可能马上说什么就是什么,所以还得让布库楚沉得住气才行。乌云你说得对,等到合适的时候,咱村也得把养老院、托儿所,还有村小学逐一办起来才行,就算是高年级可以到乡里读,可低年级的教育村里必须得有。"

乌云听到对方这样说,脸上瞬间浮现出兴奋的神情。布赫巴图能够有这样的意识真是太让人高兴了,这就代表着未来村里的生活一定会越来越便利,也会吸引越来越多有能力的人到村里来工作。

"巴图大哥,您能这么想真的太好了。"乌云笑着说道。

布赫巴图点了点头,抬起手来在对方肩膀上拍了拍,像是承诺,也像是自我鼓励,

"放心吧,咱们的日子一定会越来越好的。"

第九十九章

正如布赫巴图先前所说的那样,他的确做到了言而有信。在和乌云商定后的第二天,他就将全村人一个不落全叫到了村委会办公室,在简明扼要地将接下来的打算说完后,又语重心长地说道:

"大伙儿也都知道,布库楚原来是省城大医院的医生,是医学方面的专家。后来,为了帮助咱村解决医疗紧缺的状况,才回来的。虽说咱们鄂伦春人有生病了求神问卜的风俗,可有些时候还是得依赖现代医学才能解决。所以,我希望大伙儿以后有困难,还是到诊所去打针吃药,免得延误了病情。"

说到这儿,布赫巴图看向坐在人群中间,一直耷拉着脑袋不说话的布库楚:"布库楚,要不你也表个态?"

布库楚的心里原本就惴惴不安,如今尽管随着年轻人回到村里,诊所的状况比照过去有了一定的起色。可对于守旧的老人们来说,却仍是可有可无地存在,要想彻底改变局面,还需要一段时间才行。不过,既然点名叫自己说话,不吱声也不好,于是便站起身来说道:

"让我表态,我也不知道该说啥。反正大伙儿要是身体不舒服,欢迎随时来找我。我肯定会竭尽所能,尽力服好务。"

说着,他向布赫巴图点了一下头,重新坐下。

布赫巴图笑着说道："布库楚是在村里长大的,为人怎么样,想必即使我不说大伙儿心里也有数。归根结底我就一句话,希望大伙儿生病了都能够找医生,不要总是抱着老思想永远不变。"

尽管布赫巴图这么说,可除了极少数的老年人,其余的仍是抱着观望的态度。直到次年夏季的某一天,状况才得以真正转变。

这天刚下过雨,关吉花的老伴儿乌谭布就上山打猪草去了。对于卡纳特村的村民来说,周围的大山仿佛是一座取之不尽、用之不竭的宝藏,藏着许许多多赖以生存的食物,像蒲公英、马齿苋、龙骨菜、香蒿、野苋菜、兔子苗、蛤蟆草……正当乌谭布弯着腰摘得起劲儿的时候,忽然脚下一滑,滑落到了山坡下,随着巨大的冲力袭来,彻底昏了过去。

关吉花在家里等了一天,都不见老伴儿回来,眼见得天色渐渐暗了下来,心急如焚的她在村民们的陪同下上山寻找。前山后山找了整整一圈,这才看到了仍处在昏迷中的乌谭布。

原以为只要将对方叫醒就行,怎料乌谭布只要轻轻一动,浑身就痛得厉害,好像五脏六腑都随着重摔移位,尤其是位于腹腔左上方的脾脏更是如此。见此情形,关吉花顿时手足无措。

乌云和虎伦贝尔一直陪在关吉花的身边,见此情形,立刻提议道:

"关奶奶,看乌谭布爷爷的样子,应该是内脏出了问题。当务之急,还是得动手术才行。"

年轻人的话给原本处于绝望当中的关吉花带来了希望,她伸手抓住乌云,像是看着救命稻草般说道:

"对,布库楚和吴楚原本就是医生,相信他们一定会有法子治好爷爷的。"

说完,虎伦贝尔站起身来,对身后的村民说道:

"大伙儿把门板拿来,咱们抓紧把乌谭布爷爷送到村医院去。"

村民们见此情形都有些六神无主,在听到虎伦贝尔的提议后,立刻纷纷上前,一道用木板抬起乌谭布,用最快的速度合力将其送到村医院。

在得知消息后,布库楚迅速从家里赶了过来。这几天达仁的身子不太好,每天从早到晚都咳嗽不停。为了缓解症状,除了一日三次盯着吃药,布库楚还特意用白色的纱布缝制小袋子,在里面装上了菊花、金银花、胖大海等中草药,沏茶给奶奶喝。另外,考虑到她呼吸不畅,他还特意在床旁放上一盆凉水,以便保持屋子的湿度。

布库楚的孝心令达仁感动，状况也随之缓解了许多。这天在听说乌谭布受伤的消息后，她劝说孙子：

"布库楚，虽说因为关奶奶的缘故，村医院的生意受到了影响，但是救死扶伤本就是医生的本分，现在乌谭布爷爷受了伤，你无论怎样都要将他治好。"

布库楚原本就极为孝顺，况且他也知道奶奶说的是对的，救死扶伤原本就是自己该做的，就算有再大的矛盾也比不过人命重要。想到这里，他紧紧握着奶奶的手，郑重地说道：

"奶奶放心吧，我是个医生，一定会尽全力保证病人的安全。"

达仁欣慰地点着头，目送着孙子离开。

少顷，在来到村医院后，布库楚看到吴楚已经换上白大褂等在那里。村民们全都站在门口，黑压压的一片，每个人的目光中都充满了期盼，俨然将自己当做了救命稻草。

看到布库楚到来，关吉花立刻走上前来，恳求道：

"布库楚，关奶奶知道你医术高明，以前我也曾劝过村民们到医院来，可大伙儿不听，就是执意通过萨满与神明沟通，我也实在没有法子。孩子，看在同村的分儿上，还是希望你能帮帮奶奶，救救爷爷。"

说着，关吉花不知不觉眼睛湿润了起来。

布库楚知道，对方没有骗自己。对于鄂伦春人来说，萨满不仅是精神象征，同时也是真心实意帮助族人们的，即使给大伙儿看病问事，也全都是免费的，从不会收取一分钱。在关奶奶的心中，这么多年来，族人们永远是最重要的。

"关奶奶，你放心，我是医生，为每一位病患送去健康和平安是职责。"布库楚安慰道。

随后，他看向了一旁的吴楚：

"兄弟，咱们一道加油。"

"好。"吴楚重重地点了点头，笑着说道，"一起加油，一定赢，不会输。"

在全村人的注视下，布库楚和吴楚一道走进了手术室。此刻，他们像是出征的将士，即将用高超的医术带来成功的好消息。

少顷，随着手术室的门关上，村民们开始焦急地等待。

第一百章

然而，大伙儿不知道的是，手术室里此刻却正在经历着一场没有硝烟的战争。

正如先前所料想的那样，乌谭布的脾脏因为跌倒导致破裂，不仅如此，还直接引起了大出血。在手术的过程中，当布库楚试图用手术刀切开病人的腹腔时，却发现无论自己怎么做，都无法止住血。尽管他一向能够沉得住气，然而当见此情景时，也不觉有些慌张。

"布库楚，现在必须想办法给病人止住血。"吴楚见状，心中也顿时焦急起来。

"我知道。"由于着急，布库楚说话时有些没有好语气，"可问题是止血钳也上了，可还是没有办法止血，更别提缝合。"

吴楚点了点头，在皱着眉头略略思索片刻，忽然有了主意，对护士说道：

"你快去拿电脑来。"

护士见状，疑惑地看向布库楚。见其向自己点头，这才按照吴楚所说，到隔壁的办公室拿来了一台笔记本电脑，放到了桌上。

在一番简单的操作后，吴楚以视频通话的方式电联了自己的医学导师罗教授，简短地将眼下的情况将对方进行汇报。最后，他又补充道：

"老师，我们现在真的不知道该怎么办了？只能向您请教了。"

罗教授在听完吴楚的讲述后，不徐不疾地点拨道：

"不用慌。我听说鄂伦春有一种秘药叫白茅根，不知道你们那边有没有？"

布库楚见吴楚看向自己，连忙说道："有，罗老师，接下来我们应该怎么做？"

"你们将草药磨成药粉，敷到病人的伤处，用纱布用力按住，大概三四分钟就能完全止住血，这个时候就可以缝合了。不过，听吴楚的意思，普通缝合怕是不管用，最好用结扎的方式完成。"

布库楚听到这里,立刻让护士以最快的速度到药房取来用白茅根制成的药粉。果不其然,在将药粉敷到伤处后,顷刻间流血便止住了。

吴楚用手揉了揉眼睛,惊奇地说道:"哇,你实在太厉害了,血真的止住了。"

罗教授微微一笑:"'医者,去病者也。'不仅要有高明的医术,更要有稳定的内心。吴楚,你们今天的手术我打100分,接下来,你们自己缝合就行了。"

在听到导师的肯定后,吴楚和布库楚都极为开心,二人对视一眼,双双露出了笑容。

有了罗教授的帮助,接下来的事情异常地顺利。大约两个小时后,手术全部完成。当护士推着仍处在昏迷中的乌谭布走出手术室后,全村人不约而同舒了口气。与此同时,对布库楚和吴楚的态度也有了彻底的改观。

在那之后,越来越多的村民们在生病后选择到村医院就诊,布库楚也随之从清闲变得忙碌。好在有吴楚的加入,这才减轻了工作压力。

然而,就在一切步入正轨时,又有一件事情突然而至,扰乱了卡纳特村的平静。

这年秋天,一场6.2级地震在省内的林甸市发生,尽管隔着一段距离,卡纳特村却仍然有了震感。听闻此事,布库楚立刻报名参加省内的医疗队,决定跟着队伍一道前往震中地区。

达仁奶奶在得知此事后,本能地加以反对。老人含着眼泪,苦苦劝说孙子留在村里,不要去以身犯险。

"布库楚,你的叔叔和姑姑都在很远的地方,我身边只有你了。你没有经历过地震,不知道那有多危险。孩子,听我的,留下来,好吗?"

布库楚笑着摇了摇头,满怀深情地说道:"奶奶,我知道您舍不得,可我是阿古达木的孙子、那日松的儿子,这件事我责无旁贷。我相信如果爷爷和阿玛还在世的话,他们也一定会支持的。"

"不,孩子,你听奶奶说。"尽管孙子已经做出了决定,达仁却仍在极力劝说着,"你和你阿玛、额妮不一样,他们是军医,必须听组织的命令。你只是地方医院的医生,完全可以自己选择。"

"可这就是我的选择。"布库楚笑着说道,"奶奶不是经常说,医生应该以救死扶伤为天职的吗?我是一名医生,现在林甸有需要,我又怎么可以退缩呢？您放心，我一定会平平安安地回来。这就当是一次历练，不好吗？"

达仁抬着头看着布库楚，此刻对方的眼神中满是坚定，她知道孙子已然打定了主意，无论自己如何劝说也再难更改。透过布库楚的目光，达仁似乎看到了那些曾经亲近的人。孙子说得没错，作为英雄世家的孩子，在面对艰险时，他必须挺身而出，这是命运，更是责任。

沉默良久，达仁终于开口说道："好吧，既然已经决定了，那奶奶就支持你。布库楚，答应我，一定要平平安安地回来。"

布库楚听到奶奶同意了自己的请求，顿时放下心来，在轻轻喘了口气后，笑着说道：

"我答应，一定会健健康康地回来。"

布库楚参加医疗队的事情很快就传遍了整个村子，对于这件事，村民们议论纷纷，进行着各种猜测。然而，无论是乌云、虎伦贝尔，还是小分队的成员们却都是一副平静的模样。

正如有一篇文章写的那样，新时代的年轻人平时看上去总是随心所欲，张扬着自我个性，可到了关键的时候，一定会挺身而出，以实际行动证明自己的存在。毫无疑问，布库楚就是这样的一个人。

时间过得很快，转眼又是一年。布库楚在圆满完成任务后回到村里，和吴楚一起经营村医院。虎伦贝尔的手工工厂也正式建立，每天订单多如雪花。在苏明阳的安排下，乌云终于录制并推出了人生第一张唱片，成了炙手可热的少数民族歌手。同时，随着国家对少数民族的重视和扶持，卡纳特村不仅原有产业欣欣向荣，同时还增加许多新兴产业，全村人的年收入接连翻了好多番。不仅如此，在省会城市的力邀下，他们还参加了一年一度的冰雪旅游节。当穿着民族服装的村民们在中央大街走过时，四周响起一片掌声和欢呼。

当虎伦贝尔在送给一个小姑娘狍角帽，对方礼貌地表示想将帽子送到森林博物馆，让更多的人知道鄂伦春的历史和文化时，他不禁含泪鞠躬，再三道谢。

在经历了漫长严冬的等待与坚守后，鄂伦春人终于迎来了春天。他们坚信，通过自己的努力与汗水，一定能够在呼玛河畔写下新的传奇。

怀着对故乡无限的爱意与未来的憧憬，在村民们忙忙碌碌的生活中，终于再次迎来了古伦木沓节。和往年不同，在政府的支持下，这一年的节日被办成了省级的旅游节。不仅邀请附近十里八村的乡亲们参加,更是面向全国宣传,邀请所有喜欢鄂伦春文化的朋友前来做客。

活动现场,更是形式多样。除了传统的萨满祭天、赞达仁表演,还特意安排了鄂伦春族骑射等新颖的节目,摆满了琳琅满目商品的摊位更是吸引了众多游人的驻足观赏。

更让乌云激动的是,李卓俊竟然还悄悄将赵博众和苏明阳专程请到了会场,给了她一个莫大的惊喜。

趁着乌云演唱完赞达仁,苏明阳将她叫到一边,笑着说道:

"乌云,有件事我得跟你摊牌了,实际上卓俊是……"

没等苏明阳说完,话音便倏然被乌云打断。事实上,从第一次回乡,她就隐约猜到了李卓俊的身份,只不过每次问苏明阳,对方都在绕圈子,现在看来是时候该说真话了。

"他是董事长。"

苏明阳摆了摆手,笑着说道:"你呀,只猜对了一半。卓俊不仅是董事长,也是你的经纪人。事实上,当初就是他在古伦木沓节上看中你,想将你签下来,这才有了后来的事情。根花出事后,卓俊担心你情绪不稳定,希望能够尽快走出阴影,这才陪你回到了村里。他一路见证了你的成长,应该算得上是亦师亦友了。"

"是贵人。"乌云认真地纠正道,"明阳,你们不仅是我的贵人,也是卡纳特的贵人,正是因为有了你们的一路帮助,村里才会越变越好,有了现在的发展,真的要感谢你们每一个人。"

"咱们是好兄弟,不说见外的话。"苏明阳笑着说道,"还是那句话,只要村里有发展,干多少活也情愿。"

说着,二人相视而笑,笑容无比舒畅。

又一阵欢快的锣鼓声传来,乌云拉着苏明阳跑进了人群,和众人一道手拉手围着火堆开心地边唱边跳。

群山巍巍,河水潺潺,欢快的歌声响彻晴朗的天空,相信定会给卡纳特这片古老的土地带来崭新的生活。